HEYNE <

JILLIAN CANTOR

Das Mädchen *mit dem* Edelweiß

Aus dem Amerikanischen
von Stefanie Fahrner

WILHELM HEYNE VERLAG
MÜNCHEN

Die Originalausgabe *The Lost Letter*
erschien 2017 bei Riverhead Books.

MIX
Papier aus verantwortungsvollen Quellen
FSC® C083411
FSC
www.fsc.org

Verlagsgruppe Random House FSC® N001967

Deutsche Erstausgabe 10/2018

Redaktion: Claudia Krader
Printed in the Czech Republic
Umschlaggestaltung: Cornelia Niere unter Verwendung eines Motivs
von © CollaborationJS / Trevillion Images
Satz: GGP Media GmbH, Pößneck
Druck und Bindung: CPI books GmbH, Leck
ISBN: 978-3-453-42238-4

www.heyne.de

Für Grandma Bea und Grandpa Milt.
Ich werde die Erinnerung bewahren.

»Das [Edelweiß] ist doch die Alpenpflanze, die nahe an der Schneegrenze, ja, sogar unterm Schnee wachsen soll … Nur kecke Alpenjäger und Alpenhirten wagen es, die eigensinnige Pflanze an ihrem Standort zu pflücken, und es gilt als Zeichen glücklichen Mutes, wer sie gewinnt.«

Berthold Auerbach,
Edelweiß: Eine Erzählung,
Klett-Cotta 1874.

Österreich, 1939

Sie hielt die Briefe fest in der Hand, vorsichtig darauf bedacht, die Briefmarken nicht zu beschädigen. Es schneite. Durch ihre abgelaufenen Schuhsohlen kroch die eisige Nässe an ihre Füße, doch sie stapfte weiter durch den Wald Richtung Dorf, die Briefe unter dem Mantel, um sie vor den Schneeflocken zu schützen. Nur noch ein paar Schritte, sagte sie sich selbst. Das war eine Lüge, aber sie schleppte sich weiter.

Nur noch ein paar Schritte. Nur noch ein paar.

Sie brauchte es bloß bis ins Dorf zu schaffen, wo sie die Briefe bei der Post in der Wienallee abgeben würde. Sie brauchte nur die Briefe abzuschicken, dann würde alles gut werden. Auch das war natürlich eine Lüge. Aber sie stapfte weiter durch den Schnee.

Am Waldrand angekommen erreichte sie die Lichtung. Durch die tanzenden Schneeflocken hindurch erblickte sie die verbliebenen Häuser mit ihren roten Dächern in der Morgendämmerung. Wienallee. Sie war beinahe am Ziel.

Der kalte Pistolenlauf an ihrer Schläfe kam so überraschend, dass sie nicht einmal schrie. Schon packte der Mann sie am Arm, und die Briefe fielen zu Boden, in den unberührten Schnee.

Los Angeles, 1989

Als ich zum ersten Mal vor dem Laden des Briefmarkenhändlers stehe, überlege ich einen Moment, erst gar nicht aus dem Auto zu steigen. Es ist ein außergewöhnlich kalter Vormittag in L. A., ich habe keinen Pullover dabei und verschwende wahrscheinlich nur meine Zeit.

Mein Kombi ist randvoll mit dem Inventar unseres alten Hobbyraums: unendlich viele Briefmarkenalben und durchsichtige Plastikboxen mit Flohmarktware. Zumeist vergilbte Briefe, überwiegend ungeöffnet oder nie abgeschickt, aber mit einer Marke aus jener Zeit versehen.

Wenn ich das Zeug nicht loswerde, muss ich zu Hause Platz dafür freischaufeln. Außerdem will ich wenigstens versuchen, etwas Sinnvolles mit der Sammlung meines Vaters anzufangen. Das bin ich ihm schuldig. Mit diesem Gedanken steige ich aus und öffne den Kofferraum.

Als ich klein war, bin ich oft mit meinem Vater zu Flohmärkten und Trödelläden gefahren. Wir haben den Ramsch anderer Leute durchstöbert, ständig auf der Suche nach einem alten Brief oder den Habseligkeiten eines verstorbenen Sammlers. Ich fragte ihn immer, wonach wir suchten, und jedes Mal lächelte er mich an und erwiderte: »Einen Schatz.« Das waren Briefmarken für ihn, ein Schatz.

Diamanten, Rubine, Smaragde. Er betrachtete sich selbst als eine Art Juwelier, der die Makel und die Schönheit bei Objekten sah, die anderen Menschen völlig gewöhnlich erschienen.

Einmal machten wir mit der ganzen Familie eine Reise nach Washington, D. C. und sahen uns den Hope-Diamanten im Smithsonian-Museum an. Da sagte er zu mir: »Nach so was suche ich, Kate.« Ich zweifelte allerdings daran, dass er es in den Trödelläden von Südkalifornien finden würde.

Mein Vater meinte, der Hope-Diamant unter den Briefmarken wäre auf jeden Fall fehlerbehaftet. Eine Marke, die entweder zu früh oder zu spät ausgegeben wurde, oder ein Fehldruck. Ich glaube, die vielen Kisten in meinem Kofferraum stehen genau dafür. Für seine Suche nach einem kostbaren Makel unter Tausenden kleinen Papierquadraten.

Wenn ich Briefmarken betrachte, sehe ich nur Papier und Tinte. Briefmarken sind ein Mittel zum Zweck, ein Gebrauchsgegenstand. Sie befördern meine Post von einem Ort zum anderen und bringen meine Briefe zu meiner besten Freundin Karen, die letzten Sommer nach Connecticut gezogen ist. Erst kürzlich haben mich drei Blümchen in einer Reihe angestarrt, aufgeklebt auf einen Umschlag von Daniel. Der Brief liegt ungeöffnet auf meiner Küchentheke. Das Ende von allem. Ich ertrage diese Endgültigkeit nicht, darum habe ich den Umschlag nicht aufgemacht.

Mein Vater hat Daniel nie so richtig gemocht. Ich bin mir sicher, dass er sich darüber aufgeregt hätte, Briefmarken mit Blumenmotiv für so eine Mitteilung zu benutzen. Doch mein Vater hat das nicht mitbekommen. Und selbst wenn, würde er sich nicht mehr daran erinnern.

Der Laden des Briefmarkenhändlers besteht aus einem nichtssagenden kleinen Raum in einem Einkaufszentrum, dort wo die 405 auf die 101 trifft, am Rand von Sherman Oaks. Nicht gerade ein Ort, an dem ich damit rechnen würde, einen Schatz zu finden. Aber ich bin nun einmal hier und habe einen Termin. Ich schnappe mir wahllos ein paar Kisten und gehe rein.

Benjamin Grossman, der Händler, sitzt an seinem Schreibtisch, auf dem sich ungeordnete Papierstapel türmen. In einer Ecke steht ein kleiner Schwarz-Weiß-Fernseher. Grossman sieht sich die Zwölf-Uhr-Nachrichten an. Der Sprecher berichtet gerade über die gestrigen Demonstrationen in Ostberlin.

Der Händler sieht auf, als ich eintrete, schaltet den Fernseher aber nicht aus. Er ist jünger, als ich ihn am Telefon eingeschätzt hatte. Briefmarkensammeln ist in meinen Augen ein Hobby für ältere Männer. Benjamin jedoch scheint in meinem Alter zu sein, Mitte dreißig, vielleicht Anfang vierzig. Er trägt eine Brille mit Metallgestell und hat einen braunen Lockenkopf.

»Mrs. Nelson?«, fragt er.

Mir ist noch unklar, wie ich mit meinem Ehenamen umgehen soll. »Sie können mich Katie nennen«, sage ich.

»Okay, Katie«, erwidert er etwas abwesend. Es ist ihm völlig egal, wie er mich nennen soll.

Er spielt mit der Fernsehantenne herum, um das Bild besser einzustellen. Ich komme mir vor, als würde ich ihn stören, obwohl ich einen Termin habe.

»Äh, was soll ich mit diesen Plastikboxen machen?«, frage ich. Sie sind ziemlich schwer.

»Ach, tut mir leid. Stellen Sie sie auf meinen Tisch.« Benjamin lässt die Antenne in Ruhe und setzt sich wieder hin.

Ich werfe einen Blick auf die Unordnung um ihn herum.

»Wohin Sie möchten«, sagt er.

Ich stelle die Boxen auf die Papierstapel. Er beugt sich vor und blättert vorsichtig durch die Sachen.

Ich frage mich, warum er ausgerechnet Briefmarkenhändler geworden ist. Welches Hauptfach belegt man im College, wenn man diesen Berufsweg einschlagen will? Geschichte?

Ich habe Englisch studiert, arbeite für ein Lifestyle-Magazin und schreibe Filmkritiken. Damit verdiene ich nicht besonders gut, aber bis vor Kurzem hat es mir wenigstens Spaß gemacht.

»Ich sehe die Sachen durch«, sagt Benjamin. »Dann rufe ich Sie an und berichte Ihnen, was ich so entdecke.«

Am Telefon hatte ich Benjamin bereits von meinem Vater erzählt. Von seinem nachlassenden Gedächtnis, das ihn davon abhält, die Sammlung weiterzuführen. Von seinem Beharren darauf, dass echte Schätze darunter seien. Früher hat er mir ständig erklärt, eines Tages würde das alles mir gehören. Dasselbe hat er gesagt, als ich ihn vor ein paar Monaten ins *Willows*-Heim umsiedelte. Aber ich weiß nicht, was ich damit anfangen soll. Deswegen habe ich alles hierhergebracht.

Ich gehe raus zum Auto, um die restlichen Plastikboxen zu holen. Als ich wieder reinkomme, sieht Benjamin erneut von den Nachrichten auf und hebt die Augenbrauen.

»Kommt da noch mehr?«

Ich nicke.

»Entschuldigen Sie. Ich helfe Ihnen beim Reintragen.« Er steht auf und folgt mir zum Parkplatz. »Ich wollte nicht unhöflich sein.«

»Ist schon okay«, erwidere ich. Ich bin nicht in der Laune für Small Talk.

Benjamin redet einfach weiter. »Mir war nicht klar, wie viel Ihr Vater hatte, als wir am Telefon miteinander gesprochen haben.« Er wirft einen Blick in meinen Kofferraum.

»Er ist einundsiebzig«, sage ich. Das kommt schärfer heraus, als ich es gemeint habe. »Ich meine … das Sammeln war sein Leben.«

Obwohl ich es laut ausgesprochen habe, hört sich *einundsiebzig* nicht so alt an, wie es klingen sollte. Viele Leute im *Willows* sind älter als er, was ich furchtbar ungerecht finde. Sein nachlassendes Gedächtnis ist wie ein Schlag in die Magengrube. Es nimmt mir den Atem, jedes Mal von Neuem.

»Das ist meistens so«, entgegnet Benjamin freundlich.

Als würde er es verstehen. Als würde er den Sammelwahn teilen. Als wäre ich die Verrückte, die es nicht kapiert. Vielleicht stimmt das ja auch.

Nachdem die letzte Kiste ausgeladen ist, sagt Grossman

nur: »Geben Sie mir eine Woche, vielleicht auch zwei. Dann berichte ich Ihnen, was ich gefunden habe.«

Ich zögere einen Moment, bevor ich gehe. Was würde mein Vater wohl dazu sagen, dass ich seine kostbarsten Schätze bei einem Mann lasse, den ich in den Gelben Seiten unter *Briefmarkenhändler* gefunden habe? Ich hatte allen drei gelisteten Händlern eine Nachricht aufs Band gesprochen. Grossman war der erste, der mich zurückrief.

»Kriege ich eine Quittung oder so was?«

Benjamin schüttelt den Kopf, zieht eine Visitenkarte aus einem der Stapel auf seinem Tisch und drückt sie mir in die Hand.

»Ich rufe Sie an, wenn ich fertig bin«, sagt er. »Machen Sie sich keine Sorgen, ich kümmere mich gut darum.«

Als wären die Briefmarken Blumen. Etwas, das man sorgfältig pflegen muss.

»Ich mache mir keine Sorgen«, gebe ich zurück.

Ich habe etwas aus der Hand gegeben, was mir nie gehört hat. Doch als ich ins Auto steige und auf die 405 auffahre, überkommt mich ein plötzliches Gefühl der Leere.

Österreich, 1938

Zu Beginn wusste Christoph nichts über die Kraft des Stichels. Er verstand nicht, dass das kleine Gravurwerkzeug sie am Ende retten konnte. Oder umbringen. Er wusste bloß, dass man mit dem Stichel nicht sauber arbeiten konnte. Er eignete sich nicht für Stahl, nur für Leinwand.

Es gefiel ihm nicht, wie er in seiner Hand lag. Ungewöhnlich schwer, kaum zu beherrschen. Er hätte sich gewünscht, damit so leicht Linien ziehen zu können wie mit einem Pinsel oder einem Stück Kreide, doch er blieb ständig hängen. Es frustrierte ihn, dass er den Stahl nicht so elegant bearbeiten konnte wie sein Lehrmeister Friedrich.

Vielleicht würde Friedrich ihn ja hinauswerfen? Dann müsste er sich nicht nur eine neue Arbeit, sondern auch eine neue Unterkunft suchen. Als Lehrling von Friedrich bekam Christoph Kost und Logis bei der Familie Faber in deren wunderschönem Haus außerhalb von Großenburg – und zusätzlich noch fünf Schilling die Woche.

Was allerdings noch wichtiger war, er bekam die Gelegenheit, das Handwerk zu erlernen, für das Friedrich Faber in ganz Österreich bekannt war: die Briefmarkengravur. Sein größtes Werk war die beliebteste und nach Christophs

Meinung auch die künstlerisch wertvollste Briefmarke des Landes, die 12-Groschen-Edelweiß. Die Marke zeigte eine atemberaubende Darstellung der schönen weißen Blume. Friedrich hatte sie im Jahr 1932 sowohl entworfen als auch graviert.

Christoph erinnerte sich genau daran, wie er diese Marke einmal auf einen Brief an seine Mutter geklebt, diesen jedoch nie abgeschickt hatte. Man konnte keine Briefe an Menschen schicken, die es nicht gab oder deren Aufenthaltsort trotz aller Mühe nicht zu ermitteln war. Schon mit dreizehn hatte Christoph die Schönheit der Marke bewundert, die perfekten Schwünge der Blütenblätter.

Er hatte immer davon geträumt, seinen Lebensunterhalt als Künstler zu verdienen. Als er im vorigen Herbst von einem anderen Straßenkünstler in Wien gehört hatte, dass Friedrich Faber, *der* Friedrich Faber, einen neuen Lehrling suchte, hatte er sein Arbeitszeug zusammengepackt und sein Erspartes für die zweihundert Kilometer weite Fahrt nach Großenburg geopfert. Als er dort angekommen war, hatte er Friedrich davon überzeugt, ihm die Stellung zu geben, indem er ihm einige seiner Kreidezeichnungen von Wien vorlegte.

»Du hast ein gutes Auge«, hatte Friedrich gesagt, als er das Werk betrachtete, das Christoph für sein bestes hielt. Den Stephansdom, herausgearbeitet in feinstem Detail. Friedrich hob eine seiner grauen Augenbrauen. »Aber was verstehst du von Stahl, mein Junge?«

»Ich lerne schnell«, hatte Christoph darauf geantwortet, und das schien Friedrich überzeugt zu haben.

Leider hatte sich bald herausgestellt, dass das nicht stimmte, jedenfalls, was das Gravieren anging.

Den Umgang mit dem Grabstichel beherrschte Christoph noch lange nicht, aber wenigstens zwei Dinge hatte er in den ersten paar Wochen begriffen. Erstens: Friedrich war älter, als Christoph ihn anfangs eingeschätzt hatte. Manchmal zitterten ihm die Hände, wenn er Christoph zeigte, wie man mit den Werkzeugen umging.

Friedrich hatte Christoph erklärt, er brauche einen Lehrling, weil genügend Arbeit für zwei Graveure anfiel, aber inzwischen vermutete Christoph, der wahre Grund für seine Einstellung war, dass Friedrich sein Handwerk bald aufgeben musste. Friedrich hatte keine Söhne.

Zweitens: Friedrich hatte zwei Töchter. Elena war siebzehn, ein Jahr jünger als Christoph, und erinnerte ihn an ein Edelweiß. Sie hatte schneeweiße Haut, lange, hellbraune Locken und strahlend grüne Augen. Miriam war dreizehn. Wenn Elena eine Blume war, dann war Miriam die summende Biene, die die Blume nicht in Ruhe ließ. Frau Faber verdrehte manchmal genervt die grünen Augen und nannte Miriam einen Irrwisch. Christoph fand Miriam unterhaltsam, ganz im Gegensatz zu ihrer Familie.

Er gewöhnte sich schnell an das Leben in Großenburg, wo es grün und ruhig war, anders als in der Großstadt mit ihren vielen Häusern und Menschen. Jeden Morgen wachte er auf und erblickte den Wald vor der bergigen Landschaft.

Zudem fühlte er sich auch im Esszimmer der Familie Faber wohl, wo es nach den köstlichen Eintöpfen von Frau Faber duftete und freitags im Schein der Kerzen das Brot gebrochen wurde. Das Sabbatbrot schmeckte wunderbar. Christoph hatte so etwas noch nie zuvor gegessen. Schon gar nicht im Waisenhaus in Wien, wo die Nonnen immer nur über eine einzige Religion redeten.

Er war nicht unbedingt ein gläubiger Mensch, fühlte sich aber zu den Fabers hingezogen, zu dieser fröhlichen, intakten Familie. Jedenfalls eher als zu Gott oder einer organisierten Religion.

»Miriam, hör auf, ständig herumzuzappeln«, ermahnte Frau Faber ihre Tochter eines Abends.

Christoph war schon fast einen Monat in der Lehre und machte noch keine Fortschritte bei der Stahlbearbeitung. Allerdings hatte er Friedrich am selben Tag mit einer Landschaftsskizze beeindruckt, und noch einen halben Tag später sonnte er sich in Friedrichs Lob, die Arbeit sei gar nicht mal so übel.

»Ich zappele doch gar nicht, Mutter«, entgegnete Miriam in einer Art Singsang, während sie auf ihrem Stuhl herumrutschte und Christoph von der Seite her anlächelte.

Christoph verbarg sein Lächeln hinter dem Suppenlöffel. Er sah zu Elena hinüber, doch die wandte den Blick ab. Er war sich nicht sicher, ob sie unhöflich oder nur schüchtern war. Benahm sie sich stets so distanziert oder nur in seiner Gegenwart?

»Elena, mein Schatz, hol doch noch ein oder zwei Scheite Holz. Es ist kalt hier drin«, sagte Frau Faber.

Es war Hochwinter, kalt und dunkel, und im dreistöckigen Holzhaus der Fabers zog es fürchterlich. In Christophs Dachzimmer stand zwar ein kleiner Ofen, aber er musste sich trotzdem unter zwei Lagen Decken kuscheln, um es nachts einigermaßen warm zu haben. Das war jedoch tausendmal angenehmer als im zugigen Schlafsaal des Waisenhauses, wo jeder nur eine dünne Decke bekommen hatte. Und Frau Faber kochte viel besser als die Nonnen.

Elena legte ihren Suppenlöffel beiseite und stand auf. Christoph versuchte noch einmal, Blickkontakt aufzunehmen, doch sie sah nicht auf.

»Ich helfe dir«. Unwillkürlich erhob sich Christoph. Elena sah ihn an. Endlich hatte er ihre Aufmerksamkeit erregt.

Ein Schatten legte sich über ihr hübsches Gesicht. »Das ist nicht nötig …«

Frau Faber unterbrach sie: »Danke, Christoph, das ist sehr nett von dir.«

Er schenkte Frau Faber ein Lächeln und folgte Elena. Wortlos durchquerten sie die Küche und nahmen den Hinterausgang in Richtung des Holzlagers, das sich vor Friedrichs Werkstatt befand. Der Boden war gefroren und knirschte unter jedem ihrer Schritte. Die kalte Abendluft biss sie in die Wangen. Keiner von beiden hatte an einen Mantel gedacht.

Elena zitterte. Als sie nach dem Holz auf dem Boden griff, fiel ihr Haar über ihre Augen. Christoph musste sich beherrschen, um es ihr nicht zurückzustreichen. Er bückte sich und nahm ihr das Holzscheit aus den Händen.

»Also wirklich«, sagte sie spitz und holte sich das Holzscheit zurück. »Das schaffe ich schon. Ich habe das immer allein gemacht. Ich brauche deine Hilfe nicht.«

»Aber ich möchte dir helfen«, erwiderte er. »Das mache ich gern.«

Elena funkelte ihn zornig an. Da begriff er, dass sie nicht schüchtern war. Sie konnte ihn einfach nicht leiden. Diese Erkenntnis ärgerte ihn. Konnte man das nicht ändern?

Bevor er etwas sagen konnte, drehte Elena sich um und marschierte wieder Richtung Haus. Christoph schnappte sich ein Holzscheit und rannte ihr nach. Er erreichte sie kurz vor der Tür und fasste sie an der Schulter.

»Habe ich was falsch gemacht?«, keuchte er leicht außer Atem. Seine Worte schwebten wie Rauchwölkchen in der eisigen Luft.

»Falsch gemacht?«, wiederholte sie.

»Irgendwas, das dich gestört hat?«

»Wie kommst du denn darauf?« Ihr Atem malte kleine Kringel in die Luft. Sie zitterte wieder.

»Ach, schon gut«, sagte er. »Gehen wir rein. Du frierst.«

»Hör mal«, sagte sie. »Wir sind keine Freunde und werden auch keine. Ich gehe davon aus, dass du nicht lange bei uns bleibst. Sie bleiben nie lange bei uns.«

»Sie?« Zum ersten Mal dachte er an den Lehrling, der vor ihm gekommen war. An die letzten paar, die vor ihm gekommen waren. Hatten sie alle mit dem Stichel versagt wie er und waren hinausgeworfen worden?

Elena gab keine Antwort. Sie trug das Holz hinein und legte es ins Feuer. Christoph machte es ihr nach, dann entschuldigte er sich und ging in seine Kammer. Dort wickelte er sich in zwei Decken ein, holte seinen Skizzenblock hervor und nahm ein Stück Zeichenkohle zur Hand.

Er malte Elenas wütende grüne Augen. Wie lange würde er diesen Ort wohl noch sein Zuhause nennen dürfen?

Am nächsten Tag in der Werkstatt hatte Christoph Mühe, bei der Sache zu bleiben. Er tat sich noch schwerer als bislang, und seine Übungslinien mit dem Grabstichel sahen schrecklich aus.

Als es vor dem Abendessen Zeit zum Aufräumen war, sah Christoph seinen Lehrmeister an und fragte: »Werden Sie mich hinauswerfen?«

»Dich hinauswerfen?« Friedrich war beinahe kahl, aber seine Augenbrauen waren buschig und standen über Augen, die so grün waren wie Elenas.

»Ich stelle mich nicht gerade geschickt an mit dem Stahl«, sagte Christoph kleinlaut. Seine Stimme zitterte ein wenig. »Vielleicht bin ich für diese Arbeit ja nicht gemacht. Vielleicht sollten Sie mich entlassen.«

Christoph wollte auf keinen Fall hinausgeworfen werden. Er wusste, dass er sich bereits an die Herzlichkeit im Hause Faber, an Friedrichs Werkstatt und an Friedrich selbst gewöhnte. Je mehr Zeit verging, desto schwerer wäre es für ihn, das alles wieder aufzugeben. Wenn Friedrich ihn also hinauswerfen wollte, dann lieber früher als später.

»Willst du denn, dass ich dich entlasse?«, fragte Friedrich verwirrt.

»Nein, natürlich nicht«, entgegnete Christoph. »Ich dachte bloß ... Elena sagte ...« Er spürte, wie ihm das Blut in die Wangen schoss.

»Ach, Elena«, seufzte Friedrich. »Hör nicht auf Elena. Sie hat bloß eine Wut wegen meines vorigen Lehrlings.«

»Weil Sie Ihn hinausgeworfen haben?«

Friedrich schüttelte den Kopf. »Nein, nein, mein Junge. Ich habe nie jemanden hinausgeworfen.«

»Was ist mit ihm geschehen?«, wollte Christoph wissen.

Friedrich legte die Stirn in Falten, gab aber keine Antwort. »Du möchtest also hierbleiben?«, fragte er endlich.

Christoph nickte.

»Dann möchte ich auch, dass du hierbleibst. Ich möchte, dass du etwas lernst. Vorausgesetzt, du willst etwas lernen.«

»Das will ich«, sagte Christoph.

»Gut.« Friedrich legte Christoph eine Hand auf die Schulter. »Es gibt zwei Dinge, die ein guter Briefmarkengraveur beherrschen muss. Erstens muss er etwas zeichnen können, das würdig ist, eine Briefmarke unseres schönen Österreichs zu zieren. Das kannst du.«

Christophs Wangen glühten. Das war ein unerwartetes Kompliment.

»Zweitens musst du das Motiv auf Stahl übertragen, im rechten Maßstab und spiegelbildlich. Du musst die Gravurwerkzeuge beherrschen. Das wirst du bald können. Es dauert eben seine Zeit, und es braucht Geduld. In deinem Alter konnte ich auch nicht richtig mit dem Grabstichel umgehen.«

Christoph lächelte, ganz überwältigt von Friedrichs Freundlichkeit.

»Mach vor dem Abendessen noch einen Versuch.« Friedrich gab Christoph den Stichel zurück. Christophs Hände zitterten leicht, was er mit Mühe überspielte.

Frau Faber hatte einen festen Wochenplan fürs Abendessen. Donnerstags kochte sie Eintopf mit Rindfleisch, Christophs Lieblingsgericht. Im Waisenhaus hatte es nur ganz selten Rindfleisch gegeben, weil es zu teuer war. Der Geschmack von Frau Fabers köstlichem Gericht erinnerte ihn mit jedem Bissen daran, dass er kein Waisenkind mehr war. Er war nicht länger allein.

Nach dem Abendessen machten Miriam und Elena für gewöhnlich Hausaufgaben. Friedrich setzte sich in seinen Sessel vor den Kamin, stopfte sich eine Pfeife und las ein Buch. Christoph wusste nie, was er machen sollte, und zog sich meistens auf sein Zimmer zurück.

Eines Donnerstagabends jedoch, nachdem die Mädchen den Tisch abgeräumt hatten, kam Miriam zu ihm. Ob er Lust hätte, Monopoly zu spielen? Friedrich hatte das Spiel vor zwei Jahren aus London mitgebracht. Miriam liebte es geradezu, während Elena nur ihrer Schwester zuliebe mitzuspielen schien, wie Christoph bislang beobachtet hatte. Zum ersten Mal wurde er nun eingeladen, sich zu ihnen zu gesellen.

»Na, komm schon.« Miriam zog ihn am Ärmel. »Sei kein Langeweiler, verzieh dich nicht wieder in dein Zimmer. Spiel mit uns! Es macht wirklich Spaß, du wirst sehen.«

Er sah zu Elena hinüber, die schnell den Blick abwandte. »Ich will mich nicht aufdrängen«, sagte er leise. Insgeheim hoffte er, sie würde Blickkontakt aufnehmen und ihm versichern, er dränge sich ganz und gar nicht auf.

Tatsächlich wusste er überhaupt nicht, wie man Monopoly spielte. Das war vermutlich der Grund, warum Miriam ihn in die Runde bat. Sie wollte gewinnen. Das machte ihm nichts aus. Er war froh, überhaupt gefragt worden zu sein. Sein Magen war wohlig gefüllt vom Eintopf, seine Haut angenehm warm vom Feuer. Er hatte keine Lust, sich in das kalte Dachzimmer zu begeben.

»Du drängst dich nicht auf«, sagte Elena. »Ich will sowieso ein Buch fertig lesen. Ich gehe nach oben. Spiel du nur mit Miri.«

»Was liest du denn?«, wollte Christoph wissen.

Endlich sah sie ihn an, mit hochgezogenen Brauen. Vielleicht glaubte sie nicht, dass ein Junge, der mit vierzehn die Schule verlassen hatte und Straßenkünstler geworden war, ein Interesse an Büchern haben konnte. Aber das hatte er. Schon als kleiner Junge im Waisenhaus las er alles, was er in die Finger bekam. Seine Lieblingsnonne, Schwester Margarete, schenkte ihm oft ihre ausgelesenen Bücher. Werke über Kunst, Geschichte und Kriege, manchmal sogar Romane.

»Ach, sie liest irgendwas Langweiliges«, sagte Miriam und zog ihn wieder am Ärmel.

»Dr. Freud ist überhaupt nicht langweilig«, entgegnete Elena. »Vielleicht verstehst du ihn ja, wenn du älter bist, Miriam.«

Die kleinere Schwester verdrehte genervt die Augen.

Christoph konnte nichts zum Thema beisteuern. Von

Freuds Büchern hatte er keine Ahnung, obwohl er von dem Mann schon gehört hatte. Er war ein Wiener Arzt mit vollkommen verrückten Vorstellungen. Doch vielleicht fand Elena sie nicht so verrückt wie die Nonnen?

»Elena«, mischte Frau Faber sich ein. Sie blies die Kerzen auf dem Esstisch aus. »Leg diesen Dr. Freud ruhig beiseite und spiel mit deiner Schwester und Christoph.« Liebevoll zog sie an einem von Miriams Zöpfen. »Eine muss darauf achten, dass dieses Früchtchen hier nicht schummelt. Außerdem kann man das Spiel auch zu dritt spielen.«

»Ich schummele nicht, Mutter.« Empört verschränkte Miriam die Arme. »Ich kann nichts dafür, dass ich jedes Mal die besten Immobilien Londons kriege.«

Frau Faber lachte, zog Miriam zu sich heran und küsste sie auf den Scheitel. »Genau«, lachte sie. »Du stibitzt niemals Elenas Geld, wenn sie gerade nicht hinsieht.«

»Nein, niemals«, keuchte Miriam entrüstet.

Elena grinste breit. »Na schön, fangen wir an. Das Spiel dauert ewig.«

Christoph folgte den Mädchen zu ihrem üblichen Platz auf dem Boden, direkt vor dem Kamin, und ließ sich schüchtern nieder. Friedrich nahm die Pfeife aus dem Mund und ließ das Buch sinken. Er sah Christoph an, als wollte er etwas sagen, überlegte es sich anders und lächelte ihm freundlich zu. Dann machte er sich auf ins Bett.

Als Christoph später im Bett lag, konnte er nicht einschlafen. Lange lag er so da. Er war hellwach. Miriams zufriedenes Lachen, als sie ihr Geld zählte. Elenas Kichern, als klar wurde, dass sie (vermutlich absichtlich) wieder einmal gegen ihre Schwester verloren hatte. Das alles war ihm ganz nah. Es fühlte sich an, als gehörte es zu ihm.

Die Gravurwerkzeuge jedoch waren ihm fremd. Stahl war etwas ganz anderes als eine Leinwand. Friedrich betonte dauernd, dass Christoph es lernen würde. Aber was, wenn nicht? Was, wenn es nie klappte? Friedrichs Geduld wäre irgendwann erschöpft. Christoph konnte sich nicht vorstellen, ihn als Lehrherren zu verlieren. Oder Frau Fabers Rindfleischeintopf. Oder Miriams Lachen und Geplapper. Elenas hübsches Lächeln, auch wenn es selten ihm galt. Er durfte nicht versagen, denn dann wäre er gezwungen, das Haus der Fabers zu verlassen.

Obwohl es sehr kalt und mitten in der Nacht war, stand er auf und ging auf Zehenspitzen die Treppe hinunter. Er wollte üben. Er brauchte die zusätzliche Zeit in der Werkstatt. Allein, ohne Friedrichs wachsame Augen, die ihn nervös machten.

Im Esszimmer war es zu dieser Stunde still. Das Feuer war heruntergebrannt und glühte nur noch schwach. Christoph zog sich Stiefel und Mantel an und öffnete leise die Hintertür. Nur keinen Lärm machen. Er rannte über das schneebedeckte Gras zu Friedrichs Werkstatt hinüber.

Als er die Tür zur Werkstatt öffnete, erschrak er. Auf dem Arbeitstisch flackerte eine Kerze.

»Wer ist da?«, rief er.

Dann spürte er etwas Metallenes an seiner Stirn und sank schmerzerfüllt zu Boden.

Los Angeles, 1989

Als ich klein war, schlief meine Mutter sonntags aus. Mein Vater weckte mich früh, manchmal vor Sonnenaufgang. Wir wohnten im Fairfax District, in Laufweite zu zwölf verschiedenen Synagogen, dem Bauernmarkt und den Fernsehstudios von CBS. Den Großteil der Woche verbrachten wir in diesem kleinen Viertel von L. A.

Mein Vater unterrichtete an der Fairfax High. Später bin ich auch auf diese Schule gegangen. Während meines ersten Schuljahrs wurde das neue erdbebensichere Gebäude eingeweiht. Meine Mutter arbeitete in einer Anwaltskanzlei gegenüber von *Canter's Deli*.

An Sonntagen jedoch stieg ich mit meinem Vater in sein rotes Mustang-Cabrio und fuhr in mir damals unbekannte Gegenden. Unser Ziel war entweder ein Trödelladen im Valley, ein Flohmarkt in West-Hollywood oder eine Wohnungsauflösung in Beverly Hills, alles im Namen der immerwährenden Suche nach Briefmarken.

Jeden Sonntag kamen wir vor dem Mittagessen wieder nach Hause. Ich war meistens satt von den Donuts, die mir mein Vater unterwegs spendierte. Davon verrieten wir meiner Mutter jedoch nichts. Mein Vater kam nie mit leeren Händen zurück. Manchmal hatte er eine komplette

Sammlung gekauft, manchmal nur einen Teil davon. Es kam vor, dass er Briefe ergattert hatte. Entweder welche, die ganz normal zugestellt worden waren, oder solche, die nie abgeschickt worden und liegen geblieben waren. Ab und zu, wenn wir trotz aller Mühe nichts fanden, fuhren wir auf dem Rückweg bei der Post vorbei, wo er einen Bogen der neuesten Marke kaufte.

»Du hast Briefmarken gekauft, aber nicht, um damit Briefe zu verschicken?«, fragte meine Mutter dann. Ihre Stimme ging skeptisch in die Höhe.

So redete sie vermutlich bei der Arbeit. Sie war Rechtsanwaltsgehilfin in einer Kanzlei, die auf Immobilienrecht spezialisiert war. Ich stellte sie mir manchmal im Gerichtssaal vor, obwohl ich wusste, dass die Anwälte ihrer Kanzlei hauptsächlich Papierkram erledigten.

Mein Vater lächelte nur und nahm seine Marken mit in den Hobbyraum, wo er sie seiner Sammlung hinzufügte.

Bei dieser Erinnerung lande ich wieder in der Gegenwart, am heutigen Sonntagvormittag. Ich bin unterwegs nach Santa Monica, um meinen Vater im *Willows* zu besuchen. Natürlich nicht in einem roten Cabrio, sondern in meinem alten blauen Kombi, der fast hunderttausend Meilen auf dem Tacho und seine besten Tage hinter sich hat. Plötzlich sehe ich eine Marke, ganz deutlich und in allen Einzelheiten vor mir, die er einmal bei der Post gekauft hat. Eine Tierschutzmarke zu fünf Cent mit dem Bild eines süßen schwarz-weißen Hundes. Genauso einen habe ich mir als Kind gewünscht, aber nie bekommen.

Ein weiterer Gedanke geht mir durch den Kopf, als ich beim Heim ankomme.

Ich bin kein Kind mehr. Die Sonntage mit meinem Vater sind Vergangenheit. Seit Jahren haben wir keinen Ausflug mehr unternommen. Den letzten wahrscheinlich, bevor ich aufs College gegangen bin. Da lebte meine Mutter noch. In diese Zeit führt kein Weg zurück.

Das Gute am *Willows* ist, dass es nur eine halbe Autostunde entfernt liegt, in einem schönen Viertel von Santa Monica. Das Schlechte daran ist, dass es in einem schönen Viertel von Santa Monica steht. Wer sich in L. A. auskennt, der weiß, dass dort alles exorbitant teuer ist.

Mein Vater wird seine gesamten Ersparnisse, seine Pension und seine Lebensversicherung aufgebraucht haben, bevor er das Heim verlässt, da bin ich mir sicher. Aber das *Willows* ist das Heim mit dem besten Ruf für Demenzpatienten in ganz L. A.

Bei jedem meiner Besuche hielt er es für ein teures Hotel. Er fragte mich nach seinem Flugticket und wann er nach Hause fliegen würde. Seinen Reiseplan habe er verlegt, behauptete er. Ich korrigiere ihn dann nicht sanft, sondern verspreche, mich um seine Dokumente zu kümmern.

»Guten Morgen, Mrs. Nelson.« Die Pflegekraft an der Rezeption grüßt mich, als ich hereinkomme.

»Hallo, Sally.« Ich winke und gehe zu ihr hinüber, um mich anzumelden.

Sally ist Anfang zwanzig und nicht lange genug dabei,

um durch die tägliche Arbeit mit Demenzkranken ausgelaugt zu sein. Sie ist zierlich und trägt einen riesigen, glitzernden Verlobungsring an der linken Hand. Obwohl sie als Pflegerin arbeitet, hat sie Jeans und ein Sweatshirt an. Im *Willows* erinnert nichts an ein Krankenhaus oder ein Altenheim. Deswegen lautet eine der Aufnahmevoraussetzungen, dass es den Bewohnern physisch relativ gut gehen muss.

»Sie sind früh dran heute«, bemerkt Sally.

Ich nicke, erwidere aber nichts. Was würde Sally denken, wenn sie wüsste, dass ich nicht geschlafen habe? Dass ich jeden Morgen um fünf aufwache, seit Daniel weg ist, obwohl ich erst um zwei ins Bett gehe? Dass sich mein Haus, mein Schlafzimmer, mein Bett seltsam fremd, dunkel und leer anfühlen? Das würde ich nie laut aussprechen, schon gar nicht in Gegenwart einer Person, die mich kaum kennt.

Seit ich meinen Vater vor drei Monaten hier untergebracht habe, komme ich jeden Sonntag zu Besuch. Für das Personal heiße ich Mrs. Nelson. Zugegeben, offiziell bin ich noch Mrs. Nelson, denn bislang habe ich die Papiere nicht unterschrieben. Im Kopf jedoch habe ich mich schon lange von der Mrs. und dem Nelson verabschiedet. Mein Vater weiß nichts davon, dass Daniel mich verlassen hat. Warum sollte ich ihn damit belasten oder verwirren? Manchmal habe ich Schuldgefühle, weil mich diese Krankheit in eine Lügnerin verwandelt hat.

»Wie geht es ihm heute?«, frage ich Sally. Ich bin gerne vorbereitet, wenn ich in sein Zimmer komme.

»Nicht schlecht«, antwortet sie. »Ted hat einen ganz guten Tag. Beim Frühstück war er orientiert. Danach hat er an der Kunsttherapie teilgenommen, das hat ihm gut getan. Er hat zu mir gesagt, er würde nach dem Mittagessen mit den Damen stricken.«

Sie lacht, und ich erwidere das Lachen. Das *Willows* ist wie ein Kreuzfahrtschiff. Es gibt viele Kurse und Aktivitäten, die den Geist stimulieren und die Zeit schneller vergehen lassen. Kein Wunder, dass mein Vater denkt, er wäre im Urlaub.

Sally sagt, ich könne zu ihm, und ich durchquere den langen Flur bis zu seinem Zimmer. Der Flur ist mit gemustertem Teppich ausgelegt, wie im Hotel. Von der Decke hängen große gläserne Kronleuchter, die den Raum hell erleuchten. Zu hell für jemanden, der am Vorabend ein bisschen zu viel Chardonnay getrunken hat, was mir in letzter Zeit öfter passiert.

Ich setze meine Sonnenbrille auf. Heute wird er mich erkennen. Heute wird es ihm richtig gut gehen, sage ich mir. Als würde es in Erfüllung gehen, wenn ich es mir nur fest genug wünsche.

Im Türrahmen seines Zimmers bleibe ich stehen und betrachte ihn einen Moment lang. Er sitzt in einem blauen Veloursessel am großen Fenster und liest ein Buch, die Lesebrille auf der Nase, so wie früher. Er ist sehr groß und schlank, aber auch stark. Inzwischen ist er vielleicht ein bisschen dünner geworden und hat weniger Haare. Aber er ist immer noch mein Vater.

Er blickt auf, sieht mich und lächelt. »Kate die Große.«

Ich erwidere sein Lächeln. So hat er mich als Kind dauernd genannt. Er erkennt mich. Manchmal hält er mich für meine Mutter oder sogar eine Pflegekraft. Aber heute ist ein guter Tag. Sally hatte recht.

»Was liest du?«, frage ich, als ich eintrete. Er hält das Buch hoch, damit ich den Titel lesen kann. »*Das ganze Universum der Philatelie.* Ach, Dad. Das klingt total langweilig.«

Ich bin froh, dass er heute Morgen weiß, wer er ist. Was er liebt. Mein Vater hat nie Romane gelesen, so wie ich und meine Mutter. Jahrelang hat er an der Highschool Geschichte unterrichtet und Sachbücher gelesen, dicke Bücher über Kriege und Generäle und Geschichte und natürlich über Briefmarken.

Das Buch ist abgegriffen. Er muss es viele Male in der Hand gehabt haben, ob er sich daran nun erinnert oder nicht. Vielleicht tut er es ja. In erster Linie ist sein Kurzzeitgedächtnis beeinträchtigt. An die Vergangenheit erinnert er sich gut. Manchmal so gut, dass er glaubt, dort zu leben. Dass er glaubt, meine Mutter wäre noch da.

»Da wir gerade von Briefmarken reden«, sage ich und hole mir einen Stuhl heran. »Ich lasse deine Sammlung schätzen.«

Er öffnet den Mund und klappt das Buch mit einem Knall zu. »Warum das?«

Das war nicht die Reaktion, die ich mir erhofft hatte. Sofort versuche ich, ihn zu besänftigen.

»Na, du hast doch gesagt, dass du nach dem Hope-Diamanten unter den Briefmarken suchst. Da wollte ich wissen, ob was Wertvolles dabei ist.«

Ich versuche, fröhlich zu klingen, bemerke aber, dass er plötzlich blass geworden ist. Seine braunen Augen haben sich verfinstert. Warum habe ich nur mit dem Thema angefangen?

Er dreht sich um und blickt aus dem Fenster. Es wirkt, als sendeten ihm der blaue Himmel und der braune Berg in der Ferne wichtige Botschaften, die ich nicht wahrnehmen kann. »Jede Marke ist wertvoll.«

»Ich weiß, aber ich habe es anders gemeint.«

»Wo hast du sie hingebracht?«

»Zu einem Händler, er heißt Benjamin Grossman.«

»Wenigstens ein Jude.«

Seine Stimme klingt freundlicher. Vielleicht kann er der Idee, die Sammlung schätzen zu lassen, doch etwas abgewinnen. Mir war gar nicht aufgefallen, dass Grossman ein jüdischer Name ist. Das Einzige, was meinem Vater wichtiger ist als seine Briefmarken, ist sein Judentum. Was mich betrifft, so habe ich mich fast von meiner Religion gelöst. Ich bin eine erwachsene Frau, die einen Nichtjuden geheiratet hat.

Meinem Vater würde ich das niemals verraten, aber während meiner sieben Ehejahre mit Daniel war es für mich jedes Jahr ein Höhepunkt, mit ihm den Weihnachtsbaum zu schmücken. Vielleicht, weil es ein neues Ritual war. Oder weil ich es im Rückblick mit meiner Ehe verbinde. Der Gedanke an Weihnachten, das bald wieder vor der Tür steht, macht mich heute traurig. Welchen Grund hat eine so gut wie geschiedene jüdische Frau, sich einen Weihnachtsbaum zu besorgen?

»Du verkaufst aber nichts«, sagt mein Vater bestimmt und unterbricht meine Gedanken.

Ich konzentriere mich wieder auf die Briefmarken.

»Ich verkaufe nichts, wenn du das nicht willst.« Ich beuge mich zu ihm hinüber und lege meine Hand auf seine. »Ich wollte dich nicht aufregen. Ich wusste nicht, was ich sonst mit deiner Sammlung machen sollte. Aber ich kann sie zurückholen und sie einfach … behalten.«

Was Benjamin Grossman dazu sagen würde? Wie viel müsste ich ihm bezahlen, dass er seine Zeit verschwendet hat?

Mein Vater antwortet nicht. Er starrt wieder aus dem Fenster. »Die Marken waren mein Ein und Alles«, murmelt er.

Vielleicht bemüht er sich gerade, sich an Einzelheiten zu erinnern. Früher hätte es mich nicht erstaunt, wenn er jede einzelne Marke aufgezählt hätte. Heute weiß keiner, was sein Kopf behalten hat und was verloren gegangen ist.

»Ich weiß. Deine Sammlung ist riesig. Ich habe sie kaum ins Auto bekommen.«

»Du hast sie nie verstanden, Rissa. Weil du es nicht wolltest.«

Rissa.

Ich seufze. Im Handumdrehen habe ich mich für ihn in meine Mutter verwandelt. Ich habe einen seiner wenigen klaren Momente mit Briefmarken verschwendet.

Am liebsten würde ich es ungeschehen machen und über wichtige Dinge reden. Darüber, was mit mir und Daniel los ist. Dass ich nicht in der Lage bin, den Umschlag mit den Scheidungspapieren zu öffnen. Dass ein Teil von mir darauf hofft, Daniel würde seine Meinung ändern. Hofft, dass wir es schaffen können, wenn wir uns große Mühe geben. Dass mich das Nachdenken darüber schrecklich anstrengt. Wie furchtbar das alles ist. Ich möchte ihn um Rat fragen, so wie früher.

»Dad.« Ich berühre ihn sanft an der Schulter.

»Du hast sie nie verstanden«, wiederholt er. »Weil du nicht wolltest.«

»Mach dir keine Sorgen, deine Sammlung ist in guten Händen. Ich hole sie zurück und kümmere mich gut darum. Das verspreche ich dir.«

Ich wiederhole, was Benjamin Grossman zu mir sagte, als ich sein Büro verließ. Mein Versprechen klingt hohl. Ich weiß nicht, was ich tun muss, um mich gut zu kümmern.

Sein Buch rutscht ihm aus dem Schoß und fällt auf den Boden. Er scheint es nicht zu bemerken. Gebannt betrachtet er die Außenwelt, ganz so, als könnte er meine Mutter dort draußen sehen, hinter den Bergen, hinter dem Pazifik.

Auch ich sehe hinaus, als wäre sie wirklich dort, wie ein Geist, bis die Helligkeit mir in den Augen wehtut und ich den Blick abwende. Ich hebe sein Buch vom Boden auf. Es ist voll mit Briefmarken, Seite um Seite, geordnet nach Jahr, Land, Graveur. War das alles einmal in seinem Kopf? Kommt es ihm heute genauso fremd vor wie mir?

Ich reiche ihm das Buch und gebe ihm einen Kuss auf den Scheitel. Er schaut mich an. Etwas hat ihn in die Gegenwart zurückgeholt. Das sehe ich in seinen Augen. Jetzt sieht er wieder mich.

»Kate«, sagt er überrascht. »Du bist gekommen.«

»Ja.« Ich lege meine Hand auf seinen Arm. »Ich komme jeden Sonntag.«

Ich warte ab, ob diese Information bei ihm angekommen ist, aber er starrt leer vor sich hin. Schwer zu sagen. Er kommt und geht, dabei bräuchte ich ihn gerade jetzt so dringend.

»Ich muss zur Arbeit.« Ich umarme ihn fest. »Bald bin ich wieder da. Nächste Woche, okay?«

»Kate«, ruft er mir nach. »Meine Flugtickets. Ich kann meinen Pass nicht finden.«

»Ich weiß.« Ich ringe mir ein Lächeln ab. »Ich suche danach.«

Jedes Mal, wenn ich das Heim verlasse, ist mir, als müsste ich ertrinken. Als wäre ich ohne Taucheranzug in den kalten Pazifik gesprungen. Mir ist kalt. Ich bin müde, alles fühlt sich taub an.

Ich muss tatsächlich arbeiten. Ich soll zu einer Filmpremiere gehen, habe aber noch ein bisschen Zeit. Darum fahre ich erst nach Hause, um wieder zu mir zu kommen. Ich wohne nicht mehr in Fairfax, sondern in der Nähe der Uni in Westwood. Auch da gibt es ein paar Synagogen, die ich aber nie besucht habe.

Zu Hause spiele ich kurz mit dem Gedanken, Daniel anzurufen. Er soll jemand anderen zu dieser Premiere schicken. Ich kann mir nicht vorstellen, in einem dunklen

Kino zu sitzen und mich auf einen Film zu konzentrieren, schon gar nicht auf eine Weihnachtsklamotte mit Chevy Chase. Nicht nach diesem Vormittag.

In letzter Zeit bitte ich Daniel nicht oft um einen Gefallen. Bei der Arbeit gehe ich ihm aus dem Weg. Wir kommunizieren hauptsächlich per Notizzettel, die wir uns gegenseitig in unsere Postfächer legen. Gerade jetzt möchte ich ihn nicht um ein solches Entgegenkommen bitten.

Ich koche mir eine Kanne Kaffee und versuche mich zu beruhigen. Doch in der Küche sitze ich an dem Tisch, an dem Daniel und ich jahrelang gefrühstückt und zu Abend gegessen haben. Daniel hat mir das Haus überlassen, als Geste des guten Willens.

Er sagte, er wolle mir ersparen, es zu verkaufen und ihn auszuzahlen. Außerdem wolle er mich nicht aus dem Haus treiben, wenn sich alles andere in meinem Leben verändere. Darum überlasse er mir *großzügigerweise* das Haus.

Großzügigerweise. Dieses Wort hat jedenfalls mein Anwalt benutzt.

Alles an diesem Haus erinnert mich an unsere gemeinsame Zeit. Als er letztes Frühjahr die schrecklichen Worte zu mir sagte, aßen wir gerade zu Abend. An diesem Tisch. Ich hatte eine Lasagne mit Salat gemacht und mir den Tag freigenommen.

Am Vormittag war ich zum ersten Mal im Heim gewesen und hatte meinen Vater auf die Warteliste setzen lassen. Irgendwie hatte sich das befreiend angefühlt. Dann war ich nach Hause gegangen und hatte mich ins Schnippeln, Kochen und Backen gestürzt. Ich hatte einen Kuchen gebacken, Schokolade mit Stückchen und dicker Schokoglasur. Daniels Lieblingskuchen.

»Ich habe Nachtisch gemacht«, erwiderte ich auf seine unerwartete Eröffnung, er wolle nicht mehr länger mit mir verheiratet sein und ausziehen. Zuerst dachte ich, er hätte einen Witz gemacht. Ich würde ihm den Kuchen hinstellen, und er würde alles zurücknehmen.

»Es funktioniert nicht mehr mit uns beiden«, hatte er ruhig gesagt. »Das ist das erste Mal seit Monaten, dass wir zusammen zu Abend essen.«

Tatsächlich? Ich versuchte, mich an unser letztes gemeinsames Essen zu erinnern, aber es gelang mir nicht. Mein Vater lebte allein, obwohl er es eigentlich nicht mehr konnte. Ich verbrachte meine ganze Freizeit mit ihm.

An dieser Stelle hätte ich vermutlich tausend Dinge entgegnen können und auch sollen. Zum Beispiel, dass es aufwärtsgehen würde, sobald mein Vater im *Willows* war. Ich hätte auch wütend werden können. Ihn anschreien, dass es keinen Grund gebe, jemanden zu verlassen, der sich um seinen Vater kümmert. Dass es nicht in Ordnung sei, so eine Entscheidung ganz allein zu treffen.

Ich hätte auch sagen können, dass es völlig egal war, wie oft wir getrennt zu Abend aßen. Ich konnte mir mein Leben nicht ohne ihn vorstellen. Aber ich war so geschockt von seiner Ankündigung, dass ich weiter von dem blöden Kuchen plapperte.

»Kuchen«, betonte ich. »Ich habe dir einen Kuchen

gebacken.« Ich backte sonst nie einen Kuchen, außer an seinem Geburtstag. Der Kuchen war eine Art Entschuldigung.

Ich wusste, dass wir uns voneinander entfernt hatten, und hatte geglaubt, wir könnten das wieder in Ordnung bringen. Wir hatten bloß ein paar schwierige Monate in unserer Ehe hinter uns, die ewig Bestand haben würde.

»Katie«, sagte er dumpf. »Unsere Ehe ist vorbei.«

Da traf mich die Erkenntnis mit ihrer ganzen Wucht. Er hatte keine Hoffnung mehr, was uns betraf. Ich schnitt ihm ein Stück Kuchen ab. Dann schob ich ihm den Teller zu, etwas schwungvoller, als ich gewollt hatte. Der Kuchen hüpfte vom Teller. Daniel starrte erst mich an, dann den Kuchen, der halb auf dem Tisch lag, als wüsste er plötzlich nicht mehr, was er mit dem Kuchen machen sollte.

»Es ist dein Lieblingsnachtisch«, sagte ich schließlich.

Obwohl der Kuchen eine Geste der Freundlichkeit sein sollte, klang ich wütend und verbittert. Daniel senkte den Blick, nahm die Gabel in die Hand und aß einen Bissen.

Nach dem Essen packte er eine Tasche, verließ das Haus und suchte sich ein Hotel.

Einige Stunden nachdem ich von der Premiere zurückgekommen bin, sitze ich im Bett, knabbere an meinem Kugelschreiber und suche nach den richtigen Worten für meine Rezension.

Die Seite vor mir ist völlig leer. Mit dem Kopf bin ich bei meinem Vater. Am liebsten würde ich zum Hörer greifen und ihn anrufen. So wie im College, wenn ich ihm spät abends etwas erzählen oder einfach seine Stimme hören wollte.

Während meines ersten Jahres im College starb meine Mutter an Krebs. Ich wusste, dass er wach wäre. Egal, wie spät es war. Er war eine Nachteule, genau wie ich.

»Daniel hat mich verlassen«, könnte ich ihm sagen. »Ich schaffe es nicht, den Umschlag mit den Scheidungspapieren zu öffnen, weil ich das nicht akzeptieren kann.«

Vor Jahren, als Daniel und ich frisch verheiratet waren, gerieten wir in einen dummen Streit. Daniel fuhr über Nacht weg. Es war nach Mitternacht, und ich rief weinend bei meinem Vater an.

Noch heute erinnere ich mich an seine Worte: »Kate, wenn du jemanden wirklich liebst, läufst du nicht davon.« Der letzte Rest von gutem Willen, den er Daniel gegenüber aufbrachte, schwand dahin. Ich hatte ein schlechtes Gewissen, weil ich ihn angerufen hatte.

Heute bin ich dankbar für diese Erinnerung und für seine Worte. Wahrscheinlich würde er mir dasselbe sagen, wenn ich ihn anrufen würde. Doch das geht nicht. Das Heim untersagt Anrufe nach acht.

Ich denke an mein Versprechen, dass ich seine Sammlung zurückholen werde, und entscheide mich spontan, Benjamin Grossman eine Nachricht auf den Anrufbeantworter zu sprechen. Nach zweimaligem Klingeln habe ich allerdings nicht den Anrufbeantworter, sondern Benjamin am Apparat.

»Ach«, sage ich. »Ich habe nicht damit gerechnet, dass

Sie so spät an einem Sonntag im Büro sind. Ich wollte Ihnen eigentlich eine Nachricht hinterlassen.«

»Wer ist da?«, fragt er.

»Entschuldigung. Hier ist Katie. Katie Nelson. Ich habe Ihnen letzte Woche die Sammlung meines Vaters gebracht.« Er sagt nichts, also falle ich gleich mit der Tür ins Haus. »Ich komme noch mal vorbei und hole die Sammlung wieder ab. Ich habe es mir anders überlegt. Ich brauche keine Schätzung.«

Er schweigt weiter. Ist er überrascht? Verärgert? Gleichgültig? Ist er mit etwas anderem beschäftigt? Ich sehe ihn vor mir, wie er an seinem überladenen Schreibtisch sitzt und die Fernsehantenne justiert.

»Ich habe etwas Ungewöhnliches in der Sammlung entdeckt«, sagt er.

»Etwas Ungewöhnliches?«

»Eine Marke auf einem Brief«, erklärt er. »Eine österreichische Marke aus dem Zweiten Weltkrieg. So eine habe ich noch nie gesehen.«

»Ist sie wertvoll?«

Jede Briefmarke ist wertvoll. Das hat mir mein Vater heute Vormittag beigebracht. Aber was, wenn wirklich ein Schatz dabei ist? Mein Vater wäre überglücklich, das weiß ich. Außerdem könnten wir das Geld für seine Unterbringung im Heim verwenden.

»Sie ist ungewöhnlich«, hält Benjamin dagegen.

»Ungewöhnlich heißt für einen Briefmarkensammler doch wertvoll, oder nicht?«

»Für einen Philatelisten«, korrigiert er mich.

Der Fachbegriff für einen Briefmarkensammler geht ihm leicht von der Zunge. Ich habe das Wort nie gemocht. Irgendwie erinnert es mich an seltsame sexuelle Neigungen.

»Ungewöhnlich ist gut, oder?«, frage ich.

»Vielleicht«, erwidert Benjamin. »Können Sie vorbeikommen? Ich möchte Ihnen zeigen, was ich meine.«

»Jetzt?« Ich werfe einen Blick auf die Uhr. Auf mein halb ausgetrunkenes Glas Wein. Es ist fast zehn, aber ich bin hellwach. Ich habe noch nicht genügend intus, um müde zu sein.

Benjamin atmet hörbar aus. »Tut mir leid«, sagt er. »Ich leide an Schlaflosigkeit. Ich arbeite am liebsten nachts. Manchmal vergesse ich, dass andere Leute schlafen.«

»Ich schlafe auch nicht«, gebe ich zu.

Einen Moment lang schweigen wir beide. Dann sagt er: »Ich kenne ein Diner, es heißt *Frankie's*. Direkt an der 405, ein Stückchen südlich von meinem Büro. Es hat rund um die Uhr geöffnet. Möchten Sie mich dort treffen?«

»In einer halben Stunde bin ich da«, sage ich.

Österreich, 1938

Christoph öffnete die Augen und sah Elenas rundes Gesicht über sich schweben. Sie wirkte besorgt. Als er versuchte, sich aufzusetzen, spürte er einen scharfen Stich im Kopf. Er griff sich an die Stirn und ertastete eine schmerzhafte Beule. »Was ist passiert?«, wollte er wissen.

»Du lebst.« Erleichtert atmete Elena auf und trat einen Schritt zurück. Sie hielt eine schwere Metallstange in der einen Hand, eine Kerze in der anderen. Sie zitterte.

Da fiel ihm der Schlag gegen seinen Schädel ein. »Hast du mich geschlagen? Warum?«

Elena legte die Stange weg und streckte ihm die Hand hin, um ihm aufzuhelfen. Ihre Hand fühlte sich winzig in seiner an, kalt und ganz weich. Er ließ sich von ihr zu dem Sessel in der Ecke führen, in dem Friedrich oft saß und vor dem Essen eine Pfeife rauchte.

Als er sicher im Sessel saß und Elena sich davon überzeugt hatte, dass er nicht sterben würde, stellte sie die Kerze auf den Arbeitstisch und verschränkte die Arme vor der Brust.

»Es ist mitten in der Nacht«, sagte sie streng. »Was machst du in der Werkstatt meines Vaters?«

»Was machst du hier?«, konterte er.

Sein Kopf pulsierte heftig, und er fasste sich an die Stirn, um den Schmerz zu unterdrücken.

»Ich wohne hier«, sagte sie, als gäbe ihr dies das Recht, ihn niederzuschlagen.

Friedrich würde nicht gern hören, dass Christoph oder Elena sich nachts in seiner Werkstatt aufhielten. Noch mehr würde ihn ärgern, dass sie zusammen waren.

»Hast du versucht, meinen Vater zu bestehlen? Ich wusste gleich, dass man dir nicht trauen kann«, sagte Elena.

Das klang seltsam, hatten sie nur Stunden zuvor fröhlich ein Brettspiel miteinander gespielt. Es hatte ausgesehen, als könnten sie Freunde werden.

»Nein«, protestierte er und setzte sich gerade hin, doch Elena hatte ihn fest getroffen. Die ganze Werkstatt schien sich zu drehen. Die Stahlplatten, die Werkzeuge, alles stand kopf. »Ich wollte nichts stehlen«, beteuerte er. »Ich wollte bloß üben. Weil ich mehr Übung brauche. Mit den Werkzeugen.«

Elena öffnete den Mund und beugte sich vor. Ihre Schultern hingen kraftlos nach vorne. Sie kniete sich auf den Boden vor seinem Sessel hin und streckte die Hand nach seiner Stirn aus. Ihre Finger waren kalt, fühlten sich aber angenehm an.

»Ich dachte, du wärst ein Einbrecher. Es war dunkel. Darum habe ich dich niedergeschlagen.«

»So ein Fehler kann jedem passieren«, erwiderte er.

Wie lange würde es wohl dauern, bis der Schmerz in seinem Schädel nachließ? Kurz hegte er den Verdacht, es sei mit Absicht geschehen, da Elena ihn offensichtlich nicht leiden konnte. Doch sie schaute so beschämt drein, dass er von ihrer Ehrlichkeit überzeugt war.

»Du hast mir nicht gesagt, was du hier wolltest«, sagte er.

»Ich übe auch«, sagte sie leise und sah zum Arbeitstisch hinüber.

Das Haar fiel ihr ins Gesicht, sodass er ihre Mimik nicht gut erkennen konnte. Am liebsten hätte er ihr das Haar zurück über die Schultern gestrichen und in ihre Augen gesehen. Er hob die Brauen, und da schoss ihm wieder der Schmerz in die Stirn.

»Warum?«, fragte er. »Was willst du üben?«

»Geht dich nichts an.« Sie stand auf und ging in Richtung Tür.

»Elena«, rief er ihr nach.

»Es ist spät«, sagte sie. »Ich muss schlafen. Das sollten wir beide.«

Er hörte, wie sich die Tür hinter ihr schloss, und blieb sitzen, bis der Schwindel endlich aufhörte.

Am nächsten Morgen, als alle am Frühstückstisch saßen, bemerkte Frau Faber sofort, dass Christoph sich am Kopf verletzt hatte. Er hatte verschlafen. Friedrich war bereits in der Werkstatt. Christoph hoffte, er würde es ihm nicht übel nehmen. Nachdem Elena gegangen war, hatte er ein wenig geübt, und heute würden sich sicher Fortschritte zeigen. Dann würde Friedrich ihn loben, trotz seiner Verspätung.

»Mein Junge«, sagte Frau Faber und reichte ihm eine Tasse ihres starken Kaffees. »Was hast du denn gemacht?«

Die Beule hatte sich in Richtung Lila verfärbt und trat unschön aus seiner Stirn hervor. Sie war etwa so groß wie eine kleine Aprikose. Christoph sah zu Elena hinüber, die unverwandt auf ihren Toast starrte.

»Ich bin aus dem Bett gefallen«, sagte er schließlich. »Hab mir die Stirn am Nachttisch angeschlagen.«

»Das sieht schlimm aus. Ich habe ein richtig schlechtes Gewissen. Miriam soll dir heute Nachmittag dabei helfen, den Nachttisch zu verrücken«, sagte Frau Faber.

»Das ist schon in Ordnung«, erwiderte er. »Ich bin nur manchmal etwas ungeschickt. Sie brauchen sich keine Vorwürfe zu machen.«

Elena sah ihn an und schenkte ihm ein winziges, vielleicht dankbares Lächeln.

Er zuckte mit den Schultern. Das sollte heißen: *Ich bewahre dein Geheimnis. Wenigstens vorläufig.*

Um ehrlich zu sein, interessierte ihn eigentlich nicht, was sie mitten in der Nacht in Friedrichs Werkstatt trieb und warum sie mit seinen Werkzeugen übte. Ihm war nur wichtig, dass sie ihm nicht böse war. Dass sie wieder lächelte. Dass sie ihn anlächelte.

»Du bist zu spät«, bellte Friedrich, als Christoph in die Werkstatt kam. Bei Tageslicht sah alles ganz anders aus. Die Werkzeuge wirkten einschüchternder als bei Nacht.

»Entschuldigung«, sagte Christoph und griff sofort nach dem Stichel. Vor wenigen Stunden hatte er es geschafft, ihm eine dünne, gerade Linie zu entlocken, ganz genau so, wie er sie haben wollte. Selbst mit seinem schmerzenden Kopf. Doch jetzt überkam ihn wieder die Unsicherheit.

»Christoph«, sagte Friedrich. »Ich weiß, dass du heute Nacht gearbeitet hast.«

»Das wissen Sie?« Christoph fasste sich an die Beule. Woher denn bloß?

Friedrich hielt eine Stahlplatte in die Höhe. Das Motiv hatte Ähnlichkeit mit seiner Landschaftsskizze, die Friedrich als *gar nicht übel* bezeichnet hatte. Aber er hatte noch nicht die Fähigkeiten, ein so kompliziertes Motiv wie dieses Bild auf Stahl zu übertragen. Er mühte sich damit ab, einfache, gerade Linien hinzubekommen. An ein ganzes Bild war nicht zu denken.

Um eine Stahlplatte für eine Briefmarke herzustellen, musste eine Zeichnung auf die Platte gestochen werden, spiegelverkehrt und im rechten Maßstab. Jede Linie, jedes Detail der Originalzeichnung musste mit höchster Sorgfalt übertragen werden, bevor die Platte an den Drucker nach Wien geschickt werden konnte.

»Ich könnte das nicht …« Doch Elena konnte es. Das musste ihr Werk sein. Sie hatte gesagt, dass sie übte.

Als Christoph die Platte in Friedrichs Händen betrachtete, musste er zugeben, dass die Arbeit gut war. Viel besser als seine jedenfalls. Warum erzählte sie ihrem Vater nicht einfach, dass sie sich fürs Gravieren interessierte und recht gut darin geworden war?

Natürlich, das Gravurhandwerk war keine geeignete Tätigkeit für eine Frau. Doch Friedrich schien im Allgemeinen nicht viel darauf zu geben, was andere sagten. Warum also die Geheimniskrämerei? Doch er erinnerte sich an das Lächeln, das Elena ihm beim Frühstück geschenkt hatte, und wollte sie nicht auffliegen lassen.

»Ich habe gestern Nacht gearbeitet«, sagte Christoph schließlich. »Tut mir leid. Ich wollte mich verbessern und brauchte die Übung.« Das war immerhin nicht gelogen.

»Na schön«, entgegnete Friedrich. »Aber du musst von vorne anfangen, mein Junge. Du machst den zweiten Schritt vor dem ersten.« Er deutete auf das Werk mit der Landschaft. »Das ist nicht sorgfältig genug. Ich sehe viele Fehler. Wenn du Perfektion willst, musst du langsam vorgehen. Und zwar tagsüber. Mit meiner Hilfe.«

Christoph nickte. Er war erleichtert, dass Friedrich nicht von ihm verlangte, auf der Stelle neu anzufangen, was er angeblich in der Nacht zuvor geschaffen hatte. Was Elena geschaffen hatte. Friedrich legte seine zitternde Hand auf Christophs Schulter und reichte ihm den Grabstichel.

Christoph nahm das Werkzeug. »Jawohl«, sagte er.

Christoph dachte den ganzen Tag über an Elena. Seine Hände schmerzten, als er sorgfältige Linien mit Friedrichs Werkzeugen zog. Die Zeit verging nur langsam.

Er grübelte über Elenas Motive nach. Warum machte sie das? Warum brachte sie sich Friedrichs Handwerk selbst bei, und das heimlich? Er dachte auch an ihre kleinen, kalten Hände. An ihre weiche Haut. Daran, wie sein Kopf sich angefühlt hatte, als ihre Finger über seinen Haaransatz geglitten waren.

Endlich ging die Sonne hinter den Bergen unter, und Friedrich erklärte, für heute sei Schluss mit der Arbeit. »Es ist Sabbat«, betonte er, und Christoph nickte.

Er hatte bereits mitbekommen, wie wichtig das Ritual des Freitagabends im Hause Faber war.

»Ich weiß, dass das nicht deine Religion ist«, sagte Friedrich. »Aber es ist meine. Und das ist meine Werkstatt. Du darfst bis zum morgigen Sonnenuntergang nicht herkommen. Versprich mir das.«

»Ich verspreche es«, entgegnete Christoph und meinte es ernst.

Während des Sabbatmahls sah Elena ihn nicht an. Sie schien sich ganz auf die Gebete, die Kerzen, das Brotbrechen zu konzentrieren.

Auch Christoph versuchte, sich zu konzentrieren. Er fühlte sich wie ein Außenseiter in jener Welt. Aufmerksam lauschte er den Worten der Gebete: *Baruch atah, Adonai, Eloheinu …* Er versuchte, sie zu lernen, damit er sie eines Tages mitsprechen konnte.

Sie begannen zu essen. Frau Faber schimpfte mit Miriam, weil sie mit ihrem Löffel gegen den Rand der Suppenschüssel schlug und dadurch Musik machte. Elena erhob sich, um Holz für das Feuer zu holen. Als Christoph dieses Mal aufstand, um ihr zu helfen, protestierte sie nicht.

Als sich die Tür hinter ihnen geschlossen hatte und die kalte Abendluft sie umfing, sah Elena ihn an und tastete nach seiner Beule.

»Tut es sehr weh?«, wollte sie wissen.

»Nein, nicht sehr«, log er. Sie wollte die Hand wegziehen, doch er griff nach ihrem Handgelenk. »Dein Vater hat deinen Stahlstich gefunden«, berichtete er. »Den du von meiner Zeichnung angefertigt hast.«

Ihre Augen weiteten sich vor Schreck.

»Ich habe behauptet, ich hätte ihn gemacht.«

»Danke«, stammelte sie. »Ich … danke dir.« Sie zog ihre Hand aus seiner und ging in Richtung des Holzlagers.

»Warum verheimlichst du ihm das? Warum übst du mitten in der Nacht?«

»Ich verheimliche ihm nichts«, gab sie zurück. »Ich muss ihm ja nicht alles sagen.«

»Dann sag's mir.«

Sie schnappte sich ein Holzscheit, und er tat es ihr nach.

»Hör zu«, begann sie. »Tut mir leid, das mit deinem Kopf. Wirklich. Aber wir sind keine Freunde und werden auch keine, das habe ich dir schon gesagt.«

Sie ging zurück in Richtung Haus.

»Ich bin anderer Meinung«, rief er ihr hinterher. »Wir werden bestimmt Freunde.«

Sie öffnete die Tür und ging ohne ein weiteres Wort hinein.

Später, als er im Bett lag, versuchte er sich erneut an einem Porträt von Elena. Dieses Mal war ihr Haar eine Blume, so wie das Edelweiß auf Friedrichs berühmter Briefmarke. Sein Nachttisch stand inzwischen ein Stück weiter vom Bett entfernt, wie Frau Faber angekündigt hatte. Es war ihm zu mühsam, ihn wieder zu verschieben, darum legte er sein Material auf der Bettdecke aus. Das Bett war sein Arbeitsplatz, aber das kümmerte ihn nicht. Er fühlte sich wohl. Dieses Gefühl war nach wie vor neu für ihn.

Da klopfte jemand leise an seine Tür. Elena? Hastig versteckte er die Zeichnung und rief erst danach: »Herein.«

Doch als die Tür aufging, stand da Miriam.

»Christoph«, sagte sie, die kleinen braunen Augen weit geöffnet. Das braune Haar trug sie zu einem unordentlichen Zopf geflochten, und ihr weißes Nachthemd war ihr zu lang. Christoph vermutete, es hatte einmal Elena gehört. »Ich bin so froh, dass du wach bist. Ich brauche deine Hilfe.«

»Worum geht's denn?«, wollte er wissen.

Am Sabbat spielte man nicht Monopoly, auch keine anderen Spiele. Darum rechnete er damit, dass sie ihn bitten würde, Holz zu holen oder die Maus aus ihrem Zimmer zu vertreiben. Das war seit seinem Einzug ein großes Thema gewesen: Die Maus, die angeblich jede Nacht in Miriams Zimmer an den Wänden kratzte. Frau Faber war überzeugt, dass die Maus nur in Miriams Einbildung existierte.

»Elena ist weg«, keuchte sie. »Ich kann es weder Mutter noch Vater sagen, weil Sabbat ist und sie sich aufregen würden. Am Sabbat dürfen wir nicht weggehen.«

»Was soll das heißen, sie ist weg?« Christoph dachte sofort daran, dass Elena wohl in der Werkstatt saß und bei Kerzenlicht übte. »Vielleicht ist sie nur …« Er biss sich auf die Zunge. Kannte Miriam das Geheimnis ihrer Schwester?

»Sie ist nicht im Haus und auch nicht in Vaters Werkstatt, ich habe sie dort gesucht.«

»Vielleicht ist sie mit einer Freundin ausgegangen.«

Christoph kannte Elenas Freundinnen nicht. Hatte sie sich hinausgeschlichen, um sich mit einem Jungen zu treffen? Der Gedanke machte ihn zornig, obwohl es ihn nichts anging. Er wollte nicht, dass Elena einen Verehrer hatte, schon gar keinen, den sie am Sabbat traf, und damit ihre Eltern gegen sich aufbrachte.

Miriam zögerte einen Augenblick. Dann sagte sie: »Manchmal geht sie zu Versammlungen.«

»Was für Versammlungen?«

»Ach, von Leuten, die sich wegen der Deutschen sorgen. Elena meint, es wäre sehr schlecht für Österreich, wenn wir dem Anschluss an Deutschland zustimmen.«

Christoph war erstaunt darüber, wie viel Miriam über Politik wusste. Wie viel Elena darüber wusste. Zumal hier auf dem Land, wo die restliche Welt, die Stadt, ganz weit entfernt zu sein schienen. In Wien hatten die Menschen oft über den politischen Wandel in Europa und Österreich gesprochen. Manche glaubten, es wäre besser für Österreich, unabhängig zu bleiben. Andere waren vom Gegenteil überzeugt. Christoph mochte Hitler nicht. Er wollte nicht, dass er sich Österreich zuwandte. »Wo sind diese Versammlungen, Miri?«

Miriam zuckte mit den Schultern. »Ich weiß nicht. Ich weiß bloß, dass sie dort hingeht. Sie sagt Mutter und Vater nichts davon, weil sie nicht will, dass sie sich Sorgen machen. Aber am Sabbat ist sie noch nie weggegangen.«

Miriam zwirbelte ihren Zopf zwischen den Fingern.

»Manchmal bleibt sie die ganze Nacht weg. Morgen ist Samstag. Da arbeitet Vater nicht, aber er steht trotzdem früh auf. Er wird merken, dass sie nicht da ist. Ich weiß nicht, was sie sich dabei gedacht hat. Und alle sagen immer, ich wäre die Flatterhafte.«

Da wurde ihm plötzlich klar, wieso Miriam zu ihm gekommen war. »Du willst, dass ich nach ihr suche, oder?«

»Würdest du das wirklich tun?«

Er zögerte. »Sie wird nicht auf mich hören, wenn ich sie finde. Sie mag mich nicht besonders, weißt du?«

»Aber du magst sie.« Miriam griff nach seinem Skizzenblock.

»Lass das.« Er nahm ihr den Block wieder ab.

»Ich hab es schon heute Nachmittag gesehen.« Sie grinste frech. »Als Mutter mich bat, deinen Nachttisch zu verrücken.«

»Du hättest meine Sachen in Ruhe lassen müssen.«

Er spürte, wie ihm das Blut in die Wangen schoss, als er sich vorstellte, dass Miriam in seinem Zimmer gewesen war und sich seine Zeichnungen angesehen hatte. Die Tatsache, dass sie seine geheimsten Gedanken, seine Gefühle für Elena kannte, war schlimmer als die Vorstellung, ihr nackt gegenübertreten zu müssen.

»Es war keine Absicht«, sagte sie. »Die Zeichnung lag ganz offen da. Auf dem Nachttisch. Ich musste ihn doch verrücken.«

Sie log, genauso, wie sie beim Monopoly behauptet hatte, nicht zu schummeln. Es hatte jedoch keinen Sinn, mit ihr zu streiten. Was geschehen war, war geschehen.

»Du bist ein richtig guter Künstler, nicht wahr?« Jetzt klang sie etwas ernsthafter. »Ich würde gern so gut zeichnen können wie du.«

»Ich bin ganz passabel.« Dann fügte er hinzu: »Hör zu, ich weiß, du willst, dass ich dir helfe. Aber ich weiß überhaupt nicht, wo ich suchen sollte. Elena ist bestimmt in Sicherheit.« Er berührte die schmerzende Beule. »Sie kann gut auf sich selbst aufpassen.«

»Da ist eine Hütte im Wald, etwa auf halber Strecke ins Dorf, ein Stück unterhalb des Wegs.« Miriam stützte die Hände in die Hüften. »Du könntest wenigstens nachsehen. Ich weiß, dass sie da früher war. Es ist nicht weit.«

Draußen war es erstaunlich hell. Die runde Mondscheibe stand mitten am schwarzen Himmel und leuchtete Christoph den Weg in den Wald hinein, direkt hinter Friedrichs Werkstatt. Das Städtchen Großenburg lag etwa fünfzehn Minuten Fußmarsch entfernt, auf der anderen Seite des Waldes, am Fuße einer hügeligen Lichtung.

Großenburg war viel kleiner als Wien, ein winziges Dorf, das aus Häusern mit roten Dächern bestand, so ähnlich wie das der Fabers. Dort gab es alles, was die Familie brauchte – den Markt, die Schule der beiden Mädchen, das Postamt.

Christoph fand den idyllischen Weg recht angenehm, der in die Zivilisation und zurück führte. Ein völlig anderes Erlebnis, als er es aus dem hektischen Wien kannte. Doch bislang war er nur bei Tag dort entlangspaziert.

Nachts wirkte der Wald dichter, der Weg länger und steiler. Er kannte die Hütte, von der Miriam gesprochen hatte, aber als er darauf zuging, packten ihn mit einem Mal Bedenken. Nach dem Vorfall der Nacht zuvor wollte er Elena nicht noch einmal überraschen.

»Christoph?« Elenas Stimme, so unvermittelt aus dem Wald, erschreckte ihn. Er zuckte zusammen.

Beschwichtigend hob er die Hände und blieb stehen. »Bitte, schlag mich nicht«, bat er.

Plötzlich hörte er das Gelächter eines Jungen. Nein, es musste ein Mann sein. Nun erkannte er, dass zwei Personen vor ihm standen. Elena hatte sich bei jemandem untergehakt. Derjenige war größer als er selbst. Ein Mann, der im Mondschein ziemlich furchterregend aussah.

»Wer ist das?«, fragte der Mann.

»Ach, niemand«, erwiderte Elena. Christoph schmerzten ihre Worte schlimmer als der Schlag gegen seinen Schädel. »Der neue Lehrling meines Vaters.«

Der Mann lachte. »Wieder einer, der in die Hitlerjugend eintreten will?« Er machte einen Schritt auf Christoph zu. »Wenn du das vorhast, gehst du lieber gleich. Verschwende nicht noch mehr von Friedrichs Zeit.«

»Josef, hör auf. Er ist in Ordnung.«

In Ordnung? Sie hatte also etwas mehr als nur Verachtung für ihn übrig.

»Was machst du hier?«, wollte sie von ihm wissen.

»Miriam hat sich Sorgen gemacht. Sie hatte Angst, dein

Vater würde bemerken, dass du am Sabbat weggegangen bist.«

»Ich bin auf dem Weg nach Hause. Es ging heute leider nicht anders.« Sie wandte sich an Josef. »Ich gehe das letzte Stück zusammen mit Christoph.«

»Bist du sicher?« Christoph konnte Josefs Gesicht im Dunkeln nicht genau erkennen, vermutete aber, dass er ihn skeptisch oder ärgerlich musterte.

»Ja«, sagte Elena. »Es ist nicht weit. Wir schaffen das schon.«

Josef packte Elena am Arm. Christoph erschrak. War sie in Gefahr? Doch Josef flüsterte ihr nur etwas ins Ohr. Elena umarmte ihn wie beiläufig zum Abschied. Christoph vermutete, sie hätte sich eine etwas leidenschaftlichere Reaktion von Josef gewünscht.

»Na komm.« Elena tippte Christoph auf die Schulter und marschierte voran in Richtung Wald.

»Was hast du da draußen gemacht?«, fragte Christoph, der sich bemühte, mit ihr Schritt zu halten. »Wieso hat der Josef gefragt, ob ich in die Hitlerjugend eintreten will?«

»Willst du es denn?«

»Wieso um alles in der Welt sollte ich das tun?« Es verletzte ihn, dass Elena annahm, er würde einer Gruppe beitreten, die die Religion der Fabers mit den Füßen trat.

»Ich weiß nicht«, giftete Elena zurück. »Warum solltest du es nicht tun?« Dann fügte sie etwas friedlicher hinzu: »Der letzte Lehrling meines Vaters ist dort eingetreten.«

Das erklärte also, was mit Friedrichs letztem Lehrling passiert war. Er war nicht hinausgeworfen worden, sondern hatte die Fabers freiwillig verlassen, um sich Hitlers Jugendbewegung anzuschließen. Kein Wunder, dass Elena Christoph misstraute. Das war vielleicht nicht fair, aber immerhin verständlich.

»Weißt du, ich hatte nie eine Familie«, begann er. »Bevor ich herkam, um bei deinem Vater zu lernen, habe ich im Waisenhaus in Wien gelebt. Ich hatte nie eine Mutter oder einen Vater. Oder eine Schwester«, fügte er hinzu. »Ich hatte niemanden.«

»Das tut mir leid«, entgegnete Elena. »Das habe ich nicht gewusst.«

»Es braucht dir nicht leidzutun. Ich will damit nur sagen, dass es mir bei euch sehr gefällt. Ich mag deine Familie und würde nie etwas machen, das euch schadet. Oder dir«, sagte er.

Elena blieb stehen und sah ihn an. »Du bist anders, als ich anfangs geglaubt hatte.«

Er dachte daran, was Miriam ihm über Elenas nächtliche Aktivitäten erzählt hatte. »Ich will auch nicht, dass Österreich ein Teil von Deutschland wird.«

Elena seufzte. »Die deutschen Truppen marschieren Richtung Wien. Morgen um diese Zeit werden wir Deutsche sein.«

Am nächsten Morgen verstieß die Familie Faber gegen die Sabbatgebote und stellte das Radio an. Sogar Miriam saß ganz still da, während alle versuchten, etwas zu verstehen. Der Empfang war schlecht, aber sie verstanden genug. Hitlers Truppen waren in Österreich einmarschiert und hatten den Anschluss des Landes verkündet, genau wie Elena vorausgesagt hatte.

»Nun, es muss trotzdem gewählt werden«, sagte Frau Faber kopfschüttelnd und wollte schon das Radio ausstellen.

»Nein, Mutter«, bat Elena. »Ich will hören, was noch gesagt wird.«

»Die können doch nicht einfach Österreich übernehmen, ohne dass es eine Wahl gegeben hat.« Frau Fabers Stimme überschlug sich.

Friedrich ignorierte Elenas Protest und schaltete das Radio aus.

»Sie können sich Österreich nehmen«, sagte er leise. »Aber unseren Sabbat nicht.«

Los Angeles, 1989

Benjamin sitzt bereits an einem Tisch im *Frankie's*, als ich dort ankomme. Bereits aus dem Auto heraus entdecke ich seinen sandfarbenen Lockenschopf am Fenster. Sein Haar wirkt zerzaust, und ich frage mich, ob es für ihn ein ebenso langer Tag gewesen ist wie für mich.

Ich gehe hinein und setze mich ihm gegenüber. An meinem Platz steht eine Tasse Kaffee.

»Ich habe Ihnen einen mitbestellt«, sagt er. »Ich hoffe, Sie trinken Kaffee?«

»Ja. Aber nicht mehr um diese Uhrzeit, jedenfalls normalerweise.« Ich nehme einen Schluck. »Der ist gut«, sage ich. »Ich bin ein bisschen verwöhnt, was Kaffee betrifft.« Ich weiß nicht, warum ich so viel rede, aber irgendwie bin ich nervös und durcheinander. Ich kann nicht aufhören. »Das ist echt ein guter Kaffee«, wiederhole ich.

Benjamin überhört mein aufgeregtes Geplapper und öffnet den dicken Umschlag, der vor ihm liegt. Heraus kommt eine der vertrauten Plastikhüllen aus der Sammlung meines Vaters. Er schiebt sie über den Tisch zu mir hinüber.

In der Hülle befindet sich ein verschlossener, adressierter Umschlag, ein Brief. Der Umschlag ist vergilbt und löst sich beinahe auf. In der oberen rechten Ecke klebt eine Marke, die auf dem Kopf steht.

»Die Marke ist falsch herum aufgeklebt«, sage ich. Benjamin nickt. »Meinen Sie das mit *ungewöhnlich*?«

»Nein, das ist bloß eine Botschaft.«

»Eine Botschaft?«

»Das haben die Leute früher so gemacht. Je nachdem, wie man die Marke aufklebte, sendete man damit eine versteckte Nachricht. Früher gab es eine ganze Geheimsprache der Briefmarken.«

»Eine Geheimsprache?« Davon habe ich keine Ahnung gehabt.

»Auf dem Kopf stehend bedeutete: *Ich liebe dich.*«

»Dann ist das also ein Liebesbrief?«

Ich untersuche den Umschlag vorsichtig. Die Journalistin in mir interessiert sich weniger für die Marke als für das, was in dem Brief stehen könnte.

»Sie konzentrieren sich auf die falsche Sache«, sagt Benjamin und fährt sich mit der Hand durchs Haar. Er deutet auf die Marke. »So eine habe ich noch nie gesehen.«

Ich drehe den Umschlag hin und her, um mir die Marke genauer anzusehen. Sie zeigt einen Kirchturm in Schwarz-Weiß vor einem orangen Hintergrund. In jeder Ecke prangt eine Acht, teilweise überdeckt von den Worten *Deutsches Reich*. »Ich weiß nicht, worauf ich mich konzentrieren soll«.

»Auf die Spitze des Kirchturms«, sagt Benjamin leicht gereizt. Er wirkt genervt, weil ich so begriffsstutzig bin.

Ich halte den Umschlag ganz nah vor meine Augen. Da

bemerke ich auf der Spitze des Kirchturms den Umriss einer winzigen Blume. Sie ist kaum zu erkennen.

»Die Blume?«, frage ich.

Er nickt. »Nachdem Hitler den Anschluss Österreichs vollzogen hatte, erschienen einige Briefmarken mit österreichischen Gebäuden und Sehenswürdigkeiten. Diese Marke zeigt den Stephansdom in Wien. Eine Blume gehört allerdings nicht zu diesem Motiv.«

»Was bedeutet das?«, will ich wissen. »Hat jemand einen Fehler bei dieser Marke gemacht?«

Ist das der Hope-Diamant meines Vaters? Eine winzige, kaum sichtbare Blume auf einem österreichischen Kirchturm? Kopfüber auf einem Liebesbrief?

Benjamin nimmt einen Schluck Kaffee. »Ich bezweifele, dass das ein Fehler ist. Damals war es sehr schwierig und mühsam, solche Briefmarken herzustellen. Man musste eine Illustration auf Metall übertragen. Die Briefmarkengraveure waren sehr gut ausgebildete Handwerker. Denen passierte es wohl kaum, dass sie aus Versehen eine Blume hinzufügten.«

Er kichert. Meine Annahme ist mir peinlich.

»Wie ist die Blume dort hingekommen?«, frage ich.

»Genau«, erwidert Benjamin.

Dann zuckt er mit den Schultern. Er weiß es nicht.

Ich betrachte erneut den Umschlag. Die Adresse ist mit der Maschine geschrieben: *Frl. Faber.* Darunter eine Adresse, die wahrscheinlich in Österreich liegt. Das schließe ich aus Benjamins Ausführungen. »Ich frage mich, was in dem Umschlag ist«, murmele ich.

»Sie dürfen ihn nicht öffnen.« Benjamin nimmt ihn mir aus der Hand. »Das könnte den Wert der Marke mindern.«

»Sie ist also wertvoll?«

»Vielleicht«, räumt er ein. »Vielleicht aber auch nicht. Neunundneunzig Prozent der Unregelmäßigkeiten, die ich zu Gesicht kriege, stellen sich als falscher Alarm heraus. Manchmal sind die Briefmarken nicht mal echt.«

»Klingt ja vielversprechend.«

Ich lasse mich in meine Sitzbank sinken. Plötzlich bin ich müde. Es ist fast Mitternacht, und ich habe mich überreden lassen, zu einem Diner zu fahren, um mir eine fast unsichtbare Blume anzusehen, die höchstwahrscheinlich weder wertvoll noch echt ist.

Benjamin sieht mich einen Moment an, als wolle er etwas über die Marke sagen, scheint es sich dann aber anders zu überlegen und nimmt einen Schluck Kaffee.

»Sie wissen nicht zufällig, wo Ihr Vater die Marke herhat, oder?«, fragt er beiläufig.

»Schwer zu sagen nach so langer Zeit. Er hat viel in Trödelläden und auf Flohmärkten gekauft. Als ich klein war, hat er mich leider jedes Wochenende dorthin mitgeschleift.«

Das klingt hart. Am liebsten würde ich meine Worte zurücknehmen. Ich habe nämlich schöne Erinnerungen an damals. An meine Hand in der großen Hand meines Vaters, an den warmen kalifornischen Sonnenschein auf unseren Gesichtern frühmorgens im Cabrio, an den Duft der Bäckereien, in denen wir unsere Donuts kauften.

»Die Briefmarken waren mein Ein und Alles«, hat mein Vater heute Vormittag zu mir gesagt, als er mich für meine Mutter hielt.

Benjamin trinkt seinen Kaffee aus. »Darf ich fragen, warum Sie die Sammlung zurückhaben wollen?«

»Mein Vater hat sich aufgeregt, als ich ihm gesagt habe, dass ich sie zu Ihnen gebracht habe.«

»Wie kann er sich an die Sammlung erinnern? Sie sagten, er sei dement.«

Ich blicke auf die Tischplatte und fahre mit dem Daumen über die Plastikoberfläche. Sie ist rissig und löst sich ab.

»Der Gedächtnisverlust bei Demenz ist wie ein Sieb, das immer durchlässiger wird.«

Ich wiederhole, was mir einer seiner Ärzte gesagt hat, aber der klang damals sachlich. Ich klinge verbittert.

»Kleine Dinge fallen durch kleine Löcher, zuerst nur zögerlich, dann häufiger. Die Löcher werden größer. Bei meinem Vater ist hauptsächlich das Kurzzeitgedächtnis betroffen. Ich besuche ihn jeden Sonntag. Wenn ich nächste Woche wiederkomme, weiß er nicht mehr, was ich ihm heute erzählt habe. Also, dass ich seine Sammlung zu Ihnen gebracht habe. An die Sammlung selbst erinnert er sich.«

»Das muss schwer sein«, erwidert Benjamin. »Ich meine, für Sie.«

»Es ist schwer«, sage ich.

Das ist das erste Mal, dass ich das offen zugebe.

Zum ersten Mal erkennt ein anderer Mensch, dass das

Schicksal meines Vaters schwieriger für mich als für ihn selbst ist. Daniel hat das nie thematisiert. Für ihn war der Gedächtnisverlust meines Vaters nur insofern wichtig, als dass er unsere Ehe tangierte und ich weniger Zeit für ihn hatte. Da spüre ich ein Gefühl der Zuneigung für Benjamin in mir aufsteigen, für diesen fremden Mann, den ich kaum kenne.

»Tut mir leid wegen dem Hin und Her. Ich bezahle Ihnen Ihre Arbeitszeit.«

Benjamin zögert. »Sind Sie sicher, dass Sie die Sammlung wiederhaben und wir das alles vergessen wollen?«

»Na ja, wenn Sie der Meinung wären, diese Marke sei wertvoll, wäre das was anderes. Aber es scheint ja nicht so zu sein. Insofern hat es wohl keinen Sinn.«

»Das habe ich nicht gesagt«, widerspricht Benjamin mir. »Ich sagte, sie könnte wertvoll sein.«

»Wie hoch ist die Wahrscheinlichkeit, ein Prozent?«

Benjamin lächelt. Vielleicht freut es ihn, dass ich ihm so gut zugehört habe. Ich kann mir vorstellen, dass ihm das nicht oft passiert.

»Sie könnte größer sein«, sagt er. »Ich müsste meine Fühler ausstrecken, ein bisschen recherchieren.«

Mit dem Finger berührt er die Blume, die unter der Plastikhülle liegt, und schiebt mir die Marke hin.

»Nehmen Sie den Brief wieder mit. Vielleicht könnten Sie ihn Ihrem Vater beim nächsten Besuch zeigen. Dann hören wir, was er dazu sagt. Vielleicht weiß er noch, wo er den Brief gekauft hat oder was die Blume zu bedeuten hat.«

Er macht eine kurze Pause.

»Danach können Sie entscheiden, ob ich die ganze Sammlung schätzen soll. Oder ob Sie sie zurückhaben wollen.«

Benjamins Worte fühlen sich unerwartet freundlich an. Er schenkt mir den Raum, um in Ruhe durchzuatmen und alles zu überdenken, und nimmt mir das Gefühl, seine Zeit verschwendet zu haben. Ich möchte mich bei ihm bedanken, obwohl ich nicht genau ausdrücken kann, wofür eigentlich. Aber ich tue es trotzdem.

»Ich bitte Sie«, sagt er darauf bloß. Er steht auf, zieht einen Fünfer aus der Tasche und legt ihn auf den Tisch. »Ich bringe Sie zu Ihrem Auto. Es ist spät.«

Am nächsten Morgen mache ich auf dem Weg ins Büro einen ungeplanten Umweg. Anstatt beim *LA Lifestyles Magazine* finde ich mich plötzlich auf dem Parkplatz der Bibliothek wieder. Ich gehe rein und rufe von dem öffentlichen Telefon in der Lobby aus bei der Arbeit an und melde mich krank.

Das habe ich mir nicht erlaubt, seit Daniel mir eröffnete, dass er mich verlassen werde. Selbst letzten Mai, als ich eine schreckliche Erkältung hatte, mit der ich wirklich ins Bett gehört hätte, bin ich ins Büro gegangen. Ich wollte nicht, dass er glaubt, ich würde die Begegnung mit ihm vermeiden. Ich wollte ihm zeigen, dass ich Journalistin mit Herzblut bin.

Sicher ist, dass ich einen neuen Job brauche. Ich habe nämlich nicht vor, den Rest meines Lebens für meinen künftigen Exmann zu arbeiten. Leider habe ich noch nichts gefunden, aber um ehrlich zu sein, habe ich auch nicht besonders intensiv gesucht.

Nach meinem gestrigen Treffen mit Benjamin im Diner lag ich Stunden wach. Mein Herz schlug wie verrückt. Zu viel Kaffee, zu spät. Aber auch wegen dem, was Benjamin mir erzählt hatte. Es ist mir egal, ob ich meine Rezension pünktlich abgeben kann oder was Daniel von meiner heutigen Abwesenheit hält. Ich will mehr über diese Briefmarke wissen. Woher stammt sie, warum könnte sie wichtig sein?

Ich lege auf und gehe in die Bibliothek. Es ist ein tolles Gefühl, frei zu sein, nicht ins Büro zu müssen. Ich weiß nicht genau, wonach ich suchen soll. Vielleicht nach dem Buch, das mein Vater gestern gelesen hat.

Mein Weg führt zur Information. Ich frage, ob es im Bestand ist. Nein, sie haben es nicht, aber die Bibliothekarin bietet mir einen ähnlichen Katalog an. Darin findet sich jede Briefmarke aus der ersten Hälfte des zwanzigsten Jahrhunderts, sortiert nach Jahr, Land und Graveur.

»Ich hatte keine Ahnung, dass es so viele Bücher über Briefmarken gibt«, bemerke ich und blättere den Katalog durch.

Sie sieht mich an. »Tatsächlich haben wir eine ganze Abteilung zum Thema Philatelie.« Ich folge ihr nach hinten. Sie biegt rechts ein und deutet auf mehrere große Regale. »In L.A. gibt es viele Sammler«, sagt sie. »Sagen Sie Bescheid, wenn Sie Hilfe brauchen.«

Ich bedanke mich und gehe die Regale entlang.

Eigentlich weiß ich nicht, wonach ich suche, spüre aber

eine Verbundenheit mit meinem Vater und der seltsamen Marke, die Benjamin gefunden hat.

Das Gedächtnis meines Vaters mag versagen, aber ich darf nicht aufgeben. Ich darf das Lebenswerk meines Vaters nicht verraten, muss ihm wieder eine Bedeutung geben. Dann kann ich meinen Vater vielleicht ein bisschen länger festhalten. So verschwindet er nicht komplett, zusammen mit seinen Erinnerungen.

Ein paar Stunden später bin ich wieder zu Hause, blättere durch die Bücher aus der Bibliothek und schenke mir noch eine Tasse Kaffee ein.

Blinzelnd wühle ich mich durch die vielen winzigen Abbildungen in dem großen Katalog, den die Bibliothekarin mir herausgesucht hat. Dabei achte ich besonders auf die europäischen Marken aus der Vorkriegszeit. Viele von ihnen zeigen Hitlers grässliches Profil. Nur ihr Wert unterscheidet sich. Ich blättere zurück, als könnte ich in der Zeit zurückblättern. Als könnte ich so in eine Welt gelangen, in der Hitler noch nicht existiert hat. Dann bin ich zu weit und am Anfang der 1930er-Jahre gelandet. Dort halte ich inne und arbeite mich langsam wieder vorwärts.

Ich sehe viele Porträts und Gebäude, die ich nicht einordnen kann. Dann folgt eine Marke von 1932, die mir auffällt. Sie zeigt eine Blume. Das gesamte Quadrat ist ausgefüllt von ihren riesigen Blütenblättern. Etwas daran erinnert mich an die winzige Blume auf dem Kirchturm.

Edelweiß, steht unter der Marke.

Graveur: *Friedrich Faber* (1885–1938)

Österreich, 1938

Großenburg lag ungefähr zweihundert Kilometer südwestlich von Wien. Während es in der Großstadt so flach war wie eine von Friedrichs Gravurplatten, besaß Großenburg verschneite Hügel, die Richtung Westen in schneebedeckte Berge übergingen. Großenburg war per Zug nicht leicht zu erreichen, und wer mit dem Automobil kam, wusste genau, was er dort wollte. Es lag nicht auf dem Weg nach Salzburg oder Graz, sondern weitab von den Hauptverkehrswegen.

Aus diesem Grund glaubte Christoph naiv, in Großenburg würde sich trotz Hitlers Einmarsch in Wien nichts verändern. Was sollten die Deutschen mit einem winzigen Dorf ganz weit draußen auf dem Lande auch anfangen?

Selbst Mitte April, kurz nach dem Beginn der Schneeschmelze, war noch nichts passiert. Eine Abstimmung hatte es allerdings gegeben, da hatte Frau Faber recht behalten. Neunundneunzig Komma sieben Prozent der Wahlberechtigten hatten für den Anschluss gestimmt. Ganz offensichtlich hatte Hitler die Wahl beeinflusst oder die Wähler eingeschüchtert.

Das erste Anzeichen für eine Veränderung zeigte sich darin, dass Friedrich seinen Lehrling im Frühjahr besonders hart arbeiten ließ. An manchen Tagen musste Christoph noch schuften, als es dunkel wurde, und danach ging es bei Kerzenschein weiter.

Frau Faber stellte ihnen das Abendessen in den Ofen. Friedrich und Christoph aßen später im Halbdunkel, als die Mädchen längst zu Bett gegangen waren.

Christoph beschwerte sich nicht. Nicht einmal, als ihm die Finger wehtaten und er überall Schwielen bekam. Die Schwielen bedeuteten, dass es voranging. Er wurde zu einem echten Graveur.

Als der Sommer kam, hatte Christoph große Fortschritte mit dem Stichel gemacht. Er war mittlerweile in der Lage, eine einfache Zeichnung auf Metall zu übertragen, sodass man hinterher eine gewisse Ähnlichkeit erkannte.

Friedrich hielt die Platte hoch und lächelte.

»Langsam wird es, mein Junge.«

Er gab Christoph einen Klaps auf die Schulter und sah ihn mit einem Ausdruck an, den der Lehrling als Stolz interpretierte.

»Ich wusste, du würdest es schaffen.«

Christoph wollte etwas entgegnen, fand aber nicht die richtigen Worte. Nie zuvor hatte jemand so wie Friedrich an ihn geglaubt. Die warme Hand seines Lehrmeisters auf seiner müden Schulter rührte ihn fast zu Tränen.

Als der Sommer in den Herbst überging und die Blätter an den Bäumen sich golden verfärbten, war Christoph recht selbstbewusst geworden, was seine Fähigkeiten anging.

Und als die Blätter fielen und die Kälte des Novembers die Luft erfüllte, vertraute Friedrich seinem Lehrling etwas Überraschendes an.

»Was ist das?«, fragte Christoph, als Friedrich ihm einen Stapel Briefe reichte. Sofort fielen ihm die Briefmarken auf: Hitler-Porträts, Deutsches Reich.

»Seit Monaten schicken sie mir Briefe«, sagte Friedrich. »Die neue Regierung. Die Deutschen.«

Letzteres sprach er aus, als hätte er einen faulen Apfel im Mund, den es auszuspucken galt. Er bedeutete Christoph, einen der Briefe zu öffnen.

Christoph las, vollkommen ungläubig. Friedrich sollte sich in Wien melden, sämtliche seiner Werkzeuge und Zeichnungen der Regierung aushändigen.

»Das können sie nicht machen«, keuchte Christoph.

Was verlangte man da von Friedrich? Er war Künstler. Er hatte Österreich so viel gegeben, und jetzt wollte man ihm alles wegnehmen?

»Doch, das können sie«, erwiderte Friedrich traurig. »Sie haben ganz Wien aufgemischt. Die Hälfte der Universitäten musste schließen, weil die jüdischen Professoren weggejagt wurden. Genau wie die Krankenhäuser, die nicht mehr genügend Ärzte haben.«

»Großenburg ist nicht Wien«, sagte Christoph schwach. Doch er begriff, dass Großenburg durchaus etwas hatte, das die Deutschen wollten. Friedrich.

»Es wird immer ernster«, sagte Friedrich. »Die Stimmung ist angespannt. In der Zeitung las ich, dass ein jüdischer Jugendlicher einen Sekretär der deutschen Botschaft in Paris erschossen hat.« Friedrich seufzte. »Als bräuchten sie einen weiteren Grund, um uns zu hassen.«

Auch Christoph hatte die Zeitung gelesen. Sie hatte auf dem Tisch im Esszimmer gelegen, als er seinen Morgenkaffee getrunken hatte. Eine Schlagzeile verkündete, alle Juden seien Mörder. Christoph hatte das Blatt wieder beiseitegelegt, mit der Schlagzeile nach unten. Das ertrug er nicht.

»Was werden Sie tun?«, fragte er Friedrich.

»Das, was sie verlangen. Ich fahre nach Wien.« Er machte eine Pause. »Von dir sage ich aber nichts.«

»Von mir?« Christoph verstand nicht.

»Mein ganzes Leben lang habe ich Briefmarken graviert«, sagte Friedrich langsam. Er versuchte, die Kontrolle über seine Gefühle zu behalten. »Sie werden weiterhin jemanden brauchen, der das macht. Jemanden, der dafür ausgebildet und kein Jude ist. Sie werden dich brauchen.«

»Ich bin noch nicht so weit«, protestierte Christoph. Er traute sich nicht zu, eine komplette Gravurplatte ohne Friedrich herzustellen. Das wollte er auch gar nicht.

»Du bist weit genug«, erklärte Friedrich. »Du bist so weit, wie du sein musst.« Er ließ sich in seinen Sessel nieder und blickte sich in der Werkstatt um, als müsste er sie sich für alle Zeiten einprägen. Dann legte er den Kopf in die Hände. »Wir gehen nach Wien.«

»Die ganze Familie?« Christoph wollte nicht, dass Friedrich wegging. Noch weniger wollte er jedoch auf Frau Fabers Kochkünste, Miriams Lachen und auf Elena verzichten.

Monatelang war Elena ihm aus dem Weg gegangen, aber manchmal sagte er beim Essen etwas zu ihr, und sie lächelte ihn an. Das versüßte ihm den ganzen Tag.

Im vergangenen Sommer war er oft bis spät in die Nacht in der Werkstatt geblieben und hatte gearbeitet, während Friedrich zu Bett gegangen war. An manchen Abenden hatte Elena sich zu ihm gesellt und sich selbst an einer Stahlplatte versucht. Sie konnte nicht so gut zeichnen wie er, hatte aber das bessere Auge für die Stahlbearbeitung.

Christoph zeichnete Blumen für sie, etwa das Edelweiß, das den ganzen Sommer lang in den Bergen blühte, und gab ihr die Zeichnungen, damit sie sie in den Stahl stechen konnte. Beide gingen mit dem Stahl um, als hätten sie nie etwas anderes getan. Als könnten sie beide zu Meistergraveuren werden. Eines fernen Tages.

Elena und er sprachen bei der Arbeit nie ein Wort. Danach war es, als existierte die gemeinsame Zeit in der Werkstatt nicht. Doch manchmal streiften sie sich unwillkürlich, wenn sie sich durch die Werkstatt bewegten oder Werkzeuge austauschten. Christoph spürte ihre Nähe, ihre Wärme, so wie er die Sonne spürte, die im Sommer die Berge erleuchtete, den Schnee zum Schmelzen brachte und die Welt in ein frisches Grün tauchte.

»Ich fahre vor, um uns eine Unterkunft zu suchen«, kündigte Friedrich an und holte Christoph zurück in die kalte Realität. »Die Mädchen werden nachkommen. Miriam kann zum nächsten Quartal an der jüdischen Schule anfangen und Elena vielleicht ab dem Frühjahr Kurse an der

Universität belegen.« Er zögerte kurz. »Das alles schenke ich dir.« Er deutete auf die Werkstatt und das Haus dahinter.

»Das geht nicht«, protestierte Christoph.

Er wollte Friedrichs Besitztümer nicht haben, und noch weniger, dass alle ihn verließen. Ihn alleinließen. Christoph hatte seine Vergangenheit als Waisenkind fast vergessen. Nun würde er sich wieder in jenen einsamen Jungen verwandeln.

»Ich möchte dir das alles schenken, solange es noch mir gehört.« Friedrich rang sich ein Lächeln ab. »Bevor sie es mir wegnehmen.« Dann fügte er hinzu: »Vielleicht kann ich eines Tages zurückkommen. Bis dahin möchte ich, dass du dich darum kümmerst. Das machst du für mich, oder?«

Christoph hatte keine andere Wahl.

»Natürlich«, sagte er schließlich.

Am selben Nachmittag brach Friedrich mit einem kleinen braunen Koffer nach Wien auf. Frau Faber hatte ihm Proviant mitgegeben, Sabbatbrot mit Aprikosenmarmelade und eine Thermoskanne mit Schwarztee.

»Ich kann mir später in der Stadt etwas zu essen kaufen, Liebling«, sagte Friedrich. Doch den Proviant, den seine Frau ihm mit einer festen Umarmung überreichte, nahm er gerne.

»Ich sollte mit dir fahren«, bemerkte Frau Faber. Die Müdigkeit in ihrer Stimme zeigte Christoph, dass sie diesen Satz viele Male zuvor gesagt hatte.

»Du musst bei den Mädchen bleiben«, erwiderte Friedrich. »Außerdem bin ich ja nur ein paar Tage weg. Eine Woche allerhöchstens.«

Friedrich wollte ins Dorf laufen, bevor es dunkel wurde, und die Nacht in der Synagoge verbringen. Am nächsten Morgen würde er zusammen mit Herrn Gutenheimer nach Wien fahren, wo Herr Gutenheimer nach seinen Geschäften sehen wollte. Er war ein Freund der Familie und außerdem Autobesitzer.

Jahrelang hatte er Friedrich nach Wien gefahren, wenn eine neue Gravurplatte fertig war und zur Druckerei gebracht werden musste. Friedrich vermutete allerdings, dass Herr Gutenheimer ebenfalls von den Deutschen nach Wien zitiert worden war. Denn er war nicht nur Rechtsanwalt, sondern auch Jude.

»Ich muss los«, sagte Friedrich und löste sich aus Frau Fabers Umarmung. Er küsste Miri und Elena auf den Scheitel und wandte sich dann Christoph zu, dem er die Hand zum Abschied hinstreckte.

Christoph fühlte sich verpflichtet, ein paar Worte zu sagen. Aber ihm fiel nichts ein. Also hielt er stumm Friedrichs Hand fest, vielleicht einige Sekunden zu lange. Doch dann musste er ihn loslassen, wohl oder übel.

Am selben Abend ging Frau Faber vor dem Abendessen zu Bett, sie hatte über Kopfschmerzen geklagt. Elena strich Aprikosenmarmelade auf die restlichen Brotscheiben für Miriam und sich selbst. Christoph stand am hinteren Fenster und starrte hinaus in den Garten und zur Werkstatt hinüber.

Er hatte Friedrich versprochen, sich darum zu kümmern. Doch er würde für die Deutschen arbeiten und im Wissen daran, Briefmarken für das Deutsche Reich herstellen müssen, wie sie die Fabers aus ihrem Haus, ihrem Leben getrieben hatten. Dafür war er nicht hierhergekommen. Vielleicht war es am besten, nach Wien zurückzugehen. Mit seinem Lohn konnte er sich dort eine winzige Wohnung nehmen und eine neue Stellung suchen. Eine Arbeit, bei der er sich nicht mit dem Stichel abmühen musste. So etwas musste sicher zu finden sein. Außerdem konnte er regelmäßig die Fabers besuchen, wenn sie in Wien blieben.

»Christoph.« Elena unterbrach seine Gedankengänge. »Möchtest du Brot mit Marmelade?« Ihre Stimme klang weicher und verletzlicher.

Er betrachtete sie. Sie war blass im Gesicht, wodurch ihre grünen Augen noch strahlender leuchteten. Ihr langes Haar fiel ihr unordentlich in die Stirn.

Sie bemerkte seinen Blick und strich sich das Haar nach hinten über die Schultern. Dabei wirkte sie ziemlich verlegen. »Christoph«, sagte Elena, nun etwas schärfer. »Marmelade? Brot?«

»Ja«, antwortete er, obwohl er keinen Hunger hatte. »Wenn es keine Umstände macht.«

»Es macht keine Umstände.« Elena schnitt eine Scheibe Brot herunter und bestrich sie mit Marmelade.

Zu dritt saßen sie um den Tisch herum und aßen schweigend. Selbst Miriam zappelte nicht herum, sondern kaute nur still.

Friedrich war gegangen, und die ganze Welt war dabei, sich zu verändern. Christoph wollte diese Veränderungen am liebsten aufhalten, alles zum Stillstand bringen. Er wollte nicht allein bleiben, in diesem Haus, in diesem Leben, mutterseelenallein.

In jener Nacht konnte Christoph nicht einschlafen. Er ging die Treppe hinunter und hinaus in die Werkstatt, wie schon so viele Male zuvor. Friedrich hatte sie ihm zwar geschenkt, aber er konnte sie sich einfach nicht als sein Eigentum vorstellen. Sie gehörte Friedrich. Auch in Zukunft. Es war mitten in der Nacht, er stand in dem großen Raum und fühlte sich wie ein Eindringling.

Alles war dunkel und still. Er hatte gehofft, Elena in der Werkstatt anzutreffen, aber sie war nicht da. Christoph war ganz allein.

Er zündete eine Kerze an und strich mit den Fingern über die Werkzeuge und die Stahlplatten. Friedrichs Stapel von Briefen aus Wien lag auf dem Arbeitstisch. Christoph nahm sich einen, hielt ihn in die Kerzenflamme, warf ihn in den Holzofen und sah zu, wie er verbrannte. Als er zu Asche geworden war, packte ihn die Reue.

Vielleicht würden ihn die Deutschen zum Kriminellen erklären, weil er ihre Anweisungen zerstört hatte? Oder weil er sich bei den Fabers aufhielt?

Ein Klopfen an der Tür schreckte ihn auf. Elena? Aber nein, warum sollte sie anklopfen? Wieder klopfte es laut und fest, das konnte weder Elena noch Miri sein.

Deutsche Soldaten? Fieberhaft suchte er nach etwas, mit

dem er sich verteidigen konnte, obwohl es ja sinnlos war. Wenn Soldaten vor der Tür standen, um Friedrichs Eigentum zu beschlagnahmen, konnte er nichts dagegen tun.

»Elena«, rief eine Männerstimme. Sie klang vertraut, aber Christoph konnte sie trotzdem nicht einordnen. »Elena, mach auf.« Josef?

Christoph wusste, dass Elena noch immer nächtliche Ausflüge unternahm und sich mit Josef traf, wie er vermutete. Er hatte einen leichten Schlaf, und Elena pflegte durch das Fenster direkt unter seinem Zimmer aus- und einzusteigen. Ihre Schritte weckten ihn jedes Mal auf, und dann konnte er nicht mehr einschlafen. Stundenlang lag er wach und bekam das Bild von Elena nicht aus dem Kopf, im Wald, zusammen mit Josef.

»Ich sehe die Kerze«, sagte Josef und klopfte noch einmal. »Ich weiß, dass du da drin bist. Mach auf.«

Christoph schnappte sich die Kerze und öffnete die Tür. Im Schein der Kerze konnte er Josef genauer betrachten als bei der letzten Begegnung im Wald im vergangenen März. Josef hatte dunkles Haar und dunkle Augen, ein dezenter Bart umrahmte seinen Mund. Er war einen Kopf größer als Christoph, der sich unwillkürlich ganz gerade vor ihm aufbaute.

»Elena?« Josef schob sich an ihm vorbei. Als er begriff, dass sie nicht da war, funkelte er Christoph zornig an. »Wo ist sie?«

Christoph nickte mit dem Kopf in Richtung des Wohnhauses. Warum hatte Josef es nicht zuerst dort versucht? Warum klopfte er nicht an die Tür des Wohnhauses?

»Geh sie holen.« Das war keine Bitte, sondern ein Befehl.

»Es ist spät.« Christoph hatte keine Lust, Josef einen Gefallen zu tun. Außerdem konnte er sich nicht vorstellen, dass diese Aktion die Billigung Friedrichs finden würde. »Sie schläft«, fügte er hinzu, obwohl er gar nicht wusste, ob das stimmte.

»Dann weck sie.« Josef knurrte wie ein wütender Hund. »Die Deutschen sind ins Dorf einmarschiert. Die Synagoge brennt.«

»Die Synagoge?«, wiederholte Christoph mit zitternder Stimme. »Dort wollte Friedrich heute übernachten.«

Josef nickte. Das wusste er. Deswegen war er gekommen. »Geh und hol Elena. Verschwende die Zeit nicht mit Reden.«

Los Angeles, 1989

Am nächsten Morgen auf dem Weg ins Büro muss ich dauernd an den Namen Faber denken. An Friedrich Faber, den Briefmarkengraveur, dessen Namen ich in dem Katalog aus der Bücherei entdeckt habe. *Frl. Faber* stand auf dem Umschlag. Ich will wissen, wer diese Frau ist. War dieses Fräulein vielleicht mit dem Graveur verwandt? Ein Liebesbrief, hatte Benjamin gesagt, weil die Briefmarke auf dem Kopf stand. Noch immer finde ich den möglichen Wert der Marke weniger interessant als die Geschichte dahinter.

Nachdem ich mich an meinem Schreibtisch niedergelassen habe, rufe ich als Erstes Benjamin an. Ich erreiche nur seinen Anrufbeantworter. Stimmt, er hat erzählt, er könne am besten nachts arbeiten. Ich hinterlasse ihm eine Nachricht über das Edelweiß in meinem Katalog. Die Ähnlichkeit sei groß und außerdem seien mir die Übereinstimmung bei den Namen des Graveurs und der Empfängerin des Briefes aufgefallen.

Als ich auflege, steht Daniel vor meinem Schreibtisch. Ich hoffe, er hat nicht gehört, was ich aufs Band gesprochen habe. Nicht, weil ich eigentlich arbeiten sollte, sondern weil ich nicht will, dass Daniel von der Sache erfährt.

Ich will etwas Eigenes haben, etwas Neues, von dem Daniel kein Teil ist. Etwas, das nur mir gehört. Daniel versteht nichts von Briefmarken oder Liebesbriefen.

Daniel ist groß und schlaksig. Er sieht gut aus, hat hellblondes Haar und blassblaue Augen. Manchmal denke ich, es hat ihn einige Attraktivitätspunkte gekostet, dass er mich verlassen hat. Aber wenn ich ihn so nah vor mir sehe, wird mir klar, dass das so nicht stimmt.

»Na, geht's dir besser?«, fragt er. Er setzt sich auf den Rand meines Schreibtischs, legt den Kopf schief und wirkt ehrlich besorgt. Wahrscheinlich glaubt er, mich gut genug zu kennen, um beurteilen zu können, ob ich richtig krank gewesen bin.

»Ja, alles wieder gut. Viel besser als gestern.« Ich ringe mir ein kurzes Lächeln ab, nicht mehr. Außerdem gefällt es mir, wenn er sich um mich sorgt. Obwohl das eigentlich unpassend ist.

Er beugt sich vor zu mir und spricht etwas leiser. »Hast du die Dokumente bekommen? Mein Anwalt meinte, er hätte sie dir zugeschickt.«

Ich habe seine Besorgnis falsch interpretiert. Sie galt nicht mir, sondern der Frage, ob seine Scheidungspapiere auf dem Postweg verloren gegangen sind. »Ja, ich habe sie bekommen.«

»Gut.« Er wirft einen Blick auf seine Armbanduhr. »Ich brauche deine Rezension in einer halben Stunde, okay?« Sein Umgangston hat sich überhaupt nicht verändert. Seine Aufmerksamkeit gilt je zur Hälfte den Scheidungspapieren und meiner Rezension.

»Kein Problem«, gebe ich zurück.

Ehrlich gesagt, habe ich noch gar nicht angefangen, kann jedoch schnell arbeiten, wenn ich einen Abgabetermin habe. Im Augenblick will ich nur, dass er von meinem Schreibtisch weggeht, zurück in sein Büro.

Ich will nicht an ihn und die Scheidungspapiere denken. Oder daran, dass ich so gerne hier gearbeitet habe, weil er die ganze Zeit über in meiner Nähe war.

Bis zum Sonntag will ich nicht warten, um meinem Vater den Brief vorzulegen. Darum beschließe ich, nach der Arbeit im Heim vorbeizufahren. Leider gerate ich mitten in den schlimmsten Berufsverkehr hinein.

Während ich auf dem Freeway im Stau stehe, denke ich wieder an Daniel. Wie er heute Vormittag auf meinem Schreibtisch gesessen hat, so nah, so vertraut, und die Scheidungspapiere angesprochen hat, als wären sie keine große Sache.

Daniel habe ich 1981 bei der Wiederwahlparty von Bürgermeister Bradley kennengelernt. Ich verfolgte die Wahl für die *Tribune*, für deren Lokalteil ich arbeitete. Daniel und seine Mutter Gertrude waren geladene Gäste. Seine Mom gehörte zu den Großspendern. Ich hielt mich eher am Rand der Menge auf, machte mir Notizen, und plötzlich war mein Stift leer. Verzweifelt kramte ich in meiner Tasche nach einem anderen. Da tauchte wie aus dem Nichts Daniel auf, mit einem Stift in der Hand.

»Sieht so aus, als könnten Sie den hier gebrauchen«, sagte er. Als ich aufsah, bemerkte ich als Erstes seine unglaublich blauen Augen. Daniel wirkte sehr groß und sah in seinem Smoking einfach perfekt aus. Es war sein eigener, kein geliehener.

Die formale Wahlparty war von der Art Veranstaltung, die normalerweise eine Nummer zu groß für mich war. Am Abend zuvor war ich zu *Macy's* gegangen, um mir ein Kleid zu kaufen. Ich nahm das billigste, weil ich sonst keine Verwendung dafür hatte. Es war aus schwarzem Samt, hatte Puffärmel und war insgesamt eine Größe zu klein, aber ein Sonderangebot.

Ich fühlte mich entsetzlich unbehaglich darin, überhaupt nicht wie ich selbst. Und da stand dieser unverschämt gut aussehende Mann vor mir und bot mir seinen Stift an. Männer von diesem Kaliber boten mir normalerweise überhaupt nichts an. Ich nahm den Stift und bedankte mich.

Er lächelte. Ein perfektes Lächeln mit ebenmäßigen weißen Zähnen. »Ich weiß ja nicht, ob Sie sich amüsieren, aber ich langweile mich zu Tode«, flüsterte er mir verschwörerisch zu. »Wollen Sie vielleicht irgendwo einen Drink mit mir nehmen?«

Das wollte ich gerne. Aber ich musste arbeiten. Das war mit Abstand mein aufregendster Auftrag seit Monaten. In letzter Zeit hatte ich sonst nur über furchtbar öde Stadtratssitzungen berichten dürfen.

Als ich ihm das gestand, lachte er.

»Okay«, sagte er. »Dann geben Sie mir Ihre Nummer, und ich rufe Sie morgen an.«

Ich kritzelte meine Nummer auf einen Zettel, riss ihn

von meinem Notizblock ab und reichte ihn ihm. Er berührte mich kurz an meinem nackten Arm, faltete den Zettel zusammen und steckte ihn in die Innentasche seines Smokings. Dann verschwand er in der Menge.

Meine Notizen über den Rest des Abends glichen einer völlig unleserlichen Krakelei. Am nächsten Morgen konnte ich kaum etwas davon entziffern.

Als ich spätabends nach Hause zurückkehrte, rief ich als Erstes meinen Vater an und erzählte ihm, dass ich einen atemberaubenden Mann kennengelernt hatte.

In letzter Zeit erinnert sich mein Vater nicht einmal mehr an Daniels Namen. Eins der ersten Anzeichen dieser schleichenden Krankheit war, dass er Daniel nur noch *deinen Ehemann* nannte. Zuerst dachte ich, er rede so, weil er Daniel nicht mochte. Später wurde mir klar, dass er sich tatsächlich nicht an den Namen erinnerte.

Sein Arzt erklärte mir, dass sich Alzheimer-Patienten in der Regel an die Namen ihrer eigenen Kinder erinnerten, nicht aber an die von deren Partnern oder Kindern, denn diese Erinnerungen seien erst später im Leben dazugekommen. Mit einem Mal ersetzen Verwandtschaftsbezeichnungen die Namen. Ehemann, Kind und so weiter.

Ex-Ehemann, geht es mir durch den Kopf, als ich auf den Parkplatz einbiege. Das ist nur eine winzige sprachliche Änderung, aber mein Vater würde sie nicht verstehen, selbst wenn ich ihm die Wahrheit sagen würde.

Die Pflegerin, die heute an der Rezeption sitzt, kenne ich nicht. Als ich mich ihr vorstelle, erinnert sie mich eher brüsk daran, dass es bereits nach sieben ist und ich bis zum Ende der Besuchszeit nur ein paar Minuten habe. Dann will sie wissen, ob ich schon früher erst nach dem Abendessen vorbeigekommen bin. Ich schüttele den Kopf.

»Es geht ihm wahrscheinlich schlechter, als Sie erwarten«, sagt sie. Das Wort *wahrscheinlich* regt mich auf. Sie kennt ihn doch gar nicht. Es regt mich auch auf, dass er hier leben muss, umgeben von Fremden wie ihr. Doch ich weiß, dass es nicht anders geht. »Sundowning«, fügt sie noch hinzu.

Diesen Begriff kenne ich. Als mein Vater die Diagnose bekam, recherchierte ich alles über seine Krankheit. Der Ausdruck *Sundowning-Syndrom* bezieht sich auf eine abendliche Verwirrtheit, die viele Alzheimer-Patienten befällt, wenn die Sonne untergeht.

Einen Moment lang bin ich versucht umzukehren und am Sonntag wiederzukommen. Dann ist es Vormittag und hell draußen. Mein Vater wird eher so sein, wie ich ihn kenne. Aber ich bin den ganzen Weg hergefahren und will ihm unbedingt den Brief zeigen. Also bedanke ich mich bei der Schwester und gehe zu seinem Zimmer.

Vom Flur aus betrachte ich meinen Vater kurz, bevor ich sein Zimmer betrete. Er sitzt im Bett, der Fernseher läuft. Eine Sondersendung aus Westdeutschland. Die Kommentatoren fragen sich gerade, ob es endlich passiert. Wird die Mauer fallen?

Ich kann nicht daran glauben. Deutschland war fast mein ganzes Leben lang ein geteiltes Land. Ich erinnere mich gut daran, dass ich bei meinen Großeltern war, als die

Nachricht vom Mauerbau kam. Gram weinte, und meine Mutter versuchte, sie zu beruhigen. Der Osten, wo die Eltern meiner Mutter aufgewachsen waren, hatte sich in einen kommunistischen Staat verwandelt, der von den Sowjets gelenkt wurde. Seine Einwohner waren hinter dem Eisernen Vorhang weggesperrt worden.

Gram war sich sicher, nie mehr an ihren Geburtsort zurückkehren zu können. Meine Mutter tröstete sie damit, dass sie in den Vereinigten Staaten mit uns ein wunderbares Leben hatte.

Mein Vater scheint der Sendung, die alle Seiten einer möglichen Wiedervereinigung Deutschlands beleuchtet, aufmerksam zu folgen. Plötzlich sieht er zur Tür und bemerkt mich. Er blinzelt mich an. Erkennt er mich oder nicht? »Verdammte Deutsche«, sagt er.

Auch mein Vater wurde in Deutschland geboren, genau wie meine Großeltern. Doch er ist früh weggegangen und spürt keine Verbundenheit mehr mit dem Land, anders als Gram. Normalerweise hört man bei ihm kaum einen Akzent, aber wenn er sich so wie jetzt an etwas lange Vergangenes erinnert, wird die Sprachfärbung hörbar.

»Die Ostdeutschen, meinst du?« Ich versuche, ihn wieder in die Gegenwart zu holen, ins Jahr 1989. Er runzelt die Stirn, sagt aber nichts mehr.

Vorsichtig trete ich an sein Bett, die Plastikhülle fest umklammert.

»Dad«, sage ich. Ich bemerke, dass meine Stimme ein bisschen zittert. »Dad«, wiederhole ich lauter. Dabei klinge ich entschlossener, als ich tatsächlich bin. »Ich bin's, Katie. Kate die Große«, füge ich hinzu.

Vielleicht bringt ihn der vertraute Spitzname zurück. Immerhin stammt er von ihm.

Endlich sieht er mich an und nickt. Ich schiebe seinen Sessel näher ans Bett und lasse mich darin nieder.

Er verfolgt weiterhin die Nachrichten. Also nehme ich die Fernbedienung vom Nachttisch. »Darf ich das ausmachen, damit wir uns unterhalten können?« Er reagiert nicht, also schalte ich den Fernseher aus. Der Bildschirm wird dunkel, im Zimmer ist es still. Stiller und dunkler, als ich es in Erinnerung hatte.

Ich mache die Nachttischlampe an. Das gelbe Licht fällt in sein Gesicht. Ich sehe seine faltigen Wangen, die blassen Leberflecke auf seinem fast kahlen Kopf und die grauen Haarbüschel, die ich am liebsten durchkämmen möchte.

Macht das denn keiner? Erinnert ihn niemand daran, sich zu kämmen? Ich spüre eine irrationale Wut in mir aufsteigen. Aber er liegt im Bett. Es ist völlig egal, wie sein Haar aussieht.

Ich wende den Blick von seinem Haar und betrachte den Brief in meiner Hand. Er ist der Grund für meinen Besuch.

»Ich hab dir was mitgebracht«, sage ich. »Das hat Benjamin, der Briefmarkenhändler, in deiner Sammlung gefunden. Es ist was Interessantes.«

»Benjamin?« Er schüttelt den Kopf. Den Namen kann er nicht einordnen. Er erinnert sich nicht an unsere Unterhaltung, die erst ein paar Tage her ist. An seine Vermutung, was Benjamins Religion angeht. Natürlich erinnert er sich nicht mehr daran. Warum sollte er ausgerechnet Benjamin Grossmans Namen behalten haben, den ich nur ein einziges Mal erwähnt habe?

»Ich habe deine Sammlung weggebracht, um sie schätzen zu lassen, aber dann hast du mich gebeten, sie wieder zurückzuholen. Das werde ich auch machen«, sage ich sanft. Vielleicht hilft mein ruhiger Ton seinem Gedächtnis auf die Sprünge.

»Du darfst ihnen meine Briefmarken nicht zeigen«, sagt er. Er klingt distanziert und sieht mich nicht an. Ist er wirklich ganz da? Weiß er, wer ich bin?

»Ich werde nichts verkaufen und hole alles zurück, das verspreche ich dir. Aber Benjamin hat etwas Interessantes gefunden. Ich wollte es dir zeigen.«

Meine Hände zittern, als ich den Brief hochhebe und ihm hinstrecke. Ich bin entsetzt, dass mein Körper, meine Hände, mich verraten, meine Angst so deutlich zeigen. Dass ich Angst davor habe, hier zu sitzen, mit meinem Vater. Aber ich weiß nicht, wovor ich mich eigentlich fürchte.

Mein Vater betrachtet den Brief, die Marke. Er seufzt leise. Heißt das, er erkennt etwas wieder?

»Benjamin meint, diese Briefmarke könnte vielleicht dein Schatz sein«, erkläre ich. Das hat Benjamin ganz und gar nicht gesagt. Doch ich möchte Optimismus ausstrahlen.

Mein Vater schüttelt wieder den Kopf. »Du solltest das gar nicht haben.«

»Du hast mir deine Sammlung gegeben«, erwidere ich. Als er darauf nicht reagiert, lege ich ihm sanft eine Hand auf den Arm. »Dad«, sage ich.

»Dein Vater ist nicht mehr da«, entgegnet er streng, als wäre ich ein kleines Kind, das er tadelt. Ich weiß nicht, ob er jemals so mit mir gesprochen hat. Aber er hat recht. Mein Vater ist tatsächlich nicht mehr da. Diese Erkenntnis trifft mich ganz plötzlich, und ich kriege keine Luft mehr.

»Geh! Du sollst gehen!«, schreit mein Vater da.

Ich komme einigermaßen damit klar, wenn er mich für meine Mutter hält. Ich habe dieselben blaugrauen Augen, dieselben dunkelbraunen Locken, dasselbe apfelförmige Gesicht wie sie. Ich sehe tatsächlich ein bisschen so aus wie meine Mutter früher. Aber noch nie hat er mich angeschrien und ist dermaßen wütend geworden.

Die Nachtschwester hat recht gehabt. Ich hätte nicht kommen sollen. Nun musste ich am eigenen Leib erfahren, was das Sundowning-Syndrom bedeutet.

»Ich komme am Wochenende wieder«, sage ich leise.

Ich muss mir auf die Lippe beißen, um die Tränen zurückzuhalten, will nicht, dass er mich weinen sieht, auch wenn er mich gar nicht erkennt. Schnell packe ich meine Sachen zusammen, stelle den Sessel zurück und gehe zur Tür.

»Nein«, höre ich meinen Vater sagen, als ich im Türrahmen stehe. »Du darfst nie wieder herkommen.«

Ich renne den Flur entlang. Raus hier, so schnell wie möglich! Raus aus diesem schrecklichen, gut geführten Heim, in dem nichts einen Sinn ergibt. Die Krankenschwester an der Rezeption sieht auf und bemerkt mich. Ich rechne damit, dass sie dumm grinst: *Habe ich Ihnen doch gesagt.* Aber sie hält mir einfach nur ein Taschentuch hin.

Meine Hände zittern zu stark, als dass ich den Weg nach Hause in Angriff nehmen könnte, schon gar nicht in diesem Verkehr. Darum fahre ich nur ein paar Blocks Richtung Westen, dorthin, wo ein großes Einkaufszentrum steht.

Ich lasse das Auto im Parkhaus stehen und spaziere die Promenade entlang. Die kühle Abendluft umfängt mich. Es ist fast acht, ich sollte etwas zu Abend essen. Aber ich habe keinen Hunger. Außerdem bin ich es nicht gewohnt, allein in einem Restaurant zu essen. Sobald ich mich ein bisschen beruhigt habe, fahre ich nach Hause, gönne mir ein Glas Chardonnay und mache mir etwas in der Mikrowelle heiß.

Ich entdecke ein öffentliches Telefon vor dem Plattenladen und bleibe stehen. In meiner Handtasche krame ich nach Kleingeld, werfe eine Münze ein und wähle Benjamins Nummer. Die ich inzwischen auswendig weiß, wie mir auffällt. Ich hoffe, ich kann ihm eine kurze Nachricht hinterlassen.

Das war's, werde ich sagen. *Es ist mir egal, was mit der Briefmarke ist. Was sie bedeutet oder wert ist. Ich hole den Rest der Sammlung ab, und Sie werden nie mehr von mir hören.*

Benjamin hebt nach dem zweiten Klingeln ab. »Hallo«, sagt er. Ich bleibe erst mal stumm. »Ist da jemand?«

»Hallo«, sage ich endlich. »Ich bin's, Katie.«

»Sie haben meine Nachricht bekommen?«, schließt er vorschnell.

»Nein, ich bin nicht zu Hause.« Ich frage nicht nach dem Inhalt seiner Nachricht, möchte nichts wissen. Später werde ich den Löschknopf meines Anrufbeantworters drücken, ohne mir vorher anzuhören, was drauf ist.

»Wo sind Sie denn?«, will er wissen.

Ich gehe nicht auf ihn ein. »Hören Sie, das war eine dämliche Idee. Ich rege ihn nur auf.«

»Wen?«

»Meinen Vater. Ich dachte, das würde ihn …«

Ich halte inne.

Ich hatte geglaubt, die Briefmarken, diese dummen, leblosen Papierquadrate, würden mir dabei helfen, ihn zu verstehen, ihn länger bei mir zu behalten. Würden verhindern, dass ich ihn verliere.

Du darfst nie wieder herkommen, hat er zu mir gesagt.

Mag sein, dass er sich nächsten Sonntag nicht an seine Worte und an meinen Besuch erinnert. Aber ich tue das.

»Diese Briefmarke interessiert mich nicht mehr, egal, was es damit auf sich hat.«

»Dann haben Sie meine Nachricht also nicht bekommen«, sagt Benjamin. »Ich glaube, dass Sie recht hatten. Als Sie eine Verbindung mit dem Namen Faber herstellten. Sie haben ein gutes Auge.« Er räuspert sich, als wäre er plötzlich verlegen wegen seines Kompliments. Als wäre er nicht gewohnt, dass andere Leute ein gutes Auge haben.

»Ich habe die Faber-Verbindung auch bemerkt, als ich

den Namen auf dem Brief las«, fügt er schnell hinzu. »Ich wusste allerdings, dass die Marke nicht vor 1939 erschienen sein konnte. Friedrich Faber starb schon 1938. Außerdem ist das eine Briefmarke des Deutschen Reiches, eine Nazi-Marke, und Faber war Jude.« Benjamin sagt das voller Überzeugung, aber ich brauche einen Moment, bis ich seine Worte verarbeitet habe.

Friedrich Faber konnte die Marke nicht graviert haben, selbst wenn er 1939 noch gelebt hätte. Die Nazis hätten einem Juden niemals eine solche Aufgabe übertragen.

»Dann kann er nicht der Graveur gewesen sein«, bemerke ich. »So weit her ist es dann wohl doch nicht mit meinem guten Auge.«

»Ich glaube, dass trotzdem eine Verbindung besteht. Heute war ich den ganzen Tag in der Bibliothek und habe mich durch alten Mikrofilm gewühlt. Faber hatte eine Familie. Eine Frau und zwei Töchter. Zwei Fräulein Fabers.«

»Können Sie Deutsch?« Ich habe nur ein paar Brocken von Gram aufgeschnappt. Ein deutsches Dokument würde ich nicht verstehen.

»Ich habe englische Artikel gefunden. Aus britischen Zeitungen. Vor der Besetzung war Faber nicht nur in Österreich sehr bekannt, sondern in ganz Europa.«

Ich versuche, mir Friedrich Fabers Töchter vorzustellen. Hätte eine von ihnen diesen Brief bekommen sollen? Von jemandem, der die Arbeit ihres Vaters bewunderte? Einen Liebesbrief. So kurz, nachdem ihr Vater gestorben war? Haben sie ihn so geliebt wie ich meinen Vater? Haben sie ihn so vermisst, wie ich meinen Vater vermisse?

»Wie ist es ihnen ergangen?«, frage ich. »Seinen Töchtern?«

»Das weiß ich nicht«, erwidert Benjamin. »Sie waren Jüdinnen. In Österreich, nach der Besetzung.«

Er hält kurz inne.

Dann sagt er etwas leiser: »Wahrscheinlich nicht sehr gut.«

Österreich, 1938

Christoph ließ Josef in der Werkstatt stehen und rannte zum Wohnhaus. In der Küche verschnaufte er einen Moment. Sein Blick fiel auf den halben Laib Sabbatbrot, der vom Abendessen auf dem Tisch lag. Das Essen war erst ein paar Stunden her. Zu diesem Zeitpunkt war Friedrich in Sicherheit gewesen.

Er könnte noch immer in Sicherheit sein, beruhigte Christoph sich selbst. Vielleicht hatte er es aus der Synagoge hinausgeschafft oder war ohnehin dort erst angekommen, als sie bereits in Flammen stand?

Christoph standen Schweißperlen auf der Stirn, obwohl es kalt in der Küche war. Vom Feuer im Esszimmer war nur gelblich und bläulich glimmende Kohle übrig.

Auf Zehenspitzen bewegte er sich die Treppe hinauf, vorsichtig darauf bedacht, weder Miriam noch Frau Faber aufzuwecken. Er wollte ihnen nicht mitten in der Nacht berichten müssen, was Josef ihm gerade erzählt hatte. Vielleicht hat Josef ja unrecht, dachte er, als er leise an Elenas Tür klopfte.

Elena öffnete sofort. Sie konnte nicht geschlafen haben. Als sie Christoph sah, verdüsterte sich ihr Blick. »Was ist?«, zischte sie. »Es ist mitten in der Nacht.«

Nun, das wusste er bereits.

Am liebsten hätte er zu ihr gesagt, sie solle wieder ins Bett gehen. Während sie ruhig und friedlich schliefe, würde er ins Dorf gehen und sich davon überzeugen, dass Friedrich unverletzt war. So hätte sich am nächsten Morgen alles in Wohlgefallen aufgelöst, ohne dass irgendjemand davon erfahren hätte.

Doch er konnte Elena, Miriam und Frau Faber nicht einfach allein lassen. Es wäre auch viel zu gefährlich, sich ins Dorf zu begeben, wenn die Deutschen tatsächlich einmarschiert wären, so wie Josef behauptet hatte.

»Josef ist hier«, sagte er darum nur.

»Was?« Mit einem Mal hatte sich Elenas Ton verändert. Sie war nicht mehr wütend über sein Hereinplatzen. »Um diese Uhrzeit?« Ängstlich packte sie Christoph am Ärmel. »Ist was passiert?«

Er schluckte. Die Worte wollten ihm nicht über die Lippen kommen. »Zieh dich an und komm in die Werkstatt«, sagte er leise. »Dort können wir uns unterhalten.«

Josef hatte sich in Friedrichs Sessel gesetzt. »Was ist los?«, fragte Elena, noch bevor sie ganz in die Werkstatt hineingeschlüpft war.

Christoph schloss die Tür hinter ihr, und Josef begann zu erzählen, mit fester Stimme. Er berichtete Elena von dem Feuer in der Synagoge, mit denselben Worten, die er Christoph gegenüber benutzt hatte.

»Vater ist entkommen«, sagte Elena. »Nicht wahr? Er muss entkommen sein, bevor es zu brennen anfing. Da bin ich mir ganz sicher. Vater weiß immer, was zu tun ist.«

»Er ist wahrscheinlich auf dem Weg hierher«, sagte Christoph.

Elena schenkte ihm ein dankbares Lächeln. Josef funkelte ihn böse an, ging zu Elena hinüber und umarmte sie. Christoph wandte sich ab und stellte sich vor das Feuer. Josef hatte Holz nachgelegt, während Christoph im Haus gewesen war, und die Flammen loderten munter.

Christoph tat, als wärmte er sich die Hände. In Wirklichkeit starrte er ins Feuer, damit er nicht zusehen musste, wie die beiden sich umarmten.

Josef flüsterte Elena etwas zu, das Christoph nicht verstehen konnte.

»Das ist egal«, sagte Elena. »Mein Vater könnte in Gefahr sein.«

»Aber Elena.« Josef sprach jetzt lauter. »Dadurch wird unsere Arbeit noch wichtiger. Sie haben bereits alles angezündet.«

»Welche Arbeit?« Christoph drehte sich um.

Elena hatte sich von Josef gelöst. Sie lehnte sich an den Arbeitstisch, die Arme vor der Brust verschränkt.

»Mit dir habe ich nicht geredet«, sagte Josef. »Ich weiß gar nicht, warum du noch da bist.«

»Josef, lass das«, bat Elena.

»Welche Arbeit?«, wiederholte Christoph, dieses Mal nur an Elena gerichtet.

Sie ignorierte ihn und wandte sich wieder Josef zu. »Wir

müssen meinen Vater suchen. Hier verschwenden wir nur kostbare Zeit.«

Josef nickte und legte Elena eine Hand auf die Schulter. »In Ordnung, ich gehe los.«

»Ich komme mit«, sagte sie.

»Nein«, entgegnete Josef. »Du bleibst da, für den Fall, dass sich dein Vater hierher durchschlägt, bevor ich ihn finde.« Er sah Christoph durchdringend an. »Wenn ihr was passiert, während ich weg bin, bringe ich dich um.«

»Hör nicht auf ihn«, sagte Elena zu Christoph, als Josef gegangen war. »Er ist ein bisschen ungehobelt, hat aber ein gutes Herz.«

»Genau«, erwiderte Christoph. »Deswegen hat er mir auch angedroht, mich umzubringen.«

»Er hat es nicht so gemeint.«

Christoph dagegen war sich sicher, dass Josef genau das meinte, was er gesagt hatte. Aber Christoph würde natürlich nicht zulassen, dass Elena etwas geschah. Oder Miriam. Oder Frau Faber. Das hatte er Friedrich versprochen. Auch wenn er dieses Versprechen nicht gegeben hätte, würde er alles tun, um die Fabers zu beschützen.

»Von welcher Arbeit hat Josef da gesprochen?«, wollte Christoph von Elena wissen. »Was habt ihr gemacht?«

Elena hatte im vorigen Frühjahr die Schule abgeschlossen. Es war geplant, dass sie nach Wien auf die Universität gehen würde, da Friedrich sich eine akademische Ausbildung für seine Tochter wünschte. Nach dem Anschluss war dieses Vorhaben jedoch auf Eis gelegt worden. Christoph wusste nicht, was sie den ganzen Tag über trieb, und vermutete nur, dass sie ihrer Mutter im Haushalt half, während Miriam in der Schule war.

Mit einem kleinen Hüpfer setzte Elena sich auf den Arbeitstisch und ließ ihre in Stiefeln steckenden Füße herunterbaumeln. Christoph rückte ein paar Zentimeter von ihr weg, verlegen darauf bedacht, sie nicht zu berühren.

»Wir haben uns überlegt, wie wir die Deutschen aufhalten können«, sagte sie. »Und wie wir Juden helfen können, aus Österreich herauszukommen. Hier ist es nicht mehr sicher. Die Deutschen haben sich alles unter den Nagel gerissen, und jetzt brennen sie es nieder.« Sie seufzte. »Wir haben die Gravurwerkzeuge.« Mit der Hand fuhr sie über den Arbeitstisch. »Wir haben auch darüber gesprochen, dass wir damit Papiere fälschen könnten. Dokumente.«

»Deswegen sollte dein Vater nichts von deinen Fingerübungen erfahren?« Christoph ahnte, dass Friedrich es nicht gutheißen würde, dass Elena sein Handwerk erlernte, um damit etwas Verbotenes anzufangen.

Elena nickte und sprang vom Tisch herunter.

»Vater muss schrecklich frieren. Ich hole mir eine Decke und gehe in den Wald. Nicht, dass er dem Feuer entkommen ist und nun erfriert.« Sie nahm die alte Decke vom Sessel und hielt sie fest umklammert.

»Du kannst nicht nach draußen«, wandte Christoph ein, doch sie ging trotzdem zur Tür. »Josef sagte, du sollst warten. Die Deutschen …«

»Die Deutschen sind mir egal«, schnaubte Elena. »Ich kenne mich besser im Wald aus als sie. Ich schaffe das schon. Ich kann nicht dasitzen und mit dir reden, während mein Vater da draußen ist. Josef hat nicht immer recht.«

Sie öffnete die Tür und rannte hinaus in die bitterkalte Nacht, bevor Christoph sie aufhalten konnte. Er hatte keine andere Wahl. Also schnappte er sich eine Lampe und setzte ihr nach.

Schweigend stapften Elena und Christoph durch den Wald. Es schien, als würden selbst die Eulen spüren, dass Gefahr in der Luft lag. Noch nie hatte Christoph eine so stille, so ruhige Nacht erlebt. Eine so kalte Nacht. Der einzige Laut, den man vernahm, war das Rascheln des Laubs unter ihren Stiefeln.

Der schwache Geruch nach Rauch stieg ihnen in die Nase. Christoph dachte darüber nach, was er täte, wenn die deutschen Soldaten sie entdeckten. Josefs Drohung machte ihm keine Angst. Doch er fürchtete sich davor, Elena zu verlieren, und nahm sie am Arm. Ein lächerlicher Versuch, sie festzuhalten, sie in Sicherheit zu bringen. Sollten die Deutschen sie überraschen, würde sein Arm sie nicht beschützen können. Die Soldaten hielten sich aber glücklicherweise nicht im Wald, sondern im Dorf auf.

Endlich hatten sie den Waldrand erreicht. Elena riss sich los und rannte voraus zu der Kuppe, von der aus man das Dorf von oben sehen konnte. Selbst in der Dunkelheit hatte man einen guten Überblick. Das Dorf leuchtete gelb und orangerot. Überall stiegen Rauchsäulen auf.

Elena schlug eine Hand vor den Mund und keuchte: »Es ist nicht nur die Synagoge. Das ganze Dorf brennt!« Vielleicht hatte sie Josefs Bericht nicht geglaubt. Nun sah sie es mit eigenen Augen. »Sie haben alles zerstört.«

Christoph wollte etwas sagen, doch seine Augen und sein Rachen brannten vor lauter Rauch. Instinktiv griff er nach Elenas Hand, denn er fürchtete, sie würde ins Dorf, ins Feuer laufen. Zu ihrem Vater. Aber sie blieb stehen wie angewurzelt.

Er wollte die Augen abwenden, fort von den hellen Flammen, die in den Nachthimmel schlugen. Er wollte wegsehen, schaffte es aber nicht.

In jener Nacht konnte Christoph nicht einschlafen. Nachdem er Elena überzeugt hatte, zurück zur Werkstatt zu gehen und dort auf Friedrich oder Nachrichten von Josef zu warten, saßen sie zusammen im Arbeitsraum, schweigend.

Die Werkzeuge, die sie oft mitten in der Nacht benutzt hatten, blieben unberührt.

Los Angeles, 1989

Das Telefon klingelt und reißt mich aus meinem erstaunlich tiefen Schlaf. Im Schlafzimmer ist es dunkel. Der Wecker zeigt an, dass es erst kurz nach sechs ist. Ich schäle mich aus der Bettdecke und taste nach dem Telefon auf der anderen Bettseite, auf Daniels ehemaligem Nachttisch. Starr vor Angst hebe ich den Hörer ab. Um diese Zeit ruft niemand mit guten Nachrichten an.

»Schatz, mach den Fernseher an«, sagt Gram, als ich mich gemeldet habe.

Es überrascht mich, ihre Stimme zu hören. Normalerweise telefonieren wir einmal in der Woche, meist samstagvormittags, und ich besuche sie ein paar Mal im Jahr. Alles geht seinen geregelten Gang. Gram mag keine Überraschungen. Ich auch nicht, wenigstens in dieser Hinsicht.

»Ist alles in Ordnung?«, frage ich.

»Mach den Fernseher an, Katie. Die Mauer ist gefallen. Endlich!«

Ich bitte sie, kurz zu warten, und gehe ins Wohnzimmer. Gähnend schalte ich den Fernseher ein. Auf jedem Kanal kommen Sondersendungen. Da ist die Berliner Mauer. Menschen tanzen darauf. Ostdeutsche und Westdeutsche gemeinsam, wie der Reporter berichtet.

»Ich schaue schon die ganze Nacht«, erzählt sie, nachdem ich den Hörer im Wohnzimmer abgenommen habe.

Gram ist in Ostdeutschland aufgewachsen, aber vor dem Krieg zusammen mit meinem Großvater in die Vereinigten Staaten ausgewandert. Damals war sie schwanger mit meiner Mutter.

Meine Mom erzählte mir, sie und mein Dad fühlten sich zueinander hingezogen, weil beide Familien ursprünglich aus Deutschland stammten. Sie arbeitete damals auf der winzigen Insel Coronado als Kellnerin in einem mexikanischen Lokal, und mein Dad kam zum Essen vorbei. Von Anfang an bestand eine besondere Verbindung zwischen ihnen, obwohl mein Vater als Junge eingewandert war, während meine Mutter als Amerikanerin geboren wurde.

Mein Vater wurde, genau wie Gram und Gramps, schon Jahre vor meiner Geburt eingebürgert. Doch Gram sieht mit inzwischen vierundachtzig Jahren Deutschland noch immer als ihre Heimat an, zumindest ein bisschen. Da ich mittlerweile ihr einziges enges Familienmitglied bin, will sie ihre Freude offensichtlich mit mir teilen.

»Ist das nicht wunderschön?«, fragt sie gerade.

»Ja, klar«, entgegne ich.

Ich freue mich darüber, dass sie sich freut, und weiß, dass der Fall der Mauer im globalen Zusammenhang gesehen positiv ist. Doch irgendwie ist das Ganze ziemlich weit weg von meinem derzeitigen Leben.

»Du weißt doch, ich hab mir so lange gewünscht, wieder dort hinfahren zu können«, sagt sie. »Ich dachte immer, vorher sterbe ich.«

Mit vierundachtzig ist sie nicht mehr unbedingt rüstig, lebt aber allein in dem kleinen Häuschen auf der Insel, in dem meine Mutter aufgewachsen ist. Letztes Jahr hat sie das Autofahren aufgegeben und sich eine Haushaltshilfe genommen. Im Kopf ist sie völlig fit. Sie ist zwar viele Jahre älter als mein Vater, aber ungleich besser dran als er. Sie kann noch reisen. Bislang hat nur die Mauer, dieser Eiserne Vorhang, das verhindert.

»Ich habe Daniel doch nicht geweckt, oder?«, fragt Gram, als wäre es ihr gerade erst in den Sinn gekommen.

Ich zögere kurz. »Ach, du kennst ihn doch. Er schläft wie ein Stein.« Ich formuliere es so, dass es immerhin nicht gelogen ist.

Er schläft tatsächlich wie ein Stein. Sie hätte ihn nicht aufgeweckt, würde er neben mir liegen und schlafen, so wie Gram annimmt. Ich bin wütend auf mich selbst, weil ich ihr noch nicht die Wahrheit gesagt habe.

Das ist gerade nicht der richtige Augenblick dafür, sie ist so glücklich. Wie kann ich es überhaupt ausdrücken? Ich verstehe ja nicht mal selbst, was zwischen Daniel und mir passiert ist.

Im Büro herrscht helle Aufregung wegen der Nachrichten aus Deutschland. Geht man nach der Berichterstattung in sämtlichen Fernsehsendern, steht die ganze Welt Kopf.

Daniel hat einen Schwarz-Weiß-Fernseher auf dem Aktenschrank in seinem Büro stehen, einige Kollegen drängen sich mit ihm darum herum. Zum Glück habe ich die Nachrichten bereits gesehen und mit Gram über alles diskutiert, sodass ich mich nicht zu den anderen in Daniels Büro gesellen muss. Ich lasse mich an meinem Schreibtisch nieder.

Der in Plastik gehüllte Faber-Brief liegt in meiner Handtasche. Ich habe ihn die ganze Woche herumgetragen, weil ich es nicht geschafft habe, ihn zu vergessen. Weil ich es nicht hingekriegt habe, Benjamins Informationen über die beiden Fräulein Faber aus dem Kopf zu bekommen.

Was, wenn sie Österreich verlassen haben, bevor die Nazis sie finden konnten?

Meine eigene Familie hat es aus Deutschland herausgeschafft. Zugegeben, das war viel früher, lange bevor der Brief mit der Marke beklebt wurde. Aber was, wenn die Fabers es auch geschafft haben? Würde der Brief ihnen oder ihren Kindern nach so vielen Jahren etwas bedeuten? Vielleicht wäre er eine Verbindung zu dem Vater, den sie verloren haben. Zu dem Leben, das sie damals gelebt haben.

Bevor ich das letzte Telefongespräch mit Benjamin beendet habe, sagte er mir, dass er trotzdem herausfinden wolle, was es mit der Marke auf sich hat. Wo kommt sie her, wie viel ist sie wert? Er wolle zu einer philatelistischen Konferenz, die am Wochenende in der Bay Area stattfindet, ausgerüstet mit einem Polaroid der Marke. Vielleicht kann er ja etwas in Erfahrung bringen.

»Geben Sie mir eine Woche«, hat er gesagt. »Wenn sie sich als uninteressant herausstellen sollte, können wir immer noch aufgeben.«

Ich hatte ihm weder zugestimmt noch widersprochen,

aber angekündigt, ihn nächste Woche anzurufen, um einen Termin für die Abholung der Sammlung auszumachen.

Ich hole meine Rolodex-Kartei aus der untersten Schreibtischschublade und suche nach der Karte von Jason Hirsch. Bevor ich mich dem Unterhaltungsbereich bei *LA Lifestyles* zuwandte und Daniel heiratete, habe ich zusammen mit Jason für den Lokalteil der *Tribune* gearbeitet. Es war ein harter Job: Stadtratssitzungen, Bürgermeisterwahlkampf und so weiter.

Ich war froh, als ich das alles hinter mir lassen und mich meinen Filmkritiken widmen konnte. Jason verließ die *Tribune* kurz nach mir und wurde zu einem gefeierten Autor für die landesweit bekannte Zeitschrift *Voice*. Kürzlich habe ich eine Reportage von ihm gelesen. Sie handelte von Holocaust-Überlebenden, die in der Region L. A. wohnen. Vielleicht könnte er mir helfen, die Fabers aufzuspüren.

»Katie! Wie geht's dir so?«, ruft Jason, als ich ihn am Apparat habe.

Wir haben seit Monaten nicht mehr miteinander geredet. Wann war doch gleich unser letztes Treffen? Ich glaube, vergangenen Winter, als wir uns bei einer Medienparty über den Weg liefen. Ich war mit Daniel dort gewesen. Seitdem habe ich Jason nicht mehr gesprochen.

Ich möchte am liebsten antworten: Fantastisch. Genau dasselbe, was ich allen anderen Leuten auftische. Aber wir kennen uns so lang, und Jason hat eine wirklich gute Menschenkenntnis.

»Ach, es ging mir schon mal besser«, sage ich also, fast

überrascht von diesem Eingeständnis. So klingt also die Wahrheit.

Ich erzähle ihm, dass Daniel und ich uns getrennt haben, dass mein Vater in ein Heim für Demenzkranke ziehen musste und dass sich das Leben gerade sehr seltsam anfühlt.

»Scheiße«, sagt er ganz direkt. »Tut mir leid, Katie. Ich hatte ja keine Ahnung. Sonst hätte ich dich längst angerufen.«

»Danke.« Doch ich habe keine Lust, über mich zu reden, und komme zu meinem Anliegen. »Ich möchte jemanden aufspüren«, sage ich. »Eigentlich eine ganze Familie. Zwei jüdische Mädchen, Schwestern, die 1939 vermutlich in Österreich lebten.«

»Warum das?«, will er wissen.

Ich berichte von der Sammlung meines Vaters und dem Brief mit der ungewöhnlichen Marke, adressiert an Fräulein Faber.

»Wow«, entfährt es ihm. Er überlegt kurz. Dann sagt er: »Wenn du die Stadt oder das Dorf in Österreich kennst, aus dem sie stammen, könntest du mit den Archiven dort anfangen. Würde ich jedenfalls so machen.«

»Wie soll ich Zugang zu den Archiven bekommen? Meinst du, ich müsste hinfahren?« Die Idee klingt absurd, als ich sie laut ausspreche. Um den halben Erdball zu fliegen für einen Brief und eine lächerliche Briefmarke, die sich am Ende als Plunder herausstellen könnten?

»Also, das hängt davon ab«, sagt Jason. »Vielleicht. Ich meine, wenn sie aus Wien kommen, kannst du sicher das

Archiv herausfinden und dort anrufen. Bei einem kleinen Dorf, das vielleicht gar nicht mehr existiert, sieht das wohl anders aus.«

Er macht eine kurze Pause, und ich denke über die Tragweite seiner Worte nach. Kleine Dörfer, die vor fünfzig Jahren existierten ... und heute nicht mehr.

»Nehmen wir an, sie konnten fliehen«, fährt Jason fort. »Vielleicht haben sie es in die Vereinigten Staaten geschafft. Dann gäbe es Einwanderungsakten.«

»Das wäre schön«, murmele ich. Damit meine ich den hypothetischen Fall, dass sie es aus dem von den Nazis besetzten Österreich herausgeschafft haben, nicht die Aussicht, dass sie deswegen leicht zu finden sind. Obwohl das natürlich auch schön wäre.

»Ich kenne ein paar Organisationen, die nach vermissten Familienmitgliedern suchen. Die bauen ganze Datenbanken auf. Da könntest du es versuchen. Vielleicht können die dir helfen.«

Jason klingt sehr zuversichtlich, und ich sonne mich in seinem Optimismus. Plötzlich finde ich die Idee aufregend, dem Schicksal der beiden Mädchen nachzuspüren. Es ist ein bisschen wie früher, wenn ich einen wichtigen Artikel schrieb und mich mit meinem ganzen journalistischen Können auf eine bestimmte Quelle konzentrierte.

»Hey, hast du Lust, dich nachher mit mir auf einen Drink zu treffen?«, fragt Jason. »Wir haben einiges nachzuholen. Außerdem könnte ich dir dann die Nummern dieser Organisationen mitbringen.«

»Klar, gern«, erwidere ich.

Irgendwie fühlt es sich gut an, eine Verabredung mit einem alten Freund zu haben. Überhaupt eine Verabredung nach der Arbeit zu haben.

Nachdem ich den Hörer aufgelegt habe, beschließe ich, noch einmal in der Bibliothek vorbeizuschauen. Vielleicht kann ich herausfinden, wo genau die Fabers in Österreich gewohnt haben. Die Adresse auf dem Brief ist dabei sicher eine vielversprechende Spur. Ich muss bloß herausfinden, was da eigentlich steht.

Ich stecke den Kopf in Daniels Büro, bevor ich gehe. Der Fernseher läuft. Daniel, Janice und Rob, unser Korrektor, stehen wie angewurzelt davor.

Auf dem Bildschirm sieht man einen Mann, der auf der Berliner Mauer balanciert und mit Bällen jongliert. Unter ihm steht jemand mit einem Gettoblaster, aus dem amerikanische Musik dröhnt. Bruce Springsteen? Wahrscheinlich.

»Ich gehe auf Recherche für einen Artikel«, lüge ich, aber keiner scheint mich zu bemerken.

»Sie sind wieder da«, ruft die Bibliothekarin, als ich an den Informationsschalter trete. »Sie sind eine echte Philatelistin geworden, oder?«

Es überrascht mich, dass sie sich an mich erinnert. Wahrscheinlich verirren sich nicht besonders viele Frauen meines Alters in die Philatelieabteilung der Bibliothek. Trotz Benjamin Grossman ist das Briefmarkensammeln eigentlich ein Hobby für alte Männer.

Ich hole die Plastikhülle aus meiner Handtasche und

zeige ihr den Brief. Ich wünschte, mein Deutsch und meine Kenntnis der Vorkriegsgepflogenheiten, was österreichische Adressen angeht, wären besser.

»Ich möchte herausfinden, wo diese Adresse ist.«

»Dann sind Sie also gar nicht mehr an Briefmarken interessiert?«, fragt sie und blickt verwirrt drein.

»Doch, schon, aber ich möchte mehr über diese besondere Briefmarke hier erfahren. Über diesen Brief. Ich möchte wissen, wohin er geschickt wurde, wo diese Frau lebte. Ich glaube, die Marke ist ungefähr von 1939. Vielleicht wäre eine Karte von Österreich zu dieser Zeit hilfreich?«

»Geben Sie mir ein paar Minuten.« Sie geht zu dem großen Karteischrank, wühlt darin herum und verschwindet dann. Kurz darauf kommt sie mit einem Arm voller Bücher zurück. Es sind alte, verstaubte Schinken, die vermutlich lange niemand mehr angefordert hat.

»Europäische Geografie, Landkarten und Atlanten aus der Vorkriegszeit«, sagt sie. »Vielleicht finden Sie da drin irgendwo Ihre Adresse.«

Ich bedanke mich und reiche ihr meinen Bibliotheksausweis, damit ich die Bücher ausleihen kann.

»Sie wissen, dass dieser Brief niemals abgeschickt wurde, oder?«, fragt sie.

Ich nicke, obwohl ich es gar nicht weiß. Ich weiß auch nicht, woher sie es weiß.

»Kein Poststempel«, erklärt sie.

»Natürlich«, erwidere ich und fühle mich wie ein Idiot. Benjamin hat das mit einem Blick gesehen und dachte wohl, mir wäre es auch klar.

Als ich die Bibliothek verlasse, den Arm voller Bücher, denke ich, vielleicht kann ich den Brief ja jetzt abschicken. Wenn ich herausbekommen habe, wie es den Fabers ergangen ist.

Ein paar Stunden später wasche ich mir die Haare und bringe meine widerspenstigen Locken mit etwas Schaumfestiger in Form. Ich ziehe mir ein Kleid an und lege vor dem Treffen mit Jason sogar ein bisschen Lippenstift auf. Es ist kein Date, natürlich nicht, aber in letzter Zeit habe ich das Haus, abgesehen von der Arbeit, nur noch verlassen, um meinen Vater zu besuchen oder Briefmarkenrecherche zu betreiben. Tatsächlich, wenn ich mir Mühe gebe, kann ich mich einigermaßen tageslichttauglich zurechtmachen. Das fühlt sich ganz gut an.

Jason ist bereits da, als ich das *Beverley Hilton* betrete, wo wir uns verabredet haben. Ich bestelle ein Glas Wein, er ein Bier, und dann ziehe ich den Brief aus der Tasche.

»Es ist ein Liebesbrief«, sage ich und erkläre ihm, was Benjamin über die Platzierung der Briefmarke gesagt hat und was das Besondere an dieser Marke ist. Die winzige, beinahe unsichtbare Blume.

Er wirft einen Blick darauf. »Ich gebe zu, ich hatte noch einen anderen Grund, um dich auf einen Drink einzuladen.« Er lächelt mich an. Sein Lächeln ist nett, obwohl seine Schneidezähne ganz leicht schief stehen.

»Ach ja?«, erwidere ich. Meine Stimme zittert etwas. Vielleicht hätte ich doch keinen Lippenstift auflegen sollen.

»Ich wittere eine Geschichte.« Er starrt auf den Brief. Meinen Lippenstift hat er gar nicht bemerkt. Mit dem Zeigefinger fährt er über die Marke in ihrer Hülle. Dann gibt er sie mir zurück. »Ich glaube, ich habe dir das noch gar nicht erzählt. Ich bin befördert worden und für die Reportagen verantwortlich.«

»Wow, ist ja toll.« Ich hebe mein Weinglas, um darauf anzustoßen. »Gratuliere.«

Ich hoffe, ich klinge nicht verbittert. Das bin ich nämlich nicht. Ich freue mich für Jason. Aber wir haben gleichzeitig am selben Ort angefangen, und jetzt scheint er mir Lichtjahre voraus zu sein.

»Wenn du das Rätsel gelöst hast, möchte ich, dass du eine Reportage darüber schreibst«, sagt er. »Für mich.« Dann ist das also sein eigentlicher Beweggrund für das Treffen? Er will, dass ich für ihn arbeite?

Ich habe die Geschichte mit dem Brief bislang nicht als Material für einen Artikel angesehen. Genauso wenig habe ich daran gedacht, Jason um einen Auftrag oder einen Job zu bitten. Es ist wie ein seltsames Déjà-vu, wie damals, als Daniel mich bat, für ihn zu arbeiten.

Wir waren erst kurz zusammen, aber ich war so angeödet von meinen Lokalnachrichten, dass mir die Lifestyle-Geschichten wie der Heilige Gral vorkamen. Außerdem wollte ich gerne mit Daniel zusammenarbeiten. Ich verschwendete keinen Gedanken daran, was passieren würde, wenn es zwischen uns nicht klappen sollte. Es würde ganz einfach klappen. So war es ja auch, bis vor Kurzem jedenfalls.

»Du brauchst mir das nicht anzubieten, nur weil ich dir von Daniel und mir erzählt habe«, sage ich zu Jason.

»Ich biete es dir nicht deswegen an«, erwidert er. »Ich würde gerne wieder mit dir zusammenarbeiten. Außerdem stelle ich dich nur ein, wenn du das Rätsel lösen kannst.«

Jason ist nicht Daniel, rufe ich mir ins Gedächtnis. Ein Job bei *Voice* wäre ein Riesenschritt nach vorne in meiner Karriere.

»Na ja, wer weiß, ob überhaupt eine Geschichte dahintersteckt«, sage ich vorsichtig. »Ob ich rausfinden kann, was aus der Familie und den Mädchen geworden ist.«

»Da ist eine Geschichte, und du wirst sie herausbekommen.« Er zieht eine Mappe aus seiner Aktentasche und reicht sie mir. »Hier ist eine Liste meiner Kontakte. Alles Leute, die dir dabei helfen könnten, die Fabers aufzuspüren.« Er hebt seine Bierflasche und stößt mit meinem Weinglas an. »Auf einen neuen Anfang«, sagt er. »Und auf alle guten Dinge, die vor uns liegen.«

Oder auf das Ende, denke ich. Und auf alle schlechten Dinge, die hinter uns liegen.

Österreich, 1938

Die Zeitung beschrieb die Ereignisse der Nacht, in der sie Friedrich verloren, als *Kristallnacht*. Als Nacht der Glasscherben. Christoph fand jedoch, für Großenburg wäre die Bezeichnung *Feuernacht* oder *Tränennacht* passender gewesen.

Am Morgen nach jenen schrecklichen Ereignissen begann es heftig zu schneien. Es schneite tagelang ohne Unterlass.

»Gefrorene Tränen«, sagte Miriam ohne den geringsten Hauch ihrer üblichen Fröhlichkeit, während sie zusah, wie die bitteren Flocken vor dem Küchenfenster fielen.

Es schneite so ungeheuer viel, dass Christoph einige Tage lang nicht einmal vom Haus zur Werkstatt hinübergehen konnte, weil sich die Küchentür nicht öffnen ließ.

Jahre später war er sich sicher, dass es der Schnee gewesen war, der das Wohnhaus und die Werkstatt der Fabers vor der Zerstörung während der Reichspogromnacht gerettet hatte. Der Wald war zu dicht, der Schnee lag zu hoch. Die Deutschen gaben auf und wandten sich Wien zu, wo sie ihren Zerstörungsfeldzug fortsetzten.

Dennoch hatten sie in Großenburg ganze Arbeit geleistet. Das Feuer in der Synagoge breitete sich auf andere Gebäude aus und radierte einen Großteil des Dorfes einfach aus. Die Häuser standen eng beieinander und bestanden aus Holz. Erst der Schneefall hatte der Feuersbrunst ein Ende bereitet. Über Nacht waren viele Familien obdachlos geworden und hatten ihre Geschäfte, ihr bisheriges Leben unwiederbringlich verloren. Das, was übrig blieb, war verkohlt, unbrauchbar und zudem von einer dicken Schneedecke überzogen.

Als Christoph zwei Wochen später ins Dorf kam, bestand es nur aus Asche und Geistern. Eins der wenigen intakten Gebäude war das Postamt in der Wienallee. Das konnte kein Zufall sein. Die Deutschen waren anscheinend darauf angewiesen, weiterhin ihre Post zu bekommen.

Zu Hause eingesperrt und mit Frau Fabers Schluchzen als dauernder Untermalung fühlte Christoph sich hilflos und verloren. Wenigstens besaßen sie einen großen Vorrat an Eingemachtem, den Frau Faber im Sommer zuvor angelegt hatte, sodass sie nicht verhungern würden.

Als Friedrich aufgebrochen war, hatte Christoph nicht geglaubt, dass es für immer wäre. Ihm war klar, dass es Frau Faber, Elena und Miriam ebenso gegangen war.

Was würde Friedrich seiner Familie jetzt raten? Was sollten sie tun?

Er ging in seiner Dachkammer auf und ab, auf und ab. Plötzlich klopfte es an der Tür, und Elena platzte herein, ohne auf eine Aufforderung zu warten.

»Du nutzt den Holzboden ab«, rügte sie, die Hände in

die Hüften gestemmt. Sie trug weite braune Hosen und ein altes Oberhemd. Kleidung, die sicher einmal Friedrich gehört hatte. Ihr Haar hatte sie zu einem strengen Zopf geflochten. Trotzdem war sie hübsch.

»Entschuldigung«, sagte er, tigerte aber weiter durch das Zimmer.

»Christoph.« Sie zog ihn am Ärmel. Er blieb stehen. Nicht, weil sie ihn darum gebeten hatte, sondern weil sie ihn berührte. Er spürte ihre Wärme durch sein Hemd hindurch.

»Ich versuche zu denken«, sagte er. »Ich kann nicht still sitzen und dabei nachdenken.«

Sie ließ ihn wieder los, ging zu seinem Bett hinüber und setzte sich auf die Kante. Bevor er sie zurückhalten konnte, nahm sie seinen Skizzenblock und betrachtete die ersten paar Seiten. »Sind die alle von mir? Warum bin ich so ein interessantes Motiv?«

Er zuckte mit den Schultern und spürte, wie ihm das Blut in die Wangen schoss.

Sie blätterte weiter zurück. »Du zeichnest mich also seit Monaten?« Sie kicherte und klappte den Block wieder zu. »Du solltest für deine Briefmarken üben, stattdessen verschwendest du deine Zeit mit meinem gewöhnlichen Gesicht.«

Christoph setzte sich neben sie auf die Bettkante. »An deinem Gesicht ist nichts gewöhnlich.« Ohne darüber nachzudenken, legte er seine Hand auf ihre Wange und strich zärtlich mit dem Daumen über ihren Kieferknochen. »Perfekte Linien«, sagte er. In diesem Moment war es ihm völlig egal, ob Josef ihn umbringen würde oder nicht. Er wollte die Hand nicht mehr von Elenas Gesicht nehmen.

Sie wandte das Gesicht ab und sah zu Boden. »Ich kann nicht«, sagte sie leise.

»Wegen Josef?«, fragte er hilflos. Seit Monaten wollte er Elena fragen, ob sie in Josef verliebt war.

Elena antwortete nicht sofort. »Das Einzige, was mich im Augenblick interessiert, ist Österreich. Es soll wieder so werden wie früher. Die Deutschen sollen verschwinden. Für alles andere habe ich keine Zeit.«

Plötzlich fiel Christoph ein, was Friedrich für seine Familie gewollt hätte.

Er würde wollen, dass sie Österreich verlassen. Sie alle. Auch Elena. Das Land war nicht mehr sicher für sie. Österreich konnte nicht länger ihre Heimat sein.

Der erste Mensch, der sich nach der einsetzenden Schneeschmelze zum Haus der Fabers durchschlug, war kein deutscher Soldat, sondern Josef. Als er Christoph in der Werkstatt aufsuchte, forderte er ihn auf, mit ihm in den Wald zu gehen. Nach Elena fragte er nicht.

Christoph wusste, dass sie im Haus war und ihrer Mutter dabei half, ein Abendessen zusammenzukratzen, und bot nicht an, sie zu holen.

»Sie müssen fort«, sagte Christoph mit so viel Ernst, wie er nur aufbringen konnte. Der Schnee reichte Christoph bis zu den Knien, und die Nässe kroch seine Hosenbeine hoch, während er neben Josef durch den Wald stapfte. »Frau Faber und die Mädchen müssen an einen sicheren Ort. Wenn der Schnee schmilzt, kommen die Deutschen zurück. Mir werden sie nichts antun, aber den anderen vielleicht.« Noch während er den Satz aussprach, stiegen leise Zweifel in ihm auf, was sein eigenes Schicksal betraf.

»Du bist schlauer, als ich dachte«, brummte Josef. Christoph nahm an, das sei seine Art, ein Kompliment zu machen, auch wenn es nicht gerade nach einem geklungen hatte. »Das Dorf ist fast völlig zerstört. Du hast recht. Hier haben sie keine Zukunft.« Josef schwenkte vom Pfad ab. »Viele Männer werden vermisst. Sie sind verbrannt oder wurden eingesperrt. Verhaftet oder umgebracht …« Josef beendete seine Ausführungen nicht.

Da bemerkte Christoph, dass sie auf die kleine Hütte zugingen. Dieselbe kleine Hütte, aus der Elena letzten März gekommen war, als Österreich noch Österreich gewesen war und die größte Sorge darin bestanden hatte, dass Elena am Sabbat ausgegangen war. Das alles schien so weit zurückzuliegen: Jahre, Jahrzehnte, nicht erst Monate.

Als Christoph den winzigen Holzverschlag mitten im Wald erblickte, spürte er eine Art Schock. Die Hütte war intakt, während im Dorf kein Stein mehr auf dem anderen stand.

»Was wollen wir hier?«, wollte Christoph wissen. Hatte Josef ihn hergelockt, um ihn zu töten, ganz so, wie er ihm einst angedroht hatte? Nein, daran glaubte er nicht so richtig. Außerdem waren sie einer Meinung, was die Mädchen anging.

Josef antwortete nicht, sondern ging direkt auf die Tür zu. Sie besaß kein Schloss, nichts, um die Deutschen abzuhalten. »Die Deutschen wissen nichts von diesem Ort. Er ist auf keiner Karte verzeichnet«, sagte Josef, als hätte er Christophs Gedanken gelesen. Er mühte sich mit der Klinke ab. »Man erzählt sich, eine alte Frau hätte hier einmal gelebt. Nachts soll sie sich in einen Tatzelwurm verwandelt haben, deswegen hatten alle Angst.«

»In einen Tatzelwurm?« Ungläubig schüttelte Christoph den Kopf. Im Waisenhaus hatte Helmut, ein älterer Junge, ihn oft mit Erzählungen über jenes Fabeltier verängstigt. Es hieß, der Tatzelwurm sei halb Katze, halb Schlange.

Endlich hatte Josef die Tür aufbekommen. »Diese Hütte hat jedenfalls keine Adresse. Offiziell gibt es sie nicht. Man findet sie nur, wenn man zufällig vom Weg ins Dorf abkommt. Warum hätten die Deutschen das machen sollen? Sie haben ja bereits den halben Ort zerstört«, bemerkte Josef verbittert.

»Was willst du damit sagen? Dass die Mädchen sich hier verstecken könnten?«, fragte Christoph verwirrt.

Diese Lösung schien fast zu einfach zu sein. Wenn sie in der Hütte wohnten, nur ein paar Gehminuten von der Werkstatt entfernt, konnte Christoph sie jederzeit besuchen. Es würde keinen Abschied bedeuten.

»Nein«, sagte Josef sofort. »Hier wären sie nicht sicher.«

»Aber du hast doch gerade gesagt …«

Josef öffnete die Tür und ging hinein. Er bedeutete Christoph, ihm zu folgen. In der Hütte war es dunkel und roch modrig. Doch Christoph ging hinein.

»Die Mädchen dürfen nicht herkommen«, sagte Josef und trat zur Seite, damit Christoph sehen konnte, was sich in dem abgedunkelten Raum befand.

Auf dem Boden, notdürftig mit einem zerschlissenen Tuch bedeckt, lag Friedrich.

Los Angeles, 1989

Am Samstagvormittag belade ich mein Auto mit sämtlichen Büchern, die ich in der Bibliothek ausgeliehen habe, und mache mich auf die zweistündige Fahrt die Interstate 5 hinunter nach Coronado, um Gram zu besuchen.

Ein Grund für meinen Besuch ist, dass ich mich lange nicht mehr habe blicken lassen. Gram war so glücklich, als die Berliner Mauer fiel, und diesen Moment möchte ich mit ihr teilen. Wir haben vor, zum Brunch ins *Grand Hotel del Coronado* zu gehen und zur Feier des Tages ein paar Mimosas zu schlürfen. Genau wie damals, als ich sie kurz nach meiner Verlobung mit Daniel besuchte.

Ein anderer Grund für meinen Besuch ist eher eigennützig. Gram kann Deutsch. Die meisten Bücher, die ich von der Bibliothekarin bekommen habe, sind total unverständlich für mich, genau wie die Adresse auf dem Umschlag. Eventuell kann sie mir bei meinen Recherchen helfen. Wo haben die Fabers gewohnt? Wohin hat es sie verschlagen?

Ich breche sehr früh von zu Hause auf, gegen halb sechs Uhr morgens, um dem Wochenendverkehr zu entkommen. Vor acht erreiche ich die große Brücke, die zur Insel führt. Ich weiß, dass Gram wach ist, und habe Schuldgefühle, weil ich nur so selten herkomme.

Mein letzter Besuch ist Monate her. Da lebte mein Vater noch in seinem Haus, und ich war glücklich mit Daniel verheiratet. Na ja, vielleicht konnte man das nicht unbedingt glücklich nennen. Jedenfalls befand ich mich in glücklicher Verdrängung der Tatsache, dass Daniel eben nicht glücklich war.

Jedes Mal wieder finde ich es schrecklich, über die Brücke zu fahren. Sie hat kein Geländer, und ich zwinge mich dazu, starr geradeaus zu sehen und nicht an das Wasser zu denken, das unter mir lauert. Ich kann verstehen, warum Gram die Insel nicht mehr verlässt. Darauf ist sie nicht angewiesen. Die Fahrt nach San Diego dauert zwar nicht lange, aber im kleinen Städtchen Coronado gibt es alles, was man braucht, und zwar in Laufweite.

Ich parke auf der Straße vor ihrem grauweißen Häuschen. Als ich aussteige, atme ich tief durch. Coronado Island ist nah bei L. A., kommt mir aber trotzdem wie eine andere Welt vor. Plötzlich stehe ich in einem viktorianischen Dorf, durch das eine frische Meeresbrise weht. Hier gibt es keinen Smog! Ich höre das entfernte Rumpeln eines landenden Flugzeugs. Am anderen Ende der Insel liegt die Militärbasis, auf der vor vielen Jahren mein Großvater gearbeitet hat.

Ich schnappe mir meinen Bücherstapel und gehe den Fußweg entlang, der zu dem weißen Lattenzaun führt. Gram hat bereits die Haustür geöffnet und kommt auf mich zu.

»Katie, mein Schatz.« Sie umarmt mich samt meiner Last und reckt sich, um mir einen Kuss auf die Wange zu geben. Dann wirft sie einen Blick auf das Auto. »Wo ist deine bessere Hälfte?«

Ich drehe mich um und schaue hinter mich, betrachte mein leeres Auto, als wäre ich ganz verwundert, dass Daniel nicht drinsitzt. Ich weiß nicht, was ich sagen soll. Obwohl Daniel seit Jahren nicht mehr nach Coronado mitgekommen ist. Gram wartet nicht auf meine Entgegnung, sondern fragt, was es mit den Büchern auf sich hat.

Ich folge ihr ins Häuschen und erzähle ein bisschen über den Brief und über Jasons Vorschlag, zuerst etwas über die Ursprünge der Familie Faber herauszufinden. Über die Landkarten, die ich von der Bibliothekarin bekommen habe. »Das meiste davon ist auf Deutsch«, klage ich und lege den Bücherstapel auf den antiken Esstisch, den sie mit einem dicken Plastiktischtuch schützt.

Mit den Fingern fahre ich über die Plastikoberfläche und denke an die schönen Zeiten, die wir an diesem Tisch verbracht haben. Thanksgiving-Essen und Seder-Abende, bei denen meine Eltern sowohl körperlich als auch geistig dabei waren. Natürlich auch mein Großvater, der nur wenige Monate nach dem Tod meiner Mutter an einem Schlaganfall starb.

Ich schiebe die Erinnerungen beiseite, hole den Brief aus meiner Handtasche und reiche ihn Gram. Sie setzt sich die Lesebrille auf die Nase, die an einer dünnen Goldkette um ihren Hals baumelt, studiert Brief und Marke.

»Marissa hat das nie verstanden«, bemerkt sie und berührt mit ihrem schmerzenden, verkrümmten Finger die Plastikhülle über der Briefmarke. »Teds Besessenheit.«

Mein Vater hat kürzlich fast dieselben Worte gebraucht, als er aus dem großen Fenster in seinem Heimzimmer sah und mich für meine Mutter hielt. Damit hatte er nicht unrecht. Nur damit, wo er sich gerade befand und mit wem er sich unterhielt.

»Ich weiß«, erwidere ich. »Ich glaube, ich habe das auch nie verstanden.«

»Warum dann plötzlich dieses Interesse, mein Schatz? Warum gerade jetzt?«

Ich zucke mit den Schultern und bin mir nicht sicher, ob ich die Antwort kenne oder verstehe. »Mein Vater hat immer gesagt, er suche nach einem Schatz in seiner Sammlung. Als Kind dachte ich, das wäre etwas Wertvolles. Irgendwas, das uns reich macht.«

Sie lacht, und ich lächele verlegen. Als kleines Kind glaubte ich daran. Daran, dass wir einmal zu den Millionären gehören würden, die auf den Klippen hoch über Malibu residierten.

»Vielleicht hat er es ja ganz anders gemeint.« Ich nehme die Plastikhülle wieder an mich. »Vielleicht waren die Geschichten hinter den Marken der eigentliche Schatz.«

Ich habe keine Ahnung, ob das stimmt oder nicht. Vielleicht lasse ich mich zu sehr von meinen eigenen Gedanken leiten. Oder von Jasons Bestehen darauf, dass sich eine Story hinter dieser eigentümlichen Marke und der Familie Faber verbirgt.

»Es muss schwer für dich sein, deinen Vater so zu erleben«, sagt Gram jetzt. »So vergesslich.«

Sie hat meinen Vater zuletzt an ihrem Geburtstag vor

zwei Jahren gesehen. Damals bin ich gemeinsam mit ihm nach Coronado gekommen.

Ihm entglitten bereits die ersten Details, und Gram, dreizehn Jahre älter als er, war so scharfsinnig wie eh und je gewesen. Im Verlauf von nur einer Stunde stellte er mehrmals dieselben Fragen und vergaß jedes Mal die Antworten. Gram hatte das nicht alarmierend gefunden. Es war heiß gewesen, er war müde und hatte vielleicht nicht genügend getrunken.

Sie nimmt die Lesebrille ab und lässt sie an der Kette herunterbaumeln. Dann reibt sie sich die wässrigen Augen. »Fährst du mich demnächst mal nach L. A., damit ich ihn besuchen kann?«, fragt sie mich. Sie klingt wehmütig.

»Na klar«, entgegne ich und glaube nicht, dass ich das machen werde.

Bei meinem letzten Besuch war er in einem schlimmen Zustand, schrie mich an und sagte, ich dürfe nie mehr wiederkommen. Warum sollte ich Gram das zumuten? Es wäre besser, sie behielte ihn so im Gedächtnis wie vor zwei Jahren. Als er noch weitgehend er selbst war.

»Also dann, lass uns frühstücken gehen«, sagt sie. »Dort können wir uns deine deutschen Karten ansehen.«

Gram und ich sitzen im Strandcafé des *Del* und genießen unsere Mimosas. Wir schauen auf das kühle, blaue Meer hinaus. Der Morgennebel hat sich beinahe verzogen. Die Sonne scheint, aber die Luft ist ziemlich kühl. Gram hat sich einen dicken Wollpullover übergestreift. Meine Jeansjacke ist viel zu dünn. Ich friere in dem kalten Wind, der vom Wasser herüberweht, und bestelle mir einen Kaffee, um mich aufzuwärmen.

Über meinen Vater, den Fall der Berliner Mauer oder den Brief reden wir nicht mehr. Gram beugt sich über die Landkarten und die Bücher. Ab und zu murmelt sie etwas auf Deutsch. Vielleicht steigen Erinnerungen in ihr hoch.

»Schau mal«, sagt sie nach einer Weile und deutet mit dem Finger auf den Namen einer Stadt oder eines Dorfes.

Sie schiebt mir das Buch herüber, und ich sehe, dass sie nicht Österreich betrachtet, sondern Deutschland. »Hertzwalde«, lese ich vor. Wahrscheinlich spreche ich den Namen falsch aus, aber Gram verbessert mich nicht.

»Dort sind wir geboren, dein Großvater und ich. Dort sind wir aufgewachsen.«

»Wurde da auch mein Dad geboren?«, frage ich. Ich weiß, dass die deutsche Herkunft meine Eltern zusammengebracht hat. Sonst haben sie mit mir kaum darüber gesprochen.

Sie schüttelt den Kopf. »Nein, mein Schatz. Unser Dorf war ziemlich klein. Wir kannten alle. Früher … Man findet es nicht mehr auf Landkarten, weil alles niedergebrannt ist. Da waren wir schon weg.« Sie zittert ein wenig bei der Erinnerung daran. »Ich habe den Namen viele Jahre nicht mehr gelesen. Schon gar nicht auf einer Landkarte. Wie bei einem echten Dorf.«

Ich drücke ihre faltige Hand. Sie schweigt, während sie weiter durch das Buch blättert und sich von ihrer Heimat entfernt. Dann sind wir bei Österreich angelangt.

Ich habe gewusst, dass meine Großeltern in dem Teil Deutschlands aufgewachsen sind, der später zur DDR gehörte. Gram hat darüber nur am Rande gesprochen. Nur ihr Gesichtsausdruck verriet ihre Traurigkeit. Nie hat sie mir ihre Heimat auf einer Landkarte gezeigt, bis heute. Ihre und damit auch meine deutsche Herkunft war kein Thema für mich, abgesehen von Grams leichtem Akzent und dem köstlichen Apfelstrudel, den sie oft zum jüdischen Neujahrsfest gebacken hat.

»Die haben wirklich dein ganzes Dorf niedergebrannt?«, frage ich. »Das hast du mir nie erzählt.«

»Ich rede darüber nicht gern«, sagt sie und lässt es dabei bewenden, während sie weiter durch die Bücher blättert. »Ach, da ist es.«

»Was?«

»Na, die Adresse auf deinem Brief.« Mit dem Finger deutet sie auf das Wort *Großenburg*.

Ich hatte angenommen, dass Großenburg der Straßenname sei, wegen der Reihenfolge der Zeilen, aber tatsächlich scheint es der Name des Orts zu sein.

»In den kleineren Dörfern brauchte man keinen Straßennamen auf die Briefe zu schreiben«, erklärt Gram, die meine Verwirrung offensichtlich nachvollziehen kann. »Das war damals nicht nötig.« Sie räuspert sich und klappt das Buch zu. »Wir sind einmal nach Österreich gefahren, habe ich dir das schon erzählt?«

»Nach Großenburg?«, frage ich. »Du kennst es also?«

»Nein, nein. Wir waren in Wien«, sagt sie. »Ich war noch klein, meine Eltern sind mit mir dorthin in den Urlaub gefahren. Wir haben uns eine Oper angesehen, *Die Frau ohne Schatten*. Unheimlich schön. Das werde ich nie vergessen.«

Mir wird die Ironie ihrer Formulierung bewusst, wenn ich an den Zustand meines Vaters denke. Aber ich hoffe, sie behält recht. Hoffentlich wird sie es nie vergessen und noch viele Jahre mit intaktem Gedächtnis leben.

»Im Krieg wurde es zerstört. Das Opernhaus.«

Ich schüttele den Kopf. Das habe ich nicht gewusst. Sollte ich aber. Vielleicht habe ich es irgendwann gelernt und wieder vergessen.

»Sie haben es wieder aufgebaut, aber ich wette, es ist nicht dasselbe. Nichts ist mehr dasselbe.«

Gram trinkt ihren Mimosa aus und blickt in die Ferne aufs Meer hinaus.

Ich betrachte sie, wie sie so dasitzt. Sie hat es aus ihrem deutschen Heimatort herausgeschafft, bevor er zerstört wurde, bevor der Eiserne Vorhang fiel. Heute ist sie durch und durch Südkalifornierin, genauso wie ich. Sie sitzt da und genießt den Brunch am Meer, hüllt sich in einen Wollpulli, wenn die Temperatur unter winterliche zwanzig Grad fällt. Sie hat ein Häuschen und ein gutes Leben. Ob es den Faber-Mädchen heute genauso geht?

Wieder zu Hause, hole ich die Karte hervor, auf der Gram den Ort Großenburg entdeckt hat, dazu einen aktuellen Weltatlas, den Daniel in unserem früheren gemeinsamen Arbeitszimmer zurückgelassen hat. In Geschichte und Geografie kenne ich mich lange nicht so gut aus wie er oder mein Vater. Das waren die einzigen beiden Themen, über die sie sich gerne ausgetauscht haben. Im Augenblick bin ich jedoch froh über den Atlas, er erspart mir zumindest einen weiteren Gang in die Bibliothek.

Ich vergleiche die Vorkriegskarte mit der heutigen. Wien liegt an derselben Stelle, aber ich muss an Grams Bemerkung über das Opernhaus denken. Sicher sieht dort heute alles ganz anders aus. Mit dem Finger fahre ich in Richtung Westen, doch dort, wo auf der Landkarte von 1932 der Ort Großenburg verzeichnet war, befindet sich heute nichts mehr. Großenburg existiert nicht mehr, genau wie Grams Heimatdorf Hertzwalde im Osten Deutschlands.

Meine Augen springen zwischen den beiden Karten hin und her und vergleichen. Auch andere Orte sind verschwunden. In diesem Moment kommt mir das vor wie der greifbare Beweis für die Schrecken, die sich während des Zweiten Weltkriegs in diesen Ländern und darüber hinaus ereignet haben. So habe ich das noch nie wahrgenommen. Die Punkte auf diesen Karten stehen für Wohnhäuser, Geschäfte, Menschen. Von der Landkarte radiert. Einfach so.

Jasons Vorschlag, in den Archiven nach den Fabers zu suchen, erscheint mir sinnlos. Von einem Ort, der seit Langem nicht mehr existiert, kann es schließlich kein Archiv geben. Die Faber-Mädchen und sämtliche Dokumente über sie wurden vermutlich mitsamt dem Ort vernichtet. Außer, sie konnten vorher fliehen.

Als ich ins Bett gehe, kommen mir Benjamins Worte in den Sinn. Er hatte ja vermutet, den Faber-Mädchen sei es als Jüdinnen im damaligen Österreich nicht sehr gut ergangen. Ich sinke in einen tiefen und unruhigen Schlaf.

In meinen Träumen sehe ich brennende Städte. Mir unbekannte Frauen verschwinden, und ihre Körper gehen in Rauch auf.

Österreich, 1938

»Friedrich?« Christoph eilte zu ihm hinüber. Konnte er seinen Augen trauen?

Friedrich antwortete nicht, aber als Christoph vor ihm stand, erkannte er, dass er tatsächlich atmete. Sein Brustkorb hob und senkte sich. Doch sein Bart schien versengt zu sein, und um seine linke Hand war ein behelfsmäßiger Verband gewickelt.

»Ich habe ihn im Wald gefunden«, sagte Josef leise.

Christoph spürte einen kleinen Stich. Warum hatte Josef ihn gefunden, nicht er und Elena? Im selben Moment empfand er Schuldgefühle wegen dieses Gedankens.

Friedrich lebte!

»Hat er sich die Hand verbrannt?«, fragte Christoph. Noch konnte er Friedrichs Zustand nicht einschätzen.

»Nein, sie wäre ihm fast abgefroren«, erklärte Josef.

Wie lange hatte der arme Friedrich da draußen in der Kälte, im Schnee gelegen? Christophs Schuldgefühle wuchsen an. Er und Elena hatten bei ihrer Suche zu schnell aufgegeben. Sie hätten weitermachen müssen.

»Er hat nach dir gefragt«, sagte Josef. »Wieder und wieder.« Josef nahm Christoph beiseite. »Sobald die Witterung es zuließ, bin ich losgelaufen, um dich zu holen.«

Elena hatte gesagt, dass Josef ein gutes Herz habe. Vielleicht stimmte das ja tatsächlich.

Friedrich bewegte sich, und Christoph eilte an seine Seite. Er kniete sich neben ihn hin.

»Mein Junge«, sagte Friedrich. Er streckte die unverletzte Hand aus, und Christoph ergriff sie. »Mein Haus? Meine Familie?«

»Alles in bester Ordnung«, sagte Christoph. »Alle sind in Sicherheit. Sie werden sich so freuen, wenn sie hören, dass Sie am Leben sind.«

»Das darfst du ihnen nicht sagen«, warnte Josef.

»Natürlich werde ich es ihnen sagen.« Christoph konnte nicht zulassen, dass Frau Faber, Elena und Miriam weiter um Friedrich trauerten.

»Es würde sie nur in Gefahr bringen«, sagte Josef. »Die Deutschen werden nach ihm suchen, sobald der Schnee schmilzt. Wilhelmine, also Minna, wird ihnen sagen, was sie für die Wahrheit hält, nämlich, dass Friedrich tot ist.« Josef hielt kurz inne. »Außerdem würden Minna und die Mädchen nie ohne ihn weggehen, aber das müssen sie.«

Christoph hatte es selbst gesagt, erst vor wenigen Minuten: Die Mädchen mussten fort von hier. Er wusste, dass Josefs Plan vernünftig war, auch wenn er grausam klang.

»Er hat recht«, schaltete sich Friedrich ein. Christoph sah ihn an, noch immer völlig überwältigt davon, dass sein Meister da war. Dass er atmete, redete.

»Sie können Ihre Familie nicht in dem Glauben lassen, dass Sie tot sind«, wandte Christoph ein.

Er wollte Friedrich erzählen, dass Frau Fabers freundliches Gesicht in letzter Zeit ganz geschwollen war vom vielen Weinen. Dass Miriam tagelang ganz still dagesessen hatte. Dass Elena oberflächlich stoisch wirkte, in ihren Augen jedoch eine tiefe Traurigkeit stand. Doch er wollte Friedrich nicht aufregen und hielt den Mund.

»Wir werden sie aus dem Land bringen«, verkündete Josef. »Friedrich wird ihnen später folgen. Wenn er gesundheitlich einigermaßen hergestellt ist. Dann ist die Familie wieder beisammen. Die Trennung ist nur vorübergehend.«

»Aber die Deutschen werden Friedrich nicht gehen lassen«, gab Christoph zu bedenken.

Josef unterbrach ihn. »Wir machen neue Papiere für ihn.«

Christoph dachte an seine Unterhaltung mit Elena in der Werkstatt. Sie hatten darüber gesprochen, was man mit den Gravurwerkzeugen alles anfangen konnte.

»Wirst du mit Elena welche fälschen?«, wollte er von Josef wissen.

»Nein«, schrie Friedrich so laut, dass Christoph und Josef herumfuhren. Vor einer Minute war Friedrich so schwach gewesen, und nun schien er förmlich zu explodieren. »Das darf Elena nicht machen.«

Josef warf Christoph einen unfreundlichen Blick zu, der wohl heißen sollte: *Darum traue ich dir nicht. Und darum mag ich dich nicht.*

Elena hatte sich sehr bemüht, ihre Umtriebe vor ihrem Vater geheim zu halten. Sie hatte nicht gewollt, dass er von ihrer Verwicklung in diese Dinge erfuhr. Mit *wir* musste Josef also sich selbst und Christoph gemeint haben.

Josef wollte nicht, dass Elena mitbekam, dass Friedrich lebte. Wie sollte sie also dabei helfen, falsche Papiere für ihn herzustellen? Josef wollte, dass Christoph die Papiere fälschte. Das war wahrscheinlich der Grund dafür, dass er ihn überhaupt an diesen Ort gebracht hatte.

Josef kniete sich neben Friedrich hin und legte ihm sanft eine Hand auf die Schulter. »Wir werden Frau Faber und die Mädchen zuerst aus Österreich herausbringen. Wenn Sie wieder bei Kräften sind, werden Christoph und ich ebenfalls Sie in Sicherheit bringen.«

Erst da wurde Christoph klar, was Josef eigentlich gesagt hatte. *Aus Österreich heraus.* Ihr Land war nicht länger sicher. Österreich konnte den Fabers nicht länger eine Heimat sein.

In jener Nacht kam Elena hinauf in die Dachkammer. Miriam und Frau Faber schliefen schon lange, es war spät. Das einzige Licht weit und breit kam vom Mond, der durch Christophs winziges Fensterchen hereinschien. Er hatte versucht zu schlafen, musste aber ständig an Friedrich denken, der verletzt, aber am Leben war und nun auf dem kalten Boden der Hütte im Wald lag. Im Geheimversteck.

Christoph war aus dem Bett aufgestanden. Erst als Elena in der Tür stand, bemerkte er, dass er wieder durch das Zimmer tigerte.

»Tut mir leid«, sagte er schuldbewusst, als sie hereinkam und zu ihm ans Fenster trat.

Für sie würde es so klingen, als entschuldige er sich für den Lärm, doch in seinen Worten schwang mehr mit. *Dein Vater ist am Leben.* Er wollte ihr so gerne die Wahrheit sagen. Doch er beherrschte sich. Nicht, weil Josef es ihm befohlen hatte, sondern, weil es Friedrichs Wunsch war.

»Der Schnee ist geschmolzen, sodass man wieder ins Dorf gehen kann«, sagte sie. »Vater hat einen Freund aus der Kunstfachschule, der in Amerika lebt. Ich habe ihm einen Brief geschrieben und ihn gefragt, ob er Mutter und Miriam für eine Zeit lang aufnehmen würde. Morgen früh gehe ich zur Post und schicke den Brief ab.«

»Elena«, sagte Christoph. »Du kannst nicht ins Dorf gehen.«

»Ich habe keine Angst vor den Deutschen. Was sollen die mir tun? Ich will bloß einen Brief abschicken.«

»Du solltest aber Angst haben.«

Josef hatte erzählt, dass das Dorf zerstört war und viele Männer vermisst wurden. Die deutschen Soldaten hatten eine Spur der Verwüstung und des Todes hinterlassen. Christoph hatte außerdem in einer Zeitung gelesen, die Josef ihm gebracht hatte, dass Tausende Juden in Deutschland und Österreich am Morgen nach der Kristallnacht verhaftet worden waren. Ihr einziges Verbrechen bestand darin, dass sie Juden waren.

»Wovor soll ich Angst haben, außer vor dem Tod?«, fragte Elena. »Und selbst davor habe ich keine Angst.«

Christoph dagegen hatte sehr wohl Angst. Er wollte sich keine Welt vorstellen ohne Elenas helle Stimme, ihre roten Wangen und ihre weiße … edelweiße Haut.

»Ich werde deinen Brief morgen abschicken, in Ordnung? Ich bringe ihn für dich zur Post.«

»Wieso sollte es für dich weniger gefährlich sein?« Elena verschränkte die Arme vor der Brust. Sie trug ein weißes, weites Nachthemd, doch ihre trotzige Haltung ermöglichte ihm eine recht gute Vorstellung ihrer Kurven unter dem Kleidungsstück.

Er wandte den Blick ab. »Ich bin kein Jude«, sagte er. Seine Worte klangen schamerfüllt und schrecklich. Am liebsten hätte er sie gleich wieder zurückgenommen. Aber so war es nun einmal.

Einen Moment lang reagierte Elena nicht. Dann sagte sie widerstrebend: »Na schön.« Doch sie machte keine Anstalten, das Zimmer zu verlassen. Sie sah zum Fenster hinaus.

Christoph griff vorsichtig nach ihrer Hand. Er rechnete damit, dass sie ihn wegstoßen und aus dem Zimmer rennen würde, sobald er sie berührte. Doch dieses Mal passierte nichts. Sie ließ zu, dass er ihre Hand nahm. Sie ließ sie nicht los und bewegte sich nicht.

So standen sie lange da. Sie hielten Händchen und starrten aus dem Fenster in den Nachthimmel, in ein neues Österreich, das keiner von beiden verstand oder auch nur ansatzweise wiedererkannte.

Am nächsten Morgen machte sich Christoph mit Elenas Brief ins Dorf auf. Er war adressiert an einen *Mister Leser*. Das musste Friedrichs Freund sein. Christoph hatte noch nie von ihm gehört. Elena hatte sowohl österreichische als auch deutsche Briefmarken auf den Umschlag geklebt. Das war so üblich seit der Besatzung.

Die österreichische Marke war Friedrichs jüngster Entwurf und zeigte einen Berghang im Frühling. Christoph betrachtete sie kummervoll. Der Berg existierte zwar noch und stand direkt vor dem Grundstück der Fabers. Doch die Marke erinnerte Christoph schmerzlich daran, dass es vieles andere eben nicht mehr gab.

Es war seit der Kristallnacht das erste Mal, dass er ins Dorf ging. Damals hatte er zusammen mit Elena auf der Anhöhe über dem Dorf gestanden und die Feuersbrunst beobachtet. Als er aus dem Wald trat, sah er, dass Josef recht gehabt hatte.

Alles, was er erblickte, war Asche. Nur wenige Gebäude waren stehen geblieben. Die Wienallee, am Rand des Ortes gelegen, wirkte verhältnismäßig unbeschädigt. Doch der Rest des Städtchens war total zerstört. Den Häusern fehlten Fenster, Wände und sogar Dächer. Auf den Bürgersteigen türmte sich Schutt.

Glasscherben knirschten unter Christophs Schuhsohlen. Bei jedem Schritt, den er tat, wollte er laut schreien und klagen über den Verlust und die Verwüstung, die ihn umgaben. Er fand es zum Heulen. Häuser, Leben, Geschäfte, alles war ohne triftigen Grund zerstört worden.

Als Christoph sich dem Postamt näherte, bemerkte er einen deutschen Soldaten, der die Straße auf und ab marschierte. Seine Stiefel knallten rhythmisch auf den Asphalt, und seine rechte Hand lag stets bereit auf dem Pistolenhalfter.

Er geht Patrouille, dachte Christoph. Aber weswegen?

Die Straße war so gut wie leer. Christoph sah mit Ausnahme von ein paar Männern, die den Schutt wegräumten, keine anderen Menschen weit und breit. Da entdeckte er Herrn Himmle, einen Ladeninhaber. Als sich ihre Blicke trafen, sah Himmle schnell zu Boden und wandte sich wieder den Aufräumarbeiten zu. Christoph wurde nervös, obwohl er nichts Falsches tat. Er wollte nur einen Brief absenden. Selbst in Österreich war das noch erlaubt.

Er betrat das Postamt, doch das Mädchen, das dort gearbeitet hatte, gab es nicht mehr. Stattdessen stand nun ein deutscher Soldat hinter der Theke. Was war dem Mädchen wohl widerfahren? Vielleicht war es besser, das nicht zu wissen. Wahrscheinlich nichts Gutes. War sie Jüdin?

Christoph wusste es nicht mehr. Er erinnerte sich nicht einmal an ihren Namen, obwohl sie seit seiner Ankunft in der Post gearbeitet hatte. Elena hatte erwähnt, dass sie Klassenkameradinnen gewesen waren, bis das Mädchen die Schule verlassen hatte, um ihrem kränklichen Vater im Postamt zu helfen.

Christophs Hände zitterten, als er dem Soldaten den Brief übergab. Der Mann musterte ihn, offensichtlich überrascht, ihn zu sehen oder überhaupt jemanden zu sehen.

Was fällt denn dem ein, ausgerechnet jetzt einen Brief abzuschicken?, schienen seine hochgezogenen schwarzen Augenbrauen auszudrücken.

Er gab Christoph den Brief zurück.

»Ich würde gerne diesen Brief absenden«, hörte Christoph sich selbst sagen. Seine Stimme klang absurd hoch und erinnerte ihn an die Maus in Miriams Zimmer.

Der Soldat schob ihm ein Büchlein hin. Das offizielle Amtsblatt des Reichspostministeriums. Er schlug es auf und zeigte Christoph die entscheidende Zeile. Vom 31. Oktober 1938 an waren österreichische Briefmarken nicht mehr gültig. Christoph überflog den Rest der Verlautbarung, die besagte, dass nicht entwertete Marken zum Kurs von drei zu zwei gegen deutsche getauscht werden konnten.

»Es tut mir leid«. Christoph entschuldigte sich bei dem Soldaten. Warum klang er nur so unterwürfig? In Wirklichkeit war er doch wütend. Voller Hass. »Dann würde ich gerne eine gültige Briefmarke kaufen.«

Der Soldat nahm Christophs Geld und überklebte Friedrichs wunderschöne Marken mit deutschen. Mit Hitlers Gesicht. Christoph befürchtete, der Soldat würde weitere Fragen stellen. Was in dem Brief stand, wer der Adressat war und so fort. Doch als die korrekten Marken auf dem Umschlag prangten, nahm er ihn ohne ein weiteres Wort entgegen.

Christoph trat den Rückweg an. Es begann zu dämmern. Er dachte über die Ausgangssperren für die Juden nach. Was hätte der Soldat, der auf der Straße patrouillierte, wohl getan, wenn Elena nur ein paar Minuten zu spät mit dem Brief gekommen wäre?

Christoph überlief ein kalter Schauer. Er hatte die Lichtung hinter sich gelassen und verschwand im dichten Wald. Zwischen den verschneiten Bäumen fühlte er sich sicher und dachte daran, was Josef über die Hütte gesagt hatte. Niemand wusste, dass es sie gab. Und selbst wenn die Deutschen wüssten, dass es sie gab, würden sie sie nicht finden.

Die Deutschen. Christoph wurde traurig, wenn er an Friedrichs harte Arbeit dachte. All die schönen Briefmarken waren jetzt wertlos, nur weil die Deutschen es so wollten. Das durfte er Friedrich und Elena nicht verraten. Elena würde es sowieso bald herausfinden, da war er sich sicher.

Beim Haus angelangt, waren die Briefmarken jedoch mit einem Mal vergessen. Irgendetwas stimmte nicht. Die Eingangstür stand einen Spaltbreit offen. Dafür war es viel zu kalt. Es war Winter und schon fast dunkel. Keiner würde absichtlich die Tür offen stehen lassen.

Er rannte ins Haus hinein und rief nach Frau Faber. Nach Elena. Nach Miriam. Niemand antwortete.

Das Wasser im Teekessel kochte auf dem Herd. Christoph schaltete ihn aus.

Das Haus war leer. Die Fabers waren verschwunden.

Los Angeles, 1989

Mein sonntäglicher Besuch bei meinem Vater verläuft unspektakulär. Ich erwähne seine Briefmarkensammlung nicht, genauso wenig wie den Brief und meinen Besuch bei Gram. Mein Vater erkennt mich und scheint keine Erinnerung mehr an meine abendliche Stippvisite vor ein paar Tagen zu haben. Daran, dass er mich anschrie, ich dürfe nie mehr wiederkommen.

Wir reden über das Wetter. Es ist ziemlich kühl für November in Los Angeles. Wir sprechen auch über den Film, den ich mir heute Abend ansehen soll, *Miss Daisy und ihr Chauffeur*. Jessica Tandy spielt die Hauptrolle. Wir mochten sie beide in *Cocoon*.

Wir unterhalten uns über Thanksgiving, das vor der Tür steht. Da fragt mein Vater, ob wir rechtzeitig zu diesem Anlass wieder zu Hause sein werden. Ob ich unsere Flugtickets gefunden habe und wie unser genaues Rückreisedatum lautet.

»Ich suche danach«, erwidere ich, so wie immer. Ich beuge mich zu ihm hinab, küsse ihn aufs lichte Haar und sage ihm, dass ich nächsten Sonntag wiederkomme.

»Ich weiß«, antwortet er.

Im Gehen hoffe ich, dass er es wirklich weiß.

Als ich zu Hause ankomme, sehe ich einen unbekannten Wagen in meiner Einfahrt stehen, einen weißen Ford. Ich parke auf der Straße und gehe die Einfahrt hinauf. Benjamin sitzt in dem Auto. Ich klopfe an die Seitenscheibe, und er erschrickt. Dann rollt er das Fenster halb herunter.

»Sie waren nicht zu Hause«, sagt er verlegen. »Da dachte ich, ich warte auf Sie.«

»Wie lange warten Sie schon?«

Er zuckt mit den Schultern. Wahrscheinlich eine ganze Weile.

»Ich dachte, Sie wären in San Francisco bei der Konferenz?«

Er steigt aus und folgt mir zur Haustür. »Ich war in San Francisco. Bin heute Morgen wiedergekommen«, sagt er. »Ich habe was entdeckt.«

»Ach ja?« Ich schließe die Tür auf, und wir gehen hinein.

Im Haus herrscht die blanke Unordnung. Als Daniel, der Ordnungsfanatiker, noch hier wohnte, sah es nie so aus. Im Wohnzimmer sind die Bücher aus der Bibliothek quer über den Couchtisch verstreut. In einer Ecke des Sofas liegt ein Berg Wäsche, um die ich mich noch nicht gekümmert habe.

Wenigstens ist die Wäsche sauber.

Ich stapele die Bücher aufeinander, bringe die Wäsche in die Küche und lege sie außer Sichtweite auf die Arbeitsplatte.

»Schönes Haus«, sagt Benjamin, dem die Unordnung anscheinend entgangen ist.

»Danke.«

Benjamin hat recht. Es ist ein schönes Haus, trotz meiner Unordnung. Ursprünglich im Craftsman-Stil erbaut, haben es die vorigen Eigentümer umgestaltet und im Stil der 1980er-Jahre neu interpretiert.

Ich erwähne Benjamin gegenüber nicht, dass ich mich mit dem Gedanken trage, es zu verkaufen, seit Daniel mich verlassen und mir das Haus *großzügigerweise* überlassen hat.

»Kaffee?«, frage ich stattdessen.

Benjamin hat es sich auf der Couch gemütlich gemacht und beäugt meine Bücher über Österreich.

»Gern«, sagt er.

Also setze ich eine Kanne auf, bevor ich zurück ins Wohnzimmer gehe und mich neben ihm aufs Sofa niederlasse. Plötzlich wird mir bewusst, wie nahe wir uns sind, und ich rutsche ein Stückchen von ihm weg. Nicht, dass sich unsere Beine versehentlich berühren …

»Erzählen Sie, was haben Sie in San Francisco entdeckt?«, frage ich.

»Ich habe Ihre Marke überall rumgezeigt«, beginnt er. Seine Aufmerksamkeit gilt aber nicht mir, sondern den Büchern. »Niemand hatte so was schon mal gesehen. Also die Blume auf dem Kirchturm.«

Das klingt nicht gerade aufregend. Es klingt eher ziemlich mau. Er löst den Blick von den Büchern und sieht mich an. Seine Miene ist ungewöhnlich bewegt. Anscheinend hat er doch etwas Aufregendes herausgefunden.

»Dann habe ich direkt nach Faber gefragt, also ob jemand eine Sammlung seiner Briefmarken hat oder etwas über sein Schicksal nach dem Anschluss weiß.«

»Er starb«, sage ich, denn seine Lebensdaten habe ich in dem philatelistischen Handbuch gelesen.

»Ja, aber wie ist dann die Blume auf seinen Kirchturm gekommen?«

»Das war nicht sein Werk«, erwidere ich.

Eigentlich sonnenklar. Aber Benjamin zuckt mit den Schultern, als wollte er Zweifel anmelden. Vielleicht ist die Marke ja älter, als Benjamin dachte?

»Einen Moment, erst mal hole ich den Kaffee.« Ich gehe in die Küche, fülle zwei Tassen und bringe sie ins Wohnzimmer.

Benjamin nimmt mir eine ab und bedankt sich.

»Also«, beginnt er. »Ich habe da einen Sammler kennengelernt, der sich auf den Zweiten Weltkrieg konzentriert. Er hat die originale Marke vom Stephansdom in seiner Sammlung. Also die ohne die Blume. Die habe ich Ihnen gegenüber erwähnt.«

Er holt ein Polaroid aus der Tasche. Das ist anscheinend das Original, das er in San Francisco abfotografiert hat. Die Marke ähnelt derjenigen in meiner Tasche so sehr, dass ich fast keinen Unterschied bemerke. Aber ich bemerke ihn doch. Auf dieser Marke fehlen die winzigen Blütenblätter an der Spitze des Kirchturms.

»Was bedeutet das? Ist die Marke meines Vaters dann eine Sonderauflage oder so was?«

Benjamin trinkt einen Schluck Kaffee. »Keine Ahnung. Das ist auch nicht das Wichtigste. Dieser Sammler hat mir erzählt, dass ihn vor einigen Jahren eine Frau kontaktiert hat, die nach Faber-Marken suchte. Sie wollte wissen, was er hatte, und bot ihm an, sie ihm für viel Geld abzukaufen. Für mehr als ihren eigentlichen Wert.«

Benjamin erzählt hastig, er ist sehr aufgeregt. Aber noch kann ich nichts mit seinem Bericht anfangen.

»Das verstehe ich nicht«, sage ich. »Warum ist das wichtig?«

»Die Frau, die ihn angesprochen hat, hat sich als Fabers Tochter vorgestellt.«

»Fräulein Faber?« Ich versuche, mir dieses Mädchen vorzustellen. Wahrscheinlich ist sie inzwischen eine alte Frau und höchstwahrscheinlich kein Fräulein mehr. Aber sie lebt und muss es aus Österreich herausgeschafft haben. »Wo lebt sie heute? Wissen Sie das?«

»Er sagte, vor ein paar Jahren hätte sie in Cardiff gewohnt.«

An Cardiff-by-the-Sea bin ich gerade vorbeigefahren, als ich Gram besucht habe. »In der Nähe von San Diego?« Der Gedanke, dass sie mir so nahe ist, hat etwas Unglaubliches.

»Nein, Cardiff in England. Also Wales.«

Plötzlich ist sie wieder ganz weit weg. Auf der anderen Seite des Landes und jenseits des Ozeans. Wenn ich ihr den Brief schicken wollte, müsste ich furchtbar viel Porto draufkleben. Und überhaupt, wäre das nicht zu riskant? Am Ende geht der Brief auf seinem Weg um die halbe Welt verloren.

»Jack sucht die Adresse raus, wenn er wieder zu Hause ist, und lässt sie mir nächste Woche zukommen. Ich möchte ihr nämlich gerne schreiben und sie fragen, was es mit dieser Marke und dem Brief auf sich hat.« Er trinkt seinen Kaffee aus und stellt die Tasse auf den Couchtisch, neben meine Bibliotheksbücher. »Das heißt, wenn Sie einverstanden sind.«

Ich nicke.

»Wenn die Marke wertvoll ist, zahlt sie vielleicht gut dafür. Und wenn nicht … Jack sagte, sie hätte für alle Fabers weit über Wert bezahlt.«

Ein Schatz, wie mein Vater immer gesagt hat. Deswegen bin ich ja überhaupt zu Benjamin gekommen. Wenn nur die geringste Chance auf einen Schatz besteht, will ich dem Hinweis nachgehen. Ich denke an meinen Vater, an die Kosten für seine Pflege. Aber ich kann diesen Brief doch nicht an die Frau verkaufen, an die er sehr wahrscheinlich ursprünglich adressiert war. Selbst wenn sie mir viel Geld dafür bezahlen würde.

Jason war sich so sicher, dass eine tolle Geschichte hinter der Sache stecken würde. Vielleicht steckt die Geschichte aber nicht in der Marke, sondern in der alten Frau, die heute in Wales lebt und als verliebtes Mädchen in Österreich gewohnt hat? Wie ist sie von da nach Wales gekommen? Was ist mit dem Mann passiert, den sie liebte?

»Ich kann ihr den Brief nicht verkaufen, da er rechtmäßig ihr gehört«, wende ich ein. »Ich gebe ihn ihr zurück, aber ich lege ein Schreiben bei. Ich möchte ihre Geschichte erfahren. Wenn Sie Ihre Adresse von diesem Jack bekommen, geben Sie sie mir bitte.«

»Klar«, sagt Benjamin freundlicher, als ich erwartet hätte, nachdem ich nun seine Zeit verschwendet und ihn ohne jegliche Bezahlung auf eine erfolglose Jagd geschickt habe. »Aber Sie werden sie nach der Marke fragen? Nach der Blume?«, beharrt er.

»Warum ist Ihnen das so wichtig, wenn ich sie sowieso nicht verkaufe?« Meine Frage klingt nicht unfreundlich, sondern sachlich. Was verspricht er sich davon?

»Ich will es einfach wissen. Ich will es verstehen.«

Zum ersten Mal sieht er mich direkt an. Seine Augen sind tiefblau, fast schon schwarz, so wie das Meer in Santa Monica. Sie sind schön, haben aber etwas Trauriges an sich. Und sie drücken mehr Gefühl aus, als ich ihm zugetraut hätte.

In diesem Augenblick wird mir klar, dass ich ihn überhaupt nicht kenne. Er hat ein Leben außerhalb der Briefmarken. Wie sieht es wohl aus?

»Einfach nur für den Fall, dass mir so was noch mal unterkommt«, fügt er hinzu und lächelt schief.

»Natürlich«, versichere ich ihm. »Natürlich werde ich mich nach der Briefmarke erkundigen.«

Ich frage mich, ob Benjamin auch an der Geschichte dahinter interessiert ist. Ob er, genau wie ich, die Geschichte der Frau aufregender findet als die der Marke.

Österreich, 1938

Der Teekessel kochte über. Christoph nahm ihn vom Herd. Heißes Wasser spritzte ihm auf die Hand und verbrannte seine Haut, doch das spürte er kaum.

Wo waren die Mädchen?

Er rannte rufend durchs Haus, nach oben und wieder hinunter, durch alle drei Stockwerke, aber seine Stimme hallte nur durch die leeren Flure und Zimmer. Keine Antwort.

Er eilte zur Haustür und untersuchte sie. War sie vielleicht bloß vom Wind aufgesprungen? Nein, da war ein Schuhabdruck auf der Schwelle, von einem großen Stiefel. Er malte sich aus, wie ein deutscher Soldat die Tür eintrat und Frau Faber, Elena und Miriam mit sich schleifte.

Christoph setzte sich hin und lehnte sich mit dem Rücken gegen die Tür, erschöpft und außer Atem. Auf seinem Handrücken hatten sich bereits Blasen gebildet, und er hielt ihn in den Schnee, um ihn zu kühlen. Die Mädchen waren fort. Das konnte einfach nicht wahr sein. Elena hätte das nie zugelassen.

Vielleicht waren sie weggerannt, als sie die Deutschen hörten? Wohin? Wohin würde Elena sie führen? Zu der geheimen Hütte im Wald, wo Friedrich auf dem Holzboden lag? Elena würde ihn umbringen, wenn sie herausfand, dass er von Friedrichs Aufenthaltsort gewusst hatte. Vorausgesetzt, Josef brachte ihn nicht vorher um, weil er nicht besser auf die Mädchen aufgepasst hatte.

Vielleicht waren sie in der Werkstatt? Dort hatte er noch nicht nachgesehen. Er stand auf, rannte durch das Haus und durch die Hintertür auf den verschneiten Rasen.

»Hallo?«, rief er, nachdem er die Tür zur Werkstatt geöffnet hatte.

In dem Raum war es dunkel und leer. Er ließ sich in Friedrichs alten Sessel fallen, am ganzen Körper zitternd vor Angst und Reue.

»Nein, nein, nein«, sagte er laut zu sich selbst.

Er hatte keine andere Wahl, als die Hütte im Wald aufzusuchen. So Gott wollte, hatten sich die Mädchen dort versteckt. Verhielt es sich anders, würde er Friedrich beibringen müssen, dass die Mädchen verschwunden waren. Dass er nicht wusste, wo sie sich befanden, und dass ein Fußabdruck in der Form eines deutschen Stiefels auf der Türschwelle seines Hauses prangte.

Da hörte Christoph ein Geräusch, ein leises Quieken. Da war es wieder. Was war das? Ein Schluckauf? War das … Miriam?

Er zündete eine Kerze an und suchte die Werkstatt ab, Zentimeter für Zentimeter. Doch er fand nichts.

»Miri, Elena?«, rief er. »Seid ihr da?«

Keine Antwort. Er wiederholte die Frage.

»Die Deutschen sind weg. Ich bin's, Christoph. Ich bin allein, das versichere ich euch. Seid ihr da?«

Alles blieb still. Dann hörte er ein Brett knarren, und der Boden unter seinen Füßen zitterte ein wenig. Neben ihm hob sich ein Dielenbrett. Elena schob es beiseite, dann kletterte sie zusammen mit Miriam aus einem unterirdischen Raum hervor. Er hatte keine Ahnung davon gehabt, dass es einen Kriechkeller unter der Werkstatt gab.

»Vater hat seine Stahlplatten dort gelagert«, erklärte Elena. Mit den Händen klopfte sie sich Staub und Spinnweben ab. »Da unten ist nicht viel Platz, gerade genug, um sich zu verstecken.«

»Es fühlte sich an wie in einem Grab«, sagte Miriam, deren Gesicht von Dreck und Tränen verschmiert war.

Elena sah zu Boden und schwieg, ganz so, als hätten Miris Worte sie verstummen lassen. Der Gedanke an das eigene Grab … Erst gestern hatte sie behauptet, sie hätte keine Angst vor dem Tod. Doch Miris Tod? Das war etwas ganz anderes, das wusste Christoph.

»Sie haben sie abgeholt, oder?« Als Elena endlich sprach, zitterte ihre Stimme. Sie schaute weiterhin auf den Boden. »Sie haben nach Mutter und Vater gefragt. Ich habe gehört, wie sie sagte, er sei tot. Da habe ich Miri gepackt und bin mit ihr in die Werkstatt gerannt. Mehr habe ich nicht mitbekommen.« Jetzt erst sah sie ihn an. Christoph konnte im Kerzenschein jeden Zentimeter ihres Gesichts erkennen. Sie weinte nicht. Ihre grünen Augen drückten Entschlossenheit aus. »Sie haben sie abgeholt, oder?«

»Ich weiß nicht.« Christoph schluckte. Wahrscheinlich hatte Elena recht. »Das Haus war leer, als ich vom Dorf zurückkam. Die Tür stand offen. Der Herd war an. Der Teekessel kochte über …« Seine Stimme erstarb.

Alle wussten genau, dass Frau Faber solche Zustände nicht dulden würde.

»Mutter und Vater, beide fort, von einer Sekunde auf die andere«, klagte Miriam. »Wir sind ganz allein auf der Welt. Jetzt sind wir Waisenkinder.«

»Nein.« Christoph streckte Miri die Hand hin. »Das seid ihr nicht. Kommt mit.«

Christoph dachte nicht an Friedrichs Sorge oder Josefs Zorn, als er mit den Mädchen durch den Wald Richtung Hütte ging. Er dachte nur an Miriam und Elena. Sie mussten erfahren, dass ihr Vater am Leben war. Es war dumm von ihm gewesen, es geheim zu halten.

Josef hatte gesagt, das sei ein Schutz, falls die Deutschen kämen, aber Frau Faber hatte es nicht geschützt. Das Allerschlimmste war, dass sie bei ihrer Abholung gedacht haben musste, ihr Mann sei tot. Christoph würde sich nie verzeihen, dass er ihr nicht die Wahrheit gesagt hatte.

»Was machen wir dort?«, wollte Elena wissen, als ihr klar wurde, dass sie auf die Hütte zugingen. Sie blieb stehen, stemmte die Hände in die Hüften und hielt Miriam vom Weitergehen ab.

Christoph wollte ihr nicht von Friedrich berichten. Er wollte, dass sie ihn mit eigenen Augen sah. Er hoffte, dass sie sich dann so sehr freuen würde, dass sie nicht wütend auf ihn wäre.

»Vertrau mir«, bat er. Sie zögerte und hielt Miriam am Arm fest. »Bitte.« Er legte seine Hand auf Elenas Schulter, da ließ sie Miris Arm los und folgte ihm zur Tür der Hütte.

Christoph ging zuerst hinein. Mit seiner Kerze beleuchtete er Friedrich, der noch immer auf dem Boden lag. Er schien zu schlafen. Doch dann öffnete er die Augen und sah erst Christoph an, dann Elena und Miri.

»Was hast du getan, mein Junge?« Friedrichs Stimme klang rau, ganz so, als würde er beinahe ersticken an seinen Worten.

Christoph wandte sich ab. Er wollte die Enttäuschung auf Friedrichs müdem Gesicht nicht sehen. Er blickte Miri an. »Du bist kein Waisenkind«, sagte er, aber sie hörte ihm gar nicht zu.

Sie war völlig außer sich, schrie vor Glück und umarmte ihren Vater.

»Nächste Woche fährt ein Zug ab Wien «, sagte Josef zu Christoph, als die beiden zum Wohnhaus gingen, um Vorräte für die Fabers in der Hütte zu holen. Tage waren vergangen, Wochen, doch von Frau Faber fehlte jede Spur. Auch die Deutschen waren nicht mehr aufgetaucht.

Josef behauptete, im besten Fall wäre Frau Faber im Arbeitslager in Mauthausen in Oberösterreich gelandet. Christoph wagte nicht, sich weniger gute Szenarien auszumalen.

Ein paar Mal ging er ins Dorf und hörte Gerüchte über andere Einwohner, die entweder nach Mauthausen gebracht oder auf der Straße erschossen worden waren. Angeblich hatte ein deutscher Soldat Herrn Himmle erschossen, mitten auf der Wienallee. Weil er weggerannt war, obwohl er unter Hausarrest stand.

Christoph war sich nicht sicher, ob er dieser Geschichte Glauben schenken sollte.

Herrn Himmles Geschäft wurde inzwischen von einem Deutschen geführt. Das Angebot war deutlich kleiner als zuvor.

»Ein Zug?« Christoph wusste nicht, worauf Josef hinauswollte.

»Die Engländer«, sagte Josef. »Sie organisieren einen Transport für Kinder bis siebzehn und bringen sie nach London, wo sie bei Gastfamilien wohnen dürfen. Davon habe ich in der Kultusgemeinde erfahren.«

Das war eine jüdische Organisation in Wien. Ihr Büro lag direkt gegenüber des Waisenhauses. Als Junge war er viele Male daran vorbeigelaufen.

»Sie würden sowohl Miri als auch Elena einen Platz geben«, fügte Josef hinzu. »Ich habe Fahrkarten für sie bekommen.«

»Du hast Fahrkarten gekriegt, einfach so?«

»Sie bevorzugen Waisen«, erklärte Josef.

»Aber sie sind doch gar keine.«

Josef blieb stehen und sah Christoph durchdringend an. Er war noch immer wütend auf ihn, weil er die Mädchen in die Hütte gebracht hatte.

Hätte Christoph sie im Wohnhaus lassen können? Das wäre nur so lange gut gegangen, bis die Deutschen zurückkamen. Und das würden sie ganz sicher.

»Im Grunde sind sie Waisen«, beharrte Josef.

Christoph konnte Josef nicht sagen, dass er es nicht aushalten würde, Miri und Elena gehen zu lassen, erst mit dem Zug, dann mit dem Schiff, bis ins ferne London. Dort würde es ihnen besser gehen, das wusste er.

»Hast du das Elena gesagt?«, fragte er Josef.

»Nein, ich glaube, das solltest lieber du machen. Deswegen habe ich es dir erzählt.«

»Ich?«, stammelte Christoph.

»Sie hat dich gern. Dir wird sie zuhören.«

»Aber ich dachte, ihr beide wärt …«

»Elena?« Josef lachte auf. »Für sie bin ich wie ein Bruder.« Er machte eine kurze Pause, wohl um Christoph stumm zu vermitteln, dass Elena für ihn ganz und gar nicht wie eine Schwester war. »Auch Miriam sieht mich als älteren Bruder an«, fuhr er fort. »Mein Vater und Friedrich waren alte Freunde. Sie haben zusammen gemalt.«

»Dein Vater ist Künstler?« Christoph konnte seine Überraschung kaum verbergen. Ein bärbeißiger Mann wie Josef sollte aus einem Künstlerhaushalt stammen?

»Er war einer«, sagte Josef, ging aber nicht näher darauf ein, was aus seinem Vater geworden war. »Ich kenne Elena seit meiner Kindheit. Wir haben zusammen gespielt. Im Sommer rannten wir die Berghänge hinunter, im Winter nahmen wir den Schlitten.« Er sah zu Boden.

Vielleicht schmerzte ihn die Erinnerung an glückliche Zeiten. An viele Sommer und Winter voller Freiheit.

Jetzt hatten sie die Hütte erreicht. Josef blieb stehen. »Ich nehme Miriam mit zum Haus, damit sie ihre Sachen packen kann. In ein paar Tagen müssen sie fertig sein. Du überzeugst Elena«, sagte Josef, als wäre das die leichteste Aufgabe der Welt.

Christoph bat Elena, ihn in den Wald zu begleiten. Obwohl es kalt war und wieder sachte schneite, war sie dazu bereit. Die Hütte war winzig und bestand nur aus einem einzigen Zimmer. Sie hatte aber glücklicherweise einen Kamin, der für etwas Wärme sorgte.

Christoph spürte, dass es Elena belastete, die ganze Zeit dort eingesperrt zu sein. Er hatte ihr einen Stapel englischer Romane aus ihrem Zimmer gebracht, dazu natürlich Kleidung und Lebensmittel. Aber Elena war kein Mädchen, das sein ganzes Leben in einem winzigen Zimmer verbringen wollte, zumal gerade so viel um sie herum geschah.

Ein paar Minuten lang marschierten sie schweigend, beinahe im Gleichschritt durch den Schnee. Dann zwang sich Christoph zum Sprechen. »Josef hat einen Fluchtweg für dich und Miri gefunden«, sagte er betont heiter und hoffnungsfroh.

Elena blieb stehen, drehte sich zu ihm um und sah ihn an. »Ich gehe nirgendwo hin.«

Sie blickte nach oben, ihre Züge wirkten dadurch hart und unnachgiebig. Sie zitterte ein wenig. Christoph nahm seine warme Hand aus der Jackentasche und hielt sie ihr an die Wange. Ihre Haut war eiskalt.

»Nächste Woche geht ein Zug ab Wien«, sagte er. »Ein Kindertransport. Für Waisenkinder. Sie werden nach London gebracht und wohnen bei Gastfamilien, nur zeitweilig, bis das alles vorbei ist.«

Einen Moment lang schwieg Elena. Sie verharrte starr, doch ihre Haut erwärmte sich unter seiner Hand. Sie stand so reglos, dass er befürchtete, sie atme nicht mehr.

»Na gut«, sagte sie endlich.

Das war nicht die Antwort, mit der er gerechnet hatte. Statt Erleichterung verspürte er ein Gefühl der Ohnmacht. Einerseits war er froh, dass sie so schnell zustimmte, andererseits aber sehr traurig, dass sie ihn verlassen wollte.

»Gut«, erwiderte er und bemühte sich, möglichst ruhig und vernünftig zu klingen. Tatsächlich musste er sich anstrengen, um seine Stimme unter Kontrolle zu halten. »Ich werde einen Weg finden, auch euren Vater herauszubringen.«

»Und du wirst Josef helfen«, sagte sie. »Du wirst sie bekämpfen, nicht wahr, Christoph?«

Wie sollte ein Graveur, ein Künstler, gegen Soldaten kämpfen? Gegen viele Soldaten? Der Grabstichel war keine geeignete Waffe gegen Gewehre, Feuer und Zerstörung. Doch er hörte sich sagen, dass er selbstverständlich kämpfen würde.

Sie sah ihn an. Ihre Wangen waren rot gefroren, genau wie ihre Lippen. Auf ihrem Nasenrücken prangten genau drei Sommersprossen, die Christoph zuvor nie wahrgenommen hatte. Er musste sich beherrschen, sie nicht mit der Fingerspitze zu berühren.

Sie würde ihn verlassen. Und sie hatte ihm keine Szene gemacht deswegen. Sie wäre bald in Sicherheit. Dafür war er dankbar. Er konnte seine Hand jedoch nicht von ihrer Wange nehmen, konnte die Augen nicht von ihrem Gesicht, ihren hübschen Lippen, ihren Sommersprossen abwenden.

Er beugte sich zu ihr hinunter und tat, wovon er seit Monaten geträumt hatte. Er küsste sie.

Elenas Lippen waren kalt, und sie zuckte ein wenig, als sie die Berührung spürte. Er hatte sie überrascht. Hatte sie sich denn nie vorgestellt, ihn zu küssen?

Mit beiden Händen berührte sie sein Gesicht. Seine Wangen waren rau. Er hatte sich seit Wochen, seit der Kristallnacht, nicht mehr rasiert und hatte fast schon einen richtigen Bart. Es war, als hätte jene Nacht, jenes Feuer sämtliche seiner Gewohnheiten ausradiert.

Sie strich über seine Wangen, dann beugte sie sich vor und küsste ihn. Ihre Lippen waren weich, aber kraftvoll, genau wie sie selbst. Der Kuss dauerte nur wenige Sekunden, dann löste sie sich von ihm und legte erschrocken die Hand über den Mund.

»Was machen wir da?« Sie sprach leise, ohne ihre übliche Bestimmtheit.

»Ich weiß nicht«, sagte er. »Tut mir leid. Ich wollte … mich von dir verabschieden.«

Sie trat einen Schritt zurück und steckte die Hände in die Tasche ihres Mantels. »Ich mag keine Abschiede.«

»Dann war es eben kein Abschied«, sagte er. »Dann hieß das eben *Bis bald.*«

Darauf sagte sie nichts mehr, drehte sich um und ging zügig auf die Hütte zu.

Los Angeles, 1989

»Ich friere mir den Hintern ab«, klagt Karen einige Tage später am Telefon.

Von Benjamin habe ich nichts mehr gehört. Dabei warte ich dringend auf Fräulein Fabers Kontaktdaten. Aber ich will ihn nicht bedrängen. Also rufe ich meine beste Freundin Karen an, um mit ihr über die ganze Sache zu quatschen. Aber sie fängt sofort an, sich über das schreckliche Novemberwetter in Connecticut zu beschweren.

»Das ist Gottes Strafe dafür, dass du mich verlassen hast«, sage ich, nur halb im Scherz. Ich weiß, dass es nicht ihre Schuld ist, dass sie so weit weg wohnt. Ihr Mann hat einen Job in Hartford bekommen. Etwa zur selben Zeit, als Daniel beschloss, mich zu verlassen, und ich meinen Vater im Heim unterbringen musste.

Karen und ich sind Sandkastenfreundinnen. Bis auf die kurze Zeit, die wir in verschiedenen Colleges verbracht haben, waren wir bisher nie getrennt.

»Hast du die Papiere unterschrieben?«, fragt sie mich. Sie wechselt oft abrupt das Thema.

Außerdem ist sie, abgesehen von Jason, der einzige Mensch, dem ich die ganze Wahrheit über meine Zeit mit Daniel anvertraut habe.

»Nein, noch nicht.« Ich werfe einen Blick auf den dicken Umschlag, der auf der Küchentheke liegt. Ich habe ihn weder angerührt noch woanders hingelegt oder geöffnet und schon gar nichts unterschrieben.

»Das musst du aber. Du wirst dich besser fühlen, wenn's vorbei ist. Endgültig.«

»Echt?«

Karen ist mit Mark verheiratet, ihrem Highschoolschwarm. Sie sind eins von den Paaren, das sich in allem einig ist. Oft antworten sie gleichzeitig und ziehen sich im Partnerlook an. Nicht absichtlich, sondern einfach deswegen, weil sie so sehr miteinander im Einklang stehen. Ihren gleichen Rhythmus und ihre ruhige Häuslichkeit habe ich oft als langweilig empfunden. Ich fand es viel aufregender, mit Daniel Wochenendtrips zu machen, schick essen und auf Filmpremieren zu gehen, alles auf Kosten des Magazins.

Als das alles vorbei war und mein Vater krank wurde, hätte uns nur ein Hauch von dem, was Karen und Mark haben, allerdings sehr gutgetan.

»Es wird auch besser, wenn du einen neuen Job hast«, fährt Karen fort. »Du suchst doch, oder?«

»Ja, schon«, sage ich und erzähle Karen alles.

Alles über die ungewöhnliche Briefmarke, den Liebesbrief, über Benjamins Suche nach Fräulein Faber. Und darüber, dass Jason mich einstellen will, falls ich die Geschichte dahinter herausbekomme.

»Dann benutzt du also diese Sache, um dich nicht mit deiner Scheidung auseinandersetzen zu müssen«, stellt Karen ganz sachlich fest.

Sie ist Therapeutin gewesen, bevor sie vor zwei Jahren ihren Sohn Jeffrey bekommen hat. Ich kenne seit Langem ihre Versuche, mein Verhalten ein bisschen zu pathologisieren.

»Nein, das stimmt nicht«, widerspreche ich. Aber vielleicht hat sie recht. Vielleicht bin ich von einer fremden Liebesgeschichte besessen, weil ich nicht über das Ende meiner eigenen nachdenken will.

»Dieser Benjamin, ist der schnuckelig?«, fragt sie.

Ich muss lachen. »Nein, Karen, so ist das nicht. Er hilft mir nur mit dieser Briefmarke, das ist alles.«

»Aber ist er schnuckelig?«

Ich denke an seine Augen und an gestern Abend. An sein Lächeln beim Gedanken an die Geschichte, die vielleicht hinter den Marken steckt. »Na ja, er ist ein Nerd, aber wahrscheinlich schon schnuckelig.«

»Wie geht dieser Spruch?« Sie senkt die Stimme: »Der beste Weg, über einen Mann hinwegzukommen, besteht darin, sich unter den nächsten zu legen.«

»Karen! Auf gar keinen Fall, er ist echt bloß ein Briefmarkenhändler.«

Sie lacht. Ich weiß, dass sie es nicht ernst meint. Na schön, halb ernst. Dann brüllt sie Jeffrey an, er solle sofort mit dem aufhören, was er gerade macht.

»Sorry«, sagt sie zu mir. »Eigentlich müsste er längst im Bett sein. Er versucht gerade, der Katze sein Halloween-Kostüm anzuziehen. Ich muss die arme Katze retten.«

Ich lache auch. »Klar«, sage ich. »Ruf mich in ein paar Tagen wieder an, wenn du mal Zeit hast.«

Das verspricht sie. Wir legen auf. Unsere Telefongespräche laufen immer auf dieselbe Art ab: gekünstelt, distanziert, unterbrochen, nie richtig beendet. Das ist nicht nur so, weil sie in Connecticut wohnt, sondern auch, weil sie Jeffrey hat und ich keine Kinder habe. Daniel und ich waren uns anfangs einig, dass wir noch nicht bereit für Kinder sind. Gerade als ich dann fand, es sei Zeit, baute mein Vater stark ab. Wenn ich abends von meinem Vater zurückkam, schlief Daniel schon. Wenn nicht, war ich oft zu kaputt und ausgelaugt, um mit ihm zu schlafen. Wie sollte ich da mit Kindern klarkommen?

Wahrscheinlich sollte ich dankbar sein, dass wir keine Kinder haben. Trotzdem überwiegt bei mir die Traurigkeit darüber, dass ich vielleicht nie Mutter sein werde.

Im Augenblick will ich mich allerdings nicht in dem Thema festbeißen und lege mich, mit einem Schreibblock bewaffnet, ins Bett.

Ich entwerfe eine erste Fassung des Briefes, den ich vielleicht an Fräulein Faber schicke. Mir egal, was Karen über meine Motive denkt. Ich möchte Fräulein Faber mitteilen, was sie möglicherweise verloren hat, was ich möglicherweise unter den ganzen Nichtigkeiten in der riesigen Sammlung meines Vaters gefunden habe. Ich möchte ihre Liebesgeschichte erfahren und aufschreiben, und ich hoffe, dass diese Geschichte, im Gegensatz zu meiner, ein Happy End hat.

Am nächsten Morgen sitze ich im Büro und mache den Brief fertig, anstatt meine eigentliche Arbeit zu erledigen und die Rezension von *Miss Daisy und ihr Chauffeur* zu schreiben. Ich habe Hummeln im Hintern und denke nur an Fräulein Faber. Auf andere Dinge kann ich mich nicht konzentrieren.

Um elf sage ich Janice, dass ich zum Mittagessen gehe, und bitte sie, Daniel auszurichten, dass er die Rezension bekommt, wenn ich zurück im Büro bin. Dabei habe ich überhaupt keinen Hunger. Ich setze mich ins Auto und fahre raus nach Sherman Oaks.

Der Himmel ist klar, die Luft hat sich ein bisschen erwärmt. Auf dem Freeway ist erstaunlich wenig los. Beim Einkaufszentrum parke ich auf genau demselben Platz wie beim letzten Mal, als ich gefühlt das ganze Leben meines Vaters auslud. Dieses Mal komme ich jedoch mit leeren Händen in Benjamins Büro.

Heute fällt mir auf, dass er eine kleine Glocke über der Tür hat. Sie klingelt hell, als ich eintrete. Benjamin sitzt an seinem unordentlichen Schreibtisch und sieht auf, als er die Glocke hört. Der Fernseher läuft. Erica Kane, die Lieblings-Serienfigur meiner Mutter, ist auf dem Bildschirm zu sehen. Benjamin guckt Soaps?

»*All My Children*?«, frage ich ungläubig und muss lachen.

Benjamin schaltet den Fernseher aus. »Ach, das kam halt nach den Nachrichten. Ich habe gearbeitet und nicht wirklich hingeguckt.«

»Ja, na klar.« Ich lache wieder.

»Was machen Sie hier?« Er steht auf. Fühlt er sich etwa angegriffen? Ich hätte nicht lachen sollen.

»Sorry«, sage ich. »Ich bin ein bisschen ungeduldig und wollte nachfragen, ob Sie was von Jack gehört haben.«

Er nickt, setzt sich wieder und wühlt durch einen Papierstapel. »Er hat mir die Kontaktdaten des Anwalts in New York gegeben, über den sie den Deal abgewickelt haben. Heute Morgen habe ich dort angerufen. Der Anwalt sagte mir, Mrs. Kleinfelter habe in letzter Zeit gesundheitlich abgebaut.«

»Mrs. Kleinfelter?«

»Ihr Ehename.«

Natürlich. Sie heißt nicht mehr Fräulein Faber.

»Jedenfalls ist sie wohl in ein Pflegeheim gezogen. Es klang danach, als wäre sie nicht mehr in der Lage, weitere Briefmarken anzukaufen.«

»Ich will ihr die Marke doch gar nicht verkaufen.«

»Ich weiß.« Sobald er sich daran erinnert, dass mir die Sache etwas bedeutet, klingt er wieder freundlicher. »Er wird mir Name und Adresse des Heims geben. Falls Sie ihr trotzdem schreiben wollen.«

»Hat er Ihnen gesagt, was ihr fehlt?«, frage ich. »Warum sie ins Heim gegangen ist?«

Benjamin schüttelt den Kopf. Plötzlich habe ich die Hoffnung verloren. Da wird keine Geschichte für mich herausspringen. Wahrscheinlich kann sie nicht einmal meinen Brief beantworten, wenn es ihr so geht wie meinem Vater.

Nachdem ich Benjamins Büro verlassen habe, fahre ich nicht zurück zur Arbeit. Jetzt werde ich den Abgabetermin für die Rezension nicht einhalten.

Ich rufe Janice an und täusche Magen-Darm-Probleme vor. Oder ist es gar eine Lebensmittelvergiftung von dem Mittagessen, das ich nicht zu mir genommen habe? Sie wünscht mir gute Besserung, und ich fühle mich nur ein kleines bisschen schuldig, als ich auflege.

Ich entkorke eine Flasche Wein, obwohl es erst kurz nach drei ist, schiebe die Bibliotheksbücher vom Couchtisch, setze mich aufs Sofa und lege die Beine hoch. Dann überfliege ich die Stellenanzeigen. Nichts dabei. Ich schalte den Fernseher an. Es läuft *General Hospital.* Das habe ich seit dem College nicht mehr geguckt, aber das macht nichts.

Ich trinke meinen Wein und bin sofort wieder drin. Anscheinend ist Edward Quartermaine mittlerweile gestorben, und Lila kommuniziert mit seinem Geist. Das alles ist viel komplizierter als mein eigenes Leben, aber auf angenehme Art. Ich sollte den Kanal wechseln und irgendwas gucken, was entfernt mit Nachrichten zu tun hat.

Was ist eigentlich in Ostberlin los? Vielleicht sagt man in Zukunft ja wieder nur *Berlin*, und Ost und West sind dasselbe? Aber ich schalte nicht um. Ich trinke die halbe Flasche aus, rolle mich auf der Couch zusammen und schlafe ein.

Irgendwann später erwache ich, weil jemand an meine Tür klopft. Im Wohnzimmer ist es dunkel. Der Fernseher läuft und sendet Licht- und Tonfetzen durchs Zimmer. Ich bin noch nicht ganz da. Jemand will einen Vokal kaufen. *Glücksrad.*

Da klopft es wieder. Ich schleppe mich zur Tür und spähe durch den Spion. Was für eine Überraschung. Es ist Benjamin, der da steht, die Hände verlegen in die Jackentaschen gesteckt.

Ich öffne. Er hat die Hand gehoben, um erneut zu klopfen. Als die Tür aufgeht, erstarrt er und lässt die Hand nicht sinken, bevor er mich von oben bis unten gemustert hat. Mein Haar ist wahrscheinlich total wirr. In einem hilflosen Versuch streiche ich es einigermaßen glatt. Ich bin in die kreischgrün und orangerot gemusterte Decke gewickelt, die Gram mir gehäkelt hat.

»Sind Sie krank?«, fragt Benjamin. Ist er meinetwegen besorgt, oder hat er Angst, ich könnte ihn anstecken?

»Nein, eigentlich nicht«, sage ich und denke an die Magen-Darm-Lüge, die ich Janice aufgetischt habe. »Ich habe bloß einen langen Tag hinter mir.«

Er zögert kurz. »Tut mir leid, es ist schon spät … Ich dachte nur. Ich dachte, Sie schlafen vermutlich nicht viel, so wie ich …«

Da fällt mir Karens Frage wieder ein. Ist er schnuckelig oder nicht? Wenn er so herumstottert, irgendwie schon. Mache ich ihn nervös?

Ich werde rot, als ich an ihren Rat denke, mit ihm zu schlafen, und schiebe diesen idiotischen Gedanken beiseite.

»Kommen Sie rein«, sage ich. »Ich schlafe wirklich nicht mehr so viel. Ich hab nur ein bisschen Wein getrunken und danach ein Nickerchen auf der Couch gemacht.«

Benjamin entdeckt die halb leere Flasche Chardonnay

auf dem Couchtisch. Ich schnappe sie mir und lasse sie unter der Küchentheke verschwinden.

»Das mache ich auch manchmal«, sagt er und sieht dabei ein bisschen verlegen aus, ganz so, als hätte er gerade etwas viel zu Persönliches preisgegeben. Als hätte er zu viel gesagt.

»Setzen Sie sich.« Ich deute auf die Couch.

»Nein, ich kann nicht bleiben, ich wollte Ihnen nur das hier vorbeibringen.« Er zieht einen Umschlag aus der Manteltasche.

Ich nehme ihn entgegen. Zuerst glaube ich, es ist ein weiterer Brief, ein weiteres Puzzleteil in der Faber-Sache, aber da ist weder eine Marke noch eine Adresse zu sehen. Der Umschlag ist völlig leer. »Was ist das?«

»Kurz nachdem Sie weg waren, hat mich Jack angerufen und mir die Adresse durchgegeben. Sie wirkten so aufgelöst. Da hab ich mir gedacht … na ja, also, ich dachte, Sie haben über Thanksgiving nächste Woche vielleicht ein paar freie Tage. Wir könnten Mrs. Kleinfelter besuchen.«

»Moment, wie bitte?« Vor ein paar Stunden in seinem Büro hat er mir nicht den Eindruck gemacht, die Sache weiter verfolgen zu wollen. Außerdem schien mir Mrs. Kleinfelter nicht unbedingt in einem Zustand zu sein, in dem sie Besuch empfangen kann.

»Ich kann nächste Woche nicht einfach nach England fliegen«, sage ich, als ich aus der Schockstarre aufwache. »Das ist … furchtbar teuer.«

»Ich habe Meilen«, entgegnet Benjamin. »Ich reise viel, zu philatelistischen Konferenzen. Jede Menge Meilen.«

»Ich kann Ihnen Ihre Meilen nicht wegnehmen.«

»Haben Sie schon.« Er zeigt auf den Umschlag in meiner Hand.

Ich schüttele den Kopf, noch immer verwirrt, mache aber den Umschlag auf. Ein Flugticket nach London mit meinem Namen darauf.

Er räuspert sich. »Sie müssen nicht fliegen. Ich kann Ihr Ticket wieder zurückgeben. Aber ich hab mir gedacht, ich muss da hin. Nächste Woche passt mir gut. Und ich fand, Sie sollten mich begleiten.«

Je länger er redet, desto stärker verfärben sich seine Wangen. Irgendwie ist es ganz süß von ihm, mich in diesen verrückten Plan einzubeziehen.

»Also, ich meine, es ist total in Ordnung, wenn Sie nicht können oder wollen oder einfach zu viel zu tun haben … wenn Sie Pläne haben für Thanksgiving oder so was.«

Ich habe jedes einzelne Thanksgiving meines Lebens entweder bei meinem Vater oder bei Daniels Mutter verbracht. Dieses Jahr hatte ich vorgehabt, mit meinem Vater im *Willows* zu Mittag zu essen und mir später Truthahn und Wein als *Dinner for one* zu gönnen. Das sind wohl kaum Pläne, jedenfalls keine, die in Stein gemeißelt sind.

»Haben Sie denn keine Pläne für Thanksgiving?«, stelle ich als Gegenfrage. Kaum denkbar, dass er keine hat.

»Ich kann Thanksgiving nicht ausstehen«, sagt er.

»Gibt es tatsächlich Menschen, die Thanksgiving nicht ausstehen können?«

Er ignoriert meine Frage. »Ich fliege am Dienstag und komme am Sonntag darauf wieder zurück. Wenn Sie nicht mitwollen, darf ich dann den Brief haben, damit ich ihn ihr zeigen kann?«

Aber ich will ihm den Brief nicht mitgeben. Ich will mitfliegen. Ich will Mrs. Kleinfelter den Brief selbst überbringen, sie persönlich treffen, ihre Geschichte hören. Hoffentlich ist sie in der Verfassung, sie mir zu erzählen.

»Ich fliege mit«, sage ich.

Benjamin öffnet den Mund, hebt die Brauen ein wenig und scheint völlig überrascht, dass ich sein Angebot angenommen habe. Diese Reaktion ist irgendwie seltsam, nachdem er mir ein Flugticket mit meinem Namen übergeben hat.

»Vielen Dank«, füge ich hinzu. »Wirklich, das bedeutet mir sehr viel. Ich werde Ihnen das Geld für das Ticket irgendwie bezahlen. Und Ihre Zeit.«

»Nicht nötig.« Benjamin dreht sich um und ist bereits fast wieder zur Tür hinaus. Er wirkt sogar noch verlegener als vor ein paar Minuten. Wahrscheinlich hat er damit gerechnet, dass ich Nein sage.

»Aber das würde ich gerne.«

»Sie brauchen mir kein Geld zu geben. Es war keine große Sache, ich habe wirklich viele Meilen.«

Ich lege ihm eine Hand auf die Schulter, um ihn aufzuhalten. Er sieht mich an.

»Für mich ist es aber eine große Sache«, sage ich.

Er blickt zu Boden, schüttelt meine Hand ab und geht die Auffahrt hinunter.

»Wir sehen uns nächste Woche am Flughafen«, ruft er mir zu. »Vergessen Sie den Brief nicht.«

Österreich, 1938

Nachdem Elena und Miriam zum Bahnhof aufgebrochen waren, um den Zug mit dem Kindertransport zu besteigen, kehrte Christoph in die Werkstatt zurück. Vor ein paar Wochen war er zuletzt dort gewesen. In der Zwischenzeit war ein Gesetz über die Arisierung aller jüdischen Geschäfte verabschiedet worden. Es fühlte sich an wie eine Ewigkeit, dass er an Friedrichs Seite gearbeitet hatte. Nun war es Mitte Dezember und so bitterkalt, wie Christoph es noch niemals erlebt hatte. Die Welt erschien wie zu Eis erstarrt.

Christoph hielt den Grabstichel in der Hand. Das fühlte sich vollkommen fremd an, genau wie damals bei seiner Ankunft. Ihm war nicht danach, damit zu arbeiten. Er konnte die nötige Konzentration für die anstrengende, kleinteilige Tätigkeit nicht aufbringen. Außerdem gab es eigentlich nichts zu tun. Keine Briefmarken, die es anzufertigen galt, selbst wenn er Lust dazu gehabt hätte. Also legte er den Stichel beiseite und holte Kohle und Zeichenblock hervor.

Er stellte sich Miriam und Elena auf ihrer langen Zugfahrt quer durch Österreich vor, auf dem Weg in ein neues Leben in England. Dann zeichnete er, bis er Krämpfe in der Hand bekam. Er zeichnete und zeichnete, tagelang, bis die ganze Werkstatt mit Bildern der Mädchen angefüllt war. Als könnte er sie zurückholen, indem er sie auf Papier bannte.

Ein paar Tage nach Miriams und Elenas Abreise bekam Christoph zum ersten Mal mit Herrn Bergmann zu tun. Dieser stattete der Werkstatt in Begleitung zweier deutscher Soldaten einen Besuch ab.

Christoph war gerade beim Zeichnen, als sie kamen. Kurz zuvor hatte er Friedrich in seiner Hütte etwas zu essen gebracht.

Friedrich hatte den Wunsch geäußert, wieder nach Hause zu kommen und zu arbeiten. »Das ist zu gefährlich«, hatte Christoph entgegnet. »Und außerdem illegal.« Friedrich hatte gesagt, das interessiere ihn nicht.

Doch als Christoph die drei Deutschen erblickte, die von der Hintertür des Hauses Richtung Werkstatt stapften, wusste er, dass er recht gehabt hatte. Kurz verspürte er Erleichterung, weil er Friedrich die Rückkehr ausgeredet hatte, doch beim Anblick der Männer bekam er Angst.

Schnell sammelte er alle Zeichnungen ein, drehte sie um und öffnete die Tür, bevor die Besucher anklopfen oder die Tür eintreten konnten.

Er hatte sie erwartet. Zwar nicht genau diese Männer, aber Besucher dieser Art auf jeden Fall.

Da Friedrich außer Gefecht war, war Christoph sich unsicher, wer die Briefmarken für Österreich gravierte. Er wusste nicht, ob die deutschen Graveure mit dem plötzlich gestiegenen Bedarf fertigwurden.

»Grüß Gott.« Bemüht freundlich winkte Christoph den Männern zu. Er wollte ihnen seine Angst nicht zeigen. Dass er sie und das, wofür sie standen, aus vollem Herzen hasste.

Herr Bergmann stellte sich als leitender Beamter im Postministerium vor. Zusammen mit den anderen Männern betrat er die Werkstatt und inspizierte die Werkzeuge auf dem Arbeitstisch.

»Wo sind die Fabers?«, wollte er wissen.

Seine Miene war völlig undurchdringlich und zeigte nicht den Hauch einer Emotion. Er schien nicht nach Menschen zu fragen, nach einer Familie, die bis vor Kurzem hier gelebt und gearbeitet hatte, sondern nach einem Gegenstand oder einer Ware.

»Friedrich ist vor ein paar Wochen im Feuer umgekommen. Und Frau Faber …« Christoph zuckte mit den Schultern und hoffte, etwas von den Männern darüber zu erfahren, aber diesen Gefallen taten sie ihm nicht.

Herr Bergmann nickte nur. Er wusste natürlich, dass Frau Faber abgeholt worden war. Christoph hätte ihn gern gefragt, ob es ihr gut ging und ob sie zurückkommen würde, traute sich aber nicht.

»Was ist mit den Kindern?«, fragte Herr Bergmann streng.

Christoph war sich nicht sicher, ob er wütend werden würde, wenn er von dem Kindertransport hörte. Darum antwortete er nur, die seien auch weg, nach Wien gefahren, was ja der Wahrheit entsprach.

Herr Bergmann nickte wieder. Anscheinend war er zufrieden. »Sie waren der Lehrling?«

»Ja.«

»Wissen Sie, wie man mit den Werkzeugen umgeht?«

»Ja.«

»Gut, dann haben wir dieses Haus von Juden befreit. Und wir haben alle Werkzeuge und Ihr Können.« Herr Bergmann fuhr mit der Hand über den Arbeitstisch, über die Grabstichel und die Meißel.

Christoph schluckte die wütenden Wörter, die sich in seinem Inneren angestaut hatten, schweren Herzens hinunter.

»Ich bin gekommen, weil ich Ihnen im Namen des Führers höchstpersönlich eine Stellung antragen möchte. Das ist eine große Ehre«, sagte Herr Bergmann.

Christoph wurde zornig. Er wollte nichts tun, worum Herr Bergmann oder Hitler ihn baten. Aber natürlich wusste er, dass es sich eigentlich nicht um eine Bitte handelte. Er konnte nicht ablehnen. Vielleicht war das der Grund, warum Herr Bergmann die Soldaten mitgebracht hatte.

»Ja?«, hörte Christoph sich sagen. Er versuchte, interessiert zu klingen, bekam das aber nicht recht hin. Herr Bergmann durchschaute ihn sicherlich.

Das ließ dieser sich allerdings nichts anmerken. »Der Führer wünscht neue deutsche Briefmarken, die das schöne Österreich zeigen, das jetzt zu uns gehört.«

»Briefmarken mit dem schönen Österreich?«, wiederholte Christoph. Ein seltsamer Wunsch, wenn man das schöne Österreich gerade niedergebrannt hatte. Aber er hielt den Mund.

»Ja, fertigen Sie uns ein paar Skizzen an. Sehenswürdigkeiten, Landschaft. Wir sind stolz auf Österreich. Das wollen wir auf unseren Briefmarken demonstrieren.«

Er beobachtete Christophs Gesicht ganz genau, während er sprach. Christoph bemühte sich sehr, seine Abscheu über Herrn Bergmanns Worte nicht zu zeigen.

»In ein paar Wochen komme ich zurück und sehe mir an, was Sie ausgearbeitet haben. Der Führer persönlich wird seine Lieblingsentwürfe auswählen, und Sie werden diese auf Stahlplatten gravieren.« Er strich sich über den Schnurrbart. »Wir werden Sie natürlich dafür bezahlen.«

»Natürlich«, murmelte Christoph, dem sich der Magen umdrehte bei dem Gedanken, Entwürfe für den Führer zu zeichnen. Geld dafür zu nehmen. Dass Hitler sein Werk vorgelegt bekäme, es berühren und sich daran erfreuen würde, machte ihn geradezu krank.

Herr Bergmann hob die Hand zum Gruß. »Heil Hitler«, schnarrte er, und die Soldaten taten es ihm gleich.

Christoph hob die Hand und grüßte ebenfalls, doch kaum waren die Männer zur Tür hinaus, rannte er in den Garten und übergab sich.

Es war schwer, sich auf die Schönheit Österreichs zu konzentrieren. Die Ehrfurcht, die Christoph als Junge in Wien empfunden hatte, war verflogen. Seine Zeichnung des Stephansdoms hatte ihm zu seiner Lehrstelle verholfen, und Friedrich hatte ihm bestätigt, dass er ein gutes Auge habe.

Einmal hatte Christoph das Opernhaus gezeichnet, von einer Stelle gegenüber des großen Platzes aus. Es war ein herrlicher Sommertag gewesen. Er hatte sein Mittagessen aus dem Waisenhaus mit nach draußen genommen, eine trockene Scheibe Brot mit Aprikosenmarmelade. Da es Sommer war, kochte Schwester Marta für die Jungen Marmelade ein.

Er hatte sich auf ein Fleckchen Gras gesetzt, den Zeichenblock in den Schoß gelegt und die ganze Schönheit des Opernhauses eingefangen. Alles erfüllte ihn mit Freude. Der weite blaue Sommerhimmel, das Zwitschern der Vögel, der Duft der frisch erblühten Blumen, seine Freiheit.

Nun saß er ganz allein in der kalten Werkstatt und wünschte sich zurück in die Freiheit und das Glück jenes Tages in Wien. Hätte er doch niemals erleben müssen, dass eine Synagoge brannte, dass Frau Faber abgeholt wurde, dass man Friedrich sein geliebtes Handwerk nahm. Und vor allem nicht, dass Miriam und Elena fliehen mussten.

Elena.

Wäre es besser gewesen, er hätte sie niemals kennengelernt? Niemals im Wald ihre kalten Lippen geküsst?

Die Leere, die er verspürte, war endlos und grausam. Vielleicht konnte er weglaufen? Einfach die Gravurwerkzeuge, das Haus der Fabers, Friedrich und Josef hinter sich lassen. Wieder in den Straßen Wiens verschwinden, die einst seine Heimat gewesen waren. Konnte er sich dieses Gefühl von Zufriedenheit und innerem Frieden so zurückholen? Konnte er Großenburg, das Feuer, die Gravurplatten, den Grabstichel, Elenas Lippen so vergessen?

Jedes Mal, wenn er die Augen schloss, sah er sie vor sich. Er hatte den Geschmack ihrer Lippen auf der Zunge, den Aprikosenduft ihres Haars in der Nase. Er wusste, dass er sie nicht vergessen konnte, egal, wohin er ging.

Abgesehen davon war Christoph niemand, der davonrannte. Er ließ die Menschen, die ihn brauchten, nicht im Stich. Nicht so wie damals seine Mutter, die ihn auf der Treppe des Waisenhauses zurückgelassen hatte.

So verlockend es auch war, er konnte Friedrichs Schicksal nicht in Josefs Hände legen. Genauso wenig konnte er das Haus und die Werkstatt der Fabers zurücklassen. Er hatte Friedrich versprochen, dass er sich darum kümmern würde, und er brach seine Versprechen nicht.

Also machte Christoph das, was Herr Bergmann von ihm gefordert hatte. Er entwarf *Szenen des schönen Österreichs*. Er zeichnete aus dem Gedächtnis und hatte keine Ahnung, ob jene wunderbaren Gebäude in Wien noch standen oder nicht. Doch er zeichnete sie, wie sie gewesen waren. Er zeichnete das Österreich, das er kannte, das Österreich, das er einmal geliebt hatte.

Christoph zeigte Friedrich seine Entwürfe. Den Zeichenblock nahm er mit, wenn er jeden Tag das Essen in den Wald brachte. Auf dem Weg dorthin vergewisserte er sich gründlich, dass ihm niemand folgte.

Er wusste nicht genau, wann Herr Bergmann und seine Soldaten zurückkehren würden.

Aber da war nie jemand, Christoph war ganz allein. Eine solche Einsamkeit hatte er tatsächlich nie zuvor erlebt. Im großen, leeren Haus der Fabers lag er nachts lange wach, und die Stille machte ihm Angst.

Christoph betrat die winzige Hütte. Friedrich saß auf dem Boden, den Rücken gegen die Wand gelehnt, und las ein Buch, das Christoph ihm vor ein paar Tagen mitgebracht hatte. Christoph hatte sich einen Stapel Bücher aus Friedrichs früherem Lesezimmer geschnappt, und dessen Wahl war nun auf *Edelweiß* von Berthold Auerbach gefallen.

»Ist das ein gutes Buch?«, fragte Christoph.

Er legte Brot und Käse neben Friedrich auf den Boden.

Friedrichs Gesicht wirkte eingefallen. Sein angesengter Bart stand schief vom Kinn ab, und seine halb erfrorene Hand war in schlimmem Zustand. Er hatte den Verband abgewickelt, und man sah nun, dass die Fingerspitzen blaugrünlich angelaufen waren.

Wenigstens war es die linke Hand, registrierte Christoph erleichtert. Friedrich war Rechtshänder. Er würde wieder zeichnen und gravieren können. Eines Tages.

»Ich habe es schon früher einmal gelesen«, sagte Friedrich leise. Er schien in einer Art Nostalgie gefangen zu sein und hoffte vielleicht, durch das erneute Lesen die glücklichen Tage von damals heraufzubeschwören. »Weißt du, was Auerbach über das Edelweiß schreibt?«

Christoph schüttelte den Kopf.

»Er schreibt: *Es gilt als Zeichen glücklichen Mutes, wer es gewinnt.*« Friedrich nahm einen Bissen vom alten Brot.

Christoph wusste von der Bedeutung des Edelweißes. Es war ein wichtiges Symbol in Österreich, stand für Reinheit und Liebe. Die Pflanze wuchs an den unwahrscheinlichsten und entlegensten Stellen in den Bergen. Doch das, was Friedrich vorgelesen hatte, hatte Christoph nicht gewusst.

»Viele Männer sind dabei umgekommen, auf die Felsen zu klettern, wo das Edelweiß wächst. Sie wollten einem ganz besonderen Fräulein ihre Liebe beweisen, indem sie ihr diese schöne Blume brachten. Das sind Dummköpfe.« Friedrich verzog das Gesicht.

»Zeichen glücklichen Mutes«, wiederholte Christoph.

»Deswegen habe ich die Edelweiß-Briefmarke entworfen«, erklärte Friedrich. Seine Stimme klang rau. »Ich wollte meiner Minna ein Edelweiß schenken, aber nicht dabei umkommen.« Seine Augen füllten sich mit Tränen, und er wandte sich ab.

Christoph beugte sich hinunter und legte Friedrich eine Hand auf die Schulter. Er wollte ihn trösten, ihm versichern, dass alles wieder gut werden würde. Doch er war sich nicht sicher, ob es tatsächlich so kommen würde, und lügen wollte er nicht.

»Das war eine sehr schöne Briefmarke«, sagte er stattdessen. »Ein wunderbares Geschenk. Das wusste sie sicher zu schätzen.«

Mit der gesunden Hand wischte Friedrich sich die Tränen aus den Augen.

»Wenigstens sind die Mädchen in Sicherheit«, murmelte er. »Sie sind das Beste, was ich je geschaffen habe. Besser als alle Briefmarken.«

Christoph fragte sich, wie es sich wohl anfühlte, ein Kind in die Welt zu setzen. Er war sich nicht sicher, ob das erstrebenswert war. Wie konnte man Vater werden, im Wissen darüber, wie schrecklich die Welt sein konnte?

»Wenigstens sind die Mädchen in England sicher«, meinte Friedrich. Er legte das Buch beiseite und machte sich über den Rest der Mahlzeit her.

»Was ist das?«, fragte er plötzlich, als er Christophs Zeichenblock entdeckte.

Christoph zögerte kurz, bevor er ihn Friedrich hinüberreichte. Er erzählte, was Herr Bergmann und die Soldaten gefordert hatten.

Friedrich nahm den Block und blätterte durch die Entwürfe. »Die sind sehr gut«, sagte er. »Der Führer wird zufrieden sein mit dir.«

»Wie schrecklich.« Christoph spürte, wie Wut in ihm aufstieg. Sein Inneres fühlte sich ganz heiß an in der kalten Hütte. »Ich hasse ihn.« Den letzten Satz schrie er beinahe hinaus. Ihm war schlecht.

»Ich weiß«, sagte Friedrich ruhig. Er gab Christoph den Zeichenblock zurück. »Aber du solltest ihn lieber erfreuen als verärgern, mein Junge.«

Auf dem Rückweg durch den eisigen Wald dachte Christoph darüber nach, was Friedrich gesagt hatte. War es besser, einen Wahnsinnigen zu erfreuen, als zu verärgern? Er hatte Elena etwas versprochen, damals im Wald, als er sie geküsst hatte.

Du wirst sie bekämpfen, nicht wahr, Christoph?

Für sie zu arbeiten, Briefmarken mit schönen Bildern aus Österreich für sie zu schaffen – das war wohl das Gegenteil von dem, sie zu bekämpfen.

Christoph nahm sich etwas Feuerholz von dem immer kleiner werdenden Stapel und ging ins Haus, um ein Feuer im Esszimmer zu machen. Der nackte Tisch wirkte riesig, fast Unheil verkündend.

Es war Freitagabend und das Haus so leer, so kalt. Keiner hatte Sabbatbrot gebacken. Er hatte nicht die geringste Ahnung, wie man das anstellte. Früher hatte es freitags im ganzen Haus köstlich geduftet.

Christoph versuchte sich daran zu erinnern, wo Frau Faber die Sabbatkerzen aufbewahrte. Er betrat die Küche und durchsuchte die Schränke, bis er sie fand, dann ging er zurück ins Esszimmer, stellte die Kerzen auf den Tisch und zündete sie an.

Das hebräische Gebet konnte er auswendig, denn er hatte den Fabers viele Freitage genau zugehört.

Wir haben dieses Haus von Juden befreit, hatte Herr Bergmann gesagt.

Christophs Stimme zitterte ein wenig, als er deklamierte: *Baruch atah, Adonai, Eloheinu …*

Du wirst sie bekämpfen, nicht wahr, Christoph?

Das Gebet erschien ihm ein guter Anfang zu sein.

Cardiff, 1989

Ich bin völlig erschöpft, als Benjamin und ich in Wales ankommen. Nach zwei langen Flügen und der Zugfahrt von London nach Cardiff weiß ich nicht mehr, wie viel Uhr es ist. Nicht einmal, welchen Tag wir haben. Es ist noch hell draußen, und mein Magen meldet mir, dass ich eine Mahlzeit verpasst habe. Oder auch zwei.

Alles, was vor dem Zugfenster vorbeizieht, wirkt atemberaubend, fast magisch. Eine ganz andere Welt als Südkalifornien. Sind wir überhaupt noch auf demselben Planeten? Die englische Landschaft ist lieblich, neblig und ziemlich grün. Wir erreichen den eher trüben Bristolkanal, den wir überqueren, und dann sind wir auch schon in Cardiff. Eine Stadt voller alter Gebäude, Burgen, Turmspitzen, verwaschener grüner Rasenflächen, die sich endlos hinzuziehen scheinen.

Im Flugzeug habe ich versucht, mit Benjamin zu plaudern. Ich fragte ihn noch einmal, was er gegen Thanksgiving habe, aber er zuckte nur mit den Schultern und meinte, diese Woche passe ihm gut für eine Auslandsreise. Dann setzte er seine Kopfhörer auf, schaltete seinen Walkman ein und vertiefte sich in ein Buch. Da war mir klar, dass er keine Lust zum Reden hatte.

Jetzt, da unser Zug in Cardiff ankommt, kann ich seinen Standpunkt nachvollziehen. Es ist toll, diese Woche nicht in L. A. zu sein, wo die Leute, die ich bisher liebte und meine Familie nannte, sich mit Wein zuschütten und mit dem trockenen Truthahn und den angebrannten Rosmarinkartoffeln von Daniels Mutter vollstopfen.

Gestern habe ich vor der Abreise meinen Vater besucht und ihm erzählt, dass ich nach Großbritannien fahre. Dass ich ihn an Thanksgiving nicht besuchen kann.

Ich hatte Schuldgefühle deswegen, aber ihm schien es nichts auszumachen. Er stellte viele Fragen über Ziel und Zweck der Reise, aber ich sagte bloß, ich würde nach London fliegen und dann den Zug nach Wales nehmen. Mrs. Kleinfelter oder die Briefmarke erwähnte ich nicht.

»Es ist schön hier«, sage ich zu Benjamin, als der Zug langsam in den Bahnhof einfährt.

Er brummt irgendwas, denn er wacht gerade erst auf. Wirklich erstaunlich, dass er auf diesen ungemütlichen Sitzen schlafen kann. Auch im Flugzeug hat er eine Weile geschlafen, während ich die ganze Zeit wach geblieben bin.

»Sie waren noch nie in Wales?«, fragt er, sich reckend und gähnend.

Ich schüttele den Kopf. »Und Sie?«

»Einmal«, erwidert er. »Vor Jahren. Mit meiner Frau.«

»Mit Ihrer Frau?«

Benjamin hat eine Frau? Der Gedanke versetzt mir einen Dämpfer. Ich hatte gedacht, er wäre auf diese Reise gegangen, weil er zu Hause niemanden hat, der ihn liebt, genau wie ich. Ich dachte, wir hätten etwas gemeinsam.

Ich habe die Buchung unserer Zimmer im Cardiff Marriott übernommen und war bei dem Reisebüro, bei dem Daniel und ich vor ein paar Jahren unseren Urlaub auf Hawaii gebucht haben. Dabei habe ich auf Einzelzimmern bestanden und mir vorgenommen, mir über den Pfund-Dollar-Wechselkurs später Gedanken zu machen. Ich kann mir nicht vorstellen, dass seine Frau unsere Reise billigt, auch nicht mit Einzelzimmern.

»Wollten Sie Thanksgiving nicht lieber mit ihr verbringen?«, frage ich.

»Sie ist tot«, sagt er und hält sich die Hand vor den Mund, ganz so, als sei er erschrocken darüber, sie überhaupt erwähnt zu haben. Das hat er nicht vorgehabt, das merke ich. Die endlose Reise und der Schlafmangel haben ihn dazu gebracht, etwas zu sagen, was er mir in L. A. vermutlich nie anvertraut hätte.

»Tut mir leid«, entgegne ich, und das stimmt auch. »Ich hatte ja keine Ahnung.«

Der Zug kommt zum Stehen, und Benjamin holt unsere beiden Reisetaschen von der Gepäckablage.

»Ich kann meine Tasche selber tragen«, sage ich.

»Passt schon.«

Zügig geht er den Gang entlang, die Hände voll mit unserem Gepäck. Es wirkt weniger wie eine galante Handlung denn wie der Versuch, sich selbst abzulenken. Er versucht vor mir davonzulaufen, genau wie letzte Woche, als er aus meinem Haus floh.

Ich schlafe ein, nachdem ich den vom Zimmerservice gebrachten Teller mit walisischen Lauch-Käse-Würstchen vertilgt habe. Das Essen schmeckt gut, wenn auch ganz anders als alle anderen Würste, die ich bislang gegessen habe. Der schlechte Ruf der britischen Küche scheint mir nicht gerechtfertigt zu sein. Oder vielleicht war ich auch bloß ausgehungert.

Ich schlafe besser, als es mir seit Wochen oder Monaten vergönnt war. Nach einer traumlosen Nacht wache ich erst auf, als ich am nächsten Morgen ein Klopfen an der Tür höre. Benjamin ruft nach mir.

Es ist Tag. Im Zimmer ist es einigermaßen hell, und ich höre Regentropfen an die Fenster klopfen. Ich krabbele aus dem Bett, werfe mir einen Morgenmantel über und öffne die Tür.

»Wie spät ist es?«, will ich wissen. Ich weiß nicht genau, welchen Tag wir haben. Mittwoch? Donnerstag?

»Es ist zehn Uhr«, sagt Benjamin und betritt mein Zimmer. Er hat zwei Styroporbecher in der Hand und reicht mir einen.

Ich nehme einen Schluck, in der Erwartung, es sei Kaffee, aber es ist Tee. Stark und bitter. Ich verziehe das Gesicht.

»Ich dachte, Sie wären schon auf«, sagt Benjamin. »Tut mir leid, dass ich Sie geweckt habe.«

Seine Stimme klingt sanft und freundlich. Ich denke daran, was er mir gestern über seine Frau gesagt hat, und spüre Mitgefühl mit ihm.

»Nein, schon in Ordnung. Ich bin froh, dass Sie mich geweckt haben.«

Ab sofort möchte ich mich auf unser Ziel konzentrieren. Ich will das tun, wofür ich gekommen bin, nämlich jenen Brief endlich der eigentlichen Empfängerin übergeben.

»Geben Sie mir zehn Minuten zum Anziehen.« Ich stelle den Becher ab. »Ich muss mir außerdem einen Kaffee besorgen. Es gibt doch Kaffee in Wales, oder?«

Benjamin lacht. Na klar gibt es Kaffee, er wird mich unten in der Lobby treffen. Heute sieht er anders aus als gestern, viel entspannter. Langsam geht er aus dem Zimmer, und ich bin froh, dass er nicht mehr vor mir davonrennt.

Eine halbe Stunde später sitzen wir im Taxi und sind auf dem Weg zum Pflegeheim. Benjamin hat Kaffee aufgetrieben, während ich mich angezogen habe. Ich trinke ihn im Taxi, obwohl er schrecklich schmeckt, bitter und säuerlich. Vielleicht hätte ich mich mit Tee zufriedengeben sollen.

Mrs. Kleinfelters Pflegeheim heißt *Raintree* und liegt am Fluss Taff. Eigentlich ist es gar nicht so weit entfernt vom Hotel, aber zu weit, um zu Fuß dorthin zu gehen. Außerdem würde ich nicht durch den Regen laufen wollen. Meine Haare sind durch die Luftfeuchtigkeit ohnehin völlig aufgeplustert und kraus. Einen Schirm habe ich leider vergessen. Doch Benjamin hat daran gedacht und bietet mir an, mit unter seinen zu schlüpfen.

Das *Raintree*-Heim befindet sich in einem großen Gebäude, das sicher zweihundert Jahre alt ist. Es sieht ziemlich heruntergekommen aus und wirkt schmuddelig. Mit Santa Monica und dem *Willows* kann es nicht einmal entfernt mithalten. Der Eingangsbereich ist zwar etwas moderner und schicker, aber es riecht leider furchtbar nach Desinfektionsmittel. Die Rezeption schimmert in einem ungesunden Gelbton, da direkt darüber einige summende Neonleuchten hängen.

»Wir möchten Mrs. Kleinfelter besuchen«, sage ich der Krankenschwester an der Rezeption.

»Sind Sie Amerikaner?« Sie schaut ein wenig finster drein. Vielleicht sind Benjamin und ich die ersten Amerikaner, die sich im *Raintree* haben blicken lassen.

»Ja«, antwortet Benjamin. »Wir kommen aus Kalifornien.«

Ich stupse ihn in die Seite, damit er nicht zu viel sagt. Egal, was wir Kalifornier über das britische Essen denken, die Briten können uns *L.-A.-Typen* vermutlich noch viel weniger leiden.

»Sind Sie Verwandte von Mrs. Kleinfelter?«, fragt sie.

Ich weiß nicht, ob sie uns zu ihr vorlässt, wenn wir Nein sagen. Darum sage ich Ja, bevor Benjamin ehrlich antworten kann.

»Entfernte Verwandte«, präzisiere ich.

Die Krankenschwester hebt ihre schmalen braunen Augenbrauen, und ich bin mir nicht sicher, ob sie damit Überraschung oder Skepsis ausdrücken möchte.

»Da hatten Sie eine weite Anreise«, sagt sie schließlich. »12C.« Dann fügt sie noch hinzu: »Viel Glück.«

»Ist sie klar im Kopf?«, frage ich vorsichtig. Hoffentlich geht es Mrs. Kleinfelter besser als meinem Vater.

Die Schwester lacht. »Sie ist putzmunter.«

Ich weiß nicht, wie ich das interpretieren soll, aber ich

werde es ja gleich selbst sehen. Ich murmele einen Dank, und die Schwester deutet den Gang hinunter. Wahrscheinlich liegt dort 12C.

Auf einmal fühle ich Mitleid mit Mrs. Kleinfelter. Wir gehen den düsteren Gang hinunter, in dem es leicht nach Urin riecht. Rechts und links liegen krankenhausartige Zimmer. Das Innere des Gebäudes ist noch deprimierender als das Äußere.

Vor 12C bleiben wir stehen. Die Tür ist nur angelehnt, innen hört man einen Fernseher. Jetzt bin ich nervös. Meine Hände zittern, als ich in meine Tasche greife und den Brief herausziehe, den ich seit Wochen mit mir herumschleppe. *Ein Schatz.* Oder auch nicht. Vielleicht erkennt sie ihn nicht mal, selbst wenn es einer wäre.

Benjamin tritt vor und klopft vorsichtig an die Tür. »Mrs. Kleinfelter?«, ruft er in das Zimmer hinein.

»Ich hab euch schon mal gesagt, dass ich diese Pillen nicht mehr will«, schreit sie zurück.

Benjamin drückt die Tür weiter auf und macht einen Schritt hinein. Ich folge ihm, atemlos vor Aufregung. Benjamin sagt: »Wir haben keine Pillen für Sie.«

Mrs. Kleinfelter sitzt in einem Rollstuhl vor dem Fenster. Das linke Bein steckt in einer Schiene und steht ein wenig seltsam vom Körper ab. Sie hat graues Haar, lang und fein, das sie zu einem Zopf geflochten trägt. Es ist von braunen Einsprengseln durchzogen, eine Erinnerung an ihre Jugend. Sie wirkt gar nicht so alt, wie ich sie mir vorgestellt habe. Jedenfalls ist sie jünger als Gram. Vielleicht sogar jünger als mein Vater.

Sie mustert erst Benjamin, dann mich und verzieht das Gesicht. »Dann habt ihr halt das falsche Zimmer erwischt.«

»Nein.« Endlich finde ich die Sprache wieder und trete vor. »Ich bin Katie. Sie kennen mich nicht, aber ich habe etwas dabei, das einmal für Sie bestimmt war.«

Meine Hände zittern noch immer, als ich den Brief aus seiner Plastikhülle ziehe und ihr überreiche.

»Mein Vater hat sein Leben lang Briefmarken gesammelt. Diesen Brief habe ich entdeckt, als ich seine Sammlung durchgesehen habe.«

Als ich *Briefmarken* sage, scheint sich ihre Miene etwas aufzuhellen. Sie nimmt den Brief und zeigt auf den eisernen Nachttisch.

»Holen Sie mir meine Brille.«

Benjamin tut ihr den Gefallen. Sie setzt sie sich auf die Nase und hält den Umschlag dicht vors Gesicht.

»Sie hießen einmal Fräulein Faber, nicht wahr?«, frage ich. Ich hoffe, sie sagt uns nicht, dass wir die ganze Reise vergeblich gemacht haben und am falschen Ort sind.

Sie lässt den Brief sinken und legt ihn sich auf den Schoß. »Ich war Fräulein Faber. Früher einmal.«

Dann gibt sie mir den Umschlag zurück und runzelt die Stirn.

»Aber bei mir sind Sie falsch. Dieser Brief ist an meine Schwester adressiert.«

Österreich, 1938

Meine Schwester hielt meine Hand, als wir zusammen durch den Wald gingen, fort von zu Hause, fort von allem, was uns vertraut war. Wir trugen kleine Bündel mit unseren Habseligkeiten. Sie hatte Kleider und Bücher eingepackt, ich Kleider und ein paar Zeichensachen, die ich aus Christophs Dachkammer genommen hatte. Ob er sie vermissen würde?

Ich malte mir aus, wie er seine Sachen durchging, ganz verwirrt, weil plötzlich etwas fehlte. Würde er mich für die Schuldige halten? Würde er überhaupt an mich denken? Wahrscheinlich nicht. Ich war bloß ein kleines Mädchen, das ihn mit seinen Flausen geärgert hatte.

So hatte meine Mutter das jedenfalls genannt. *Lass Christoph in Ruhe mit deinen Flausen.* Sie meinte die Maus in meinem Zimmer, die ich erfunden hatte, damit er zu mir kam und mit mir redete. Na schön, ich war dreizehn und Christoph achtzehn oder neunzehn, aber was bedeuteten schon fünf Jahre? Vater war sieben Jahre älter als Mutter. Für Christoph war ich sowieso Luft, wenn Elena dabei war.

»Miri, trödel nicht«, ermahnte Elena mich.

Der Schnee war tief und die Luft kalt, aber ich wollte ganz langsam durch den Wald gehen, um mir alles einzuprägen. Den nassen Schnee, der durch meine abgenutzten Schuhsohlen kroch. Den durchdringenden Geruch der Tannen. Das matte Grau des Winterhimmels.

Elena hatte mir erklärt, dass wir mit dem Zug nach England fahren würden, mit einem Kindertransport. Dass wir in England glücklicher und sicherer wären und dass das alles nur eine begrenzte Zeit dauern würde. An jenem Morgen, als wir durch den Schnee stapften, vermutete ich jedoch, dass sie mich in jeglicher Hinsicht belog.

»Und wenn wir hierbleiben?«, fragte ich, als wir den Hof der Bauers erreicht hatten.

Ich erinnerte mich gut daran, wie wir hierhergekommen waren, als Herr und Frau Bauer noch lebten. Wir hatten keine engen Verwandten. Vaters Familie hatte ihn vor meiner Geburt verstoßen, weil er Mutter geheiratet hatte. Mutters Verwandte waren fast alle schon gestorben. Die Bauers waren also unsere Ersatzfamilie. Wir hatten viele Passahfeste und Rosch ha-Schanas bei ihnen gefeiert, bis sie vor ein paar Jahren beide krank geworden und kurz nacheinander gestorben waren.

Josef war ein paar Jahre älter als Elena und uns immer überlegen gewesen. Als wir Kinder waren, jagte er uns um den Hühnerstall herum. Einmal fiel ich in den Matsch und weinte. Josef, der damals höchstens zehn gewesen sein konnte, rief mir noch *Hampelmann* hinterher. Meine Mutter erzählte mir später, Frau Bauer habe ihn bestraft, weil er so gemein zu einem kleinen Mädchen gewesen war. Ich war schadenfroh, denn ich hatte dem großen, bösen Josef eins ausgewischt.

Doch Josef war nun ein Mann, ernst und voller Sorgen, darin ähnelte er Herrn Bauer sehr. Josef blickte stets finster drein. Auch heute, als er vor dem Haupthaus auf uns wartete.

»Ihr seid zu spät«, fuhr er Elena an.

Sie entschuldigte sich nicht. Meine Schwester entschuldigte sich niemals für irgendwas. So war sie eben.

»Wir holen es wieder auf«, sagte sie nur und streckte das Kinn vor, wie um sich in Josefs einschüchternder Gegenwart etwas größer zu machen.

Josef kannte einen Mann, der ein Automobil besaß und willens war, Juden die zweihundert Kilometer nach Wien zu bringen, versteckt auf dem Rücksitz. Das hatte mir Elena am Morgen vor unserem Aufbruch verraten. Ich hatte sie nicht gefragt, woher er den Mann kannte oder was uns geschehen würde, wenn man uns entdeckte.

Ich konnte nicht aufhören, an meine Mutter zu denken, die von deutschen Soldaten von zu Hause weggeschleift worden war, während Elena und ich uns unter den Bodenbrettern in Vaters Werkstatt versteckt hatten. Ich wollte mir nicht vorstellen, was als Nächstes passierte und wo sie sich nun befand. Ich wusste aber, dass sie nicht in England war.

Josef zog einen Umschlag aus der Tasche und gab ihn Elena. Unsere Fahrkarten, nahm ich an.

»Du bist erst sechzehn«, brummte er. »Sie nehmen nur Kinder, die jünger sind als siebzehn, also wenn jemand fragt …«

Dabei war Elena fast achtzehn, aber eben ziemlich klein

und so schön, dass kein Mann ihr unangenehme Fragen stellen würde.

Sie nahm Josef die Fahrkarten ab und steckte sie in die Tasche. Dann komplimentierte sie mich auf den Rücksitz des Wagens und befahl mir, mich im Fußraum zusammenzukauern. Sie wollte nach mir einsteigen, doch Josef hielt sie auf und umarmte ihren zierlichen Körper zum Abschied.

»Passt auf euch auf«, sagte er, aber sie antwortete nicht.

Sie entzog sich seiner Umklammerung und stieg ins Auto. Ich bemühte mich, nicht zu weinen, und dachte daran, wie Vater mich in einer solchen Situation sehen wollte.

»Und wenn wir einfach hierbleiben würden?«, fragte ich noch einmal, als das Automobil mit einem Ruck anfuhr und wir nach hinten fielen. Elena krallte sich an der Innenseite der Tür fest. »Wir könnten uns zusammen mit Vater in der Hütte verstecken, wenigstens für eine Weile.«

Ich wollte aus dem Auto steigen, sofort. Mein Magen rebellierte, und ich dachte, ich müsse mich gleich übergeben. Elena würde mich umbringen, wenn ich auf ihre Kleider erbrechen würde.

In Wien war ich zuletzt mit zehn gewesen. Vater und Mutter fuhren mit uns in die Stadt, und wir sahen uns eine Operette an. Wir alle trugen unsere Sonntagskleider. Mutter hatte mir ein neues Kleid gekauft, was selten passierte, weil ich meistens Elenas alte Sachen auftrug. Es hatte ein Spitzenmieder und einen Rock im schönsten Blau, das ich mir vorstellen konnte. Und Wien war sowieso die großartigste und schönste Stadt auf der ganzen Welt.

»Wie hieß diese Operette damals?«, fragte ich Elena, als Josefs Fahrer uns am Bahnhof aussteigen ließ und dann wieder in den Trubel der Großstadt abrauschte.

»Was?« Im Bahnhof war viel los, alles voll mit Kindern. Elena stellte sich auf die Zehenspitzen, um besser sehen zu können.

Die meisten Kinder waren jünger als ich und trugen abgewetztere Kleidung. Ein kleiner Junge, der vielleicht acht war, hielt ein schreiendes Baby auf dem Arm und sah ratlos drein. Er wusste nicht, wie er es beruhigen sollte.

Was wohl mit der Mutter des Babys passiert war? Nach allem, was wir über die Kristallnacht erfahren hatten, befürchtete ich, dass die Mutter tot war. Fort. Ermordet.

Ich wandte den Blick ab. »Die Operette, die wir mit Mutter und Vater in Wien gesehen haben«, wiederholte ich. »Wie hieß die noch mal?«

»Miri.« Elena klang verärgert und fasste mich fester am Arm. Sie hatte wohl Angst, mich in der Menge der verzweifelten Kinder zu verlieren, obwohl ich viel zu alt war, um verloren zu gehen. »Warum denkst du in wichtigen Momenten an solchen Unfug? Ich bin mit der Frage beschäftigt, wie wir in diesen Zug hineinkommen.«

»Ich will nur eine einzige perfekte Erinnerung«, sagte ich leise.

Sie hatte mich wohl nicht gehört, weil sie nichts mehr sagte. Aber das war das Einzige, was ich mir in diesem Moment wünschte. Eine perfekte, vollständige Erinnerung an meine Familie, in Wien, als alles noch schön, noch heil war. Als wir zusammen waren, schöne Kleider trugen und wundervolle Musik hörten.

»Komm jetzt.« Elena zog mich am Arm und schleifte mich durch die Menschenmenge, sodass ich gegen andere Kinder stieß, die jünger und trauriger waren als ich. Sie blieb erst stehen, als wir in der Schlange standen, die sich mittlerweile vor den Zugtüren gebildet hatte.

Der Zug stand bereit zur Abfahrt. Die Kinder, die Fahrkarten hatten, zeigten sie einem uniformierten Schaffner vor. Nach und nach stiegen die kleinen Passagiere vor uns in den Zug ein. Manche weinten und hatten niemanden, der sie umarmte oder tröstete. Elena schob mich in der Schlange nach vorne und holte die Fahrkarten aus der Tasche.

Wir kamen nur zentimeterweise voran. Es war zwar sehr kalt auf dem Bahnsteig, fast so kalt wie im Wald bei Großenburg, aber ich schwitzte trotzdem. Ich spürte den Schweiß unter meinem Haar und am Rücken, darum knöpfte ich meinen Mantel ein Stück weit auf. Elena bemerkte es nicht und konnte mich nicht ermahnen.

Als wir endlich die Zugtür erreicht hatten, gab Elena unsere Fahrkarten dem Schaffner. Er warf nur einen flüchtigen Blick darauf. Keiner fragte nach ihrem oder meinem Alter. Der Schaffner winkte uns an Bord, wo Elena zwei Sitze für uns aussuchte und dann erschöpft durchatmete.

»Miri«, sagte sie, als ich mich hinsetzte. »Ich möchte, dass du mir etwas versprichst.«

Ich schwitzte noch immer und knöpfte meinen Mantel ganz auf.

»Egal, was passiert, egal, was ich mache. Ich will, dass du in diesem Zug bleibst, allen Anweisungen folgst und nach England fährst. Versprich mir das.« Sie hielt mich fest an den Schultern gepackt.

»Ja«, erwiderte ich. »Ich verspreche es dir. Wir fahren zusammen nach England.«

Dann sagte sie nichts mehr und drehte sich weg. Sie griff nach meiner Hand und hielt sie fest. Unsere Finger verschränkten sich ineinander. Als ich klein war, hatte Mutter darauf bestanden, dass Elena meine Hand hielt, wenn wir unterwegs waren. Ihre Finger waren immer so viel größer als meine gewesen, aber inzwischen waren meine genauso groß wie ihre. Elena betrachtete mich weiterhin als das kleine Mädchen. Aber ich war keins mehr.

Der Zug fuhr an. Langsam quälte er sich aus dem Bahnhof, und Elena ließ mich los.

»Elena«, sagte ich, aber ich wusste, was sie vorhatte. Ich begriff, was gleich passieren würde. »Nicht«, schrie ich.

Sie drehte sich nicht um, bahnte sich einen Weg durch die vielen Kinder und rannte zu der Tür, durch die wir eingestiegen waren.

Ich blinzelte, und dann war sie verschwunden.

Wales, 1989

»*Giuditta*«, ruft Miriam und schnippt mit den Fingern, als wäre es ihr gerade erst wieder eingefallen. »Das war der Titel der Operette, die wir damals in Wien gesehen haben.« Ihrem Blick nach ist sie ganz woanders. Vielleicht denkt sie an jenen Abend zurück, und zwar genau so, wie sie es sich einmal gewünscht hat, als perfekte Erinnerung.

»Dann haben Sie also auf Elena gehört?«, fragt Benjamin, der ihren stillen Moment der Nostalgie stört.

Ich stupse ihn an. Keinesfalls will ich, dass er sie verärgert und sie uns bittet, wieder zu gehen. Ich möchte den Rest der Geschichte hören.

»Ja«, erwidert sie. »Ich habe auf Elena gehört. Ich bin mit dem Zug quer durch die Niederlande und Belgien gefahren. Dann habe ich eine Fähre nach Harwich bestiegen. In Bristol hat mich Familie Winslow bei sich aufgenommen. Ich durfte bei ihnen wohnen, bis der Krieg zu Ende war. Ich war eine der Glücklichen.«

»Und Elena?«, frage ich. In meinem Inneren breitet sich ein gewisses Unbehagen aus. Was ist aus der eigentlichen Adressatin des Briefes geworden?

Miriam schüttelt den Kopf. »Nach diesem Tag habe ich meine Schwester nie wieder gesehen.«

Sie wischt sich die Augen. Die arme Frau. Als Halbwüchsige aus der Heimat vertrieben, nach England geschickt, von ihrer Schwester verlassen. Und heute, nach so vielen Jahren, kommen wir in ihr deprimierendes Pflegeheimzimmer geschneit und stochern in den alten Wunden herum.

»Was ist mit Elena geschehen?«, fragt Benjamin. »Wohin ist sie gegangen?«

»Wahrscheinlich zurück nach Großenburg. Um gegen die Deutschen zu kämpfen. Das jedenfalls hätte sie behauptet.« Miriam lacht verbittert auf. »Ich glaube, in Wirklichkeit ist sie wegen Christoph zurückgegangen. Sie war verliebt in ihn, wissen Sie? Wenn man verliebt ist, macht man die blödesten Sachen.« Dann fügt sie hinzu: »Sie hat ihn mehr geliebt als mich.«

»Ich bin mir sicher, dass das nicht stimmt«, sage ich.

Benjamin starrt auf seine Schuhe. Denkt er gerade an seine Frau? Zwischen Daniel und mir war die Verliebtheit nie so groß, dass wir deswegen dumme Sachen angestellt hätten. Vielleicht war das ja unser Problem.

»Ein einziges Mal bin ich seitdem wieder in Österreich gewesen, viele Jahre nach dem Krieg. In den 1960ern. Mein Herbie ist mit mir gefahren. Da gab es vieles nicht mehr.«

Sie faltet die Hände im Schoß und blickt darauf hinab. Ich nicke und denke an die Unterschiede auf der alten und neuen Landkarte, die Gram mir erklärt hat.

»Nach dem Krieg habe ich intensiv nachgeforscht und schließlich herausgefunden, dass meine Mutter in Mauthausen umgekommen ist. Doch was aus meinem Vater, Elena, Christoph und Josef geworden ist, habe ich nie erfahren.« Sie zuckt mit den Schultern. »Darum habe ich auch viele Jahre nach Briefmarken meines Vaters gesucht. Ich dachte, wenn Elena den Krieg überstanden hat, wenn sie noch am Leben ist, dann würde sie sicherlich auch nach Erinnerungsstücken an unseren Vater suchen. Und nach mir, nicht wahr? Aber kein Sammler, den ich danach frage, hat jemals von ihr gehört oder solche Anfragen bekommen.«

»Und das ist keine der Marken Ihres Vaters?«, hakt Benjamin nach. Er reicht ihr noch einmal den Umschlag hinüber. »Sind Sie da ganz sicher?«

»Ja, die habe ich noch nie gesehen«, sagt sie. »Außerdem ist es eine Marke des Deutschen Reiches. Sie kann gar nicht von ihm stammen.«

Sie konnte nicht von ihm stammen, weil ihr Vater Jude war und nach dem Anschluss Österreichs keine Briefmarken mehr gravieren durfte.

»Sie könnte von Christoph sein«, meint sie. »Aber da bin ich mir unsicher. Er war damals bloß Lehrling. Ich habe keine Ahnung, ob er so etwas hinbekommen hätte.«

»Dann war Christoph also kein Jude?«

Sie schüttelt den Kopf. Ein Schatten huscht über ihr Gesicht. Weint sie?

»Ich kann mir vorstellen, wie schlimm das alles für Sie gewesen sein muss«, sage ich.

»Ja, das war es«, entgegnet sie. »Aber so habe ich es nicht in Erinnerung. Wir hatten ein gutes Leben. Wir waren glücklich. Bis zur Pogromnacht.« Sie hält inne, in Gedanken versunken. »Danach war ich nur noch ein paar Wochen in Österreich. In England bin ich von den Winslows verwöhnt worden. Sie konnten keine Kinder bekommen und hatten plötzlich eine halbwüchsige Pflegetochter. Sie waren viele Jahre lang meine Ersatzeltern. Gott hab sie selig.«

Sie lacht auf. »Wirklich komisch, dass Sie mich ausgerechnet hier besuchen. Dieser Ort ist nämlich so was wie meine Strafe.«

»Strafe?« Ich hebe die Brauen. Wovon spricht sie da?

»So viele Jahre lang habe ich die Briefmarken meines Vaters zusammengekauft. Dann bin ich gestürzt und habe mir den Oberschenkelhals gebrochen. Die Operation ist leider schiefgegangen. Weil ich fast unsere ganzen Ersparnisse für die Marken ausgegeben habe, konnten wir uns keinen privaten Pflegedienst leisten, der mir wieder auf die Beine geholfen hätte. Darum sitze ich hier fest, im schicksten Heim des staatlichen Gesundheitsdienstes.«

Die Worte fließen aus ihr heraus wie ein Sturzbach, und einen Moment lang sieht es aus, als würde sie tatsächlich anfangen zu weinen. Dann lächelt sie.

»Der arme Herbie ist ganz verzweifelt deswegen. Ich bin die Robustere von uns beiden, ich werde mich durchwursteln.« Sie lacht. »Außerdem werde ich ja nicht ewig hierbleiben müssen.«

Ich lächele bei dem Gedanken an ihren armen, verzweifelten Herbie. Und wegen ihrer Feststellung, dass dieser Ort nur eine Übergangslösung ist. Gottlob.

»Bitte sehr.« Miriam gibt mir den Brief zurück. »Ich kann Ihnen den nicht abkaufen. Erstens, weil ich das Geld dafür nicht habe. Zweitens, weil er nicht mir gehört. Er war nicht an mich adressiert.«

»Sind Sie sicher? Möchten Sie ihn nicht öffnen und nachsehen? Damit Sie Gewissheit haben?« Benjamin wirkt ungeduldig. Er möchte unbedingt wissen, was in dem Brief steht.

So geht es mir seit Wochen. Aber ich kann kaum glauben, dass er sie aufgefordert hat, den Umschlag zu öffnen. Dadurch verliert die Marke ja an Wert. Die ganze Zeit über war das seine Hauptsorge. Ich werfe ihm einen fragenden Blick zu.

»Ach, da bin ich mir ganz sicher«, sagt Miriam. »Der Brief ist nicht für mich. Niemand hätte mir im Jahr 1939 einen Liebesbrief nach Großenburg geschickt.« Sie macht eine kleine Pause. »Das Edelweiß ist ein Liebesbeweis, wissen Sie? *Es gilt als Zeichen glücklichen Mutes, wer es gewinnt,* sagte mein Vater immer. Früher bewies ein Mann damit, dass er eine Frau liebte. Er kletterte auf den gefährlichsten Berg hinauf und pflückte ein Edelweiß für sie.« Sie seufzt. »Das einzige Fräulein Faber, das Christoph Müller jemals beachtete, jemals liebte, war meine Schwester.«

Während der Taxifahrt zurück ins Hotel sind Benjamin und ich schweigsam. Bevor wir Miriam verließen, bat sie uns darum, sie zu informieren, falls wir etwas über das Schicksal von Elena oder einem anderen Familienmitglied herausfänden.

Ich habe ihr meine Karte gegeben und versprochen, dass wir in Verbindung bleiben. Doch tief in meinem Inneren spüre ich, dass Elena vermutlich schon lange tot ist. Wir haben die weite Reise gemacht, um diesen Brief zu überbringen und mehr über die Marke zu erfahren. Alles, was wir vorgefunden haben, ist jedoch eine temperamentvolle alte Dame mit gebrochenem Oberschenkelhals und Schulden, weil sie ihrer eigenen Vergangenheit zu intensiv hinterherjagt.

Wenigstens hat sie ihren Herbie. Wenn ich mal so alt bin, werde ich geschieden und ganz allein sein.

»Haben Sie Hunger?«, fragt Benjamin, als wir vor dem Hotel aus dem Taxi steigen. Der heftige Schauer von vorhin hat sich in leichten Sprühregen verwandelt. Benjamins Schirm ist nicht mehr notwendig, aber meinem Haar tut die Feuchtigkeit nicht gut.

Mit den Fingern fahre ich mir durch den Pony. Eigentlich könnte ich das auch sein lassen, es bringt sowieso nichts. Ich habe keinen Hunger, doch auf mein Zimmer habe ich auch keine Lust. Also nicke ich. Seit Daniels Abgang haben mir viele Dinge gezeigt, wie allein ich bin. Ich trinke allein Kaffee, ich trinke allein Wein, ich liege allein in einem Doppelbett. Aber so einsam wie in meinem Hotelzimmer habe ich mich noch nie gefühlt.

Anstatt das Hotel zu betreten, gehen wir um den Block zu einem kleinen Restaurant. Benjamin bestellt sich ein Rarebit-Sandwich. Ich habe keine Ahnung, was das ist, aber es klingt ziemlich nach *rabbit*, Kaninchen. Darum bleibe ich lieber bei meinen Käse-Lauch-Würstchen.

»Sie wissen doch, dass das in Wirklichkeit keine Würste sind?«, fragt mich Benjamin, nachdem die Kellnerin unsere Bestellung aufgenommen hat. Ich sage nichts, weil ich nicht zugeben will, dass ich es nicht wusste. »Da ist kein Fleisch drin«, erklärt er. »Wirklich nur Käse und Lauch.«

»Ich hab mir das gestern Abend vom Zimmerservice bringen lassen, es war wirklich toll.«

Benjamin wirkt sehr überrascht. Wahrscheinlich kann er sich nicht vorstellen, dass jemand Lauch in Wurstform toll findet. Tatsächlich bin ich mir gerade selbst unsicher geworden, ob ich es heute, da ich nicht ausgehungert bin, wieder köstlich finden werde. Tue ich aber.

Auch Benjamins Rarebit sieht appetitlich aus, nachdem mir klar geworden ist, dass das Gericht einem gegrillten Käse ähnelt. Meine ganzen Vorurteile über britisches Essen fallen in sich zusammen. Wo sind die berühmten Würstchen mit Kartoffelbrei? Wo ist das altbackene Brot, das dunkle Bier? In Wales scheint es sich gut leben zu lassen, und ich wünschte, ich wäre im Urlaub, zusammen mit Daniel.

Nein, nicht an ihn denken.

Bald wird er den herrlichen, von Bougainvillea gesäumten Weg vor dem Anwesen seiner Mutter ohne mich hinaufgehen, sich zusammen mit all seinen Cousins, Tanten und Onkeln um den großen Esszimmertisch setzen …

Aufhören, befehle ich mir selbst. Ich will alle Bilder von Daniel aus meinem Kopf löschen. Alle vergangenen Thanksgiving-Feste.

Ich hebe meine Teetasse aus geblümtem Porzellan, die nicht so recht zu dem spelunkigen Restaurant passen will, und sage zu Benjamin: »Fröhliches Thanksgiving.« Das ist unser Festessen: ein Rarebit-Sandwich, Käse-Lauch-Würstchen und Tee.

Benjamin ignoriert mich und beißt von seinem Sandwich ab. Er hat mir mehrmals gesagt, dass er Thanksgiving nicht leiden kann. Darum wollte er in dieser Woche nicht zu Hause sein. Ich komme mir vor wie ein Trottel.

»Tut mir leid«, sage ich. »Dann eben einen fröhlichen Regentag in Cardiff.«

»Regnet es hier nicht jeden Tag?« Er lächelt schwach und hebt seine Tasse, um mit mir anzustoßen.

»Tut mir leid, dass Sie Ihre Flugmeilen verschwendet haben«, sage ich nach einem weiteren Schluck Tee.

»Dann war's das also?«, fragt er. Er isst den letzten Bissen auf und wischt sich die Hände mit einer Papierserviette aus einem Spender ab. »Sie sind fertig? Sie geben auf?«

Ich schüttele den Kopf. »Die arme Miriam weiß nicht, was aus ihrer Schwester geworden ist. Ich kann nicht aufgeben. Aber ich weiß nicht, wie wir weiter vorgehen sollen.«

Elena hat Miriam in Sicherheit gebracht und ist aus dem Zug gesprungen, eine Sekunde bevor sie selbst in Sicherheit gewesen wäre. Dazu wäre ich niemals in der Lage. Ich hätte Todesangst davor, aus einem fahrenden Zug zu springen. Und vor den Deutschen, die meine Heimat zugrunde richten.

So wie Miriam ihre Schwester beschrieben hat, war sie

furchtlos, schön und entschuldigte sich für nichts. Was ist also aus ihr geworden? Konnte sie sich wieder nach Großenburg durchschlagen, zu Christoph, dem Lehrling ihres Vaters, in den sie verliebt war? Oder haben die Deutschen sie verhaftet, bevor sie dort angekommen ist?

Benjamin und ich teilen uns die Rechnung und gehen schweigend zurück ins Hotel. Es regnet nicht mehr. Die Sonne macht Anstalten, sich zu zeigen. Nachdem wir die Lobby betreten haben, brummt Benjamin einen Gruß und verschwindet. Auf dem Rückweg war er noch distanzierter als ohnehin schon, und ich bin froh, ihn los zu sein.

Mir ist nicht danach, so früh nach oben zu gehen. Also verlasse ich das Hotel und beschließe, mir Cardiff anzusehen, wenn ich schon da bin. Wofür brauche ich Daniel oder überhaupt einen Mann? Ich kann die Stadt auch allein erkunden.

Auf verschlungenen Wegen spaziere ich durch die schönen Straßen, genieße die hübsche Begrünung, den erdigen Geruch. Den ganzen Weg bis zur Universität staune ich über die wunderbaren Gebäude mit ihren efeubewachsenen Fassaden. Auf dem Rückweg fällt mir Cardiff Castle auf, eine riesige steinerne Burg auf einem grünen Hügel. Ich nehme die gefühlt hundert Stufen in Angriff, um durch den Burghof wandeln zu können.

Lange stromere ich durch die Stadt, durch die dicke, feuchte Luft, die an mir kleben bleibt, und bin mir mit jedem einzelnen stillen Schritt meiner Einsamkeit bewusst.

Ich gehe und gehe, bis ich Blasen an den Füßen habe, und kehre erst wieder ins Hotel zurück, als es schon fast dunkel ist.

Österreich, 1938

Christoph starrte in die Flammen von Frau Fabers Sabbatkerzen, die auf dem Esstisch standen. Zwei kleine flackernde Lichter, mehr war da nicht. Und doch, wäre Herr Bergmann genau in diesem Moment zurückgekehrt, hätte er Christoph vielleicht verhaften und töten lassen. Trotzig sagte Christoph das Gebet auf: *Baruch atai, Adonai, Eloheinu melech ha'olom …*

»Du sprichst es falsch aus.«

Ihre Stimme kam aus der Dunkelheit, zuerst ganz leise, sodass Christoph glaubte, er habe sich alles nur eingebildet. Also deklamierte er weiter, bis das Gebet mit *Shel Shabbat* endete.

»Es heißt nicht *mileik*, sondern *mellick.*« Jetzt klang ihre Stimme deutlicher.

»Elena?« Er flüsterte ihren Namen ins Dunkel hinein. Würde sie verschwinden, wenn er lauter sprach, wie eine Halluzination, wie ein Gespenst? Sie konnte nicht hier sein. Sie hatte vor einer Woche den Kindertransport bestiegen, zusammen mit Miri.

Er vernahm ein Geräusch. Ein Stuhl bewegte sich, und dann kam sie unter dem Tisch hervorgekrochen.

»Ich habe gehört, wie jemand ins Haus kam, war mir aber

nicht sicher, ob du es warst. Bis du unser Gebet verhunzt hast.« Sie stand auf, stellte sich vor die Kerzen und sagte das Gebet rasch selbst auf. Dann sah sie ihn an und hob die Brauen ein wenig. »Also, bist du jetzt Jude, Christoph?«

»Elena?« Er sagte ihren Namen etwas lauter und streckte die Hand nach ihrem Gesicht aus, nur um zu prüfen, ob sie es wirklich war. Ob sie real war. Ihre Haut fühlte sich weich an und fast so kalt wie an jenem Tag im verschneiten Wald, als er sie geküsst hatte. Seine Lippen erwärmten sich bei dem bloßen Gedanken daran.

»Was machst du hier?«, fragte er. »Du solltest ganz woanders sein.« Er löste die Hand von ihrem Gesicht und berührte ihre Schulter, überglücklich, sie so nah vor sich zu haben. Doch sofort fürchtete er um ihre Sicherheit. »Eigentlich solltest du in England sein.«

»Ich habe Miri in den Zug gesetzt. Sie ist in Sicherheit.«

»Und was ist mit dir?«

»Ich habe dir schon einmal gesagt, dass ich mir keine Gedanken um mich selbst mache.« Sie entzog sich seiner Berührung, um seine warme Hand nicht spüren zu müssen. Um nicht spüren zu müssen, dass er sich Sorgen um sie machte. Um sich nicht selbst Sorgen machen zu müssen. »Irgendjemand muss kämpfen, Christoph. Wenn alle wegrennen, wer bleibt dann übrig, um zu kämpfen?«

»Ich«, sagte er, doch noch während er sprach, war ihm klar, dass er log. Was würde Elena nur zu den Skizzen sagen, die er für Herrn Bergmann angefertigt hatte?

»Ich will nicht wegrennen«, sagte Elena. »Mein Zuhause ist hier.«

Bei dem Wort *Zuhause* zitterte ihre Stimme leicht. Vielleicht ahnte sie, dass das Haus, in dem sie ihr ganzes Leben verbracht hatte, in dem Christoph das letzte Jahr verbracht hatte, nie mehr ein Zuhause sein würde?

Friedrich lebte in einem erbärmlichen Versteck, Miri war auf dem Weg nach England, Frau Faber verschwunden.

»Es muss noch einen Zug fort von hier geben«, sagte Christoph. »Den nächsten wirst du besteigen. Ich bringe dich selbst nach Wien.«

Elena lachte auf und verschränkte die Arme vor der Brust. Sie ließ sich doch nichts vorschreiben! Im Leben nicht! Sie drehte sich um und ging Richtung Hintertür.

»Elena, warte«, rief er ihr nach. Kurz blieb sie stehen und sah ihn an.

»Wohin gehst du?«

Sie antwortete nicht und setzte ihren Weg zur Tür fort.

»Die Deutschen sind da gewesen. Sie kommen wieder. Ich soll ihnen neue Briefmarken für Österreich entwerfen.«

»Die Deutschen«, gab sie verächtlich zurück. »Wenn sie dich doch nur mit deinen Sabbatkerzen sehen könnten.«

Sie trat aus der Tür und schlug sie hinter sich zu. Ihre Worte taten ihm weh, wie ein Schmerz im Magen, mit dem er nicht gerechnet hatte.

Er brauchte einen Moment, um wieder zu sich zu kommen. Dann griff er sich eine Lampe, zündete sie mit einer der Sabbatkerzen an und blies dann beide aus, obwohl er wusste, dass man das nicht tat. Den Rauch wedelte er mit den Händen fort und kontrollierte, dass die Kerzen tatsächlich aus waren. Schließlich schnappte er sich die Lampe und rannte hinter Elena her.

Anfangs konnte er ihre Fußstapfen im Schnee erkennen und folgte ihnen in den Wald hinein, vorbei an der Abzweigung, die zu der kleinen Hütte führte. Dann verlor sich ihre Spur, denn es schneite weiter. Er konnte sich allerdings zusammenreimen, dass sie zu Josef gelaufen sein musste, da sie offensichtlich nicht den Weg zu ihrem Vater eingeschlagen hatte. Sie war sicher nicht so dumm oder unvorsichtig, ins Städtchen zu gehen.

Er erreichte das Grundstück der Bauers. Im Haus brannte Licht. Durchs Fenster sah er Josefs Silhouette, die sich zu Elena hinunterbeugte und sie umarmte. Christoph fühlte sich unwohl bei diesem Anblick und machte auf der Stelle kehrt.

Lange lag er später im Bett und lauschte nach der Hintertür oder Schritten auf der Treppe, doch es blieb still, und irgendwann schlief er ein.

Als er mitten in der Nacht erwachte, erfüllte Dunkelheit das Zimmer. Elena war zurück. Er spürte, dass sie da war. Seine Matratze wackelte, als sie in sein Bett kletterte und sich neben ihn legte. Ihr Gesicht war seinem so nahe, dass er ihren warmen Atem an seinem Ohrläppchen spürte.

Sie war es tatsächlich. Er hatte Angst davor, etwas zu sagen, sich zu bewegen. Elena lag in seinem Bett.

»Darf ich heute Nacht hierbleiben?«, fragte sie.

»Ja.« Er brachte das Wort kaum heraus.

Sie schmiegte sich an seinen Körper, und er legte den Arm um ihre zierlichen Schultern und zog sie näher zu sich heran. Ihr Kopf lag auf seiner Brust, ihre warme Wange auf seinem Herzen. Als sie einschlief, entspannte sich ihr Körper, und ihre Atmung beruhigte sich, doch er ließ sie nicht los. Er würde sie nie wieder loslassen, das versprach er sich selbst.

Als Christoph am nächsten Tag erwachte, fielen Sonnenstrahlen in sein Zimmer, und er war allein. Elena in seinem Bett, war das ein Traum gewesen? Hatte er Elena nur durch seine Willenskraft, sein Verlangen angelockt? Noch immer spürte er Elenas Wange auf seiner Brust, hatte den zarten Aprikosenduft ihres Haars in der Nase. Das war keine Einbildung gewesen.

Er zog sich an und ging in die Werkstatt. Dort saß Elena am Tisch und blätterte durch die Skizzen, die er für Herrn Bergmann angefertigt hatte.

»Die sind wirklich gut«, sagte sie, ohne aufzusehen oder zu grüßen. Auch die vergangene Nacht sprach sie nicht an. Das war auch nicht notwendig. Er war froh, dass sie zu ihm gekommen war, doch unbehaglich war ihm trotzdem zumute.

»Bist du in der Lage, diese Vorlagen zu gravieren? So viele Einzelheiten …« Elena fuhr mit einem Finger über die kleinen Details, die winzigen Fenster und Bögen des Opernhauses, das er aus dem Gedächtnis gezeichnet hatte.

»Ich weiß nicht.«

Er war sich in der Tat nicht sicher, ob er das schaffen würde. So weit hatte er bisher nicht gedacht. Er hatte sich bislang nur Gedanken über die Skizzen gemacht. Darüber, dass Herr Bergmann zurückkommen und Christophs Arbeit so sehr mögen würde, dass er ihm erlaubte, das Haus, die Werkstatt und die Werkzeuge zu behalten. Dass er ihn zum Briefmarkengraveur für Österreich machen würde. Christoph hatte Friedrich versprochen, sein Eigentum zu bewahren. Der einzige Weg, das zu erreichen, schien die Zusammenarbeit mit den Deutschen zu sein.

»Ich werde es schaffen müssen«, sagte er schließlich.

»Hm«, machte sie und klappte den Skizzenblock zu. »Gestern Abend habe ich mit Josef darüber beraten, wie wir meinen Vater aus dem Land bekommen können.«

Ihre Stimme klang ganz geschäftsmäßig. Jegliche Gefühle, die sie in der Dunkelheit der vergangenen Nacht vielleicht gespürt hatte, schienen spurlos verschwunden zu sein.

Christoph nickte. Was hatte Josef wohl gedacht, als er Elena unverhofft wiedergesehen hatte? Und Friedrich erst. Christoph fürchtete sich vor den Gesprächen, die er mit beiden Männern später würde führen müssen. Zumindest Josef würde ihm mit Sicherheit die Schuld geben.

»Ich will, dass er nach Amerika zu seinem Freund fährt.«

»Nach Amerika? Nicht nach England zu Miriam?«

»In England wüsste er nicht, wohin. Dort nehmen sie nur Kinder auf. Miri kann nach Amerika nachkommen, wenn er dort eine Bleibe gefunden hat. Mutter auch.«

Sie verstummte, und Christoph wurde klar, dass das der wahre Grund für Elenas Rückkehr war. Sie hatte Miri in Sicherheit gebracht, nun wollte sie dasselbe für ihre Eltern tun.

»Ich will ihm neue Papiere machen, und ein Visum mit einem nicht jüdischen Namen.«

»Urkundenfälschung«, sagte Christoph.

Das war von Anfang an das, was Elena und Josef mit den Werkzeugen vorgehabt hatten. Beim letzten Mal, als Elena darüber gesprochen hatte, war es ein vager Gedanke gewesen. Inzwischen war es ein sehr konkretes Vorhaben.

Christoph wurde ganz schlecht, wenn er darüber nachdachte. Aber es gab keinen anderen Weg, um Friedrich zu helfen. Die Deutschen hielten ihn für tot, und selbst wenn nicht … Juden durften das Land nicht verlassen, ohne eine hohe Abgabe zu bezahlen, und dieses Geld hatte Friedrich nicht. Zumal er die Passage nach Amerika aufbringen musste.

»Wenn wir erwischt werden, überleben wir das nicht«, sagte er.

»Mein Vater wird sterben, wenn er länger in dieser Hütte bleiben muss«, sagte Elena. »Er braucht einen Arzt für seine Hand. Vernünftiges Essen und frische Luft.«

Elena hatte recht. Christoph war sich nicht sicher, wie lange Friedrich in seinem Versteck durchhalten würde. Elena hatte Miri allein gelassen, um zurückzukommen und zu kämpfen. Da durfte Christoph sich nicht wie ein Feigling benehmen.

»Wenn ihr echte Ausreisepapiere auftreiben könnt, dann helfe ich euch. Dann zeichne ich für Friedrich welche mit einem anderen Namen«, versprach er.

Elena lächelte ihn an und streckte stolz das Kinn vor. »Ich werde die Platten gravieren.«

Er dachte daran, wie Friedrich ihre Gravurplatte kritisiert hatte, im Glauben, es sei seine. Nicht präzise genug. Überhastet, zu schlampig. Für das ungeübte Auge jedoch wäre das besser als alles, wozu er imstande war.

»Wie werden wir sie drucken?«, wollte er wissen.

Friedrich hatte seine Platten nach Wien gebracht, wo Herr Schweizer sie für ihn druckte. Das ging in diesem Fall natürlich nicht. Zudem wusste keiner, ob Herrn Schweizers Werkstatt noch stand oder dem Erdboden gleichgemacht worden war. Selbst wenn sie existierte, wäre Herr Schweizer nicht mehr der Inhaber.

»Josef hat einen Freund, der uns helfen würde«, sagte sie.

Natürlich. Josef hatte auf alles eine Antwort. Christoph versuchte, seinen Ärger hinunterzuschlucken. Er sah Elena an. Sie wirkte weicher, fast so wie in der vergangenen Nacht, als sie sich an ihn geschmiegt hatte.

»Wir werden auch für dich Papiere herstellen«, sagte er. »Du willst bleiben und kämpfen, aber du brauchst einen Ausweg. Ich werde nicht zulassen, dass du umkommst.«

Da starrte sie ihn an, völlig perplex.

»Das werde ich nicht zulassen«, wiederholte er.

Wales, 1989

Wieder im Hotel angekommen, laufe ich beinahe an Benjamin vorbei, der an der Bar sitzt. Doch er bemerkt mich und ruft: »Kate, ich bin hier.«

Es fühlt sich komisch an, dass er plötzlich Kate zu mir sagt. So nennt mich eigentlich nur mein Vater. Benjamin winkt mir, und ich schleppe mich mit schmerzenden Füßen zu ihm hinüber.

Er trinkt ein dunkles Ale, wahrscheinlich nicht das erste, das sehe ich an seinen roten Wangen. Außerdem wäre das eine Erklärung dafür, wie er mich gerade genannt hat.

»Trinken Sie doch ein Glas mit mir«, sagt er und bedeutet mir, Platz zu nehmen. Das mache ich und bestelle mir einen Weißwein.

»Wein? In Wales?« Benjamin lacht, als die Kellnerin mir mein Glas bringt.

»Bier ist nicht mein Ding.« Ich nehme einen kleinen Schluck.

»Meins auch nicht.« Er hebt sein Glas. »Aber wenn ich in Wales bin …« Er lacht wieder.

»Wie viele Gläser hatten Sie denn schon?«

Er antwortet nicht, und es geht mich ja eigentlich auch nichts an.

»Ich habe an Ihre Zimmertür geklopft, weil ich Sie gesucht habe«, sagt er stattdessen. »Sie waren nicht da.«

»Ich bin ein bisschen herumgelaufen und habe die Stadt erkundet.« Ich erzähle ihm von der hübschen Burg, den Hunderten von Stufen und den uralten Steinmauern.

»Wissen Sie, was Sie machen sollten?« Er lallt kaum merkbar. »Sie sollten Reiseführer schreiben.«

»Wie bitte?« Ich lache und trinke wieder einen Schluck Wein.

»Sie sind doch Autorin, oder? Statt Ihrer Filmrezensionen sollten Sie Reiseführer schreiben.«

Ich kann mir nicht erklären, woher Benjamin weiß, dass ich schreibe. Hat er meine Rezensionen ausgegraben? Oder wie dringend ich einen neuen Job brauche. Vielleicht weiß er es nicht und hat bloß zu viel getrunken.

»Also«, sage ich. »Sie haben an meine Zimmertür geklopft. Sie haben mich gesucht?«

»Ich dachte nur … Fabers Lehrling. Christoph. Von ihm habe ich noch nie gehört.«

»Ja, und?«

»Nehmen wir an, er hat diese Marke entworfen. Vielleicht hat er noch andere fürs Dritte Reich gemacht?«

Ich zucke mit den Schultern und weiß nicht, worauf er hinauswill.

»Miriam sagte, wahrscheinlich hätte er diesen Brief geschrieben und die Marke angefertigt. Ihre Schwester sei seinetwegen zurück nach Österreich gegangen. Er war kein Jude. Vielleicht hat er weitere Briefmarken gemacht? Vielleicht hat er den Krieg überlebt?«

Er trinkt sein Glas aus.

»Vielleicht haben wir die ganze Zeit nach der falschen Person gesucht. Vielleicht sollten wir nicht nach Elena suchen, also Fräulein Faber. Vielleicht sollten wir uns auf Christoph konzentrieren?«

»Dann haben Sie Ihre Meilen also nicht verschwendet?«

Benjamin und ich hätten wohl nie von Christoph erfahren, wenn Miriam uns nicht ihre Geschichte erzählt hätte.

»Ich kenne einen Professor in Oxford, der sich mit der Geschichte des Zweiten Weltkriegs auskennt.«

»Oxford? Wie weit ist das weg?«

»Nicht besonders weit. Wir können mit dem Zug hinfahren.«

»Sollen wir ihn aufsuchen und fragen, ob er uns etwas zu Christoph und unserem Brief sagen kann?«

Ich merke, wie sich meine Stimme vor lauter Aufregung hebt. Doch ich habe mich nicht richtig ausgedrückt. Der Brief gehört nicht uns. Er gehört mir oder meinem Vater oder Elena oder auch Christoph. Aber ganz bestimmt nicht uns, also Benjamin und mir.

Benjamin stört sich nicht an meiner Formulierung. »Ja«, sagt er. »Ich habe ihn angerufen, bevor ich mich an die Bar gesetzt habe. Wenn Sie mögen, können wir morgen losfahren.«

Ich nicke. Das möchte ich. Benjamin winkt der Kellnerin und bestellt ein neues Glas Double Dragon. Ich bin halb verhungert vom vielen Herumlaufen und ordere ein Rarebit-Sandwich.

Während wir warten, reden wir nicht viel. Als unsere Bestellung kommt, frage ich Benjamin, ob er schon einmal in Oxford gewesen ist.

Zunächst bleibt er stumm. Ich nehme einen Riesenbissen von meinem Sandwich. Ich bin so hungrig, dass ich den fetten Käse und das Brot am liebsten hinunterschlingen würde. Wir essen also weder Truthahn noch Kürbiskuchen, aber mein Sandwich ist einfach köstlich.

Thanksgiving und überhaupt mein normales Leben sind ganz weit weg. Ich sitze in diesem etwas schäbigen Hotelpub in Cardiff, und das ist das Einzige, was sich in diesem Moment real anfühlt.

»Ja«, sagt Benjamin endlich. »Ich war dort.«

»Mit Ihrer Frau?«, frage ich vorsichtig, als nichts mehr kommt.

»Waren Sie schon mal verheiratet?«, stellt er eine Gegenfrage.

Ich zögere, aber dann antworte ich ihm ehrlich. »Ich stecke gerade mitten in meiner Scheidung.« Das ist das erste Mal, dass ich diesen Satz laut ausgesprochen habe. Es tut ein bisschen weh.

»Das tut mir leid.« Er klingt aufrichtig. »Was ist passiert?«

»Ich weiß nicht genau. Ich kann leider keinen besonderen Tag oder Streit herauspicken und sagen, das war das Ende meiner Ehe. Wir haben uns nämlich nur ganz selten gestritten. Das Gedächtnis meines Vaters hat rapide nachgelassen, und ich habe mich sehr um ihn gekümmert. In dieser Zeit haben Daniel und ich uns wohl auseinandergelebt. Dann hat er mich verlassen. Ich habe eigentlich keine richtige Erklärung dafür.«

»So ist das Leben anscheinend. Es besteht aus ganz vielen kleinen, blöden Dingen, die wir uns hinterher nicht erklären können.« Er stürzt sein Bier hinunter. »Diese Woche sind es zwei Jahre … dass Sara und Davis umgekommen sind.« Ein Schatten fällt über sein Gesicht, als er die beiden Namen ausspricht.

Ich möchte mehr wissen, möchte den Mann verstehen, der mir da gegenübersitzt. Der mir während der vergangenen Wochen so viel Freundlichkeit entgegengebracht hat. Aber ich möchte nicht nach Einzelheiten fragen, die er nicht mit mir teilen will. Darum sage ich nur, dass es mir sehr leidtut. Ich lege ihm eine Hand auf den Arm.

»Darum können Sie Thanksgiving also nicht ausstehen?«

Wie schade, dass er nicht auf meiner Erkundungstour dabei war. Wir hätten zusammen die Steintreppe der Burg erklimmen und die muffige Feuchte von tausend Jahren auf uns wirken lassen können …

»Es ist ein schreckliches Fest. Jeder hat eine Familie, jeder hat irgendwas, wofür er dankbar sein kann. Ich habe den Jahrestag eines tödlichen Unfalls auf der 405.« Er seufzt auf und trinkt sein Bier aus, wirkt jedoch dabei seltsam nüchtern. »Sara hat Thanksgiving geliebt. Es war ihr liebster Feiertag, verdammte Scheiße.«

Der Kraftausdruck passt nicht zu Benjamins ruhigem Tonfall. Ich versuche, ihn mir mit einer Frau vorzustellen, mit einer lebhaften Frau, die manche Dinge sehr gemocht hat. Vielleicht war Benjamin damals, vor zwei Jahren, ein anderer Mensch. Vielleicht war er damals lebhaft und mochte Thanksgiving.

»Und Davis?«, frage ich zaghaft.

Benjamin bleibt zunächst stumm. Ignoriert er meine Frage? Da sagt er: »Mein Sohn. Ein betrunkener Geisterfahrer hat die beiden erwischt. Frontalzusammenstoß. Nächsten Monat wäre er drei geworden.«

Seine Worte fahren so scharf durch mich hindurch, dass sie mich beinahe aufschlitzen. Mir ist, als würde mein Herz bluten.

Vor zwei Jahren war Benjamin also Ehemann und Vater. Er war viel mehr als dieser seltsame Typ, dessen Leben aus Briefmarken besteht und der Tausende von Bonusmeilen angesammelt hat, weil er ständig zu philatelistischen Konferenzen fliegt. Er war Teil einer Familie … und plötzlich war er es nicht mehr.

»Das ist furchtbar«, sage ich. »Es tut mir so leid.«

»Ja«, erwidert er. »Mir auch.« Er hebt die Hand, will noch ein Ale bestellen. Dann ändert er seine Meinung und schiebt das leere Glas von sich weg. »Normalerweise rede ich nicht darüber. Ich weiß nicht, warum ich Ihnen das alles erzählt habe.«

»Oxford«, sage ich sanft. »Sind Sie mit Sara dort gewesen?«

War er schon immer Briefmarkenhändler? Oder sind die Marken ein Hobby gewesen, das er in seinem Kummer zum Beruf gemacht hat?

Er nickt. »Sara hat ihren Master dort gemacht, bevor wir

uns kennengelernt haben. Einmal sind wir zusammen hingefahren. Bevor Davis auf die Welt kam. Damals habe ich Dr. Grimes kennengelernt.«

Ist das der Grund, warum Benjamin morgen nach Oxford fahren will? Dient diese ganze Unternehmung am Ende gar nicht dazu, etwas über die Briefmarke herauszufinden oder Thanksgiving zu entkommen, wie Benjamin behauptet hat? Will er vielmehr eine Reise in die Vergangenheit machen, um der Frau nachzuspüren, die er einmal geliebt hat?

Ich trinke meinen Wein aus und schiebe das Glas in die Mitte des Tisches, neben Benjamins leeres Bierglas.

»Ich sollte ins Bett gehen«, sage ich. »Wenn wir morgen nach Oxford wollen, müssen wir früh raus.«

»Stimmt«, entgegnet Benjamin.

Doch keiner von uns beiden rührt sich. Er sieht so traurig aus, wie er da vor mir sitzt. Ich würde gern etwas sagen, das ihn tröstet, aber ich weiß nicht, was. Schließlich erhebt sich Benjamin.

Nebeneinander gehen wir zum Aufzug und steigen ein. Als wir in der dritten Etage halten, meiner Etage, hält Benjamin die Tür fest, damit sie sich nicht schließt.

»Darf ich mit zu Ihnen kommen?« Die Frage bricht förmlich aus ihm heraus. »Wir könnten uns einen Film ansehen oder Karten spielen oder … irgendwas anderes machen? Ich will nicht allein sein.« Er starrt auf seine abgewetzten Turnschuhe.

»Klar«, höre ich mich antworten, noch bevor ich richtig darüber nachdenken kann.

Er lässt die Tür los und steigt aus dem Aufzug, dann folgt er mir zu meinem Zimmer.

Er kommt nicht in mein Zimmer, um mit mir zu schlafen, sage ich mir, als wir den Flur entlanggehen. Er fühlt sich einsam. Er will nicht allein sein. Die Geister seiner verstorbenen Frau und seines verstorbenen Sohnes schweben diese Woche über ihm, und er ist so weit weg von zu Hause. Benjamins Kummer muss ein Schmerz sein, der niemals endet.

Ich schließe das Zimmer auf, und wir gehen hinein. Drinnen ist es dunkel. In meiner Abwesenheit war das Zimmermädchen da. Als ich das Licht anmache, sehe ich, dass das Bett gemacht ist. Die Kleider, die ich auf den Boden geworfen hatte, liegen auf meinem Koffer, ordentlich zu einem Stapel aufgeschichtet.

Ich sehe mich um. Man kann nirgends sitzen außer auf dem Boden oder dem Bett. Benjamin setzt sich auf das Bett, und ich gehe hinüber zum Fernseher und schalte ihn ein, weil ich nicht weiß, was ich sonst tun soll. Benjamin nimmt die Fernbedienung vom Nachttisch und wechselt die Sender durch, bis er bei der BBC gelandet ist. Ein Reporter in Westberlin redet über die Mauerspechte, die Leute aus Ostberlin, die endlich den Eisernen Vorhang überwunden haben. Sie hacken auf die Mauer ein und schlagen Stücke davon heraus. Der Reporter spricht mit einer Frau in kakifarbenem Regenmantel, die mit einer Spitzhacke auf die Mauer einschlägt.

Ich setze mich aufs Bett, weil mir die Füße wehtun. Ich will mir die Schuhe ausziehen und die Füße hochlegen.

Von Benjamin rücke ich weg, so weit es geht. Nicht, dass sich aus Versehen unsere Ellenbogen berühren.

»Die Mauer ist gefallen und trotzdem noch da«, sagt er.

Die Frau im Fernsehen ist zierlich und blond. Der Regenmantel ist ihr zu groß. Sie schwingt die Spitzhacke mit aller Kraft, die sie aufbringen kann, und zerschlägt viele Steine aus dem Bauwerk zu Staub. Der Reporter fragt sie, warum sie so fest auf die Mauer einschlägt.

Sie antwortet auf Deutsch, das die BBC untertitelt: »Weil sie mich von meiner Familie ferngehalten hat.«

Wenn in den USA gerade dasselbe gezeigt wird, freut Gram sich wohl unglaublich, dass sie diesen Moment miterleben darf. Die Mauer wird zertrümmert, von dieser winzigen Frau, die furchtbar lange von ihr eingesperrt und isoliert wurde. Von dieser Frau, die wieder mit ihrer Familie vereint ist, wie es scheint.

»Es ist schön, das zu sehen, finden Sie nicht auch?«, sage ich.

Benjamin antwortet nicht. Aber er streckt die Hand aus, und ich ergreife sie. Unsere Finger verschränken sich. Seine Hand ist doppelt so groß wie meine, aber ich falte meine Finger in seine, sodass wir verbunden sind, aneinandergefügt sind, zusammenhängen wie die Teile eines Puzzles.

Ich sehe ihn an. Seine Augen sind geschlossen. Auch ich schließe die Augen, und so schlafen wir ein, einander an der Hand haltend.

Österreich, 1939

Herr Bergmann kam kurz nach Neujahr zurück, und das so plötzlich, dass Elena sich um ein Haar nicht mehr unter den Bodenbrettern verstecken konnte. Er kam herein, ohne anzuklopfen, als sei Friedrichs ehemalige Werkstatt nun Eigentum des Deutschen Reiches.

Vielleicht war es tatsächlich so, dachte Christoph.

Er hatte keine Zeit mehr, die fast fertigen Platten zu verbergen, an denen Elena gearbeitet hatte. Die Platten für die falschen Papiere ihres Vaters. Nein, für die Papiere eines anderen Mannes, eines Christen.

Charles Darnay, so lautete der Name, der einem Werk von Charles Dickens entnommen war.

»In dem Roman *Eine Geschichte aus zwei Städten* ist Charles derjenige, der am Ende gerettet wird«, hatte Elena dem verdutzten Christoph erklärt. »Genau wie Vater, wenn wir seine Papiere fertig haben.«

Christoph schickte ein Stoßgebet zum Himmel. Hoffentlich entdeckte Herr Bergmann die Platten nicht …

»Ich gehe davon aus, dass Sie genügend Zeit hatten, um Skizzen für den Führer anzufertigen?«, fragte Herr Bergmann barsch.

Christoph wollte sich lieber nicht vorstellen, was passierte, wenn Herr Bergmann oder gar der Führer persönlich mit den Skizzen nicht zufrieden waren. Oder wenn er Elena unter den Bodenbrettern atmen hörte. Oder wenn er begriff, wozu die Druckplatte auf dem Arbeitstisch diente.

»Jawohl, Herr Bergmann«, sagte Christoph.

Er nahm seinen Skizzenblock und versuchte die Druckplatten nicht anzusehen.

Wenn ich nicht hinsehe, dachte er, wird Herr Bergmann sie gar nicht bemerken.

Als er ihm den Block hinüberreichte, zitterten ihm die Hände.

Herr Bergmann blätterte durch die Entwürfe so wie Elena ein paar Wochen zuvor. Er nickte und schnalzte anerkennend mit der Zunge.

»Ich denke, der Führer wird angetan sein«, sagte er endlich. »Sie sind sehr begabt.«

Christoph hielt den Kopf gesenkt. Sollte er darauf antworten?

Herr Bergmann schob ihm den Skizzenblock wieder zu. Die Seite, die geöffnet war, zeigte eine Zeichnung des Stephansdoms. Es war eine leichte Abwandlung des Werks, mit dem er Friedrichs Anerkennung geerntet und die Lehrstelle bekommen hatte.

»Fangen Sie damit an«, befahl Herr Bergmann. »Das ist ein schönes Bild von Österreich. Haben Sie alle Gravurwerkzeuge, die Sie brauchen?«

»Jawohl«, wiederholte Christoph.

Er bekam nur schwer Luft und war überzeugt davon,

dass Herr Bergmann das spürte. Genau wie er selbst spürte, dass Elena unter den Bodenbrettern ausharrte.

Doch Herr Bergmann bemerkte nichts. Er hegte keinen Verdacht gegenüber Christoph und schien zu glauben, dass alle Fabers längst verschwunden waren. Er zog einen Umschlag aus der Tasche und reichte ihn Christoph.

»Ich hoffe, dies ist eine angemessene Entlohnung.«

Christoph sah nicht in den Umschlag hinein, nickte aber trotzdem.

»Gut. Dann werde ich in ein paar Wochen kommen und die Platte abholen.«

Er schickte sich an zu gehen, hielt aber plötzlich inne, drehte sich um und legte Christoph eine seiner großen Hände auf die Schulter.

»Es ist eine große Ehre, eine Briefmarke für das Deutsche Reich herzustellen.«

Er hob die andere Hand zum Gruß, ohne Christoph loszulassen. Erst als Christoph sich aufrichtete und ebenfalls grüßte, nahm er die Hand von seiner Schulter.

»Heil Hitler«, sagte Christoph, mit so viel Überzeugung, wie er aufbringen konnte.

Herr Bergmann lächelte und entblößte dabei einen Goldzahn. Dann drehte er sich um und verschwand so schnell, wie er gekommen war.

Christoph sah ihm nach, wie er um die Hausecke bog, wartete aber, bis er das Geräusch des Automobils hörte, bevor er Elena zurief, dass die Luft rein war.

»Heil Hitler?«, zischte sie ihm zu, während sie mühsam aus dem Loch im Boden stieg und sich über die staubigen

Kleider fuhr. Miriam hatte das Versteck einmal als Grab bezeichnet. Daran schien Elena gerade allerdings nicht zu denken. Sie verschränkte die Arme vor der Brust und funkelte Christoph böse an.

Er legte ihr eine Hand auf die Schulter, doch sie schüttelte sie ab. »Elena, ich musste das sagen, sonst wäre er nicht gegangen.«

Er wusste nicht, ob sie tatsächlich wütend auf ihn war oder nur die verfahrene Lage schwer ertrug. Also gab er ihr den Umschlag, den Herr Bergmann ihm überreicht hatte.

»Was ist das?« Sie sah hinein und zählte mit ihren schlanken Fingern die Reichsmark-Scheine durch. Dann gab sie einen angeekelten Laut von sich und reichte ihm den Umschlag wieder zurück. »Ich will ihr Geld nicht.«

»Nimm es als Grundstock für die Schiffspassage deines Vaters«, entgegnete er und drängte ihr den Umschlag auf. »Gibt es einen besseren Weg, ihnen eins auszuwischen?«

»Mir würden sicher welche einfallen«, konterte sie, nahm das Geld dann aber doch und steckte den Umschlag in die Hosentasche.

Seit einiger Zeit trug sie eine alte Hose ihres Vaters. Christoph war sich nicht sicher, ob sie nur Angst um ihre eigenen Kleider hatte oder ob sie vielleicht glaubte, dass mit der Hose ihres Vaters dessen Kunstfertigkeit auf sie abfärbte.

So wie sie da saß, in den alten Hosen, mit einzelnen Haarsträhnen, die aus ihrem Zopf heraushingen, und etwas Schmutz auf der Wange, fand Christoph sie wunderschön.

Sie hatten nie mehr über die Nacht gesprochen, in der sie in sein Bett geklettert und er mit ihr in den Armen eingeschlafen war, ihr Aprikosenhaar nur Zentimeter von seiner Nase entfernt. Seitdem war sie nicht mehr in sein Schlafzimmer gekommen. Während der vergangenen Wochen waren sie sich sogar mehr oder weniger aus dem Weg gegangen.

Sie wohnten zusammen im Haus und arbeiteten Seite an Seite in der Werkstatt, redeten aber nur oberflächlich miteinander.

Christoph sehnte sich danach, sie zu berühren, sie zu sich heranzuziehen. Aber er bewegte sich keinen Zentimeter.

»Es wird bald dunkel«, sagte er bloß. »Heute ist Freitag.«

»Das ist nicht dein Sabbat«, entgegnete sie vorwurfsvoll. Sie war noch immer wütend.

»Wenn ich es aber so empfinde?«

Warum denn auch nicht? Er war ein Waisenkind. Seine wahre Herkunft kannte niemand …

»So geht das nicht«, widersprach Elena. »Du kannst nicht einfach beschließen, Jude zu werden. Wieso solltest du das überhaupt wollen?«

Sie streckte die Arme aus, sodass es aussah, als meine sie die gemütliche Werkstatt. Er wusste jedoch sehr wohl, dass sie sich auf Großenburg, auf Österreich, auf Europa bezog. Auf das Hier und Jetzt. Wo es nichts Schändlicheres und Gefährlicheres gab, als Jude zu sein.

Juden durften keine Geschäfte mehr führen und keine

deutschen Schulen mehr besuchen. Außerdem gab es die *Judenbuße* in Höhe einer Milliarde Reichsmark, die Hitler den Juden als Vergeltung für die Zerstörungen in der Kristallnacht auferlegt hatte.

Christoph wollte ihr erklären, dass dieser Ort sich für ihn wie ein echtes Zuhause anfühlte. Dass die Fabers für ihn wie eine echte Familie waren, seine Familie.

Dann sagte er nur: »Ich will, dass du eins weißt. Ich bin nicht wie die.«

»Aber du bist auch keiner von uns«, gab sie zurück. Dann verließ sie die Werkstatt und ging ins Haus.

Als die Dämmerung sich über den Garten senkte, stand Christoph an der Werkstatttür und erblickte den Schein zweier Kerzen durch das Küchenfenster des Wohnhauses.

In dieser Nacht blieb Christoph lange in der Werkstatt und versuchte, seine Stephansdom-Zeichnung auf Metall zu übertragen, aber Elena hatte recht. Die Zeichnung hatte so viele kleine Linien, die er mit dem Grabstichel nicht annähernd genau in die Platte ritzen konnte. Nach ein paar Stunden gab er entnervt auf und ging ins Haus.

Elena hatte ihm etwas Brot in die Küche gelegt. Kein Sabbatbrot, weil Eier in letzter Zeit viel zu teuer geworden waren. Es war ein trockener, flacher Brotlaib, den sie am Morgen gebacken hatte, ein kläglicher Ersatz.

Immerhin hatte sie ihm etwas übrig gelassen, wohl eine Art Friedensangebot. Er nahm sich den Teller, strich ein wenig der kostbaren Aprikosenmarmelade auf die Brotscheiben und ging damit ins Esszimmer, wo er ein bisschen

Holz nachlegte. Dann sah er sich vorsichtig im Zimmer um, ob Elena sich nirgends versteckt hatte, und sagte schnell das Sabbatgebet auf.

Einige Stunden später ging Christoph unruhig in seiner Dachkammer auf und ab. Er konnte nicht einschlafen, weil er sich bang fragte, wie er jemals eine Gravurplatte anfertigen sollte, die Herrn Bergmanns Ansprüchen genügte.

Plötzlich trat Elena in sein Zimmer, ohne anzuklopfen, genau wie Herr Bergmann heute in die Werkstatt geplatzt war. Sie ging zu seinem Bett und setzte sich auf den Rand.

»Christoph.« Leise sagte sie seinen Namen. Wütend war sie nicht mehr.

Christoph blieb stehen wie angewurzelt, gerade so weit weg von Elena, dass er sie fast hätte berühren können.

»Danke für das Brot«, sagte er. »Es war gut.«

»Nein, war's nicht«, sagte sie trocken. »Aber es war das Beste, was ich aus diesen Zutaten machen konnte.« Sie faltete die Hände im Schoß. »Ich konnte nicht schlafen. In der Werkstatt hätte ich nicht so mit dir reden dürfen. Du hast so viel getan, um uns … meinem Vater … zu helfen.« Sie sah auf ihre Hände herab. »Ich weiß, dass du keiner von denen bist und dass du keine andere Wahl hast, als für sie zu arbeiten.«

Christoph trat einen Schritt vor. Sie waren sich so nahe, dass sie sich beinahe berührten.

»Du weißt, dass ich niemals etwas täte, was dir schadet.« Er legte ihr die Hände auf die Schultern.

Sie zitterte ein bisschen und stand auf. Bevor sie das Zimmer verlassen konnte, bevor sie die Treppe hinunterrennen konnte, zog er sie zu sich heran. Er schlang die Arme um sie und hielt sie ganz fest. Wenn es jemals einen perfekten Augenblick in seinem Leben gegeben hatte, so war es dieser. Elena in seinen Armen, ihr Duft, ihre Wärme, ihre Wange an seiner.

»Wir werden sie bekämpfen«, sagte sie. »Und wir werden gewinnen. Zusammen.«

In Christophs Ohren klang das, als wolle sie mit ihm zusammen sein. Was auch immer sie taten, sie würden es gemeinsam tun. Er wusste, dass sie nicht haargenau das gesagt hatte, erwiderte aber: »Ich will, dass wir immer zusammen sind, du und ich.«

Sie stellte sich auf die Zehenspitzen, kam mit ihrem Gesicht ganz nah an seins heran und küsste ihn.

Als ihre Lippen sich berührten, konnte er einen Moment lang nicht atmen.

Von diesem Augenblick hatte er seit jenem Tag im verschneiten Wald geträumt, als sie sich einen Abschiedskuss gegeben hatten. »Ich mag keine Abschiede«, hatte sie gesagt. Es war ein Kuss der Verzweiflung gewesen, voller Traurigkeit darüber, dass er sie vielleicht nie wiedersehen würde.

Dieser Kuss jedoch war langsamer, weicher, süßer. Ein Anfang, kein Ende.

Christoph tastete nach ihrem Nachthemd und versuchte, die obersten Knöpfe zu öffnen. Sie legte ihre Hand auf seine, anscheinend wollte sie, dass er aufhörte. Also ließ er die Hände sinken und löste sich aus dem Kuss. Er trat einen Schritt zurück, schwer atmend. Ihre Wangen waren rot gefärbt.

»Es tut mir leid«, sagte er. Es tat ihm nicht leid.

Schnell knöpfte sie ihr Nachthemd auf, zog es über den Kopf und ließ es zu Boden fallen. Unter dem Kleidungsstück war sie ganz nackt. Als er sie so sah, mit ihrer wunderschönen hellen Haut, ihren sanft geschwungenen Brüsten, öffnete er vor lauter Staunen den Mund.

»Gefällt dir nicht, was du siehst?«

In ihrer Stimme schwang eine leichte Schärfe mit, eine gewisse Härte, die ihr etwas Stures, Albernes und gleichzeitig Brillantes, Wunderbares verlieh. Es war dieselbe Kraft, die sie zum Widerstand antrieb.

Sie war atemberaubend. Jede Linie und Kurve ihres Körpers war von einer Perfektion, die er niemals erreichen konnte, sollte er später einmal versuchen, sie aus dem Gedächtnis zu zeichnen.

Er legte ihr eine Hand auf die Schulter und zog mit dem Daumen sanft den Schwung ihres Schlüsselbeins nach. Genauso hätte er die Linie gezeichnet, wäre seine Hand ein Stück Kohle und ihre Haut ein weißes Blatt Papier gewesen. Er fuhr von ihrer Schulter zum Brustbein, verharrte dort kurz und tastete sich dann weiter nach unten. Noch nie hatte er eine Frau auf diese Art berührt. Und doch bewegte sich seine Hand, als wüsste sie instinktiv, was sie tun musste. Als wäre es genauso leicht, sie zu berühren, wie es gewesen war, sie zu zeichnen.

»Du bist so schön«, flüsterte er mit rauer Stimme.

Er hob sie hoch und legte sie aufs Bett. Ihr Körper lag ganz entspannt in seinen Armen, und er dachte an nichts anderes mehr. Nicht an die Deutschen, nicht an die Briefmarken, nicht an die große Gefahr, in der sie schwebten. Nur an Elena. An ihre weiche Haut.

»Christoph.« Sie sprach seinen Namen nicht fragend oder befehlend aus, sondern Gewissheit verkündend.

Sie wollte es genau so sehr, wie er es wollte.

Oxford, 1989

Während der Zugfahrt nach Oxford sehe ich viel unscharfes Grün, das vor dem Fenster vorbeiwischt. Ich betrachte die Hügel und die kleinen Dörfer, die an uns vorbeiziehen, während Benjamin neben mir sitzt, seine Dodgers-Mütze tief ins Gesicht gezogen.

Als ich heute Morgen aufgewacht bin, war er weg. Aber er hatte mir einen Zettel hinterlassen. Um neun würde ein Zug fahren, ich sollte ihn um halb neun in der Lobby treffen. Keiner von uns erwähnte den gestrigen Abend. Überhaupt redeten wir nicht viel im Taxi nach Cardiff Central.

Ich vermute, er hat einen Kater, also lasse ich ihn in Ruhe. Auch im Zug sprechen wir kaum miteinander. Ich starre aus dem Fenster, fasziniert von all dem Grün.

Als wir in Oxford ankommen, nieselt es wieder, aber wir gehen trotzdem zu Fuß zur Uni.

Ich bestaune den wunderschönen Campus. Die Gebäude bestehen aus hellem Stein und sind mit Türmchen und Kuppeln versehen. Man fühlt sich wie in einer Märchenkulisse, nicht wie an einer Universität. Wahrscheinlich kommen König Arthur oder Sir Gawain gleich um die Ecke geritten.

Tatsächlich entdecke ich bloß ganz normale Studenten. Die Jungs in Sweatshirts und hochgekrempelten Jeans, die Mädchen mit Dauerwellen und hochtoupiertem Pony. Sie würden nach Westwood passen. Die UCLA-Studenten sehen genauso aus.

Benjamin schiebt seine Mütze ein Stückchen nach oben und erklärt mir, dass Dr. Grimes vor vielen Jahren Saras Doktorvater gewesen ist.

Wir gehen nebeneinander her. Er achtet sorgfältig darauf, mir nicht zu nahe zu kommen, nicht versehentlich meine Schulter zu berühren und schon gar nicht meine Hand zu nehmen, so wie gestern Abend.

»Dann hat Ihre Frau sich also mit der Geschichte des Zweiten Weltkriegs beschäftigt?« Ich versuche mir Benjamin als verheirateten Mann vorzustellen. Als Ehemann einer Akademikerin.

Er nickt und zieht einen Zettel aus seiner braunen Lederjacke, dann kontrolliert er die Adresse. »Hier entlang«, sagt er. »Da ist die George Street.«

Ich folge ihm zu einem dreieckigen Gebäude, das mehr nach einer Kirche als einem Universitätsbau aussieht, aber ein Schild im Flur bestätigt, dass wir am richtigen Ort sind, der Fakultät für Geschichte.

Das Büro von Dr. Grimes liegt eine Etage höher. Benjamin führt mich die Treppe hinauf, langsamen Schrittes. Denkt er an Sara und daran, dass sie diesen Weg vor vielen Jahren gegangen sein muss? Ich denke jedenfalls an sie, sehe sie vor mir. Sie ist klein, hat braunes Haar, das sie in einem Bob trägt, und frappierend grüne Augen.

»Ben Grossman, verdammt, wie geht es Ihnen?« Dr. Grimes ist aus seinem Büro herausgekommen und empfängt uns oben an der Treppe, als hätte er uns bereits erwartet. Vermutlich hat Benjamin ihm durchgegeben, mit welchem Zug wir ankommen würden.

Er ist älter und korpulenter, als ich ihn mir vorgestellt habe. Sein Haar wirkt schütter, und er trägt einen Tweedsakko, der mindestens zwei Nummern zu groß ist. Er streckt mir die Hand entgegen.

»Ich bin Katie«, stelle ich mich vor.

»Schön, Sie kennenzulernen, Katie.«

»Das ist die Kundin, von der ich Ihnen am Telefon erzählt habe«, sagt Benjamin.

Dr. Grimes bittet uns in sein Büro. Drinnen ist es schummrig. Überall stehen Bücherregale, die ihren Inhalt kaum fassen können. Es müssen Tausende von Büchern sein, anscheinend völlig ungeordnet. Dr. Grimes befreit zwei Stühle vor seinem Schreibtisch von einigen Werken, und wir setzen uns. Ich hole Elenas Brief aus meiner Tasche und reiche ihn über den Schreibtisch hinweg.

»Ich habe ihn schon am Telefon auf den neuesten Stand gebracht«, sagt Benjamin zu mir, während Dr. Grimes sich seine Lesebrille aufsetzt und den Umschlag samt Marke genau untersucht.

»Die Blume.« Mit seinem Wurstfinger fährt er vorsichtig über die Plastikhülle. »Beeindruckend, wie geschickt sie im Motiv versteckt wurde, nicht? Kaum sichtbar.« Er erhebt sich und holt ein Buch aus dem Regal hinter seinem Schreibtisch. Obwohl alles so unordentlich wirkt, scheint er genau zu wissen, wo sich was befindet und wonach er sucht.

Er legt das Buch auf den Tisch, blättert die richtige Seite auf und deutet dann auf eine Stelle, die er uns zeigen möchte.

»Schauen Sie mal«, sagt er.

Oben auf der Seite steht: *Die Nazi-Briefmarkenverschwörung.* Darunter ist eine deutsche Marke abgebildet, mit dem Profil eines Mannes, den ich nicht kenne. Ich überfliege die Passage, aber er beginnt mit seiner Erklärung, bevor ich weiß, was da steht.

»Während des Krieges bekämpften die Leute die Deutschen auf unterschiedliche Art und Weise. Mit roher Gewalt kam man ihnen ja nicht bei. Also konzentrierte man sich auf Dinge, die weniger offensichtlich waren. Am Anfang benutzten die Leute Briefe, um sich gegenseitig geheime Botschaften zu schicken. Sie veränderten etwa bestimmte Wörter in Gedichten, aber da kamen die Deutschen bald dahinter. Dann fand man andere Methoden, um Botschaften durch Briefe zu übermitteln.«

»Briefmarken?«, frage ich.

Weiß Benjamin das? Für einen Briefmarkenignoranten wie mich ist es jedenfalls ziemlich überwältigend, was ich gerade erfahre.

»Ja, Briefmarken«, bestätigt Dr. Grimes und legt den Finger wieder ins Buch. »Diese hier war Teil eines Plans, Hitler zu stürzen. Die SOE, eine britische Spezialeinheit, steckte dahinter. Sie ließ Tausende von falschen Briefmarken mit Himmlers Gesicht statt mit Hitlers drucken.

Himmler war ein hoher Nazi. Man vermutete, dass er Hitler stürzen und selbst der Führer werden wollte. Also hatte jemand in der SOE die Idee, falsche Marken mit seinem Bild herzustellen und nach Deutschland zu schmuggeln, um die internen Machtkämpfe zu befeuern. Hitler sollte glauben, dass Himmler versuchte ihn abzusetzen. Dadurch sollte letztlich das ganze Regime stürzen.«

Jetzt blättert er zu einer anderen Stelle in dem Buch.

»Das Problem war nur, dass niemand es bemerkte. Also passierte auch nichts.«

Er deutet auf eine andere Marke, dieses Mal mit Hitlers Gesicht. So eine habe ich auch in meinem Briefmarkenführer gefunden. Auf dieser ist Hitler allerdings als Totenkopf dargestellt.

»Dann gab es die Operation Cornflakes«, fährt er fort. »Diese hübschen Marken klebten auf Propagandabriefen, auf denen *Futsches Reich* statt *Deutsches Reich* stand. Tausende davon wurden aus Flugzeugen abgeworfen, um Unterstützung für den Widerstand zu gewinnen. Man wollte einen Aufstand von unten anzetteln.«

»Und unsere Marke?«, frage ich. »War die ein Teil dieser Maßnahmen?«

Dr. Grimes zuckt mit den Achseln. »Ihre spezielle Marke habe ich noch nie gesehen. Aber um damals in Europa eine Briefmarke zu fälschen …«

»Dann halten Sie sie also für eine Fälschung?«, unterbreche ich ihn.

Er nickt. »Meiner Meinung nach gab es damals nur wenige gute Gründe, eine solche Marke zu fälschen.«

Benjamin und ich starren ihn beide an, atemlos. Wir wollen hören, was als Nächstes kommt.

»Zum Beispiel, wenn man etwas zu sagen hatte und keine andere Möglichkeit dafür sah. Wenn man die Deutschen bekämpfte und nicht wollte, dass sie Wind davon bekamen. Da gab es kaum einen eleganteren Weg, als einen unverfänglichen Brief mit einer geheimen Botschaft in der Marke zu versenden. Genial, im Grunde.«

»Eine Blume?«, sage ich. »Auf einem Liebesbrief?«

»Klar«, erwidert Dr. Grimes. »Das wirkt ganz unschuldig. Ich nehme an, es ist gar kein echter Liebesbrief. Die verkehrt aufgeklebte Marke ist vielleicht ebenfalls eine Botschaft. Vielleicht haben sie versucht, es wie einen harmlosen Liebesbrief aussehen zu lassen. Wer würde dahinter etwas anderes vermuten?«

Miriam hat behauptet, ihre Schwester sei in Christoph verliebt gewesen. Für ihn hätte sie die Chance auf ein sicheres Leben in England aufgegeben und sei bei ihm in Österreich geblieben.

Ich wünsche mir, dass Dr. Grimes nicht recht hat, und will, dass es ein Liebesbrief ist. Ich will, dass Elena und Christoph sich gefunden und geliebt haben. Und ich will, dass diese Briefmarke der Beweis dafür ist.

Ich sehe zu Benjamin hinüber. Er grinst und wirkt so aufgeregt, wie ich ihn bisher nie erlebt habe.

»Na klar«, sagt er mit einer Stimme, die sich fast überschlägt. »Das ergibt alles einen Sinn.«

»Was soll die Blume dann bedeutet haben?« Ich bin weiterhin skeptisch. »Das ist doch nur eine Blume.«

Dr. Grimes hebt die Hand.

»Es ist nicht einfach irgendeine Blume, meine Liebe, sondern ein Edelweiß. In Deutschland und Österreich ein Symbol für Liebe und Reinheit, aber schwer zu beschaffen. Es wächst nur auf dem unwirtlichsten Terrain. Viele Männer sind bei dem Versuch umgekommen, ein Edelweiß für ihre Liebste zu pflücken. Aber manchmal gelang es, und so wurde die Blume zum Symbol dafür, Widerstände zu überwinden.«

Ich beuge mich über den Schreibtisch und betrachte die Marke noch einmal mit dem Wissen, das Dr. Grimes uns gerade vermittelt hat. Ein Symbol dafür, Widerstände zu überwinden …

Miriam erklärte uns gestern, dass es als *Zeichen glücklichen Mutes* gelte.

»Was ist mit Christoph Müller, Friedrich Fabers Lehrling?«, fragt Benjamin. »Haben Sie von ihm schon einmal gehört?«

Dr. Grimes lehnt sich zurück und verschränkt die Arme vor dem üppigen Bauch. »Leider nein.« Er denkt kurz nach. »Die Briefmarken der Nazis wurden vom Ministerium herausgegeben und nicht mit einzelnen Graveuren in Verbindung gebracht, so wie vor dem Krieg oder heute. Ich weiß jedenfalls nichts über ihn. Sie, Ben?«

»Ich auch nicht«, erwidert Benjamin. »Wahrscheinlich hat er nach dem Krieg keine Briefmarken mehr hergestellt.«

»Gut möglich, dass er viele Marken für die Nazis gemacht hat«, sagt Dr. Grimes. »Oder auch nicht. Vielleicht war das ja seine einzige.«

Er senkt die Stimme.

»Wenn er Briefmarken gefälscht und für den Widerstand gearbeitet hat, ist er wahrscheinlich irgendwann geschnappt und getötet worden.«

»Und wenn nicht?«, frage ich. Ich hoffe, dass sowohl Dr. Grimes als auch Benjamin unrecht haben.

»Ihr Optimismus gefällt mir, Katie«, brummt Dr. Grimes. »Nun, wenn er nicht geschnappt wurde, kann alles Mögliche passiert sein. Er könnte überall sein, tot oder sehr lebendig.«

Es schüttet, als Benjamin und ich Dr. Grimes Büro verlassen und wieder auf die Straße treten. Der starke Regen macht es unmöglich, die Schönheit der Gebäude zu bewundern. Die Nässe kriecht durch meine dünne Jacke. Mir ist schrecklich kalt, ich zittere und verspüre plötzlich Heimweh nach L. A., wo immer die Sonne scheint.

Benjamin bemerkt das und macht Anstalten, nach meinem Arm zu fassen, überlegt es sich dann anders und holt den Regenschirm aus seinem Rucksack. Er spannt ihn auf, hält ihn über meinen Kopf und duckt sich auch selbst darunter.

»Glauben Sie, dass Dr. Grimes recht hat?«, frage ich Benjamin, als wir im Zug nach Cardiff sitzen.

»Womit?«

»Damit, dass es vielleicht gar kein Liebesbrief ist?«

»Macht das einen Unterschied?«, fragt Benjamin.

»Wahrscheinlich nicht«, gebe ich zurück, aber irgendwie macht es für mich einen.

»Ich dachte erst, Sie meinen seine These, dass dieser Brief ein Teil des Widerstands war.« Man hört seiner Stimme die Aufregung an. »Ich glaube, das kann durchaus so gewesen sein. Dann hätten wir tatsächlich was in der Hand.«

Zuerst denke ich, Benjamin redet über Geld. Über den Wert der Marke. Dann merke ich, dass es ihm wohl darum geht, etwas Neues zu entdecken, etwas Geschichtliches, einen bislang unbekannten Aspekt des Krieges.

Wir haben eine Geschichte. Ob es nun auch eine Liebesgeschichte ist, muss man abwarten.

»Wenn wir wieder in L. A. sind, werde ich nach Christoph suchen«, sage ich.

Ich werde sämtliche Kontakte spielen lassen, die Jason mir vermittelt hat. Ist das die Geschichte, die ich für ihn schreiben werde? Eine Geschichte über Christoph, den Widerstand und eine geheime Botschaft in einer Briefmarke?

»Ich auch«, erwidert Benjamin. »Wenn er Briefmarkengraveur war, hat vielleicht ein Philatelist von ihm gehört.«

Aber Dr. Grimes hat noch mehr erzählt. Von den Gefahren, für die Nazis zu arbeiten, und von den Gefahren, gegen sie zu arbeiten.

Werden wir überhaupt etwas herausbekommen? Oder ist Christoph nichts weiter als ein Geist?

Österreich, 1939

Während sie einen Plan schmiedeten, um Friedrich außer Landes zu bringen, konnte sich Christoph kaum auf die Gravurplatte für Herrn Bergmann konzentrieren. Zumal Elena direkt neben ihm an den falschen Papieren für ihren Vater arbeitete.

Als diese endlich fertig und auf dem Weg zu Josefs Freund waren, dem Drucker in Wien, versuchte Elena sich an der Stahlplatte, worüber Christoph sehr froh war. Er war davon überzeugt, dass sie die geschicktere Graveurin war und eine bessere Platte anfertigen konnte als er.

Wenn Herr Bergmann und der Führer wüssten, dass ihre Platte von einer Frau gestochen wurde, einer Jüdin noch dazu … Dieser Gedanke gefiel Christoph außerordentlich gut.

Tagsüber und in der Werkstatt redeten er und Elena kaum miteinander, es sei denn, über die Arbeit, und auch dann nur das Nötigste. Reich mir dies, gib mir das. Ihre ganze Energie richteten sie auf die Aufgaben, die vor ihnen lagen. Trotzdem fragte Christoph sich jeden Tag, ob Elena am Abend wohl wieder in sein Zimmer, in sein Bett käme.

Und jeden Abend kam sie. Nach dem Abendessen folgte sie ihm die Treppe hinauf in die Dachkammer, schlüpfte unter seine Decke und klammerte sich an ihm fest. Manchmal redeten sie überhaupt nicht, sondern liebten sich nur und schliefen danach ein.

An anderen Abenden, wenn Elena ihn daran erinnerte, dass sie vorsichtig sein mussten, weil sie kein Kind wollten, unterhielten sie sich stundenlang im Dunkeln. Diese Welt unterschied sich völlig von der während des Tages in der Werkstatt. Des Nachts in seinem Bett befanden sie sich nicht mehr im von den Nazis besetzten Österreich, sondern an einem Ort, wo alles gut war und sie in Sicherheit waren. Es gab nur sie beide.

Elena erzählte ihm, dass sie eigentlich nie vorgehabt hatte, das Handwerk ihres Vaters zu erlernen. Vielmehr habe sie davon geträumt, Literatur zu studieren und später solche Bücher zu schreiben, wie sie ihr selbst gefielen. Ihr liebstes englisches Buch hieß *Little Women*. Friedrich hatte es ihr vor vielen Jahren aus Amerika mitgebracht. Damals war sie zu klein gewesen, um es verstehen zu können. Dann lernte sie Englisch und fand Gefallen an dem Roman.

»Ich bin wie Amy«, sagte sie zu Christoph, nachdem sie ihm alle Schwestern beschrieben hatte.

»Aber sie ist die Jüngste?«, sagte er verwirrt.

»Ja, aber auch ein leidenschaftlicher Mensch, eine Künstlerin. Sie bekommt, was sie will. Am Ende kriegt sie Laurie.«

»Bin ich dann Laurie?«, fragte er leichthin.

Er hoffte, sie würde Ja sagen. Er wollte der Mensch sein, den sie am Ende bekam.

Sie lachte, drehte sich zu ihm hin und küsste ihn. Er legte die Hände auf ihre Wangen und erwiderte den Kuss. Er hätte sie ewig küssen können. Oder wenigstens die ganze Nacht hindurch. Bis sie so müde waren, dass sie einschliefen.

Elena nickte manchmal mitten im Satz ein. Sie war so erschöpft, legte sich aber erst hin, wenn ihr Körper vollkommen am Ende war. Christoph versuchte länger wach zu bleiben als sie, um jeden Moment mit ihr auszukosten.

»Ich liebe dich«, flüsterte er in ihr Haar, wenn er ganz sicher war, dass sie eingeschlafen war. Er traute sich nicht, es ihr zu sagen, wenn sie wach war. Vielleicht würde sie ihm nicht antworten, vielleicht liebte sie ihn nicht. Vielleicht würde sie eines Tages verschwinden, auf dem Weg zu ihrem Vater oder zu Josef. Einfach so.

Als Friedrichs Papiere fertig und alle Reisevorbereitungen endlich erledigt waren, fiel auf, wie viel Gewicht er verloren hatte. Er wirkte alt, gebrechlich, kaum wiederzuerkennen. Josef fand, das sei ein Vorteil. Die Deutschen würden ihn nicht mehr erkennen.

Christoph jedoch sorgte sich, dass Friedrich die lange Überfahrt nicht überleben würde, selbst wenn er die Deutschen zum Narren halten konnte. Eine andere Wahl hatten sie allerdings nicht. Friedrich musste fort, sonst würde er sicher sterben.

Am Tag vor der geplanten Abreise besprach Elena die letzten Details mit Josef auf dessen Hof, während Christoph die Gravurplatte, die er gemeinsam mit Elena bearbeitet hatte, in die Waldhütte zu Friedrich brachte.

Christoph hatte Friedrich nicht mehr unter vier Augen gesprochen, seit Elena zurückgekehrt war, darum war er ein wenig nervös. Würde Friedrich merken, was er für Elena empfand? Christoph bezweifelte, dass er gutheißen würde, was Elena und er jede Nacht in seinem Bett trieben.

»Mein Junge, deine Linien sind noch immer zu schlampig«, sagte Friedrich, nachdem er einen Blick auf die Gravurplatte geworfen hatte.

Seine Stimme klang rau, aber sein Tonfall war nicht anders als sonst. Anscheinend war er nicht wütend. Christoph erwähnte nicht, dass einige der Linien von Elena gezogen worden waren, und auch nicht, dass sie ihm dabei half, eine Briefmarke für das Deutsche Reich zu entwerfen.

Friedrich gab ihm einen Klaps auf die Schulter. »Insgesamt gesehen ist das aber sehr gut. Du hast es weit gebracht, machst eine Briefmarke für die Deutschen.«

»Das will ich nicht«, erwiderte Christoph. »Aber ich habe keine Wahl.«

»Manchmal kann man den Feind nur bekämpfen, wenn man so wird wie er«, bemerkte Friedrich.

Christoph nickte, auch wenn ihm die Vorstellung zuwider war, so zu werden wie der Feind.

Friedrich gab ihm die Platte zurück. Einen Augenblick lang herrschte Stille. Er musterte Christoph, die Augen weit aufgerissen, als könnte er alles sehen, was der vor ihm zu verbergen suchte, alles, worüber sie nicht sprachen.

Christoph fühlte sich wie nackt ausgezogen. Sollte er etwas sagen? Aber was? Sollte er sich entschuldigen? Er wusste jedoch nicht, wofür. Er liebte Elena.

»Wirst du dich gut um sie kümmern?«, sagte Friedrich schließlich. Mit seinen schwachen Fingern packte er Christophs Arm.

»Ja, das werde ich.«

Friedrich ließ Christoph los, seufzte leise auf und lehnte sich gegen die Wand. »Wirst du ihr ein Edelweiß bringen?« In seiner Stimme lag traurige Resignation.

Christoph dachte daran, dass Friedrich vor vielen Jahren die Edelweiß-Briefmarke aus einem bestimmten Grund entworfen hatte. Als Zeichen der Liebe zu Frau Faber. In diesem Moment wurde er von einer großen Traurigkeit erfasst, denn Frau Faber war nicht mehr bei Friedrich. Er würde allein nach Amerika aufbrechen müssen, ohne sie und ohne um ihr Schicksal zu wissen.

Friedrich hatte versucht, ihr alles zu geben, und dann war sie ihm entrissen worden, einfach so, vollkommen sinnlos. Seit ihrem Verschwinden waren Monate vergangen, und mit jedem Tag schwand die Hoffnung, dass es ihr gut ging und es zu einem Wiedersehen kommen würde.

Christoph hatte gelesen, dass Hitler bei Ausbruch eines Krieges die Juden Europas vernichten wollte. Zudem gingen Gerüchte um, dass das Arbeitslager in Mauthausen jeden Tag größer wurde. Das sorgte für schlaflose Nächte bei ihm, obwohl Elena in seinen Armen schlummerte.

»Versprich mir, dass Elena nichts zustoßen wird«, sagte Friedrich besorgt und reuevoll. Vielleicht machte er sich

Vorwürfe und glaubte, er habe Schuld am Schicksal seiner Frau. Das stimmte natürlich nicht. Christoph wollte ihm das klarmachen, aber Friedrich wiederholte noch einmal lauter: »Versprich mir das.«

»Ich verspreche es.« Christoph würde nicht zulassen, dass Elena dasselbe Los ereilte wie Frau Faber. Auf gar keinen Fall.

Am nächsten Morgen geleiteten Christoph und Elena Friedrich durch den Wald zum Hof der Bauers, wo bereits ein Automobil wartete. Den Fahrer hatte Christoph noch nie gesehen. Elena erklärte, es sei Heinrich Schwann, ein Bekannter aus der Schule. Heinrich war kein Jude wie Elena und Josef. Aber auch kein Nazi, eine Kombination, die man in und um Großenburg immer seltener antraf.

Schwann würde Friedrich, nein, Charles Darnay, über die Grenze nach Deutschland und bis nach Bremen fahren. Dort würde Friedrich ein Schiff besteigen, das in drei Tagen nach New York ablegte. Wenn alles gut ging, würde Friedrichs Freund, Herr Leser, ihn in New York vom Schiff abholen. Die Reise würde lange dauern. Aber alles war genau geplant. In einigen Wochen würde Friedrich in Sicherheit sein.

»Ich wünschte, du würdest mit mir kommen.« Friedrich umarmte Elena lange, bevor er ins Auto stieg.

Alle wussten, dass das unmöglich war. Sie hatten es Friedrich mehrmals erklärt. Elena hatte weder Papiere noch Geld für eine Schiffspassage.

Josef trat ein paar Schritte zurück, um Elena und ihrem

Vater einen ungestörten Abschied zu ermöglichen, und Christoph machte dasselbe.

»Bald«, tröstete sie Friedrich. »Wir kommen nach Amerika, sobald wir können.« Dann umarmte sie ihn fest.

In ihren Augen standen Tränen, die Christoph geflissentlich übersah, denn er wusste, dass Elena sich nicht gern schwach zeigte. Er verstand jedoch nur zu gut, was in ihr vorging, und hätte am liebsten selbst geweint.

»Ich werde Mutter und Miri suchen, und dann kommen wir alle zusammen nach Amerika. Ganz bald«, versprach sie ihm.

»Wisst ihr, wie ihr Gideon Leser erreichen könnt?«, fragte Friedrich. »Wenn ihr nach Amerika kommt, werdet ihr ihn treffen. Und mich auch.«

Christoph dachte an den Brief, den Elena geschrieben und den er an Herrn Leser geschickt hatte.

Elena versicherte ihrem Vater, sie wisse ganz genau, wo sie Herrn Leser finden würden. Dann ließ sie ihn los, und er stieg ins Auto ein.

»Bald werden wir uns wiedersehen«, rief sie ihm nach, als das Auto losfuhr.

Dann waren nur noch die Reifenspuren im Schnee zu sehen. Elena wollte sich einfach nicht von ihrem Vater verabschieden, genauso wie damals von Christoph.

Josef legte den Arm um Elena, was Christoph missfiel. Ihm war jedoch klar, dass Elena traurig war und Josef sie bloß trösten wollte. Sie alle waren traurig.

»Wir haben eine gute Entscheidung getroffen«, sagte Josef zu Elena. »Wir haben ihn gerettet.«

Elena, die versuchte die Tränen zurückzuhalten, nickte bloß. Christoph konnte den Blick nicht von Josefs Arm abwenden, der da über Elenas Nacken lag. Nicht von seinen Fingern, die ihr besitzergreifend die Schulter drückten.

»Nächste Woche geht wieder ein Kindertransport nach London, und ich werde dich persönlich hineinsetzen«, sagte Josef zu ihr.

Elena schüttelte seinen Arm ab.

»Ich bin kein Kind«, zischte sie.

»Du bist zurückgekommen, um deinem Vater zu helfen, und das hast du geschafft. Nun musst du dir selbst helfen«, sagte Josef ruhig.

»Ich fahre nirgends hin.« Sie sah zu Christoph, als wäre ihr gerade erst eingefallen, dass er auch da war.

Josef blickte Christoph mit kaum verhohlener Feindseligkeit an.

Christoph brauchte Elena. Er wollte sie nicht gehen lassen, weder aus seinem Bett noch aus der Werkstatt. Er brauchte ihre Hilfe, um die Briefmarkenvorlagen herzustellen, die ihnen das Leben retten würden.

Außerdem hatte er Friedrich versprochen, sie in Sicherheit zu bringen. Er konnte sie nur beschützen, wenn sie bei ihm blieb. Er würde es sich niemals verzeihen, wenn die Deutschen herausbekamen, dass sie noch da war, und sie fortschleiften.

»Ich …«, begann er, beendete den Satz aber nicht.

Elena drehte sich um und wandte sich wieder Josef zu.

»Ja, ich habe meinem Vater geholfen«, sagte sie. »Aber

was ist mit meiner Mutter? Und mit den vielen anderen? Christoph und ich können weitere Papiere fälschen. Damit bekommen wir viele Leute aus Österreich hinaus.«

»Wenn ihr weiter Papiere fälscht, werden sie euch irgendwann auf die Schliche kommen«, sagte Josef. »Sie würden euch erschießen, ohne zu zögern.«

Plötzlich sah Christoph vor seinem inneren Auge, wie die weiße Haut von Elenas Brust aufriss und Blut darüber hinwegströmte. Er bekam keine Luft mehr.

»Du solltest auf Josef hören und nach London fahren«, hörte er sich sagen.

Elena sah ihn wieder an. Sie schaute drein, als sei sie tatsächlich verletzt worden. Nicht von einem deutschen Gewehr, sondern von ihm. Sie funkelte ihn böse an und blickte zwischen ihm und Josef hin und her.

»Ihr seid beide Dummköpfe«, zischte sie, drehte sich um und stürmte in den Wald hinein.

Christoph wollte ihr nachsetzen, doch Josef hielt ihn zurück.

»Sie muss sich erst beruhigen«, sagte er. »Du kannst mit ihr reden, wenn sie die Abreise ihres Vaters verarbeitet hat.«

»Sie wird niemals nach London fahren«, sagte Christoph leise.

Warum hatte er nicht den Mund gehalten? Hier, bei ihm, wäre Elena an einem besseren Ort als ganz allein im Wald.

»Ohne ihre Mutter wird sie nicht fahren. Außerdem will sie kämpfen. Das können wir ihr nicht ausreden.«

Josef nickte. Das war ihm klar, aber einen Versuch war es wert. Er bat Christoph, kurz zu warten, während er etwas aus dem Haus holte. Ein paar Minuten später war er zurück und zog eine Pistole aus der Manteltasche, die er Christoph in die Hand drückte.

Das eiskalte, glatte Metall brannte auf der nackten Haut. Vom Gewicht und der Kälte des Objekts lief es ihm eiskalt über den Rücken. Nie zuvor hatte er eine Waffe in der Hand gehalten, niemals den Wunsch dazu verspürt.

»Warum gibst du mir die?«, fragte Christoph.

»Manche Sachen kann man mit einem Grabstichel nicht erledigen«, gab Josef zurück.

Ein Visum fälschen, eine illegale Gravurplatte anfertigen … das mochte zu schaffen sein. Die Deutschen mit Waffengewalt zu bekämpfen war etwas ganz anderes.

»Ich will sie nicht«, sagte Christoph. Er versuchte, Josef die Pistole zurückzugeben.

»Du wirst sie brauchen«, sagte Josef und drängte sie Christoph wieder auf.

Christoph wusste, dass Herr Bergmann unangekündigt in die Werkstatt platzen konnte. Er malte sich aus, was passieren würde, wenn er die Pistole in die Hand nahm, damit auf Herrn Bergmanns große Stirn zielte und den Abzug betätigte. Doch dann zog Herr Bergmann blitzschnell seine eigene Waffe und schoss Elena in den Kopf.

Die Pistole fühlte sich furchtbar schwer an. Christoph bekam Schweißausbrüche und Schwindelgefühle. Er drehte sich um und übergab sich in den Schnee.

»Jesses«, sagte Josef und nahm ihm die Pistole ab. »Wenn

sich dir jetzt schon der Magen umdreht … Vielleicht sollten wir lieber dich in den Kindertransport setzen.«

Christoph wischte sich mit dem Handrücken den Mund ab. Josef schüttelte tadelnd den Kopf und steckte sich die Pistole in den Hosenbund.

Los Angeles, 1989

Als ich mein Haus betrete, fühlt es sich an, als wäre ich wochenlang weg gewesen, nicht bloß ein paar Tage. Ich habe grausige Kopfschmerzen. Das ist der Jetlag, schlimmer als jeder Kater, den ich jemals durchleiden musste. Aber ich fühle mich auch leer.

Ich bin wieder allein. Benjamin und ich haben uns am Flughafen getrennt. Während der vergangenen Woche habe ich mich irgendwie an seine Anwesenheit gewöhnt.

»Wir sehen uns bald«, sagte er zum Abschied. Er beugte sich eine Winzigkeit in meine Richtung, als wollte er mich umarmen. Dann schien er es sich anders zu überlegen und streckte mir die Hand hin.

Ich ergriff sie und betrachtete unsere beiden ineinander verschränkten Hände. Dabei musste ich unwillkürlich daran denken, wie wir in Cardiff zusammen in meinem Bett eingeschlafen sind, Händchen haltend. Seitdem taten wir beide so, als sei das nie passiert.

Am Flughafen trennten wir uns dann mit einem Handschlag, der ein paar Sekunden zu lange dauerte.

Auf dem Weg ins Bett höre ich meinen Anrufbeantworter ab. Ich habe sieben Nachrichten. Die ersten fünf sind vom *Willows*. Mein Vater sei angeschlagen und rede wirr von meiner Mutter. Ich setze mich auf die Couch, mit zitternden Händen.

Ich bin um den halben Erdball geflogen und war weit weg, als mein Vater mich brauchte. So tief in die Lebensgeschichte, in die Familiengeschichte anderer Leute verstrickt, dass ich meine eigene vernachlässigt habe. Tausende Meilen entfernt von mir, hatte mein Vater zur selben Zeit massive Probleme.

Die Nachrichten stammen von meinen ersten zwei Reisetagen, danach hören sie auf. Ich hoffe, das bedeutet, dass es ihm besser ging, und nicht, dass das Heim einfach nicht mehr angerufen hat. Inzwischen ist es fast zehn, also zu spät, um dort anzurufen. Ich muss bis morgen früh warten, um Antworten zu bekommen.

Die nächste Nachricht ist von Daniel. Er möchte mit mir reden. Mehr sagt er nicht, und seine Stimmlage verrät mir auch nichts über sein Motiv. Aber ich bin sowieso zu müde, um mich damit auseinanderzusetzen.

Schließlich gibt es noch eine Nachricht von Gram, die hören will, wie es mir geht. Weil ich unseren Samstagsanruf verpasst habe. Habe ich etwa vergessen, ihr zu sagen, dass ich nach Wales fahre? Das hat sich so überraschend ergeben, dass ich es fast befürchte. Auch für sie ist es zu spät.

Meine Erschöpfung mischt sich mit Unruhe und Sorge wegen meines Vaters. Die Müdigkeit gewinnt die Oberhand, und noch auf der Couch sinke ich in einen tiefen Schlaf, in Grams Häkeldecke eingewickelt.

Um vier Uhr morgens wache ich auf. Zuerst weiß ich nicht, wo ich bin, und glaube, mich in Cardiff zu befinden. Aber die Luft ist zu warm und zu trocken, und Benjamin ist nicht da. Da begreife ich, dass ich zu Hause in Westwood bin. Dass mein Vater die ganze Woche über allein im Heim gesessen und eine schwierige Phase durchlebt hat.

Ich dusche und ziehe mich an, trinke zwei Tassen Kaffee, kann aber diese schreckliche Furcht, die sich mit dem Jetlag verbündet hat, nicht abschütteln. Am liebsten würde ich zum *Willows* eilen und mich davon überzeugen, dass es meinem Vater gut geht. Die Besuchszeit beginnt jedoch erst um acht. Inzwischen ist es sechs Uhr. Ich möchte Gram zurückrufen, aber ich habe Angst, sie aufzuwecken.

Gerade, als ich darüber nachdenke, klingelt das Telefon. Ich renne zum Apparat, bin mir ganz sicher, dass sie es ist. Niemand sonst würde mich so früh anrufen. Ich möchte sie fragen, ob sie etwas von meinem Vater gehört hat, und ihr natürlich alles über meine Reise erzählen.

Doch als ich abhebe, meldet sich Benjamin. Seine Stimme dringt so klar an mein Ohr, dass ich mich fast ein bisschen erschrecke.

»Hey«, sagt er.

Diese Begrüßung bin ich schon gewohnt. Es fühlt sich an, als befände er sich ein paar Zimmer weiter den Flur hinunter und wollte Pläne für den Tag mit mir besprechen. Als würden wir uns inzwischen gut genug kennen für eine dermaßen formlose, fast schon intime Morgenbegrüßung.

»Ich hab mir schon gedacht, dass Sie wach sind.«

»Bin ich«, erwidere ich. »Mein Körper hat keine Ahnung, wo er ist oder wie spät es ist.«

Er lacht auf. »Ja. Ich bin gestern Abend so früh eingeschlafen und mitten in der Nacht aufgewacht. Total gegen meinen üblichen Rhythmus.«

Ich lächele, weil es uns offenbar ähnlich ergangen ist.

»Wollen Sie mit mir frühstücken?«, fragt er rasch.

Ich habe den Eindruck, er ist von der eigenen Courage überrascht.

»Ich meine, weil wir beide wach sind. Da könnten wir zusammen einen Kaffee trinken gehen und uns über die nächsten Schritte unterhalten.«

»Ich muss meinen Vater vor der Arbeit besuchen. Es gab anscheinend Probleme im *Willows*, während wir weg waren.«

»Ach, das tut mir leid«, sagt er. »Na ja, wir müssen ja nicht …«

»Ich kann aber erst um acht ins Heim«, unterbreche ich ihn.

Ich will nicht, dass er sein Angebot zurückzieht. Ich möchte ihn treffen und darüber reden, wie wir Christoph aufspüren können, bevor ich mich wieder der Wirklichkeit stellen muss. Dem Heim, meinem Vater, der Arbeit, Daniel.

»Vielleicht könnten wir uns in Santa Monica treffen, dann wäre ich schon mal am richtigen Ort.«

»Okay«, sagt er. »Ich weiß aber nicht, ob wir Ihr Lieblings-Lauchwürstchen in Santa Monica auftreiben können.« Er klingt ganz ernst, so wie immer, aber ich glaube, er hat einen Scherz gemacht.

»Ich werd's überleben«, gebe ich zurück.

Eine Stunde später sitze ich mit Benjamin in *Pete's Café*, direkt gegenüber dem *Willows*. Er sieht müde aus. Seine braunen Locken wirken zerwühlt, aber seine blauen Augen strahlen heller als in Cardiff. Vielleicht wegen der Sonne, die gerade über den Hügeln aufgeht und durch die Fensterscheibe auf unseren Tisch scheint.

»Also, haben Sie einen Plan, wie wir weiter vorgehen sollen?«, will ich von ihm wissen.

Er zuckt mit den Achseln, wirkt etwas verlegen. »Eigentlich nicht. Ich … ich habe mich so daran gewöhnt, Sie in meiner Nähe zu haben. Ich wollte nicht allein frühstücken.«

»Sie waren auf Katie-Entzug?« Ich versuche, ironisch-fröhlich zu klingen. In Wirklichkeit habe ich mich auch an ihn gewöhnt und freue mich, ihn wiederzusehen.

»So was in der Art«, sagt er.

Ich schaffe es nicht, ihm in die Augen zu sehen, und gucke lieber aus dem Fenster. Der Himmel changiert zwischen Rosa und Lila. Diesen Farbton habe ich plötzlich lieb gewonnen, nach so viel Grau. L. A. ist einfach eine Schönheit, Smog hin oder her.

»Sie sollten Ihrem Dad von Miriam erzählen. Und von Christoph«, sagt Benjamin.

Endlich sehe ich ihn an. Er macht sich über seine Eier her, als hätte er seit Monaten nichts zu essen bekommen.

Ich habe keinen großen Appetit und stochere mit der Gabel in meiner Portion herum.

»Ich musste ihm versprechen, die Marke in Ruhe zu

lassen und seine Sammlung wieder zurückzuholen. Ich will ihn nicht beunruhigen.«

»Aber Sie sagten doch, er habe sein ganzes Leben lang Briefmarken gesammelt«, wendet Benjamin ein. »Er würde das richtig aufregend finden. Das wünschen wir uns alle, etwas Neues zu entdecken, etwas Wichtiges.«

Einen Schatz. Darum hat mein Vater so viele Jahre lang gesammelt und mich meine ganze Kindheit über jeden Sonntag auf Flohmärkte geschleppt.

Ich kann es mir kaum eingestehen, aber ich glaube nicht, dass mein Vater Begeisterung für das alles aufbringen könnte.

Wenn hier eine Geschichte verborgen ist, dann ist es wohl meine. Meine und Benjamins. Unsere. Ist es denn nicht das, was mein Vater sich die ganze Zeit gewünscht hat? Dass ich seine Sammlung erbe? Etwas damit anfange? Sie verstehe? Das wird es sein.

Benjamin schlingt den Rest seiner Eier hinunter. Ich werfe einen Blick auf die Uhr. Fast acht. Ich nehme einen Fünfer aus meiner Handtasche und lege ihn auf den Tisch. »Ich muss rüber«, sage ich. »Wir …«

Wir sehen uns später, hätte ich fast gesagt. Aber ich weiß nicht, ob das stimmt.

Benjamin beugt sich über den Tisch und legt seine Hand auf meine. »Rufen Sie mich an, wenn Sie was rauskriegen, ja?«

Seine Stimme klingt rau und stockend, als hätte er mehr zu sagen, traue sich aber nicht. Ich finde es schön, wie sich seine Hand anfühlt, und bleibe ganz ruhig sitzen. Vielleicht redet er ja weiter. Doch er schweigt, tätschelt sachte meine Hand und zieht seine dann weg.

Habe ich mir die Intimität dieser Geste eingebildet? War sie einfach nur nett gemeint?

Als ich das *Willows* betrete, bin ich ein bisschen traurig, weil ich gerne länger neben Benjamin gesessen und mit ihm geredet hätte. Mit seiner Hand auf meiner. Wenigstens ein paar Minuten.

»Mrs. Nelson«, ruft Sally, die an der Rezeption sitzt.

Ihre Stimme holt mich zurück in die Realität, zu einem Vater, der keine gute Woche hinter sich hat.

Ich winke ihr zu, und sie winkt zurück. Ihr riesiger Diamantring glitzert mit dem Kronleuchter im Foyer um die Wette. Dieser Ort wirkt ganz anders als das *Raintree* in Cardiff. Ich bin froh, dass mein Vater nicht in einem solchen Heim wohnen muss.

»Mrs. Nelson, wie schön, Sie zu sehen«, sagt Sally, als ich mich anmelde.

»Nennen Sie mich Katie«, bitte ich. Sie lächelt mich freundlich und erwartungsvoll an, aber ich sage nichts weiter. Ich will über meinen Dad reden, nicht über mich. »Wie geht's ihm?«, frage ich.

»Momentan hat er eine schlechte Phase«, räumt sie ein. »Die Feiertage sind für alle unsere Bewohner schwierig.«

»Ich habe Ihre Nachrichten bekommen. Ich war im Ausland.«

Sie hebt die Brauen. Wahrscheinlich hat sie mich nicht

für eine Frau gehalten, die verreist. »Ach, wie schade, wenn man Thanksgiving auf Reisen verbringen muss.«

Benjamin wollte über Thanksgiving nicht zu Hause sein, und ich bin froh, dass ich den Feiertag mit ihm zusammen verbracht habe. Trotzdem, ich habe ein schlechtes Gewissen, weil ich nicht da war, als mein Vater mich brauchte.

»Wie schlecht geht es ihm denn?«, will ich wissen. Es tut mir leid, dass das Personal mich so oft angerufen und nicht erreicht hat. Das ist noch nie vorgekommen. Dabei bin ich nur eine Woche nicht da gewesen.

Rational weiß ich, dass ich nichts Schlimmes getan habe, aber ich kann die Schuldgefühle nicht abschütteln.

»Ein paar Tage lang war er untröstlich. Er hatte sich in der Vergangenheit verirrt«, berichtet Sally. »Sie waren also in England?«

Ich nicke.

»Er hat dauernd von England und von Ihrer Mutter erzählt, also deswegen. Das war mir nicht klar.« Sie macht eine kleine Pause. »Wir dachten, Sie wären in L. A. Darum haben wir Sie angerufen. Manchmal hilft es nämlich, wenn die Patienten ein vertrautes Familienmitglied sehen. Das holt sie raus aus diesem Zustand.«

Plötzlich werde ich total traurig und kann die Tränen nicht zurückhalten.

»Aber Mrs. Nelson«, sagt Sally und legt mir ihre Hand auf den Arm. »Heute macht er mir keinen schlechten Eindruck. Er wird sich freuen, Sie zu sehen.«

Sie schiebt mich sanft Richtung Flur. Ich bedanke mich bei ihr und gehe los.

Als ich in seinem Türrahmen stehe, halte ich einen Moment inne und atme tief durch, bevor ich reingehe. Er sitzt in seinem Sessel am Fenster, bereits fertig angezogen. In seinem karierten Oberhemd und den beigefarbenen Hosen sieht er beinahe schick aus. Er trägt sogar einen Hut, einen alten braunen Bowler. Den hat er an den Wochenenden getragen, als ich klein war. Heute verdeckt der Hut sein lichtes graues Haar und lässt ihn jünger erscheinen.

»Daddy«, sage ich.

Diese Begrüßung ist ziemlich unüblich, aber sie kommt mir einfach über die Lippen, ohne dass ich etwas dagegen machen kann. Er blickt auf und sieht mich. Seine Miene verrät Überraschung. Ich wünsche mir so sehr, dass er mich erkennt.

Ich möchte das tun, was Benjamin mir beim Frühstück vorgeschlagen hat, und ihm von unserer Reise erzählen. Natürlich auch von der Marke, seiner Marke, die im Krieg vielleicht dazu benutzt wurde, eine geheime Botschaft zu übermitteln. Vielleicht war sie sogar Teil einer Liebesgeschichte zwischen einem Graveurlehrling und einer unglaublich couragierten jungen Frau.

»Du bist wieder da«, sagt er und winkt mich herein.

Er empfängt mich aber nicht mit der üblichen Begrüßung *Kate, die Große*. Ich bin mir nicht sicher, ob er mich tatsächlich erkennt oder für meine Mutter hält.

»Ich bin zurück«, sage ich und setze mich neben ihn. »Ich hab dich vermisst. Tut mir leid, dass ich an Thanksgiving nicht da sein konnte.«

»Du warst lange fort«, sagt er nachdenklich und starrt aus dem Fenster.

»Nur eine Woche«, gebe ich zurück. »In England und Wales war es wunderschön. Das hätte dir gefallen.«

»Du hättest dableiben sollen«, sagt er nicht unfreundlich, sondern sachlich. In meinen Ohren klingt das allerdings trotzdem wie eine Zurückweisung. Er will mich nicht. Er erkennt dich nicht, sage ich mir selbst.

»Ich wäre natürlich niemals dort geblieben«, sage ich. »Ich würde dich doch nicht allein lassen.«

Er nickt. Das weiß er. Irgendwo in seinem von der Krankheit zerfressenen Hirn bin ich noch gespeichert. Er muss mich ganz einfach erkennen.

Er sieht mich an und legt mir seine Hände auf die Arme. Ich atme aus. Ich sehe ihn, den Mann, den ich immer geliebt, dem ich immer vertraut habe. Meinen Dad. Ich bin mir ziemlich sicher, dass er mich auch sieht.

»Du musst Gid finden«, sagt er.

Der Name meines Großvaters. Ich bin nicht darauf vorbereitet, ihn in diesem Moment zu hören. Mein Großvater ist seit vielen Jahren tot, und mein Dad hat ihn lange nicht mehr erwähnt.

»Dad«, sage ich leise. Dann etwas lauter, um ihn in die Gegenwart zurückzuholen. »Ich bin's, Katie, deine Tochter. Kate, die Große.«

»Kate«, sagt er.

Ich kann nicht genau unterscheiden, ob seine Stimme eher ein Wiedererkennen oder eine Art Neugier ausdrückt.

Am Flughafen Heathrow habe ich ihm direkt vor unserem Abflug ein Buch über Briefmarken gekauft. Es befindet sich in meiner Handtasche, aber ich hole es nicht heraus, weil ich nicht einschätzen kann, ob dieses Souvenir aus England ihn vielleicht total aus der Bahn wirft.

Ich höre ein dezentes Klopfen an der offenen Tür und drehe mich um. Da steht Sally.

»Ted«, sagt sie zu meinem Vater. »In fünf Minuten beginnt die Kunsttherapie.« Sie lächelt mir zu. Vor Kurzem hat sie mir erzählt, dass die Kunsttherapie seine Lieblingsaktivität ist. »Die wollen Sie doch nicht verpassen, oder? Ihre Tochter muss bestimmt zur Arbeit.«

Er sieht mich an und legt mir sanft eine Hand auf die Wange. »Ich male dir was«, verspricht er mir.

»Das klingt toll«, sagt Sally ein bisschen zu fröhlich, hakt ihn unter und geleitet ihn zu seiner Therapie. Sie dreht sich noch einmal zu mir um und flüstert: »Ich hebe das Bild für Sie auf.«

Nach meinem Besuch im *Willows* ist die Arbeit das Allerletzte, worauf ich Lust habe, aber ich muss hin. Eine ganze Woche habe ich gefehlt.

Als ich auf dem Weg ins Büro im Stau stecken bleibe, macht mich das beinahe froh. Ich denke an meinen Großvater. Das habe ich lange nicht mehr gemacht, jedenfalls nicht besonders tiefschürfend. Seit mein Vater heute Morgen von ihm gesprochen hat, ist er wieder in meinem Bewusstsein aufgetaucht.

Mein Großvater hat als Zivilist auf der Marinebasis von Coronado Island gearbeitet. Er war Übersetzer und stolz darauf, für die Regierung des Landes zu arbeiten, das ihn und meine Großmutter gerettet hatte.

Als Teenager fand ich ihn ziemlich peinlich, denn er sang in der Öffentlichkeit (auf Deutsch!) und ging mit mir zum Klamottenkaufen. Welcher Teenager will schon mit seinem Großvater gesehen werden? Ich war froh, dass uns in San Diego, wo das Einkaufszentrum lag, niemand kannte.

Mein Vater und mein Großvater standen sich nahe. Trotzdem hat es mich aufgewühlt, dass mein Vater ihn heute Morgen erwähnt und mich gebeten hat, ihn zu finden.

Wie es sich wohl für meinen Vater anfühlt, wenn tote Menschen plötzlich lebendig sind? Alte Erinnerungen, die längst in der Versenkung verschwunden waren, tauchen wieder auf, als wären sie die Gegenwart. Er hat so vieles vergessen, was seinen nächsten Angehörigen widerfahren ist, sowohl Positives als auch Negatives. Lindert es den Schmerz, jemanden verloren zu haben, wenn man sich nicht mehr daran erinnert, dass diese Menschen fortgegangen sind?

Als ich endlich im Büro ankomme, liegt ein Stapel Aufträge auf meinem Schreibtisch, außerdem ein handgeschriebener Zettel von Daniel.

Wir müssen reden. D.

Darauf habe ich ungefähr so viel Lust wie auf eine Wurzelbehandlung. Auf meinen Spaziergängen durch Cardiff letzte Woche habe ich mich zum ersten Mal seit langer Zeit wieder wie ich selbst gefühlt. Wie die Frau, die ich vor Daniel gewesen bin.

Gerade winkt er mir zu, aus seinem Büro heraus, um meine Aufmerksamkeit zu erhaschen, aber ich deute auf mein Telefon. Das soll heißen: Ich muss einen wichtigen Anruf machen. Schnell nehme ich den Hörer und wähle Grams Nummer.

»Ach, Katie, ich bin so froh, dass du's bist. Ich habe letzte Woche dauernd bei dir angerufen, dich aber nie erreicht. Ich hab mir Sorgen gemacht.«

»Tut mir leid. Ich bin weggefahren«, sage ich. »Es passierte so plötzlich, dass ich dir nicht Bescheid sagen konnte.«

»Plötzlich? Ist was passiert, mein Schatz?«

»Nein, alles in Ordnung. Du erinnerst dich doch an diesen Brief? Ich hatte die Gelegenheit, deswegen für ein paar Tage nach Großbritannien zu fliegen.«

»Nach Großbritannien? Na, das ist ja toll«, sagt Gram. »Deswegen wollte ich dich auch anrufen. Also, wegen des Briefes.«

Ich höre ihrer Stimme die Aufregung an.

»Ich hab etwas gefunden, was du vielleicht interessant findest. Möchtest du am Wochenende zu mir kommen und es dir ansehen?«

Ich werfe einen Blick in Richtung von Daniels Büro. Jetzt telefoniert er, hat mich also nicht länger im Blick.

»Ich könnte heute Nachmittag kommen«, sage ich.

»Musst du nicht arbeiten?«

Ich senke die Stimme. »Ich glaube, ich muss kündigen.«

Als es ausgesprochen ist, fühle ich mich erleichtert. Denn es stimmt. Ich muss kündigen. Nicht irgendwann, sondern sofort. Daniel und ich sind Geschichte. Ich muss in jedem Bereich meines Lebens weiterkommen.

Schnell bringe ich Gram auf den aktuellen Stand, was die Scheidung angeht, und erzähle ihr auch den Rest der Geschichte. Endlich kann ich ehrlich mit ihr reden, das ist ein gutes Gefühl.

»Ach, Schatz.« Dann sagt sie lange nichts mehr.

Ist sie traurig oder enttäuscht oder verwirrt? Ich weiß es nicht genau.

Dann meint sie: »Ich gehe in den Laden und kaufe eine Flasche Wein. Den trinken wir zusammen, wenn du da bist, und reden über alles. Fahr vorsichtig, hörst du?«

Wir legen auf, und ich spähe zu Daniels Büro hinüber, ein letztes Mal. Er hat den Hörer zwischen Kopf und Schulter geklemmt und telefoniert angeregt. Vielleicht bringe ich ihn mit meiner überraschenden Kündigung in Schwierigkeiten, das wäre mir unangenehm. Aber nicht unangenehm genug, um weiter für ihn zu arbeiten.

Ich will sofort wissen, was Gram aufgetrieben hat, und diese Geschichte schreiben. Nicht das, was Daniel mir auf meinen Schreibtisch geknallt hat.

Hastig kritzele ich ein Kündigungsschreiben und lege es in Daniels Postfach. Dann schnappe ich mir meine Rolodex-Kartei, winke Janice zu und spaziere aus dem Büro des *L.A. Lifestyle Magazine* hinaus, ohne mich noch einmal umzudrehen.

Als ich im Auto sitze, überkommt mich ein plötzliches Gefühl der Freiheit. Ich bin glücklich, lege meine Lieblingskassette ein und drehe die Bangles ganz laut auf. *Walk Like an Egyptian* ist vielleicht kein klassischer Feelgood-Song, gehört mir aber ganz allein. Ich gröle den Text zwar ein bisschen schief mit, aber das ist mir egal. Vor der Auffahrt zum Freeway entscheide ich in einem Sekundenbruchteil, zuerst die falsche Richtung zu nehmen, zu Benjamins Büro.

Ich habe keinen blassen Schimmer, was Gram gefunden hat. Aber Benjamin hat seine Bonusmeilen für unsere Reise nach England geopfert. Das Mindeste, was ich tun kann, um mich erkenntlich zu zeigen, ist wohl, ihn nach Coronado mitzunehmen.

Österreich, 1939

Als Herr Bergmann wieder auftauchte, übergab Christoph ihm die Gravurplatte. Elena hatte mindestens so viel Arbeit hineingesteckt wie er selbst.

Der ahnungslose Herr Bergmann nahm die Platte entgegen und steckte Christoph im Gegenzug einen weiteren Umschlag voller Reichsmark-Scheine zu.

Christoph wollte sie als Grundstock für Elenas Passage nach Amerika verwenden. Bald, wie er hoffte. Er hatte Elena nichts davon gesagt, dass er begonnen hatte, Papiere für sie zu entwerfen. Oder eher für eine Frau Amalia Marsch. Das war die eingedeutschte Version ihrer Lieblingsfigur aus *Little Women*. Nicht mehr lange, dann würde er ihr die Zeichnung geben, damit sie sie gravieren konnte. Vielleicht würde er es auch selbst machen und Josef bitten, den Druck zu veranlassen.

Christoph hatte auch einen Brief an Gideon Leser geschrieben, in dem er sich nach Charles Darnays Wohlergehen erkundigte und um Hilfe bei Elenas Ankunft bat. Doch er hatte noch nicht genügend Mut beisammen, um den Brief abzusenden. Wenn er eine Marke daraufklebte und ihn der Post übergab, konnten die Deutschen das Schreiben lesen. Dann waren sie alle in tödlicher Gefahr.

Christoph und Elena arbeiteten an dem neuen Auftrag des Führers, einer Briefmarke, die das Opernhaus zeigte. Als sie begannen, wich der Winter gerade dem Frühling, und als der Frühling zu Sommer wurde, waren sie noch immer nicht fertig.

Die Nazis marschierten Richtung Osten und besetzten die Tschechoslowakei. Den Juden dort befahlen sie, ihnen sämtliches Gold und Silber auszuhändigen.

In den Bergen um Großenburg blühte derweil das Edelweiß. Und die Briefmarke, die den Stephansdom zeigte, kam in Österreich in den Umlauf.

Als Christoph sie das erste Mal auf einem Umschlag sah, verspürte er trotz allem einen gewissen Stolz. Seine Briefmarke. Die Marke, die er zusammen mit Elena geschaffen hatte. Ihre Marke.

Dennoch füllte ihr Anblick ihn mit Trauer, Angst und Sehnsucht. Für Stolz war da eigentlich kein Platz mehr.

Nach Friedrichs Abreise trafen sich Christoph, Elena, Josef und Heinrich Schwann regelmäßig in der Waldhütte, meist einmal in der Woche spät am Abend. Heinrich war der Fahrer, der Friedrich sicher nach Bremen gebracht hatte.

Elena verkündete, wenn es vier Menschen gab, die Österreich retten konnten, so waren sie es. Christoph hatte seine Zweifel, kam aber immer zu den Treffen, schon allein, um Elena nahe zu sein. Und um sich über ihre Pläne auf dem Laufenden zu halten.

Zu den Treffen brachte er oft seinen Skizzenblock mit und zeichnete wie nebenbei, während die drei anderen diskutierten. Ihre Ideen waren meistens vollkommen absurd. Schwann belegte ein Mathematikseminar, das einmal in der Woche an der Universität in Wien stattfand. Er fabulierte ständig von einem Studentenaufstand und davon, die Juden mit Waffen zu versorgen. Er war neunzehn, genauso alt wie Christoph, wirkte aber wie ein kleiner Junge, der von gefährlichen Abenteuern träumt.

Christoph trug nicht besonders viel zu den Treffen bei. Er zeichnete, und diese Beschäftigung beruhigte ihn. Er wollte nicht, dass Elena seine Angst sah, wenn Schwann über seine verrückten Ideen schwadronierte.

Eines Abends räusperte Josef sich und tippte Christoph auf die Schulter. Der löste sich von seiner Zeichnung und sah Josef an.

»Ich habe einen Cousin in Wien, er heißt Robert«, begann Josef. »Robert hat Physik an der Universität gelehrt, aber nach der Kristallnacht verlor er seine Stellung und sein Zuhause. Seine Frau Elisa erwartet ein Kind.«

Christoph schüttelte den Kopf. Warum erzählte Josef ihm das?

»Sie brauchen Papiere«, sagte Elena atemlos.

»Ja«, sagte Josef, hielt aber unverwandt Blickkontakt zu Christoph. »Sie brauchen Papiere. Sie haben kein Geld, um die hohe Reichsfluchtsteuer zu bezahlen. Sie müssen aus Österreich raus, bevor ihr Kind auf die Welt kommt.«

Christoph wandte den Blick ab. Ihm war ganz schlecht. Es war furchtbar gefährlich, Papiere zu fälschen. Das hatte Josef selbst gesagt, an dem Morgen, als Christoph sich in den Schnee übergeben hatte.

»Christoph und ich machen ihnen falsche Papiere«, sagte Elena, bevor er etwas entgegnen konnte. »Nicht wahr, Christoph?«

Sie legte ihm eine Hand auf den Arm und sah ihn an. Ihre Augen waren weit aufgerissen. Wie konnte er sie enttäuschen? Wie konnte er Josefs armen Verwandten und deren ungeborenem Kind die Hilfe verweigern?

Schließlich nickte er, und Josef seufzte erleichtert auf.

»Aber dabei bleibt es«, verkündete Christoph. »Wir können nicht so weitermachen. Das geht nicht.«

Keiner sagte etwas. Kaum hatte Christoph die Worte über die Lippen gebracht, kamen sie ihm leer vor.

Am nächsten Morgen erwachte Christoph als Erster. Im Sommer war es warm unter dem Dach, und sie schliefen nackt. Ihre Körper waren einander so vertraut, dass es ein beinahe abwegiger Gedanke war, in Nachtwäsche zu schlafen. Elenas Bein wand sich um seins. Er befreite sich vorsichtig aus ihrer Umklammerung, damit er aufstehen konnte, ohne sie zu wecken.

Er ging sofort in die Werkstatt, um an Elenas Papieren weiterzuarbeiten, ohne dass sie Fragen stellen konnte. Nach dem Versprechen, das er Josef am Vorabend gegeben hatte, war es wichtiger denn je, einen Fluchtplan für sie parat zu haben. Sollten sie ertappt werden, musste Elena sofort das Land verlassen.

Fast eine Stunde lang zeichnete er konzentriert. Als er Elena von der Küche Richtung Werkstatt kommen sah, ließ er die Arbeit schnell in einer Schublade verschwinden.

Elena kam barfuß in die Werkstatt spaziert. Sie trug eins von Christophs Hemden. Das war ihr natürlich viel zu groß und hing wie ein Kleid an ihrem zierlichen Körper. In den Händen hielt sie zwei Tassen Kaffee. Eine stellte sie Christoph auf den Arbeitstisch, und er gab ihr zum Dank einen Kuss. Sie erwiderte seinen Kuss, langsam und leidenschaftlich.

»Komm, wir hauen ab.« Christoph fasste Elena an der Hand. »Wir fahren nach Amerika, suchen deinen Vater und heiraten.«

Elena lachte. Machte er Witze?

»Das meine ich ernst«, sagte er.

Sie ließ seine Hand los. »Ich kann Österreich nicht ohne meine Mutter verlassen. Außerdem kann ich nicht einfach wegrennen, dann könnte ich nicht mehr in den Spiegel schauen. Du vielleicht?«

»Mir ist das alles egal«, gab er frustriert zurück.

Sie sah zu Boden.

»Na schön, es ist mir nicht egal«, sagte er, um eine ruhige Stimmlage bemüht. »Ich will doch nur, dass du in Sicherheit bist. Ich will, dass wir zusammenbleiben.«

Sie sah hoch. Ihre Miene hatte sich entspannt, und ihre Augen schimmerten in einer Farbe, die an reife Birnen erinnerte.

»Das werden wir«, sagte sie und strich ihm über die Wange. Seit Tagen hatte er sich nicht mehr rasiert. Ihr Finger glitt über seine Bartstoppeln. »Eines Tages.«

»Eines Tages«, wiederholte er. Diese zwei kleinen Worte bedeuteten so viel. Ihre gemeinsame Zukunft.

Er nahm ihre Hand und küsste sie sanft, erst auf die Fingerknöchel, dann auf die Handfläche.

»Ich sollte mich anziehen«, sagte sie. »Dann können wir mit den Papieren für Josefs Verwandte anfangen.«

Er wollte sie zurückhalten. Ihr zeigen, dass Amalia Marschs Papiere fast fertig waren. Sie konnten einen Ozean zwischen sich und den Führer legen. Nach Amerika fahren, in die Sicherheit. Alle anderen in Österreich sollten sehen, wie sie zurechtkamen.

Dann dachte er an Friedrichs traurige Stimme, als er Frau Fabers Namen erwähnt hatte. An Josefs arme Verwandte, die bald ein Kind in die Welt setzen würden. An das Bild der brennenden Synagoge in Großenburg.

Wenn sie fortgingen, dann ließen sie Frau Faber und alle anderen Menschen im Stich, die in Not waren. Da hatte Elena recht. Sie ließen ihr Land im Stich.

Tief im Inneren wusste Christoph, dass Elena niemals in dem Bewusstsein über den Ozean fahren würde, ihre Mutter und ihr Land einfach zurückzulassen.

Coronado, 1989

Benjamin ist noch nie auf Coronado gewesen. Als ich in Grams Straße einbiege, bemerkt er, dass die hübsche Gegend ihn an Neu-England erinnert.

»Es ist ganz anders als L. A.«, sagt er.

Eigentlich wäre es nett, wenn wir einfach nur gekommen wären, um einen Drink am Strand zu nehmen. Gram muss zweimal hinsehen, als sie uns die Tür öffnet und Benjamin neben mir stehen sieht. Sie hebt die Brauen, und mir wird klar, dass sie gerade einen falschen Schluss zieht.

»Das ist Benjamin Grossman. Der Briefmarkenhändler, der mir so hilfreich zur Seite steht«, sage ich, bevor sie einen Kommentar abgeben kann.

Dann gebe ich ihr einen Kuss auf die Wange. Ich hoffe, sie hat die Situation erfasst und sagt nichts Peinliches.

»Mr. Grossman, wie nett, Sie kennenzulernen.« Gram streckt ihm die Hand hin. Benjamin ergreift sie und schenkt ihr ein schüchternes Lächeln. »Kommt rein, ihr beiden. Ich habe mir gerade einen Tee gemacht. Wollt ihr auch einen?«

Wir schütteln beide den Kopf.

»Ach, ich habe ja ganz vergessen, dass du eine absolute

Kaffeetante bist. Soll ich euch eine Kanne kochen? Ich habe aber auch Wein, wie versprochen.«

Sie wirft mir einen spitzbübischen Blick zu und mustert Benjamin.

»Grossman«, sinniert sie. »Woher stammt Ihre Familie?«

»Eine Kanne Kaffee wäre ganz toll«, sage ich schnell.

»Aus Litauen«, erwidert Benjamin. »Meine Großeltern sind als Kinder eingewandert. Viel mehr weiß ich nicht.«

Sie nickt, befriedigt darüber, dass sie eine Antwort bekommen hat. »Wir sind alle aus Deutschland. Aus einem Deutschland, in dem es jede Menge Juden gab. Das hat Katie Ihnen sicher erzählt?«

»In Grundzügen«, sage ich.

Im Auto habe ich Benjamin die stark vereinfachte Version unserer Familiengeschichte nahegebracht. Viel mehr weiß ich ja selbst nicht.

»Mr. Grossman, möchten Sie auch Kaffee?«

»Sehr gern«, antwortet er. »Nennen Sie mich doch Benjamin.«

Gram lächelt ihm zu und begibt sich an ihre winzige Küchenzeile, wo sie die Kaffeemaschine in Betrieb nimmt.

»Nachdem du damals abgefahren warst, habe ich über deinen Brief nachgedacht, Katie. Irgendwas daran hat mich nicht losgelassen. Irgendwas Vertrautes.«

»Hat es mit Großenburg zu tun?«, frage ich. »Sie hat mir geholfen, den Ort auf einer alten Karte von Österreich zu finden«, erkläre ich Benjamin.

»Nein«, sagt Gram. »Es war der Name der Frau auf

dem Umschlag. Faber. Ich dachte, ich hätte diesen Namen schon mal gehört.«

Sie füllt Kaffeepulver ein, stellt die Maschine an und wischt sich die Hände an einem Geschirrtuch ab. Dann geht sie zum Küchentisch und holt eine Plastikschachtel, die anscheinend mit Dokumenten gefüllt ist.

»Letzte Woche bin ich auf den Dachboden gegangen. Da oben bewahre ich Briefe deines Großvaters auf, die ich nach seinem Tod nicht wegwerfen wollte. Briefe, die seine Mutter uns aus dem Vorkriegsdeutschland geschrieben hat, solche Sachen.« Sie zieht einen Brief aus der Schachtel und reicht ihn mir.

Der Umschlag ist alt und vergilbt. Er zerfällt beinahe zwischen meinen Fingern. Adressiert ist er an meinen Großvater, und in der Ecke kleben einige abgestempelte deutsche Briefmarken.

»Luftpostmarken aus dem Dritten Reich«, stellt Benjamin fest. »Von 1939.«

»Ist der von seiner Mutter?«, will ich von Gram wissen.

Ich versuche, sie mir vorzustellen, kann aber kein Bild heraufbeschwören. Mein Großvater hat nie mit mir über seine Familie, seine Lebensgeschichte, sein Leben vor Amerika gesprochen. Heute bereue ich, dass ich ihn nie danach gefragt habe. Aber das gehörte nicht zu den Themen, über die wir redeten. Da wird mir klar, dass ich nicht einmal den Namen meiner deutschen Urgroßmutter kenne.

»Nein, der nicht«, sagt Gram. »Aber er war in der Schachtel mit ihren Briefen. Nur zu, mach ihn auf.«

Benjamin späht über meine Schulter, als ich den ramponierten Brief aus dem Umschlag ziehe. »Der ist ja auf Deutsch.« Das kann ich nicht entziffern.

Gram setzt sich die Lesebrille auf die Nase. »Dein Großvater ist auf die Kunstakademie in Berlin gegangen.«

»Das wusste ich nicht«, sage ich.

»Nun, er musste aufhören, als wir nach Amerika gingen. Als wir hier waren, schien seine Leidenschaft fürs Zeichnen verschwunden zu sein. Er hat nie mehr davon gesprochen. Bis dieser Brief für ihn kam, Jahre später. Einer seiner Freunde aus der Kunstakademie saß im besetzten Österreich fest. Seine Tochter schrieb an Gid und bat ihn um Hilfe.«

Ich versuche die Puzzleteile aus dem Leben meines Großvaters zusammenzusetzen.

Als junger Mann ist er also auf die Kunstakademie in Berlin gegangen? Einer seiner Freunde saß im besetzten Österreich fest?

Ich wusste zwar, dass meine Großeltern in Deutschland geboren worden waren, sah sie aber als amerikanische Juden an, die vom Krieg verschont geblieben waren. Sie waren bereits hier gewesen, lange bevor der Krieg ausbrach. Gram erzählte mir, dass ihr ganzes Dorf in Deutschland gebrannt hatte. Da denke ich an die Menschen, die sie zurückgelassen haben.

»Erst jetzt wird mir klar, dass ich kaum etwas über das Leben weiß, bevor ihr nach Amerika gekommen seid«, sage ich nachdenklich. »Ich habe Schuldgefühle, weil ich nie danach gefragt habe.«

»Das ist in Ordnung, Schatz«, entgegnet Gram. »Er hat nie viel darüber geredet. Keiner von uns hat darüber geredet. Wir wollten es so.«

Sie streicht mir übers Haar, so wie früher, als ich klein war, und lächelt mich an. Wie eine Großmutter, die ihrer Enkeltochter zeigt, dass sie sie liebt. Diese Liebe ist rein … und blind. Sie hat mich immer geliebt und liebt mich heute noch, als erwachsene Frau, die gerade arbeitslos geworden ist und bald geschieden sein wird.

Sie löst ihre Hand von meinem Haar und fährt mit dem Zeigefinger den Text des Briefes entlang. »Schau, die Unterschrift, mein Schatz.«

Da steht: *Hochachtungsvoll, Elena Faber.*

Meine Hände zittern, als ich den Bogen auf den Tisch lege. »Dann kannte Grandpa Gid also Friedrich Faber? Das war der Freund aus der Kunstakademie?«, frage ich.

Zur gleichen Zeit fragt Benjamin: »Haben Sie ihm geholfen?«

»Ja und ja«, erwidert Gram, die erst mich ansieht, dann Benjamin. »Herr Faber hat aber seinen Namen geändert, bevor er hierherkam. Ich denke, sie haben Papiere für ihn gefälscht, damit er Österreich überhaupt verlassen konnte. Ich kannte ihn bloß als Charlie. Ich glaube nicht, dass ich diesen Brief vorher gesehen habe. Dein Großvater hat mir nur von seinem Freund erzählt, und ich bin mir ziemlich sicher, dass er ihn damals Friedrich oder Faber genannt hat. Aber als er ankam, hieß er Charlie Darnay.«

Sie geht in die Küche und holt Tassen.

»Deswegen habe ich nicht sofort eins und eins zusammengezählt, als du mir vor ein paar Wochen deinen Brief gezeigt hast.«

»Dann ist Friedrich Faber gar nicht in Österreich gestorben?« Benjamins Augen sind weit aufgerissen vor Aufregung. »Friedrich ist nach Kalifornien gekommen? Lebte hier unter einem anderen Namen?«

Gram nickt, und Benjamin sieht mich an.

»Ich wette, auf diese Art ist der Brief in die Sammlung Ihres Vaters gekommen«, sagt er. »Durch Friedrich oder Charlie persönlich.«

»Nein«, widerspricht Gram. »Dem armen Charlie ging es nicht besonders gut. Er starb kaum ein Jahr nach seiner Ankunft. Also bevor wir deinen Vater überhaupt kannten«, erklärt sie. »Marissa war im ersten Highschooljahr, als Charlie starb. Sie lernte deinen Vater erst kennen, als sie den Schulabschluss in der Tasche hatte, also ein paar Jahre später. Dein Vater hat Charlie nie getroffen.«

Der Kaffee ist durchgelaufen. Gram füllt zwei Tassen, reicht eine mir und die andere Benjamin.

»Vielleicht hat Ihr Vater den Brief hier gefunden«, gibt Benjamin zu bedenken. »Hätte er ihn auf einem Flohmarkt gekauft, wäre das wirklich ein komischer Zufall.«

»Wir haben Charlie nicht oft gesehen. Ehrlich gesagt, kannte ich ihn nicht besonders gut«, erzählt Gram. »Er war Gids Freund. Gid half ihm dabei, eine Wohnung zu finden, und kümmerte sich während dieses einen Jahres um ihn. Ein paar Mal luden wir Charlie zum Abendessen ein, aber dann …«

Sie reckt die Hände in die Luft und verstummt. Sie weiß nicht, warum sie ihn nicht näher kannte. Es ist alles so lange her. Vielleicht erinnert sie sich nicht genau.

»Was ist mit Elena?«, frage ich. »Hast du je wieder von ihr gehört?«

»Nein«, sagt Gram. »Wie gesagt, ich dachte nicht mehr an sie oder ihren Namen, bis du mir vor ein paar Wochen den Brief gezeigt hast. Das ist der einzige von ihr, den ich gefunden habe. Wenn wir andere hatten, sind sie längst weggeworfen.«

»Dann kam sie nach dem Krieg nicht hierher?«

»Vielleicht doch«, sagt Gram. »Aber ich weiß nichts darüber.«

Auf dem Rückweg reden Benjamin und ich kaum. Es wird langsam dunkel. Der Verkehr ist dicht, und ich muss mich aufs Fahren konzentrieren.

Ich denke an Elenas Brief. Nicht nur an den an sie adressierten, den ich seit Wochen mit mir herumtrage, sondern auch an den, den sie meinem Großvater geschrieben hat, um ihren Vater zu retten.

Ich habe mir Elena als geheimnisvolle, schöne Fremde vorgestellt, die von den Nazis drangsaliert wurde, aber eigentlich ist sie nicht viel anders als ich. Sie ist mir näher, als ich dachte. Ich hatte bloß das Glück, dass meine Großeltern es nach Amerika geschafft haben, bevor die Nazis an die Macht kamen. Das Glück, etwas später geboren worden zu sein, an einem sicheren Ort.

»Ich glaube nicht an Zufälle«, sagt Benjamin schließlich,

als wir durch Orange County fahren und fast zu Hause sind. Der Verkehr wird noch dichter, und vor uns sehe ich das Leuchten einer Million orangefarbener Rücklichter auf der Interstate 5, Stoßstange an Stoßstange. Alle wollen nach L. A.

»Was meinen Sie damit?«

»Ihr Vater hatte den Brief in seiner Sammlung. Ihr Großvater kannte Friedrich Faber und half ihm, nach Amerika zu flüchten. Vielleicht war unser Brief unter den Sachen Ihres Großvaters, und Ihr Vater hat ihn an sich genommen. Vielleicht hat Ihr Großvater ihm von Friedrich erzählt.«

Ich hatte einfach angenommen, mein Vater hätte den Brief zufällig in einem Trödelladen aufgestöbert, genauso wie viele seiner Marken. Wenn ich aber darüber nachdenke, was uns Gram vorhin über die Verbindung unserer Familie mit den Fabers erzählt hat, komme ich zu dem Schluss, dass Benjamin recht haben könnte.

»Vielleicht hat er sich deswegen so aufgeregt, als ich ihm neulich den Brief gezeigt habe. Er hat ihm etwas bedeutet. Oder er hat meinem Großvater etwas bedeutet. Außerdem hat er von meinem Großvater geredet«, sage ich. »Vielleicht ist das in seinem Kopf alles miteinander verbunden.« Dann müsste ich bloß rauskriegen, wie genau.

»Könnten Sie ihn nicht fragen?«, schlägt Benjamin vor. »Würde er sich daran erinnern?«

»Ich weiß nicht.« Vor seinem Umzug ins *Willows* hat er leidenschaftlich gern über die Vergangenheit gesprochen. »In letzter Zeit war er ständig gereizt. Als ich ihm vor

Kurzem den Brief gezeigt habe, hat er sich so aufgeregt, dass ich mich nicht traue, das Thema noch mal anzusprechen.«

»Ja«, sagt Benjamin. »Ihr Vater dachte vielleicht, Sie könnten in Schwierigkeiten kommen, weil Sie den Brief haben.«

Ich nicke.

»Vielleicht hat er ihn ohne die Erlaubnis Ihres Großvaters an sich genommen.«

»Nein, das sieht ihm nicht ähnlich. Er liebte meinen Großvater wie einen eigenen Vater. Grandpa Gid war alles, was er hatte. Ich kann mir nicht vorstellen, dass er ihn beklaut hätte.«

Wir nähern uns der Abfahrt zu meinem Wohnviertel. Kurz überlege ich, Benjamin auf einen Drink einzuladen. Unser Frühstück heute Morgen hat mir sehr gefallen. Das ist inzwischen so lange her, dass es sich wie Tage anfühlt. Außerdem muss ich dauernd daran denken, wie wir in Wales Händchen haltend eingeschlafen sind.

»Danke, dass Sie mich heute mitgenommen haben«, sagt Benjamin. »Ich bin länger nicht mehr südlich von L.A. unterwegs gewesen. Diesen Teil des Freeways meide ich, seit …«

Seine Stimme erstirbt, und er dreht sich zum Fenster. Er braucht den Satz nicht zu beenden. Ich weiß, was er meint. Seit dem Unfall, der seine Familie ausgelöscht hat.

»Danke, dass Sie mitgekommen sind«, gebe ich zurück und fahre an meiner Ausfahrt vorbei, ohne mein Haus oder einen Drink auch nur zu erwähnen.

Das war eine dumme Idee. Benjamin trauert um seine Frau. Er ist nur wegen der Briefmarke mitgekommen.

Ich lasse ihn vor seinem Büro aussteigen und fahre nach Hause. Allein.

Österreich, 1939

Den Trost, den Josef und Schwann in ihren Waffen fanden, fand Christoph in seiner Kreide, seinen Farben, dem Papier und selbst im Grabstichel. Insofern war es für ihn keine besonders schreckliche Arbeit, tagein und tagaus gemeinsam mit Elena falsche Papiere zu zeichnen und zu gravieren. Jedenfalls, solange er nicht darüber nachdachte, was passierte, wenn Herr Bergmann Wind davon bekam.

Als die neuen Papiere beinahe fertig waren, besprachen sie bei ihrem Treffen die Frage, wie man sie Robert und Elisa in Wien zukommen lassen konnte. Es war zu gefährlich, sie mit der Post zu verschicken, da die Deutschen fast alles öffneten und zensierten. Eine persönliche Übergabe war jedoch ebenfalls undenkbar. Wie alle verbliebenen Juden in Wien durften Robert und Elisa keine Wohnung mehr mieten, sondern mussten in einem Sammellager leben, wo sie von Soldaten überwacht wurden und für das kleinste Vergehen eingesperrt werden konnten.

»Es ist alles zu gefährlich.« Frustriert von der verfahrenen Lage warf Elena die Hände in die Luft.

Christoph zeichnete ein Edelweiß und dachte wieder an das Versprechen, das er Friedrich gegeben hatte. Dass er

Elena die Blume holen, sich dabei aber nicht in Gefahr bringen sollte.

Während die anderen diskutierten, starrte er auf seine Zeichnung, auf die Blume. Sie ähnelte Friedrichs Blume auf der Marke, die Christoph als Junge bewundert hatte. Friedrich hatte Christoph in der Waldhütte erzählt, dass er auf diese Art seine Liebe zu Frau Faber ausdrücken wolle. Das Zeichen glücklichen Mutes.

»Manchmal kann man den Feind nur bekämpfen, wenn man so wird wie er«, hatte Friedrich zu ihm gesagt.

Plötzlich hatte Christoph eine Idee. Es gab eine Möglichkeit, Robert und Elisa mitzuteilen, dass ihre Papiere fertig waren. Eine Möglichkeit, die die ganze Zeit über direkt vor seiner Nase gelegen hatte.

»Die Briefmarken«, sagte er.

Die anderen unterhielten sich noch immer, diskutierten, stritten sich darüber, was nun gefährlich war und was nicht.

»Die Briefmarken«, rief Christoph lauter.

So laut, dass sie alle verstummten und ihn ansahen.

»Was ist damit?«, fragte Josef und verschränkte die Arme vor der Brust.

»Die Marke mit dem Stephansdom ist bereits im Umlauf. Was, wenn ich sie ein wenig verändern würde? Wenn ich eine Nachricht in das Bild einschmuggeln würde, die ihnen mitteilt, dass ihre Papiere fertig sind? Dann könntet ihr ihnen einen furchtbar langweiligen Brief schicken, in dem ihr vom Wetter faselt. Wenn die Deutschen ihn lesen, haben sie keinen blassen Schimmer, welche Botschaft wir tatsächlich übermitteln. Der Schlüssel läge in der Marke. Und im Stephansdom. Ihr könntet ihnen die Papiere dort übergeben. Die Deutschen werden keine Kirche überwachen lassen.«

Elena sah ihn an. Ihr Gesicht drückte erst Überraschung aus, dann Begeisterung. Sie griff nach seinen Händen. Christoph war verwundert. Er hatte geglaubt, sie wolle ihre Liebe vor Josef und Schwann geheim halten. Doch sie zog ihn zu sich heran und umarmte ihn fest.

Er legte seinen Zeichenblock weg, um die Umarmung zu erwidern. Josef sah irritiert drein, sagte aber lange nichts. Dann fand er die Sprache wieder.

»Ihr würdet alles riskieren. Wenn die Deutschen die Änderung an der Marke entdecken, wissen sie genau, dass es dein Werk war.«

»Das weiß ich«, gab Christoph zurück.

»Sie werden dich hinrichten«, sagte Josef.

»Ja.« Christoph schluckte.

Er dachte daran, wie Josef ihn an jenem Morgen angesehen hatte, als er sich in den Schnee übergeben musste. Seitdem hatte Josef ihn häufig so angesehen, als sei er eine Belastung, ein unmündiges Kind. »Vielleicht sollten wir lieber dich in den Kindertransport setzen«, hatte Josef verächtlich zu ihm gesagt.

Jetzt aber sah er Christoph ganz anders an. Wie einen Mann.

Am nächsten Morgen in der Werkstatt war Elena noch ganz berauscht von Christophs Idee. Sie konnte kaum still sitzen, ging im Raum auf und ab und hüpfte förmlich vor lauter Aufregung.

Christoph hatte seinen Skizzenblock auf dem Schoß liegen und fragte sich bang, ob er vielleicht ein Versprechen geleistet hatte, das er nicht halten konnte. Jede einzelne der feinen Linien des Stephansdoms schien ihn zu verhöhnen. Er wollte ein Edelweiß so gut darin verstecken, dass die Deutschen es nicht bemerkten. Gleichzeitig musste es so auffällig sein, dass es Elisa und Robert sofort ins Auge stach. Mit leichtem Strich skizzierte er die Blütenblätter über die Spiralformen des Turmes, dann reichte er Elena den Block. Was würde sie dazu sagen?

Sie blieb stehen, um das Bild ganz genau zu betrachten. »Wo ist … ach!« Mit dem Finger fuhr sie über die Umrisse der Blütenblätter. »Das sieht genauso aus wie bei meinem Vater«, hauchte sie mit Tränen in den Augen.

Er nahm ihr den Skizzenblock aus der Hand und legte ihn auf den Arbeitstisch. Dann fasste er sie am Handgelenk und zog sie sanft zu sich heran.

»Dein Vater ist in Sicherheit«, flüsterte er in ihr Haar hinein. »Und wir werden auch bald aufbrechen.«

»Christoph, ich kann meine Mutter unmöglich zurücklassen. Ich …«

Er küsste sie, um sie daran zu hindern, den Satz zu beenden und weiter zu protestieren. »Komm, ich zeig dir was.«

Er ging hinüber zu dem Regal, in dem er hinter alten Lehrbüchern von Friedrich die Papiere für Amalia Marsch versteckte.

»Ich mache für dich Papiere, sie sind fast fertig.« Als er ihr die Gravurplatten reichte, überfiel ihn die Angst, sie verärgert zu haben. Doch plötzlich lachte sie.

»Was ist denn so lustig?«, fragte er leicht gereizt.

Lachte sie etwa über ihn? Über die Papiere, an denen er so hart gearbeitet hatte?

Sie ging zum Eingang des unterirdischen Verstecks, entfernte das Brett, das darüber lag, und holte eine Gravurplatte hervor.

»Ich mache auch Papiere, und zwar für dich.« Sie gab ihm die Platte in die Hand. Der Name, den sie für ihn ausgesucht hatte, lautete Theodor Laurenz, die perfekte Ergänzung zu Amalia Marsch.

»Ich bin dein Laurie«, sagte er, und zum ersten Mal sah er eine gemeinsame Zukunft für sie beide. Eine Zukunft fern dieses Albtraums, eine Zukunft, die sich über die schönen Momente hinaus erstreckte, die sie bislang geteilt hatten.

»Ich liebe dich«, sagte er.

Nun traute er sich, ihr das auch bei Tag zu gestehen, jetzt, da sie beide hellwach waren. Er sah ihr in die Augen, die in der lichtdurchfluteten Werkstatt beinahe grün-silbern leuchteten.

Sie legte ihre Platte auf den Arbeitstisch, stellte sich auf die Zehenspitzen und schmiegte sich an seine Wange. Dann küsste sie ihn ganz zart. Er wusste, was sie empfand. Sie musste es nicht aussprechen.

Dann tat sie es doch: »Ich liebe dich.«

Los Angeles, 1989

Als ich am nächsten Morgen aufwache, brauche ich eine Minute, um mich an alles zu erinnern, was gestern passiert ist. An den Brief, den Gram gefunden hat, an Friedrich Fabers Verbindung zu meiner Familie und an Benjamins Überzeugung, dass es keine Zufälle gibt.

Außerdem habe ich meinen Job gekündigt. Heute muss ich nicht zur Arbeit. Ich steige aus dem Bett, ziehe mich an, um mir einen Kaffee zu machen.

Jetzt bin ich arbeitslos. Was für eine Erleichterung. Und gleichzeitig eine Horrorvorstellung.

Eigentlich möchte ich zum *Willows* fahren, meinen Dad besuchen und mit ihm über das sprechen, was Gram entdeckt hat. Gestern war er jedoch dermaßen außer sich, dass ich mich nicht dazu überwinden kann.

Darum sehe ich erst einmal die Ordner durch, die Jason mir gegeben hat. Sie haben die ganze Zeit über auf dem Küchentisch gelegen. Ich blättere durch seine Notizen über verschiedene Organisationen, die einem dabei helfen, im Krieg vermisste Familienmitglieder aufzuspüren. Die erste, die Holocaust-Gesellschaft aus L.A., scheint mir am besten erreichbar zu sein. Ich beschließe, es dort zu versuchen.

Bald spreche ich mit einer Frau namens Jackie Goldberg, die mir verspricht, die Datenbank zu durchsuchen, an der sie seit einigen Jahren arbeitet. Sie enthält die Namen von Holocaustopfern und Überlebenden. Die Datenbank ist nicht komplett, aber vielleicht befinden sich ja Elena und Christoph darin.

»Er war kein Jude«, sage ich. »Wahrscheinlich wird dabei kaum etwas herauskommen.«

»Es kommt meistens nicht viel dabei heraus«, entgegnet sie und seufzt auf. »Es gab so viele Opfer, die in Massengräbern verscharrt wurden, und Überlebende, die nicht gefunden werden wollen oder ihre Namen geändert haben.«

Wie Friedrich Faber, den Gram nur als Charlie kannte.

»Wie arbeiten Sie dann?«, will ich von ihr wissen. »Das muss frustrierend sein.«

»Ist es auch«, sagt sie. »Aber wir können es nicht einfach sein lassen. Wir müssen etwas tun.«

Ich finde es lustig, dass sie *wir* sagt, obwohl ich nichts dazu beitrage. Ich suche nur nach Absender und Empfänger eines Briefes. Ich erzähle nur eine einzige Geschichte.

»Na gut«, sagt sie.

Aber sie klingt skeptisch, ein wenig so, als würde sie mir nicht glauben. Dann verspricht sie mir, mich anzurufen, wenn sie etwas findet.

Kaum habe ich aufgelegt, höre ich ein Klopfen an der Tür. Ich blicke aus dem Fenster und sehe Daniels silbernen BMW, der am Straßenrand steht.

»Katie«, ruft er durch die Tür. »Ich weiß, dass du zu Hause bist. Ich sehe dein Auto. Mach auf.«

Mein hastig hingekritzeltes Kündigungsschreiben.

Am liebsten würde ich zurück ins Schlafzimmer rennen, ins Bett kriechen und ihn schreien lassen, aber ich muss mich dieser Angelegenheit stellen. Also öffne ich die Tür.

Daniel sieht mich überrascht an, als hätte er nicht damit gerechnet, dass ich ihm aufmache.

»Komm rein«, sage ich.

Er zögert einen Augenblick, blickt an mir vorbei und betrachtet das Wohnzimmer wie ein Zimmer, das früher einmal ihm gehört hat, heute aber nicht mehr sein Zuhause ist.

So ähnlich ging es mir, als ich im Sommer nach dem ersten Collegejahr meinen Vater besuchte. Meine Mutter war gerade erst gestorben. Das Haus sah zwar aus wie mein Zuhause, fühlte sich aber nicht mehr so an.

»Du hast andere Vorhänge.« Endlich tritt er ein und deutet auf das Fenster hinter der Couch.

Ja, ich habe die teuren Gardinen, die seine Mutter uns zum Hochzeitstag geschenkt hatte, durch billige aus dem Großmarkt ersetzt. Darauf sind blaue Vögel abgebildet, die perfekt zur blassblauen Wandfarbe passen. Die bisherigen Vorhänge habe ich weggeschmissen. Eine sehr befriedigende Aktion.

»Dann hast du meine Kündigung bekommen?«, sage ich, um von den Gardinen abzulenken.

Er nickt. Seine Miene ist ernst, aber er wirkt nicht besonders wütend. »Katie, du brauchst nicht zu kündigen. Wir können trotzdem zusammenarbeiten.«

»Das glaube ich nicht«, gebe ich zurück.

»Na gut«, erwidert er, als würde er mich verstehen.

Ich bin mir nicht sicher, ob das wirklich bei ihm angekommen ist. Er ist vor Monaten ausgezogen. Weitergezogen.

»Deswegen bin ich nicht gekommen.« Er setzt sich auf die Couch. »Ich wollte dich schon gestern sprechen, aber du warst weg, bevor ich die Gelegenheit dazu hatte.«

Er sieht zu Boden und streicht mit der Hand über den braunen Stoff der Couch, als sei sie neu und exotisch, so wie die Vorhänge. Dabei war er derjenige, der sie ausgesucht hat.

»Das *Willows* hat letzte Woche bei mir angerufen. Sie konnten dich nicht erreichen.«

»Was?« Damit habe ich nicht gerechnet. Das *Willows* und Daniel, mein Vater und Daniel, das sind zwei total verschiedene Welten. Zumindest in meinem Kopf.

»Ich stand anscheinend auf der Kontaktliste für den Notfall«, sagt er.

Jetzt fühle ich mich schlecht, weil ich ihn gestern ignoriert habe. War es das, was er mir sagen wollte?

»Tut mir leid«, entgegne ich. »Ich habe dich auf die Liste setzen lassen, bevor wir … Ich lasse dich streichen, wenn ich das nächste Mal dort bin.«

Ich stocke.

»Ich war über Thanksgiving nicht da. Deswegen konnten sie mich nicht erreichen. Deswegen konntest du mich nicht erreichen.«

»Du warst nicht da?« Er hebt die Brauen.

Wahrscheinlich überlegt er fieberhaft, wo ich gewesen

sein könnte. Aber ich sage es ihm nicht. Es geht ihn nichts mehr an, wo ich war und wen ich mitgenommen habe.

»Also, ich bin jedenfalls zu ihm gefahren. Zu deinem Dad, meine ich.«

»Tatsächlich?« Jetzt bin ich überrascht. »Warum?«

Er zuckt mit den Schultern.

»Sie meinten, sie könnten dich nicht erreichen, und ich war der Nächste auf der Liste. Was hätte ich sonst machen sollen? Ich wusste ja nicht, wie schlimm es war. Ich meine … Ich wollte nicht, dass es ihm schlecht geht, egal, ob wir verheiratet sind oder nicht.«

Daniel hat mir nie mit meinem Vater geholfen, als wir noch zusammen waren. Ein gutes Jahr lang hat er meinen Vater und seine Krankheit komplett ignoriert. Als ich dann mein ganzes Leben auf die Pflege ausrichtete, zahlte ich es Daniel heim, indem ich ihn ignorierte. Trotz allem, was zwischen uns passiert ist, weiß ich genau, dass Daniel ein feiner Kerl und ein großzügiger Mensch ist. Vielleicht kann ich darum so schlecht damit umgehen, dass es vorbei ist, dass unsere Ehe kaputt ist.

»Danke«, sage ich. »Das bedeutet mir viel.«

»Weißt du, was dein Dad zu mir gesagt hat?« Ich schüttele den Kopf. Daniel stößt ein Lachen aus. »Er hat gesagt, er habe die Liebe seines Lebens ziehen lassen. Ich sei ein Idiot, weil ich dich habe ziehen lassen.«

Ich gehe zur Couch und setze mich neben ihn.

»Meistens weiß er gar nicht mehr, was er sagt. Wahrscheinlich hat er gar nicht dich und mich gemeint. Er weiß ja nicht einmal Bescheid, was los ist.«

Mehr kann ich nicht sagen, weil ich Angst habe, sonst in Tränen auszubrechen. Nicht wegen Daniel. Nicht wegen dem, was wir verloren oder aufgegeben haben. Nicht wegen dem, was uns auseinandergebracht hat. Das alles ist längst fort. Nein, wegen meinem Vater. Weil er da ist und eigentlich doch nicht.

»In letzter Zeit hat er ziemlich abgebaut«, erzähle ich. »Was er sagt, solltest du dir nicht zu Herzen nehmen.«

Daniel nickt, als verstünde er.

»Als ich ihn besucht habe, kam er gerade von der Kunsttherapie. Er hat mir ein Bild von deiner Mom gezeigt, das er gemalt hatte. Vielleicht hast du also recht. Vielleicht hat er über seine Ehe gesprochen. Trotzdem …« Er beendet den Satz nicht und sieht mich an.

Wir blicken uns in die Augen. Daniel hat schöne Augen, blassblau. Ich erinnere mich an das wunderbare Gefühl an jenem ersten Abend, als er mich ansah. Als wäre ich der wichtigste Mensch überhaupt … Ich denke auch daran, dass ich meinem Dad erzählt habe, ich würde Daniel lieben, noch bevor ich ihn überhaupt richtig kannte.

Das alles ist lange her. So vieles hat sich geändert für mich. Für uns. Vielleicht war unsere Liebe nicht auf Dauer angelegt?

Elena sprang aus einem Zug und riskierte ihr Leben, um ihren Vater zu retten und bei Christoph zu sein. Es musste so schwierig, so gefährlich gewesen sein. Doch sie liebte Christoph so sehr, dass sie alles für ihn riskierte.

Und Benjamin. Der rührend unbeholfene Benjamin hat

seine Familie verloren und trauert nach zwei Jahren noch um sie.

Daniel und ich haben uns nie so tief geliebt. Wir bekamen Probleme, lebten uns auseinander, Daniel verließ mich. Nun sitzen wir beide hier, trotz allem in ziemlich guter Verfassung.

»Er hat mir das Bild geschenkt, das er von deiner Mom gemalt hat«, sagt Daniel. »Es liegt in meinem Kofferraum. Ich bin die ganze Woche damit herumgefahren und habe auf eine Gelegenheit gewartet, es dir zu geben.«

Er hält inne. Vielleicht hofft er darauf, dass ich etwas sage? Dass ich meinem Vater beipflichte in seiner Aussage, Daniel sei ein Idiot, weil er mich hat ziehen lassen? Vor ein paar Monaten hätte ich das tatsächlich so unterschrieben. Aber ich sage nichts. Ich habe nämlich nichts mehr zu sagen.

»Ich hole das Bild«, sagt er. »Bin gleich wieder da.«

Während Daniel zu seinem Auto geht, begebe ich mich in die Küche. Ich nehme den Umschlag mit den lächerlichen Blumenbriefmarken, reiße ihn auf und ziehe die Scheidungspapiere heraus. Dann nehme ich mir einen Kugelschreiber und setze meine Unterschrift auf die markierten Stellen.

Als Daniel zurückkommt, das zusammengerollte Bild meines Vaters unter dem Arm, strecke ich ihm die Papiere hin.

»Was ist das?«, fragt er. Im selben Moment begreift er. »Du brauchst das nicht jetzt zu machen. Du kannst sie mir zuschicken.«

Was für Briefmarken würde ich auswählen, um ihm die Papiere zurückzusenden? Ich bin mir nicht ganz sicher, was angemessen ist, um das Ende einer Ehe auszudrücken. Vielleicht sind Blumen nicht die schlechteste Wahl, denn das Ende unserer Ehe ist banal, gewöhnlich und kein bisschen hässlich, genau wie diese Blumenbriefmarken.

»Nein«, sage ich. »Nimm sie. Es tut mir leid, dass ich so lange gebraucht habe.«

Er nimmt die Papiere entgegen und übergibt mir das Bild. Ich rolle es auf und sehe eine schöne Frau, die ganz sicher nicht meine Mutter darstellt.

Meine Mom hatte olivfarbene Haut, lange braune Locken und blaue Augen, genau wie ich. Diese Frau hat grüne Augen und hellbraunes, welliges Haar, das fast ins Blonde tendiert. Die Gesichter ähneln sich überhaupt nicht. Ich hätte diese Frau niemals für meine Mutter gehalten.

»Das ist nicht meine Mom«, sage ich zu Daniel. »Wahrscheinlich haben sie in der Kunsttherapie ein Bild einer beliebigen Frau abgemalt.« Ich muss lachen.

»Ich habe sie ja nie kennengelernt«, bemerkt er.

Ich werfe einen Blick auf das Foto meiner Mom, das auf dem Kaminsims unseres, meines nicht funktionierenden Kamins steht. Es ist mein Lieblingsbild von ihr. Schwarzweiß, ein Schnappschuss am Strand von Coronado. Ich bin ungefähr fünf Jahre alt, und sie umarmt mich. Dieses Foto hat seit dem Tag unseres Einzugs auf dem Kaminsims gestanden. Daniel hat es anscheinend nie genauer betrachtet.

Daniel redet weiter. Er entschuldigt sich für seinen Irrtum, aber ich höre ihm gar nicht mehr richtig zu. Irgendetwas an dem Gemälde hat meine Aufmerksamkeit erregt. Das wellige, hellbraune Haar des Modells. Sieht beinahe aus wie … Nein, das kann nicht sein.

Ich halte das Bild direkt in die Sonnenstrahlen, die durch das Fenster hereinfallen. Ja, es ist da. Ich habe es mir nicht eingebildet. Die Blütenblätter des Edelweißes entfalten sich zwischen den welligen Haaren der Frau, kaum auszumachen, genau wie auf der Briefmarke.

Österreich, 1939

Im September überfielen die Nazis Polen. Daraufhin erklärten Frankreich und England Deutschland den Krieg. Als Christoph davon erfuhr, empfand er eine gewisse Erleichterung. Nun kämpften auch andere gegen die Nazis, echte Soldaten. Nicht nur sie.

»Vielleicht können wir sie jetzt aufhalten«, sagte Christoph zu Elena, als sie eines Vormittags gemeinsam in der Werkstatt arbeiteten. »Die Franzosen und die Briten werden die Deutschen besiegen.«

Obwohl Christoph darauf bestanden hatte, dass die Fälschungen für Robert und Elisa ihre letzten sein sollten, arbeiteten sie gerade an neuen Dokumenten. Zwei Pässe für ein Ehepaar, das mit Josefs Cousin befreundet war und gehört hatte, was sie für ihn und seine Frau getan hatten. Einen für den jüdischen Freund eines Studenten, den Schwann von der Universität kannte. Josef hatte außerdem fünfzig Exemplare von Christophs neuer Edelweiß-Marke drucken lassen. Das bedeutete, dass alle außer Christoph vorhatten, weitere Dokumente zu fälschen.

Neben den falschen Papieren waren Christoph und Elena zudem mit einer neuen Platte für Herrn Bergmann beschäftigt. Er konnte jederzeit auftauchen, um sie abzuholen. Christoph fürchtete ständig seine Rückkehr.

»Das ist Wunschdenken«, sagte Elena zu seinen Hoffnungen, dass der Rest Europas Österreich retten würde. Sie seufzte. Er wusste, dass seine dauernden Sorgen sie ermüdeten. »Ich habe dir bereits gesagt, dass du uns nicht helfen musst, wenn du nicht willst.«

»Es geht nicht darum, dass ich nicht will.«

Er wünschte sich ja, dass alle Juden sicher aus Österreich ausreisen konnten. Nein, eigentlich wünschte er sich, dass die Nazis verschwinden und Österreich sowie das Haus der Fabers erneut zum Leben erwachen würden.

»Ich glaube bloß, dass Josef recht hatte, als er sagte, dass wir eines Tages erwischt werden. Wir werden alle hingerichtet.«

Elena schüttelte den Kopf. »Das war, bevor wir deine genialen Briefmarken hatten.«

»Wenn ein deutscher Soldat das Edelweiß entdeckt …«

Er dachte daran, was Josef zu ihm gesagt hatte. *Sie werden dich hinrichten.* Christoph hatte sich das zu Herzen genommen, fast schon buchstäblich. Er spürte einen ständigen Schmerz in der Brust.

»Die werden sich nicht mit lächerlichen Briefmarken abgeben«, behauptete Elena.

Er wollte ihr so gerne glauben. »Das kannst du nicht wissen. Und du kannst nicht gegen die Deutschen kämpfen, wenn du tot bist.«

Das war ein sinnloser Streit, den sie leider viel zu oft austrugen. Christoph wollte einen konkreten Fluchtplan für

Elena entwerfen, für sie beide. Elena weigerte sich jedoch, darüber auch nur zu reden.

Elena legte den Stichel beiseite und streckte ihm die Hand hin. Das war ein Friedensangebot. Sie wollte sich nicht mit ihm streiten.

Draußen war es dämmrig geworden, und auch in der Werkstatt schwand das Licht.

Als sie spätabends den Arbeitsraum verließen, waren sie nicht mehr Elena und Christoph, die ohne Unterlass gravierten, um die Deutschen im Rahmen ihrer Möglichkeiten zu bekämpfen. Nein, sie waren zwei Menschen, die sich liebten. Die sich so lange lieben wollten, wie sie nur konnten.

Jedes Mal, wenn sie ein Dokument fertig hatten, versuchte Christoph Elena von der Ausreise zu überzeugen, und dann kam Josef mit einem weiteren Auftrag.

Jede neue Geschichte war schlimmer als die vorige, jeder neue Auftraggeber verzweifelter als der vorige. Christoph konnte unmöglich Nein sagen. Elena und er arbeiteten bis tief in die Nacht hinein und bewältigten die Aufgaben zunehmend schneller und geschickter. Wenn sie einen Auftrag erledigt hatten, ließ Josef die Platte drucken und sandte einen nichtssagenden Brief über das Wetter oder den Zustand der Schafe auf dem Hof der Bauers an den Auftraggeber, versehen mit einer von Christophs Spezialmarken. Dann brachte Schwann die Papiere nach Wien und traf sich am Stephansdom mit dem Empfänger.

Christoph lebte in ständiger Angst, weil er damit rechnete, dass die Deutschen sie bald mitnehmen und einsperren würden. Kurz dachte er darüber nach, Josef nun doch um die Pistole zu bitten, aber eigentlich konnte er damit überhaupt nicht umgehen. Außerdem war er überzeugt davon, bei einem Schusswechsel den Kürzeren zu ziehen.

Eines Morgens im Oktober erwachten sie durch ein lautes Klopfen an der Haustür. Christoph stand beinahe senkrecht im Bett und glaubte, sein Herz würde stehen bleiben.

Die Deutschen!

Erst in der vorigen Woche hatte Josef ihnen erzählt, dass in Wien angeblich Hunderte von Juden ins Getto nach Polen geschickt worden waren. Was bedeutete, so betonte Josef, dass ihre Arbeit wichtiger war denn je.

Oder dass wir bald geschnappt werden, hatte Christoph sich gedacht.

Es klopfte wieder. Christoph war sich ganz sicher. Sie hatten seine Briefmarke entdeckt.

Dann hörte er Josefs Stimme, die nach Elena rief, und setzte sich auf die Bettkante, um erleichtert durchzuschnaufen.

Elena warf sich schnell Christophs Hemd über, und er schlüpfte in seine Hosen. Dann rannten sie nach unten.

Josef trat ein, und Elena wickelte sich fest in ihr Hemd, als sei ihr plötzlich bewusst geworden, dass sie halb nackt dastand. »Was ist?«, fragte sie.

»Das habe ich mit der Post bekommen«, sagte er und streckte ihr eine Briefkarte hin.

Seine Hände zitterten. Das sah ihm gar nicht ähnlich.

Christophs Herz klopfte so schnell, dass es beinahe zersprang. Er war sich sicher, dass es nun vorbei war.

Wie schnell können wir von hier weg?, fragte er sich.

»Sie ist von deiner Mutter«, sagte Josef mit zitternder Stimme zu Elena.

»Was?«, rief Elena und nahm die Karte. »Wie ist das möglich?«

»Lies sie einfach«, sagte Josef.

Christoph sah ihr über die Schulter. Oben auf der Karte stand *Konzentrationslager Mauthausen.* Darunter fanden sich Anweisungen für die Korrespondenz mit der Gefangenen. *Mit der Gefangenen?* Frau Faber hatte nichts falsch gemacht. Sie hatte nur als Jüdin in Österreich ihr Leben gelebt. Auf der rechten Seite der Karte prangte Josefs Adresse, darüber eine von Christophs Stephansdom-Marken, eine der gewöhnlichen natürlich.

»Die Briefmarke«, seufzte er, überwältigt von der schrecklichen Vorstellung, dass Frau Faber sie benutzt hatte, um als Gefangene einen Brief zu versenden.

Elena drehte die Karte um. Auf der Rückseite stand eine Mitteilung an Josef. Mit dem Finger fuhr sie die einzelnen Buchstaben nach, als könne sie dadurch ihre Mutter spüren, sie zu sich holen. Laut las sie vor:

> *Lieber Josef, ich schreibe Dir, um mich nach meinen Mädchen zu erkundigen. Ich bin gesund und arbeite gut. Ich bekomme zu essen, und das Wetter ist noch nicht zu kalt. Meistens bin ich guter Dinge, aber ich denke jeden Tag an meine Mädchen und bete dafür, dass sie in Sicherheit sind. Bitte schreibe mir, dass es so ist. Bitte schreibe mir bald. Deine Minna Faber.*

Elena hielt sich die Karte an die Brust und atmete tief durch. Ihre Mutter lebte und war einigermaßen gesund.

»Ich schreibe ihr gleich heute«, sagte sie.

»Das geht nicht«, widersprach Josef. »Sämtliche Post wird zensiert. Die Deutschen denken, du bist fort. Du kannst ihr nicht schreiben.«

»Aber ich muss«, rief Elena. »Ich muss Mutter sagen, dass Miri in England ist und dass Vater lebt und in Amerika ist. Dass ich hier bin und kämpfe. Für sie und für Österreich.«

Auf der Suche nach Unterstützung blickte sie Christoph an, doch der stimmte Josef zu.

»Tut mir leid«, sagte er. »Josef hat recht.«

»Ich werde ihr schreiben«, sagte Josef. »Ich schreibe ihr, dass ihre Töchter beide nach London gefahren und in Sicherheit sind.«

»Das ist eine Lüge! Und was ist mit Vater? Sie glaubt, dass er tot ist.«

»So ist es besser für uns alle. Es ist besser, wenn die Wahrheit über deinen Vater unser Geheimnis bleibt. Die Deutschen halten ihn für tot«, erklärte Josef. »Lassen wir sie in ihrem Glauben.«

Josef legte Elena einen Arm um die Schultern. Das störte Christoph. Aber er hielt still.

»Schau«, sagte Josef. »Sie lebt. Sie sagt, es geht ihr gut. Das sind doch gute Nachrichten.«

»Ja«, erwiderte Elena zögerlich.

»Ich schreibe ihr heute und bitte sie, sich keine Sorgen zu machen und sich nicht in Gefahr zu begeben«, verkündete Josef. »Das ist für uns alle das Wichtigste, wir dürfen uns nicht in Gefahr begeben.«

Wenigstens dieses eine Mal war Christoph ganz seiner Meinung.

»Erzähl mir eine Geschichte über unsere Zukunft«, bat Elena Christoph, als sie ein paar Tage später zusammen im Bett lagen.

Es war dunkel. Elenas nackter Oberschenkel wand sich um seinen und fühlte sich kalt an. Er zog die Decke enger um sie beide. Seit es Herbst war, hatte sich die Dachkammer abgekühlt.

»Also«, begann Christoph. »Wir fahren nach Amerika und suchen deinen Vater. Wir kaufen uns ein kleines Haus. Kleiner als dieses, aber es wird nur uns gehören.«

»Am Wasser«, sagte Elena träumerisch. »Ich wollte immer am Wasser leben.«

»Am Wasser.«

Christoph kannte sich nicht aus, was die Geografie Amerikas betraf, nahm sich aber vor, am nächsten Tag eine Landkarte zu studieren, um den perfekten Ort für Elena zu finden. Er küsste sie auf den Scheitel und sog den Duft ihres Aprikosenhaars ein.

Elena schmiegte sich etwas entspannter an ihn. »Dann werden auch Mutter und Miri bei uns sein. Und wir bekommen ein Kind, ein kleines Mädchen«, sagte sie. »Vielleicht auch zwei. Ein Mädchen und einen Jungen.«

»Ein Mädchen und einen Jungen«, murmelte Christoph.

Wie mochte es sich wohl anfühlen, nicht ständig diese Angst im Bauch zu haben? Diese alles überschattende Furcht. Frei und leicht würde er sich fühlen.

Und ihre Kinder, wie würden die wohl aussehen? Er sah sie vor seinem inneren Auge. Sie hatten beide Elenas goldbraune Augen und ihre hellbraunen Locken. Zwei wunderschöne kleine Wesen, die am Strand herumwuselten und Steinchen ins Wasser warfen. Elenas Lachen würde das Donnern der Wellen übertönen.

Keiner von beiden sprach weiter. Beide verloren sich in ihren Träumen. Christoph wurde klar, dass er sich nichts so sehr wünschte wie diese Zukunft, die er Elena gerade geschildert hatte.

»Ich will, dass du dich wieder verliebst«, sagte Elena müde, schon halb weggedämmert. »Wenn mir etwas zustößt, wirst du das alles mit einer anderen haben.«

»Ich werde nie eine andere lieben«, widersprach Christoph. »Das will ich nicht. Ich will das nur mit dir.«

Elena antwortete ihm nicht mehr. Ihre Atemzüge verlangsamten sich. Nach so vielen langen Tagen und Abenden voller Arbeit schlief sie ganz fest.

Los Angeles, 1989

Benjamin behauptet also, es könne kein Zufall sein, dass mein Vater diese Briefmarke in seiner Sammlung hat. Wenn das stimmt, muss mein Dad von der Verbindung Grams und Großvater Gids zu Friedrich Faber gewusst haben. Und dieses Wissen muss sich irgendwo in seinem Gedächtnis befinden. Ein Stückchen der Vergangenheit, das sich im Sieb verfangen hat, auch wenn so vieles andere auf Nimmerwiedersehen hindurchgefallen ist. Wieso hätte er sonst das Edelweiß in seinem Bild aufgegriffen?

Ich fahre zum Heim, im Gepäck das Bild, das Daniel mir gebracht hat. Die unbekannte Frau mit dem Edelweiß im Haar. Hoffentlich kann mir mein Vater etwas dazu sagen. Vielleicht hat er den Schlüssel zu der ganzen Geschichte und weiß etwas über das Schicksal von Christoph und Elena.

»Ach, gut, Sie haben es bekommen.« Sally deutet auf das Bild, das ich bei mir trage, als ich an die Rezeption trete. »Ich habe es Ihrem Mann gegeben, als er letzte Woche da war.«

»Exmann«, korrigiere ich sie.

Es fühlt sich befreiend an, die Wahrheit zu sagen. Karen hatte recht, es hat mir gutgetan, die Sache endlich abzuschließen.

Sally reagiert nur mit einem Nicken und fragt nicht weiter. Warum sollte sie auch?

»Ted ist ziemlich gut gelaunt heute Morgen«, sagt sie stattdessen.

Ich atme aus und versuche, die Nervosität abzuschütteln, die sich während der Fahrt in mir breitgemacht hat. Warum bin ich so nervös, wenn ich hierherfahre, um meinen Dad zu besuchen? Wahrscheinlich, weil es jedes Mal aufs Neue ungewiss ist, wie der Besuch verlaufen wird.

»Ach so«, meint Sally da. »Ich habe noch ungefähr ein halbes Dutzend von denen, wenn Sie sie haben möchten.« Sie zeigt wieder auf das Bild in meinen Händen.

»Die Bilder, die mein Dad gemalt hat?«

Sie nickt. »Es ist immer das gleiche. Jedes Mal, wenn er zur Kunsttherapie geht, malt er Ihre Mom. Eigentlich ganz süß von ihm.«

»Das ist aber nicht meine Mom.«

»Wirklich? Ach … Ich habe sie Ihnen jedenfalls aufgehoben.«

»Warum haben Sie gedacht, es sei meine Mom?«, frage ich.

Das interessiert mich, weil Daniel dasselbe angenommen hatte.

Sie zögert kurz. »Er hat mir gesagt, dass er seine große Liebe malt. Da habe ich einfach gedacht … Aber vielleicht …«

Sie stammelt, weil sie nicht weiß, wie sie sich aus dieser Bredouille befreien soll. Sie schenkt mir ein trauriges Lächeln.

»Gehen Sie doch schon mal in sein Zimmer. Ich hole die anderen Bilder aus dem Lagerraum. Bevor Sie gehen, können Sie sich entscheiden, ob Sie sie mitnehmen möchten.«

Im Flur, auf dem Weg in sein Zimmer, werfe ich noch einen Blick auf das Bild, das ich dabeihabe.

Seine große Liebe.

Ist er wirklich so umnachtet, dass er sich nicht mehr an das Gesicht meiner Mutter erinnern kann? Es bricht mir das Herz, dass nur noch Gram und ich die Erinnerung an sie am Leben halten.

Oder kann es etwa sein, dass mein Vater, der Mann, den ich mein Leben lang geliebt und respektiert habe, dem ich vertraut habe, tatsächlich eine Affäre hatte? Mit einer anderen Frau?

»Kate die Große!« Er entdeckt mich im Türrahmen.

Heute klingt er überschwänglich. So kenne ich ihn, und zwar seit Ewigkeiten. Er ist noch da.

»Hallo, Dad.« Ich zwinge mich zu einem Minimum an Fröhlichkeit, aber meine Stimme klingt ganz flach, so wie die Weihnachtsdeko, die im Flur vor seinem Zimmer hängt.

»Was ist los, Schatz?«, fragt er.

Ich will ihm alles erzählen. In diesem kurzen Moment, in dem mein Vater er selbst ist, will ich ihm die ganze Geschichte der letzten Monate erzählen. Von Daniels Abgang und von allem, was ich mit Benjamin herausgefunden habe. Aus irgendeinem Grund möchte ich ihm am allerliebsten von der Farbe der Mauersteine in Oxford erzählen, und davon, dass es dort nach Schlamm gerochen hat. Und dass Benjamin sich mittlerweile so sehr für die Briefmarke und ihre Geschichte interessiert wie ich.

Aber ich fasse alles ganz kurz zusammen. »Daniel und ich haben uns scheiden lassen«, sage ich.

Er nickt. Das überrascht ihn nicht. Hat Daniel ihm etwas erzählt, als er hier war? Würde mein Dad sich eine Woche später überhaupt daran erinnern? Oder hat er von Anfang an damit gerechnet, dass das passieren würde?

»Alles in Ordnung?«, fragt er mich dann.

»Ich glaube schon«, gebe ich ganz ehrlich zurück. »Vielleicht soll es so sein, dass ich allein bleibe.«

Mein Vater legt mir seine Hand auf die Schulter, und mir wird bewusst, dass dies die ehrlichste, wahrhaftigste Unterhaltung ist, die wir seit Monaten geführt haben. Ich möchte sie genießen, in mich aufnehmen, in die Länge ziehen.

»Weißt du, mein Schatz«, sagt er. »Du wirst wieder jemanden finden.«

Ich zucke mit den Schultern.

»Es gibt nicht nur die eine große Liebe. Daran habe ich nie geglaubt. Man verliebt sich, und diese Liebesgeschichte endet irgendwann. Dann kann man sich von Neuem verlieben, in jemand anderen.«

»So wie du dich in Mom verliebt hast?« Ich hole das Bild hervor und zeige es ihm. »Deine große Liebe?«

Ich deute auf die Frau, die er gemalt hat.

»Hast du dich in sie verliebt, nachdem die Geschichte mit Mom zu Ende war?«

Er runzelt die Stirn und berührt die Frau auf dem Bild. Mit dem Finger zeichnet er den Umriss ihres Gesichtes nach.

»Das war vor langer Zeit«, sagt er schließlich. »Es gibt Dinge über mich, die du nicht weißt. Dinge, die lange vor dir passiert sind.«

Ich versuche, seine Worte zu verarbeiten. Plötzlich erscheint mir alles so offensichtlich und doch so unerwartet. Nie habe ich einen Gedanken daran verschwendet, dass er vielleicht ein Leben, eine Liebe vor meiner Mom gehabt hat. Dass er früher einmal ein anderer Mensch gewesen ist, nicht mein Dad.

Das war vor langer Zeit.

Kein Wunder, dass er heute, da ihn sein Kurzzeitgedächtnis verlässt, wieder daran denkt. Je weiter seine Krankheit fortschreitet, desto weiter bewegt er sich zurück in die Vergangenheit.

»Was für Dinge?«, frage ich.

Ich möchte seine Geschichten hören, solange er sie mir erzählen kann. Ich möchte ihn verstehen, solange er noch nicht vollständig verschwunden ist. Aus demselben Grund habe ich die Briefmarken ja überhaupt schätzen lassen. Ich bin nicht bereit, ihn schon gehen zu lassen.

»Es gibt Dinge über mich, die du nicht weißt, Rissa«, sagt er.

Seine Stimme zittert ein wenig, als er den Namen meiner Mutter ausspricht. Ich verbessere ihn nicht, will einfach nur zuhören. Ich will wissen, woran er sich erinnert.

»Damals war ich ein anderer Mensch«, beginnt er.

Gram hat mir erzählt, dass sie Friedrich Faber nie kannte, nur Charlie. »Hier war er ein anderer Mensch«, hatte sie gesagt.

»Du darfst dich nicht darüber aufregen.«

Hatte sie sich darüber aufgeregt? Hatte er meiner Mutter von der anderen Frau erzählt, und daraufhin war sie zornig geworden?

»Ich rege mich nicht auf«, erwidere ich.

Der Finger meines Vaters liegt auf dem Haar der Frau. Er zeichnet jede Linie, jedes Detail nach, auch die Blütenblätter, die ich gestern Abend entdeckt habe.

»Ein Edelweiß?«, frage ich vorsichtig.

»Es gilt als Zeichen glücklichen Mutes, wer es gewinnt«, sagt mein Vater.

Es gilt als Zeichen glücklichen Mutes, wer es gewinnt, das sagte mein Vater immer. So hat Miriam es mir und Benjamin in ihrem schrecklichen Zimmer im *Raintree* erzählt.

»Was hast du gesagt?«, hake ich nach.

Er führt weiter aus: »Der Beweis, dass ich sie geliebt habe.«

Elena war verliebt in Christoph, hat Miriam gesagt. *Die einzige Frau, die Christoph jemals beachtete, war Elena ... Die Marke könnte von Christoph sein.*

»Das kann kein Zufall sein«, hat Benjamin gestern Abend verkündet.

Ich sehe ihn an. Den Mann, den ich mein Leben lang kenne. Meinen Vater. Ted. Was, wenn sich mein ganzes Wissen über seine Vergangenheit als falsch herausstellt? Wie alt war er im Jahr 1939? Schnell rechne ich es aus. Zwanzig. Oder einundzwanzig?

Er betrachtet das Bild voller Sehnsucht, voller Schmerz … voller Liebe?

Damals war ich ein anderer Mensch.

Und plötzlich sehe ich meinen Vater nicht mehr.

»Christoph?« Ungläubig spreche ich den Namen aus. Ich erwarte keine Reaktion. Mein Vater wurde in Bremen in Deutschland geboren. Das hat Gram mir gesagt. Mein Vater war Geschichtslehrer und hat Briefmarken gesammelt. Nicht graviert.

Doch er blickt auf, sieht mir in die Augen und lächelt. Als hätte er ewig darauf gewartet, dass ich das sage.

Österreich, 1939

Anfang November hatten Elena und ich fast zwanzig falsche Dokumente angefertigt. Als Josef unsere sechs jüngsten Werke vom Drucker zurückbrachte, war ich stolz auf unsere Arbeit.

Teile von Polen waren gerade von den Deutschen annektiert worden. Ich hatte das Gefühl, als würde alles um mich herum zusammenbrechen. Es sah nicht gut aus. Die Franzosen und Briten hatten Hitler nicht aufgehalten, so wie ich es mir erhofft hatte.

Elena und ich arbeiteten immer härter, immer schneller. Ich wusste, dass uns alles um die Ohren fliegen würde. Man würde uns schnappen, ins Arbeitslager schicken, hinrichten. Einerseits wartete ich geradezu darauf. Andererseits glaubte ich nicht hundertprozentig daran.

Vielleicht machte ich aus diesem Grund weiter, ging abends zu Bett, stand am nächsten Morgen wieder auf und fälschte weitere Papiere, Seite an Seite mit Elena. Oder vielleicht liebte ich sie so sehr, dass ich sie nicht verlassen, sie nicht gehen lassen, sie nicht retten konnte.

»Außerdem habe ich welche für euch dabei«, sagte Josef, griff in seine Umhängetasche und zog die Dokumente heraus, die er hatte drucken lassen. Elenas Papiere und meine. Papiere für Amalia Marsch und Theodor Laurenz.

Amy und Laurie würden zusammenbleiben, genau wie in Elenas Lieblingsbuch.

»Was ist das?« Elena nahm sie mir aus der Hand. »Christoph?« Sie funkelte mich böse an. »Ich werde nicht …«

»Ich weiß«, erwiderte ich. »Ich möchte nur vorbereitet sein. Falls wir schnell verschwinden müssen.«

Tatsächlich hatte ich vorgehabt, sie später davon zu überzeugen, dass wir so bald wie möglich fliehen mussten. Ihre Mutter war einigermaßen bei Gesundheit, aber außerhalb unserer Reichweite. In ihrem Brief hatte sie geschrieben, dass sie sich nichts sehnlicher wünschte, als ihre beiden Mädchen in Sicherheit zu wissen.

Ich hoffte, diese Worte würden Elena klarmachen, dass es Zeit für uns war, Österreich zu verlassen.

»Elena, er hat recht«, sagte Josef. »Wir spielen ein gefährliches Spiel und haben bislang gewonnen. Aber irgendwann werden die Deutschen die Marke entdecken, und dann werden sie kommen, um Christoph abzuholen.«

Elena setzte sich auf den Hocker und sah mich an. Sie seufzte leise und nickte. Das war zu leicht gewesen, wie damals, als sie zugestimmt hatte, den Kindertransport zu besteigen. Mir schien das ewig her zu sein. Ich glaubte nicht ganz, dass wir sie überzeugt hatten, wollte vor Josef aber nicht weiter darüber reden. Später würde ich mit ihr sprechen, wenn wir allein waren.

Josef stellte seine Tasche ab und holte unsere gefälschten Marken aus dem Versteck im Fußboden. Sechs Stück benötigte er, für sechs weitere Briefe. Er nahm die Marken, betrachtete sie und runzelte die Stirn.

»Was ist denn?«, fragte ich.

Hatte er etwa einen Makel an den Briefmarken entdeckt?

»Nichts«, antwortete er.

»Bist du sicher?«, fragte ich. »Ist was nicht in Ordnung mit den Marken?«

Diese Marken. Es war das erste Mal, ja das einzige Mal, dass ich einen gewissen Stolz auf eine Briefmarke empfand, die ich geschaffen hatte. Sie gehörte uns beiden, Elena und mir. Unsere wunderbare Schöpfung.

»Nein, es ist alles in Ordnung.« Er nahm sich die sechs, die er brauchte, und legte den Rest zurück in das Versteck im Fußboden.

Wir planten, die sechs neuen Briefe zu verschiedenen Zeitpunkten zu verschicken. Zusammen mit der normalen Post, damit Josef nicht sechs Briefe mit gefälschten Marken auf einmal zum Postamt tragen musste.

Josef wollte die Briefe auf mich, Schwann und sich selbst aufteilen.

»Ich nehme auch einen«, bot Elena an. »Christoph und ich teilen uns seine beiden.«

»Nein«, widersprach ich. Die Deutschen glaubten, Elena sei fort. Selbst, wenn sie sie nicht erkennen würden … ich fand es zu gefährlich, sie allein ins Dorf zu schicken.

»Juden dürfen meines Wissens Briefe versenden«, sagte Elena trotzig.

Die Juden hatten so vieles verloren. Eigentlich alles. Man evakuierte sie, isolierte sie, deportierte sie, schickte sie ins Arbeitslager. Sie unterlagen einer nächtlichen Ausgangssperre. Aber Elena hatte recht, Briefe versenden durften sie. Josef oder Elena konnten dafür nicht verhaftet werden.

»Für sie ist es nicht gefährlicher als für mich«, sagte Josef. »Du bist derjenige, der die Marke graviert hat, und würdest den Verdacht auf dich lenken.«

»Für uns alle ist es zu jedem Zeitpunkt gefährlich«, bemerkte Elena.

Ich nickte nur, aber die Angst kroch mir die Kehle hinauf. Bis auf die Zunge. Sie schmeckte metallisch.

Wir legten die Briefe für die Nacht in das Fußbodenversteck. Elena ging in die Küche, um uns das Abendessen zu machen. Josef nahm seine Tasche und schickte sich an zu gehen, drehte sich aber im Türrahmen noch einmal um.

»Du hast deine Papiere. Wenn uns anderen etwas zustößt, dann rettest du dich, Christoph. Nicht wahr?«

»Ich würde Elena nie verlassen«, sagte ich zu ihm.

»Sei nicht dumm«, gab Josef zurück.

Elena hatte etwas Brühe aufgewärmt. Wir aßen sie mit trockenem Brot, schweigend. Josefs Worte gingen mir im Kopf herum. Ich wollte Elena dazu bringen, mit mir zu fliehen. Sofort.

»Ich habe beinahe genug Reichsmark für zwei Schiffspassagen«, sagte ich, als wir das Geschirr spülten. »Wir sollten so bald wie möglich über einen Fluchtplan sprechen.

So wünscht es sich deine Mutter für dich. Du hast es selbst gelesen.«

»Na gut«, sagte sie. »Aber das können wir morgen früh besprechen, jetzt bin ich zu müde.« Sie trocknete den letzten Teller ab, sah mich an und nahm meine Hand.

»Ich weiß, was du treibst«, sagte ich.

Sie schüttelte den Kopf.

»Lüg mich nicht an. Du sagst mir, was ich hören will, und machst dann auf eigene Faust was Dummes.«

Dumm, dasselbe Wort, das Josef benutzt hatte.

»Ich werde nichts Dummes machen.« Sie sah mir unverwandt in die Augen, so selbstsicher, dass ich ihr fast geglaubt hätte. »Ich verspreche es dir, Christoph«, hauchte sie. »Ich liebe dich.«

»Ich liebe dich auch.«

Sie zog mich die Treppe hinauf, in die Dachkammer.

Dort war es kühl, aber das hielt Elena nicht davon ab, sich auszuziehen. Sie hatte vor nichts Angst. Nicht einmal vor der frühwinterlichen Kälte.

Wir schlüpften ins Bett, wie schon so viele Abende zuvor, und sie küsste mich energisch. Ich strich mit den Händen über ihren Rücken. Elenas nackte Haut war eiskalt, und als ich sie berührte, zitterte sie ein wenig.

»Ich hole uns noch eine Decke«, sagte ich.

»Nein.« Sie fasste mich an den Schultern und zog mich zu sich. »Geh nicht.«

Sie küsste mich wieder und legte sich auf mich.

Wir bewegten uns in einem Rhythmus, der uns so vertraut, so selbstverständlich war. Wir waren eins. Wir waren zusammen. Selbst unsere Atemzüge hatten sich angeglichen.

Ein, aus, ein, aus – wir waren eins. Wir waren zusammen.

Danach lag ihr Kopf auf meiner Brust, ihr Ohr über meinem Herzen.

»Wenn wir getrennt werden«, sagte sie in die Dunkelheit hinein. »Dann werde ich dich in Amerika wiedersehen. Du wirst ohne mich fahren …«

Ihre Stimme erstarb. Sie schlief schon halb und bekam nicht mehr richtig mit, was sie sagte.

»Wir werden nicht getrennt.«

Ich hatte mir vorgenommen, sowohl ihren als auch meinen Brief morgen früh zum Postamt zu bringen. So früh, dass sie es nicht merken würde. Ich konnte nicht riskieren, dass sie allein ins Dorf ging. Egal, was sie oder Josef sagen mochten.

»Versprich mir das«, bat sie.

»Ich verspreche es dir.« Müde zwirbelte ich eine ihrer Locken zwischen meinen Fingern, dann nickte ich ein.

Als ich am nächsten Morgen erwachte, war sie fort.

Los Angeles, 1989

»Sie hatte die Briefe mitgenommen«, sagt mein Vater und dreht sich zum Fenster.

Ich bin damit beschäftigt, seine Geschichte zu verarbeiten. Im Kopf setze ich seine Erzählung mit dem zusammen, was ich von Miriam und Gram weiß.

»Sie waren beide weg. Einen habe ich am Waldrand im Schnee gefunden. Ich glaube nicht, dass sie es ins Dorf geschafft hat.«

Ein erstickter Laut entfährt ihm, fast so als würde er die ganze Geschichte von Neuem durchmachen.

»Ach, Dad.« Ich lege ihm eine Hand auf die Schulter, aber er reagiert nicht, sondern starrt bloß aus dem Fenster. Es wirkt, als könne er Elena irgendwo dort draußen sehen. Hinter den Hügeln, wo ich bislang meine Mutter verortet habe.

Ich versuche, seine Informationen in ein Gesamtbild einzuordnen. Mein Vater. Mein Dad.

Vor fünfzig Jahren gravierte er Briefmarken für Österreich, für die Nazis und für den Widerstand. Ich wusste, dass Deutsch seine Muttersprache ist, habe aber nie ein deutsches Wort aus seinem Mund gehört. Er sprach gern über Geschichtliches, über vergangene Zeiten, aber nie über seine persönliche Vergangenheit. Nie über die Zeit, bevor er nach Amerika kam.

Ich dachte immer, er sei noch klein gewesen, als er hierherkam. Ein Junge, so hatte er selbst gesagt. Und deswegen würde er sich nicht so gut wie Gram an das Leben in Europa erinnern. Aber vielleicht entschied er sich ja bewusst für das Schweigen.

»Damals war ich ein anderer Mensch«, hat er gesagt.

Ich wusste, dass er zum Judentum konvertiert war, als er meine Mom geheiratet hatte, und dass er sehr darin aufging. Meine Mom neckte ihn oft damit, er sei jüdischer als sie selbst. Doch heute, mit meinem Wissen …

Ich weiß nun, welcher Mann er einmal gewesen ist, welche Frau er einmal geliebt hat. Plötzlich ergibt fast alles einen Sinn.

Als ich ihn ansehe, ist sein Gesicht verzerrt. Er hat Tränen in den Augen. Er legt seine Handfläche auf die Fensterscheibe.

»Ich habe sie nie wiedergesehen«, sagt er, nicht direkt an mich gerichtet. »Nie wieder.«

»Du bist nach Amerika gefahren, so wie sie vorgeschlagen hatte?«

Er starrt weiter aus dem Fenster.

Ich fahre fort, wenn auch nur, um den Faden nicht zu verlieren. »Du bist gekommen, um Friedrich Faber zu suchen, aber er war gestorben. Dann hast du Gram und Großvater Gid kennengelernt. Und Mom.«

Benjamin hatte recht. Nichts davon war Zufall. Ob meine Mutter von alldem wusste? Vielleicht. Gram hatte allerdings keine Ahnung. Möglicherweise wusste auch meine Mutter nichts.

Dieser Brief, den Benjamin und ich wochenlang mit uns herumgetragen haben, wurde also niemals abgeschickt.

»Du hast einen Brief an Elena geschrieben, nachdem sie an jenem Morgen verschwand, hast ihn aber nie weggeschickt? Du hast ihn all die Jahre über behalten. Du hast all die Marken gesammelt …«

Plötzlich begreife ich alles. Die endlosen Ausflüge zu Trödelläden und Flohmärkten, das Herumstöbern im Müll anderer Leute, das Festhalten an der großen Sammlung. Sie bestand nicht bloß aus Papier und Tinte, nein, sie stand für seine Vergangenheit. Für die Person, die er früher gewesen ist. Für die Frau, die er früher geliebt hat.

»Ich habe sie geliebt«, sagt mein Vater. Er dreht sich zu mir um und legt mir eine Hand auf die Wange. »Aber dich liebe ich auch. Ich will nicht, dass du gehst, Rissa. Ich will nicht, dass auch du mich verlässt.«

»Das werde ich nicht«, entgegne ich.

Dann setzen wir uns nebeneinander und sehen lange aus dem Fenster. Wir sitzen so da, bis Sally hereinkommt und meinen Vater daran erinnert, dass es Zeit fürs Mittagessen ist.

»Putensandwiches, Ted, Ihr Lieblingsessen«, lockt sie mit einem Lächeln, das ein wenig zu breit ausfällt.

»Sag ihr, dass ich hier bin«, bittet er mich und steht auf.

Ich bin mir nicht sicher, für wen er mich gerade hält und wo er sich gerade wähnt und auf wen er anspielt.

»Wenn du sie siehst, sag ihr, wo sie mich finden kann.«

»Das werde ich«, verspreche ich ihm.

Das fühlt sich an wie alle anderen Versprechen, die ich mache, wenn ich meine Besuche bei ihm beende. Wenn ich ihm versichere, seine Flugtickets zu suchen, sein Abreisedatum nachzusehen, die Check-out-Zeit in seinem Hotel in Erfahrung zu bringen. Es ist ein leeres Versprechen.

Nachdem ich das *Willows* verlassen habe, fahre ich direkt zu Benjamins Büro. In der Geschichte, die mir mein Vater gerade erzählt hat, ist Christoph ein anderer Mann. Nicht mein Vater mit einem anderen Namen, sondern ein Fremder, eine Person, die ich nie gekannt habe. Ich muss mich daran erinnern, dass er es war. Dass er das alles tatsächlich erlebt hat.

Ein Wunder, dass er es überlebt hat, aus Österreich fliehen konnte und es hierhergeschafft hat. Dass ich hier sitze. Der Gedanke jagt mir einen Schauder über den Rücken, obwohl es heiß im Auto ist.

Ich parke achtlos in irgendeiner Lücke und kümmere mich nicht darum, dass ich zwei Plätze belege. Dann renne ich quer über den Parkplatz zu Benjamins Büro und reiße die Tür so stürmisch auf, dass die Glocke laut gegen das Glas schlägt.

»Katie?« Benjamin steht auf.

Er ist überrascht, mich zu sehen, und lächelt.

»Ich habe Christoph aufgespürt«, sage ich atemlos.

Benjamin geht um seinen Schreibtisch herum und nimmt einen Papierstapel von einem Stuhl.

»Unseren Christoph?«, fragt er, als ich mich setze.

»Meinen Christoph.«

Benjamin schaut furchtbar enttäuscht drein. Wahrscheinlich glaubt er, ich will ihn ausbooten.

»Nein, nein, so habe ich das nicht gemeint«, schicke ich hinterher. »Ich sagte, mein Christoph, weil Christoph mein Vater ist.«

»Ihr Vater heißt Ted«, sagt Benjamin in seiner typisch logischen Art.

»Friedrich hieß Charlie, als er nach Amerika kam, stimmt's?«

Benjamin runzelt die Stirn. Er ist nicht überzeugt, und auch ich finde die Geschichte schwer zu glauben. Die Worte meines Vaters waren jedoch so real, so voller Leben, dass ich nicht an ihnen zweifele.

Ich erkläre Benjamin, dass sich seine Angaben mit denen von Miriam und Gram decken. Ebenso mit den Vermutungen von Dr. Grimes. Plötzlich ergibt alles einen Sinn. Die lebenslange Begeisterung meines Vaters für Briefmarken. Die Suche danach. Der Aufbau der Sammlung. Die Pflege der Sammlung. Die Liebe für die Sammlung.

Dann erzähle ich Benjamin von den Zeichnungen meines Vaters, von dem Edelweiß im Haar der Frau. Es ist dieselbe Blume wie auf unserer Marke. Ich habe eins der Bilder mitgebracht, die Sally mir gegeben hat, und zeige es Benjamin. Der studiert es und gibt es mir dann zurück.

»Er war also während des Krieges Briefmarkengraveur in Österreich«, sagt Benjamin ehrfürchtig.

Er sitzt auf der Schreibtischkante und beugt sich zu mir

nach vorne. Dabei kommt er mir so nah, dass sich unsere Beine fast berühren.

»Ihr Dad?«

»Mein Dad«, bestätige ich.

Ich berichte Benjamin den Rest der Geschichte, die ich von meinem Vater erfahren habe. Von den gefälschten Papieren, von dem Edelweiß, das ein *Zeichen glücklichen Mutes* und der Beweis für seine Liebe für Elena war. Von ihren falschen Papieren, die sie zu Figuren aus *Little Women* machten. Davon, dass er Elena nach jenem Morgen nie wiedergesehen hatte, an dem sie die letzten Briefe verschicken wollte.

»Wow«, seufzt Benjamin.

Dann ist er einige Minuten lang sprachlos.

»Was ist mit den übrigen Briefen passiert?«, fragt er, als er sich einigermaßen beruhigt hat. »Ich meine mit denen, die Josef und Schwann verschicken sollten. Glauben Sie, dass sie sie tatsächlich abgeschickt haben und dass sie bei den eigentlichen Empfängern angekommen sind? Nachdem Elena verhaftet worden war?«

»Ich weiß es nicht.«

Diese Frage erscheint mir unwichtig beim Gedanken an das Schicksal Europas, Österreichs und dem aller Juden, die in den Konzentrationslagern umgekommen sind. Mein Vater, Elena, Josef, Schwann … macht es wirklich einen Unterschied, ob sie zehn, fünfzehn oder zwanzig Menschen gerettet haben?

Ja, es scheint tatsächlich einen zu machen. Das winzige Dorf Großenburg, das von den Nazis niedergebrannt wurde, steht nicht mehr nur für einen fehlenden Punkt auf einer modernen Landkarte, sondern für Menschen, mit denen ich verbunden bin. Für meine Familie, meine eigene Geschichte.

»Ich vermute, Elena wurde nach Mauthausen gebracht, so wie ihre Mutter. Oder sie starb noch am selben Tag«, sinniert Benjamin. »Wie auch immer es gewesen sein mag, den Krieg hat sie wahrscheinlich nicht überlebt.«

Der Gedanke an diese Frau, die ich nie kennengelernt habe, die mein Vater liebte, als er ein anderer gewesen war, schmerzt mich schrecklich. Sie hat ihre Schwester, ihren Vater und fremde Menschen gerettet, nicht aber sich selbst, obwohl sie die Möglichkeit dazu gehabt hätte. Mein Vater sagt, sie hätte Papiere für ihn gefälscht und ihm das Versprechen abgenommen zu fliehen, auch ohne sie.

Ich bin mir sicher, dass sie ihn gerettet hat. Mit zitternder Stimme sage ich: »Ich habe meinem Dad versprochen, dass ich ihr von ihm erzähle, wenn ich sie finde.«

Ich muss mich sehr beherrschen, nicht zu weinen, aber ich bekomme die Gedanken nicht aus dem Kopf.

Den Gedanken an meinen Vater als Christoph, jenen anderen Mann. An die Gefahren, die er und Elena ausstehen mussten. An das Leben, das er gelebt hat, und an das Leben, das ihr vor vielen Jahren gestohlen wurde. Dann kann ich mich nicht länger beherrschen und muss weinen.

Benjamin beugt sich zu mir hin und legt mir eine Hand auf die Schulter. Sein Gesicht ist mir so nahe, dass ich im Licht der Neonröhren seine Augen als blaugrau erkenne.

»Er hat sie wirklich geliebt«, sage ich. »Und dann wurde sie ihm genommen.«

Seine Miene verrät ein bisschen Verständnis. Plötzlich springt er vom Tisch, zieht mich hoch und umarmt mich, in einer Art Überraschungsaktion. Er ist stärker, als ich geglaubt hatte, und riecht nach einem Aftershave, das mich ans Meer erinnert, an die kalte, salzige Gischt in Coronado.

Einige Minuten lang halten wir uns aneinander fest. Ich will nicht, dass das aufhört. Dann geht die Türglocke, und Benjamin lässt mich los.

Ich drehe mich um und sehe eine junge, blonde Frau im Türrahmen. Sie wirkt ein bisschen unsicher.

»Ich habe einen Termin«, sagt sie und wirft einen Blick auf ihre Armbanduhr, wie um sich der richtigen Uhrzeit zu vergewissern. »Wenn ich störe, kann ich auch später wiederkommen …«

Benjamin blickt sie an, über meine Schulter hinweg. »Miss Kemp?« Sie nickt. »Ich bin gleich bei Ihnen.«

Er sieht wieder zu mir, steckt die Hände in die Taschen und zuckt mit den Schultern. Die Briefmarke hat uns beide monatelang beschäftigt. Er hat andere Kunden. Solche, an denen er etwas verdienen kann.

»Ich sollte gehen«, bemerke ich, bleibe aber stehen.

Weil es sich irgendwie so anfühlt, als müsse ich noch etwas sagen. Unser Auftrag ist erledigt, schießt mir durch den Kopf. Aber das klingt so blöd. Ich möchte ihm sagen, dass ich ihn nachher anrufe. Oder mich mit ihm zum Frühstück verabreden.

Welchen Grund hat er jetzt noch, sich mit mir zu treffen? Ich habe Christoph gefunden und damit die Antwort auf seine Frage nach dem Geheimnis jener ungewöhnlichen Briefmarke. Wir haben nichts mehr, über das wir reden müssten, keinen Grund, uns wiederzusehen. Also schicke ich mich an, sein Büro zu verlassen.

»Katie«, ruft er mir nach, als ich an Miss Kemp vorbeigehe.

Ich drehe mich um und betrachte ihn. Sein Haar ist verwuschelt, seine Brille sitzt schief. Ist das etwa bei unserer Umarmung passiert?

Jetzt merkt er es selbst und rückt die Brille gerade. »Passen Sie auf sich auf«, sagt er schließlich.

»Ja«, gebe ich zurück. »Sie auch.«

Dieses Jahr habe ich keinen Weihnachtsbaum. Das erste Mal, seit ich Daniel kenne. Ich gehe auf den Dachboden und grabe die alte Menorah aus, die ich zusammen mit der Briefmarkensammlung aus dem Haus meines Vaters mitgenommen habe, als er ins *Willows* gezogen ist.

Chanukka beginnt kurz vor Weihnachten, am 22. Dezember. Zum ersten Mal seit Jahren gehe ich in die Synagoge in unserer alten Wohngegend. Dort findet das rituelle Anzünden der Chanukkia statt, außerdem gibt es Bastelstunden und Dreidelspiele für die Kinder. Ich bin zuletzt mit meinen Eltern dort gewesen, als ich selbst noch ein Kind war.

Heute gehe ich ganz allein hin. Ich will das Mädchen suchen, das ich einmal gewesen bin, und auch den Ort, von dem ich komme. Ich möchte Teil von etwas sein, das größer und wichtiger ist als ich selbst. Das ist mein Feiertag, der von Dad und Gram, von Elena und den Fabers.

Am Weihnachtsmorgen rufe ich Benjamin an. Er geht nicht ans Telefon. Wahrscheinlich ist er nicht im Büro, vielleicht sogar im Ausland. Ich spreche ihm eine Nachricht aufs Band. Ich wollte nur sehen, wie es ihm geht und wie er die Feiertage überstanden hat. Dann fahre ich raus nach Coronado und verbringe eine ganze, herrliche Woche bei Gram am Meer.

Als ich wieder nach Hause komme, ist keine einzige Nachricht auf meinem Anrufbeantworter. Dafür finde ich den Rest der Briefmarkensammlung meines Vaters auf meiner Eingangsveranda vor, säuberlich aufgestapelt. Ein Zettel liegt darauf:

> *Ich dachte, Sie hätten die Sammlung gerne zurück. Ich habe alles durchgesehen. Es ist nichts mehr dabei, was mit den Fabers oder Österreich zu tun hat, und auch ansonsten nichts von größerem Wert.*
> *Benjamin Grossman*

Der Zettel klingt so formal, so geschäftsmäßig. Benjamin hat die Sammlung meines Vaters abgehakt. Und mich auch. Was immer wir für kurze Zeit geteilt haben, ist vorbei.

Los Angeles, 1990

Ich mag neue Anfänge. Den Neubeginn. Ein neues Jahr, ein neues Jahrzehnt hat begonnen.

Als ich aus Coronado zurückkomme, ist mir klar, dass ich mir einen neuen Job suchen muss. Aber zuerst nehme ich mir einen Makler und gebe mein Haus zum Verkauf frei. Ich will nicht mit so vielen Erinnerungen leben. Ich will von vorne anfangen.

Dann rufe ich Jason an und berichte ihm alles, was ich über die Briefmarke und meinen Vater erfahren habe.

»Wow.« Am anderen Ende der Leitung höre ich ein beeindrucktes Pfeifen. »Ich hab gewusst, dass eine Story dahintersteckt.«

»Ja«, erwidere ich und kaue an meinem Daumennagel.

Ich will, dass Jason mir einen Job anbietet, mir Geld in Aussicht stellt, um diese Geschichte zu schreiben. Aber davon sagt er kein Wort.

Also platze ich damit heraus: »Wie ist es, kriege ich den Auftrag, diese Story zu schreiben, oder nicht?«

»Unter einer Bedingung«, sagt er. »Ich will wissen, was in dem Brief steht.«

»In dem Brief?«

Ich brauche einen Moment, um zu kapieren, was er da

verlangt. In letzter Zeit habe ich mich nur auf die Marke konzentriert.

»Der Brief, den dein Vater Elena geschrieben hat. Wir würden den Text abdrucken, zusammen mit dem Artikel.« Seine Stimme überschlägt sich fast vor Begeisterung.

»Ich kann den Brief nicht aufmachen«, sage ich. »Er ist nicht an mich adressiert.«

Jason kichert. Er denkt, ich hätte einen Witz gemacht. Habe ich aber nicht.

»Ich meine es ernst. Das steht mir nicht zu.«

»Du hast gesagt, Elena ist höchstwahrscheinlich tot.«

»Trotzdem. Es fühlt sich falsch an, den Umschlag zu öffnen. Mein Vater hat ihr einen Liebesbrief geschrieben. Den können wir nicht einfach im *Voice Magazine* abdrucken, damit alle Welt ihn liest. Das ist eine vertrauliche Botschaft gewesen.«

»Aber deine Story ist ohne die Liebesgeschichte von Christoph und Elena nicht komplett«, wendet Jason ein. »Die Story hat sonst kein Ende. Du weißt ja nicht, was aus Elena geworden ist.«

»Das stimmt«, räume ich ein.

Da wird mir klar, dass ich nicht für ihn arbeiten werde. Dass es die ganze Zeit über nicht darum ging.

Ich werde den Brief behalten, als Andenken an meinen Vater und als Symbol für seine Vergangenheit. Außerdem werde ich weiterhin versuchen, das Schicksal von Elena aufzuklären. Aber nicht für Jason und für das *Voice Magazine*. Sondern für meinen Vater und für mich.

Im Februar finde ich endlich einen neuen Job. Ich arbeite für Gladys Weinstein, eine hippiemäßige Frau, die etwa so alt ist, wie meine Mutter heute wäre. Sie leitet eine kleine, neu gegründete Zeitschrift namens *Jewish L. A.* und stellt mich ein, um den redaktionellen Inhalt zu schreiben. Von Neuem lerne ich das Los Angeles meiner Kindheit kennen. Samt seiner jüdischen Aspekte, die ich so ziemlich hinter mir gelassen hatte.

Ich kaufe Sabbatkerzen, und manchmal, wenn ich in der Stimmung bin, zünde ich sie freitagabends an. In letzter Zeit bin ich öfter in der Stimmung.

Mein Vater erzählt mir, wie er zum Juden wurde. Eigentlich erst so richtig an jenem Abend, als er glaubte, Elena verloren zu haben. Damals, als sie ihn dabei erwischte, wie er das Gebet falsch aufsagte. Es vergingen so viele Abende, an denen Elena aus Angst keine Kerzen anzünden konnte.

Ich kann sie anzünden, wann immer ich will. Darum habe ich das Gefühl, es ihr und meinem Vater schuldig zu sein.

Im Frühjahr verkaufe ich mein Haus an ein junges, frisch verheiratetes Paar, das für meinen Geschmack zu sehr in seiner rosa Wattewölkchenwelt schwebt. Ich ziehe in eine kleine Wohnung in Santa Monica, in Laufnähe zum *Willows*. Das passt besser zu mir.

Ich adoptiere eine Terrierhündin aus dem Tierheim und gehe oft mit ihr am Strand spazieren. Ein paar Mal nehme ich sie mit ins Heim, wo wir zusammen mit meinem Dad im Garten sitzen. Er erfreut sich an meinem Hund, aber jedes Mal, wenn er Lucky sieht, glaubt er, es ist das erste Mal.

Im April fahre ich zu Gram, um mit ihr das Passahfest zu feiern. Wir veranstalten einen Sederabend, gemeinsam mit ein paar Freundinnen aus ihrem Bridgeklub, die mich ständig mit ihren Enkelsöhnen verkuppeln wollen. Ich murmele höfliche Entschuldigungen und erkläre, dass ich noch nicht so weit bin.

»Was ist mit diesem niedlichen Benjamin Grossman?«, flüstert Gram im Verschwörerton quer über den Tisch. Sie erzählt ihren Freundinnen, dass ich ihn einmal mitgebracht habe und dass sie ihn süß findet.

»Ich habe seit Monaten keinen Kontakt mehr zu ihm«, sage ich.

Allerdings verschweige ich, dass ich sehr oft an ihn gedacht und mich gefragt habe, was er wohl macht. Ob er auch nachts wach gelegen hat, so wie ich.

»Außerdem war Benjamin nur an der Briefmarke interessiert«, füge ich hinzu.

»Wenn du meinst«, sagt Gram.

Der Juni bringt den heißesten Tag in L. A. seit Beginn der Wetteraufzeichnungen. Als fast 45 Grad erreicht sind, bin ich froh, in meiner neuen Wohnung näher am Wasser zu sein. Ich habe einen Balkon, und selbst heute weht eine sanfte Brise vom Pazifik herüber. Die Nähe zum Wasser ist wie ein Geschenk.

Am Morgen ruft mich Gladys an und sagt, ich bräuchte nicht zur Arbeit zu kommen. Unser kleines Büro hat keine

Klimaanlage, im Gegensatz zu meiner Wohnung. Ich biete ihr an, zu mir zu kommen, aber sie möchte lieber in die Mall fahren, wo sie gleichzeitig shoppen und die Kühle genießen kann. Ich versichere ihr, von zu Hause aus zu arbeiten, aber sie lacht nur.

»Ach, Katie, nehmen Sie sich den Tag frei. Niemand braucht zu arbeiten, wenn es sich draußen anfühlt wie in der Hölle.«

Lucky und ich verbringen den Tag auf der Couch und schauen uns Soaps an. Als es gegen Abend an der Tür klopft, bin ich überrascht. Kein Vertreter ist verrückt genug, heute von Haustür zu Haustür zu ziehen. Es klopft noch einmal. Ich stehe von der Couch auf und werfe einen Blick durch den Spion.

Auf der anderen Seite der Tür steht Benjamin, verschwitzt und verstrubbelt, die Brille beschlagen. Mit einem Mal kommt alles zu mir zurück, was wir geteilt haben, jene nebligen Tage in Wales.

Als ich die Tür öffne, sagt er nicht Hallo. »Sie sind umgezogen«, bemerkt er als Erstes.

Da wird mir wieder bewusst, wie direkt er ist. Er kommt sofort auf den Punkt. Als ich ihn so sehe, denselben Benjamin wie eh und je, lächele ich unwillkürlich.

»Sie waren gar nicht leicht zu finden.« Er späht an mir vorbei in meine Wohnung hinein, wo gerade eine riesige Unordnung herrscht. Wäschestapel auf der Couch, Bibliotheksbücher auf dem Boden, schmutziges Geschirr in der Spüle. Falls er überhaupt so weit sehen kann.

»Kleiner als Ihr Haus«, sagt er.

»Für mich allein brauche ich nicht so viel Platz. Außerdem habe ich es näher zu meinem Dad. Und zum Wasser.« Ich öffne die Tür etwas weiter. »Kommen Sie rein. Es ist zu heiß, um draußen stehen zu bleiben.«

Benjamin tritt ein, und Lucky rennt auf ihn zu. Er kniet sich hin, um sie zu streicheln. Sie leckt seine Hand, und er zieht sie nicht zurück. Bisher hatte ich ihn nicht für einen Hundeliebhaber gehalten.

»Sie ist auch neu?«, fragt er.

»Ja. Neues Jahrzehnt, neue Wohnung, neuer Hund, neuer Job, neues Leben.« Ich schiebe einen Wäschestapel auf den Couchtisch, damit er Platz nehmen kann. »Möchten Sie etwas trinken?«

Er schüttelt den Kopf. »Nein, danke, ich kann nicht bleiben. Ich wollte … Ich wollte nur wissen, wie's Ihnen geht, das ist alles.«

»Heute? Wir haben tausend Grad.«

Im Dezember habe ich ihm auf den Anrufbeantworter gesprochen. Danach bin ich ein paar Mal an seinem Büro vorbeigefahren, in der Hoffnung, ihm zu begegnen. Weil ich mich genau dasselbe gefragt habe. Ich hatte mir bloß angenehmeres Wetter ausgesucht.

»Es geht Ihnen gut«, sagt er mehr zu sich selbst.

Ich nicke. Es geht mir gut, und ich bin froh, dass er es bemerkt hat.

»Wie ist es bei Ihnen?«, frage ich.

Er antwortet nicht, sondern setzt sich auf die Couch und lächelt. Das bedeutet wohl, dass es bei ihm auch ganz gut läuft.

»Ich muss zugeben, der wahre Grund für meinen Besuch ist, dass ich mich noch immer mit Ihrer Marke beschäftige.«

»Echt?« Ich setze mich neben ihn. »Das heißt, ich beschäftige mich auch damit, aber ich dachte, Sie hätten andere Marken, die Ihre Aufmerksamkeit verlangen.«

»Das stimmt«, erwidert er. »Aber Ihre Marke war …«

»Ja?«

»Anders«, sagt er schließlich und blickt auf seine Füße.

Er guckt nicht unmittelbar wieder hoch, darum erzähle ich ihm, dass ich versuche, Elenas Schicksal aufzuklären.

Jackie von der Holocaust-Gesellschaft hat vorgeschlagen, mich durch die Mikrofilme des Roten Kreuzes in der Bibliothek der UCLA zu wühlen, aber dort habe ich ihren Namen nicht entdeckt. Ich habe außerdem einen Schriftwechsel mit Dr. Grimes geführt, der mir den Tipp gegeben hat, dass Deutschland Akten aus dem Zweiten Weltkrieg freigeben wird, sobald die Wiedervereinigung vollzogen ist. Wir hoffen, dass Elenas Name oder Hinweise auf ihr Schicksal darin auftauchen werden.

»Ich habe mich mit Briefmarkenhändlern aus Deutschland und Österreich in Verbindung gesetzt«, sagt Benjamin, als ich fertig erzählt habe. »Ich habe ständig an die anderen Briefe gedacht. Es gab fünfzehn oder zwanzig Stück, stimmt's? Was ist mit denen passiert? Irgendjemand hat vielleicht einen davon aufgehoben. Da Deutschland bald wiedervereinigt wird … Also, ich dachte, dass eine unserer Marken vielleicht dort auftaucht. Eventuell im Osten.«

»Klingt nicht so wahrscheinlich«, bemerke ich.

Ich denke daran, was Jackie mir zu der Suche nach Holocaust-Überlebenden gesagt hat.

Er nickt. »Darum habe ich Ihnen auch nichts gesagt.«

Dann hat er also einfach weitergemacht, für mich? Und schützen wollte er mich außerdem?

»Bis es sich ausgezahlt hat«, sagt er.

»Sie haben tatsächlich einen gefunden?«

Ich bin so aufgeregt, dass ich einen Atemzug vergesse. Es gibt also eine weitere Marke wie unsere, wie die meines Vaters? Eine weitere Verbindung zu seiner Vergangenheit?

»Herr Jacobs ist ein Berliner Händler, den ich kontaktiert habe. Diese Woche habe ich einen Brief von ihm bekommen. Er schrieb, er sei kürzlich auf eine ähnliche Marke gestoßen. Sie ist in seinem Bestand! Im Herbst will ich hinfahren«, sagt Benjamin. »Weil die Wiedervereinigung bevorsteht, bieten mehr Airlines Verbindungen nach Berlin an. Dann kann ich Herrn Jacobs und seine Briefmarke persönlich in Augenschein nehmen. Und wenn wir schon mal dort sind, könnten wir in Sachen Elena gleich einen Blick in die Akten werfen, die demnächst freigegeben werden.«

Er hat sich so richtig in Schwung geredet, merkt dann aber plötzlich, dass er *wir* gesagt hat.

»Ich meine, ich könnte einen Blick in die Akten werfen, tut mir leid.«

»Nein«, sage ich. »Ich will mit nach Deutschland. Aber dieses Mal bezahle ich mein Ticket selbst.«

Er lächelt, ganz so, als würde er sich gerade an unsere Wales-Reise erinnern.

Denkt er daran auch so gerne zurück wie ich?

»Nur eins noch«, füge ich hinzu. »Würde es Ihnen was ausmachen, wenn Gram uns begleitet?«

Deutschland, 1990

Ostdeutschland oder einfach Deutschland sieht überhaupt nicht so aus, wie ich es mir vorgestellt hatte. Dort, wo früher etwa sechzig Kilometer östlich von Berlin Grams winziges Heimatdorf Hertzwalde lag, befindet sich heute welliges Weideland, umgeben von grünen Hügeln und Wäldern.

Wir mieten uns ein Auto und fahren an unserem ersten Tag in Deutschland dorthin. Ich habe mit einem Trümmerfeld und Schrecknissen gerechnet, aber alles, was ich sehe, ist Schönheit. Weites grünes Land, weidende Schafe. Man kann sich kaum vorstellen, dass hier ein jüdisches Dorf gestanden hat und es vor fast fünfzig Jahren zerstört, ausradiert, niedergebrannt wurde. Oder dass die Menschen, die seitdem dort gelebt haben, auf Anordnung der Regierung hinter einer bewachten Grenze gefangen und isoliert waren.

Wir fahren ein bisschen durch die Gegend, und Benjamin entdeckt einen Naturpark. Ich fahre hinein und stelle das Auto ab. Wir steigen alle aus und gehen einen bewaldeten Weg entlang, der uns an einen kleinen See führt.

Gram ist still, macht aber große Augen. Sie zittert ein wenig, denn die Herbstluft ist kalt. In Kalifornien sind wir so etwas nicht gewohnt.

»Ich hätte nie geglaubt, noch einmal hierherzukommen«, sagt sie.

»Du warst schon mal da?« Mir ist nicht klar, ob sie sich auf Deutschland oder den See bezieht. »In diesem Park?«

»Ja, Schatz. *Wo wir als Kinder spielten*«, sagt sie auf Deutsch, aber dann fällt ihr ein, dass ich kein Deutsch kann. Sie übersetzt es für mich. »Ich dachte, sie hätten alles zerstört, aber es ist noch immer schön.«

Zurück in Berlin, im Palasthotel, zieht sich Gram auf unser Zimmer zurück, um ein Nickerchen zu machen.

Benjamin und ich beschließen, ein wenig durch die Stadt zu spazieren. Um vier sind wir mit Herrn Jacobs im früheren Westberlin verabredet. Gram wird uns begleiten und übersetzen. Benjamin hat allerdings bereits mit Herrn Jacobs telefoniert und meint, er könne halbwegs ordentlich Englisch.

Unser Hotel, das im früheren Osten liegt, war einst für hohe Gäste reserviert und nimmt erst seit Kurzem normale Bürger und Touristen wie uns auf. Das Interieur ist überwiegend beige und braun, sodass ich mich fühle wie in einer Höhle, obwohl das Gebäude eigentlich ziemlich opulent gestaltet ist.

Wir werfen einen Blick auf den Stadtplan. Wir wollen uns die Mauer ansehen. Die liegt knapp drei Kilometer vom Hotel entfernt, und die Nachmittagsluft ist frisch.

»Der Spaziergang wird uns guttun«, sage ich, als Benjamin einwendet, dass es zu weit zum Laufen ist.

Ich verspüre nach den langen Flügen und der Autofahrt

heute Vormittag einen Bewegungsdrang. Am liebsten möchte ich Berlin erleben, wie Gram es damals als Mädchen erlebt hat. Ich möchte den Puls der Stadt spüren. Wir einigen uns auf eine Route und machen uns schweigend auf den Weg.

Nachdem Benjamin mich im Sommer an meiner Wohnungstür überraschte, haben wir uns in den vergangenen Monaten nicht mehr häufig unterhalten, abgesehen von den Telefonaten zur Reisevorbereitung.

Gram musste ihren Pass verlängern, außerdem mussten wir einen zeitlich passenden und möglichst günstigen Flug finden. Schließlich einigten wir uns darauf abzuwarten, bis die Lufthansa eine reguläre Verbindung nach Berlin anbot. Das geschah erst nach der offiziellen Wiedervereinigung. Darüber haben wir uns am Telefon verständigt. Sonst gab es keinen Kontakt.

Ich habe ihn nie gefragt, wie es ihm geht oder wie er das mittlerweile dritte Thanksgiving ohne Sara und Davis verbringen wird.

Auch auf unserem Spaziergang erwähne ich nichts davon. Zuerst weiß ich gar nicht, was ich sagen soll. Irgendwann empfinde ich dann die Stille als wohltuend. Ich brauche gar nichts zu sagen.

Wir biegen in die Oranienburger Straße ein, und ich bemerke ein Gebäude mit Kuppel, das sich deutlich von den Häusern der Umgebung abhebt. Neben der Tür hängt eine Tafel mit einem Davidstern darauf.

»Eine Synagoge?«, frage ich.

Ich bin überrascht, aber warum eigentlich? Der Krieg ist

lang her. Aber ich habe mir Berlin und besonders den Ostteil ohne Juden vorgestellt.

Der Text auf der Tafel ist auf Deutsch, aber ich verstehe genug, um zu begreifen, worum es geht.

»In der Kristallnacht zerstört, wiederaufgebaut 1966«, lese ich vor. Mit dem Finger fahre ich über das Datum unten auf der Tafel.

Benjamin trägt eine Kamera um den Hals. Jetzt nimmt er sie in die Hand und fotografiert die Tafel aus der Nähe. Dann tritt er zurück und macht ein Bild von dem wunderschönen Gebäude als Ganzem, mit mir im Vordergrund.

»Ich lasse Ihnen Abzüge machen, wenn wir wieder zu Hause sind«, sagt er. »Sie könnten für Ihre Zeitschrift über die Synagoge schreiben.«

»Gar keine schlechte Idee«, entgegne ich.

Woher weiß er eigentlich, wo ich arbeite? Ich habe ihm nur gesagt, dass ich einen neuen Job habe. Hat er Informationen über mich gesammelt, so wie ich über ihn?

Wir gehen weiter, nur manchmal bleiben wir stehen, damit Benjamin fotografieren kann.

Als wir die Mauer erreichen, sehen wir, dass sie noch nicht ganz beseitigt ist. Arbeiter sind damit beschäftigt, sie einzureißen. Ziemlich viel des ursprünglichen Bauwerks ist erhalten. Erstaunlich, da sie bereits vor einem Jahr *gefallen* ist. Sie ist hässlich, eine Monstrosität aus Beton und Ziegelsteinen.

Ich erinnere mich an den *Mauerspecht*, den wir letztes Jahr in Wales im Fernsehen gesehen haben. An die Frau im

Regenmantel, die die Mauer so sehr hasste, weil sie dadurch von ihrer Familie getrennt worden war. Benjamin und ich waren an jenem Abend Händchen haltend eingeschlafen, untermalt von den Klängen der Spitzhacken auf BBC.

Heute strahlt die Sonne. Die Laubbäume im Park neben der Mauer leuchten in den schönsten Farben, und in der Luft liegt der Krach der Planierraupen, die die Mauer auseinandernehmen.

Das Büro von Herrn Jacobs liegt in einer kleinen Ladenzeile auf der anderen Seite der Mauer, in der Luisenstraße, ganz in der Nähe der Universität. Auf dem unauffälligen Schild steht *Philatelie*, und selbst ich mit meinem mangelhaften Deutsch weiß, dass wir am richtigen Ort sind.

Wir gehen hinein. Irgendwie erinnert mich das Ganze an Benjamins Büro. Ein kleiner, vollgestellter Schreibtisch, ein winziger Fernseher in einer Ecke. Ich finde es lustig, dass sich Briefmarkenhändler anscheinend ähneln, auch wenn sie auf verschiedenen Seiten des Erdballs leben.

Herr Jacobs kommt aus einem Hinterzimmer, als er uns eintreten hört. Er ist viel älter als Benjamin, vielleicht so alt wie Gram.

»Guten Tag«, sagt er und mustert uns alle drei.

Dann betrachtet er Gram, ganz so, als verstehe er nicht genau, was sie mit der Geschichte zu tun hat. Benjamin hat sie wohl nicht angekündigt. Doch sie ist diejenige, die vortritt und das Gespräch beginnt, auf Deutsch, ganz ohne zu zögern.

»Ja, Sie sind also die Amerikaner?«, entgegnet er in etwas unsicherem Englisch. »Mit der Blumenmarke?«

Ich ziehe die Plastikhülle aus meiner Tasche und zeige ihm den Brief, dann deute ich auf die Marke. Er setzt sich seine Lesebrille auf die Nase und untersucht die Marke mit Hilfe eines Vergrößerungsglases, das er auf ein Brillenglas steckt.

»Ja, das ist genau die gleiche«, sagt er nach einer Weile. »Warten Sie, bitte.«

Herr Jacobs geht ins Hinterzimmer und kommt ein paar Minuten später mit einer Zeitung zurück. Er blättert sie durch, schlägt sie auf und reicht sie mir.

»Was ist das?«, frage ich.

»Sie wollten das Blumenbild sehen«, sagt er zu Benjamin.

»Die Briefmarke.« Benjamin spricht bedächtig, so wie immer. »Ich hatte Sie gefragt, ob Sie diese Briefmarke gesehen haben.«

Da schaltet Gram sich ein. Vermutlich will sie das sprachliche Missverständnis aufklären.

»Ja«, sagt Herr Jacobs und deutet mit dem Finger auf die Zeitung. Ich betrachte sie. Alles auf Deutsch. Es scheint mir die Kleinanzeigenseite zu sein. Hier sind keine Artikel.

Er fährt mit dem Finger die Seite herunter und hält an einer Stelle an. »Das Blumenbild.«

Er zeigt auf eine kleine Zeichnung, die ein Gebäude darstellt. Ist das die Synagoge, die Benjamin und ich heute Vormittag gesehen haben? Die Kuppel erkenne ich wieder. Und in der Kuppel entfaltet sich ein winziges Edelweiß, genauso wie das Edelweiß auf unserer Briefmarke mit dem Stephansdom in Wien.

»Was ist das denn?«, frage ich.

Herr Jacobs zuckt mit den Schultern. Vielleicht versteht er mich nicht. Gram übersetzt wieder. Er sagt etwas zu ihr auf Deutsch. Sie nickt.

»Ja, ja, ja«, erwidert sie aufgeregt.

»Was?«, will ich von ihr wissen.

»Er sagt, das sind die *Frauen für den Frieden*. Eine Gruppe Frauen von beiden Seiten der Mauer, die viele Jahre für Freiheit und Frieden gekämpft haben. Sie kündigen ihr nächstes Treffen an. Sie haben das stets verschlüsselt gemacht, damit die Stasi nichts mitbekam.«

Er sagt etwas auf Deutsch.

Gram übersetzt: »Sie machen es heute noch so. Das ist ihr Markenzeichen. Die Blume, das ist ihr Symbol. Richtig?«

»Ja«, sagt Herr Jacobs. »Die Blume ist ihr Symbol.« Dann fügt er etwas auf Deutsch hinzu.

»Die Blume ist der Code dafür, wann und wo sie sich treffen«, erklärt Gram. »Seine Frau ist Mitglied der Gruppe. Oder eher war. Sie ist letztes Jahr gestorben. Aber Herr Jacobs achtet noch immer auf die Anzeigen in der Zeitung. Für sie.«

Sie sieht ihn an, ganz gerührt, weil er sie auf diese Weise ehrt.

Doch Herr Jacobs bemerkt das nicht.

»Das Blumenbild«, sagt er nachdrücklich. »Die Blumenbriefmarke. Derselbe Künstler, nicht wahr?«

»Nein, das ist unmöglich«, wende ich ein. »Das kann nicht vom selben Künstler sein.«

Herr Jacobs runzelt die Stirn, genau wie Benjamin. »Doch«, sagt Herr Jacobs und wechselt wieder ins Deutsche.

»Er sagt, die Linien seien … die gleichen«, übersetzt Gram. Sie muss sich sehr konzentrieren, weil er so schnell spricht. »Beide Blumen haben genau dieselben Linien.«

»Es sind beides Edelweiße«, sage ich ernüchtert.

Dafür sind wir also so weit geflogen. Herr Jacobs hat ein anderes Edelweiß in einem anderen Gebäude entdeckt, auf einer Zeitungsanzeige. Ich gebe ihm die Zeitung zurück.

»Danke«, sage ich auf Deutsch.

»Nein.« Er will sie nicht nehmen. »Behalten Sie sie. Ich habe viele andere davon.«

Auf dem Weg zurück ins Hotel sagt keiner ein Wort. Ich falte die Zeitung zusammen, stecke sie in meine Handtasche und sehe aus dem Fenster. Wir fahren durch das Brandenburger Tor, ohne anzuhalten, und dann sind wir wieder im Osten, einfach so.

»Was denkst du über die Sache?«, fragt Gram vom Rücksitz aus. »Ich finde das ein bisschen seltsam. Ein anderes Edelweiß in einem anderen Gebäude. So viele Jahre später?«

Ich sehe zu Benjamin, der keine Reaktion erkennen lässt. Er behält die Straße im Blick. Ich drehe mich zu Gram um. »Ich glaube, das ist Zufall«, erwidere ich.

Dann fällt mir ein, was Benjamin auf der Rückfahrt von

San Diego zu mir gesagt hat. Er glaubt nicht an Zufälle. Fast erwarte ich, dass er das wiederholt, aber er bleibt stumm. Als ich wieder zu ihm hinübersehe, starrt er auf die Straße, die Stirn gerunzelt.

»Stell dir vor«, sagt Gram. »Wenn Gid und ich hiergeblieben wären und den Krieg überlebt hätten, wären wir wahrscheinlich im Osten eingeschlossen gewesen. Hätte ich den Mut gehabt, mich dieser Gruppe anzuschließen, den Frauen für den Frieden? Was meinst du?«

»Natürlich«, murmele ich.

»Ich hätte bestimmt zu viel Angst vor der Stasi gehabt«, widerspricht sie. »Aber wer weiß?«

Sie ist wieder still und schaut aus dem Fenster, ganz so, als sähe sie dort ein anderes Leben.

Gram und ich teilen uns ein Hotelzimmer. Benjamin wohnt ein Stück den Flur entlang. Gram geht früh schlafen, aber ich bin hellwach.

Ich gehe ans Fenster und bewundere die Aussicht. Ein Dom, hell erleuchtet vor dem Nachthimmel. Trotz des düsterbraunen Hotels ist es wirklich schön hier. Benjamin hat mir erzählt, dass normale ostdeutsche Bürger nicht im Palasthotel übernachten durften, bevor die Mauer fiel. Und dass man als Ausländer Devisen zum Bezahlen brauchte.

Ich denke über die *Frauen für den Frieden* nach, diese Gruppe, die ihre Treffen ganz offen ankündigte, mit einer kleinen Zeichnung in der Zeitung. Die Geschichte meines Vaters, der vor fünfzig Jahren eine Blume in einer Briefmarke versteckte, damit die Nazis nichts mitbekamen, ähnelt frappierend der Idee dieser Frauen in der Gegenwart. Sie kämpften für Frieden, trotz der Bedrohung, die von der Stasi ausging.

Diese Frauen sind wahrscheinlich gar nicht so anders als ich. Vielleicht wäre ich wie sie geworden, wenn meine Familie im Osten hängen geblieben wäre. Hinter der Mauer.

Ein Zeichen glücklichen Mutes, hat mein Vater über das Edelweiß gesagt. Vielleicht war es hier genau dasselbe.

Es klopft leise an der Tür. Ich husche hinüber und blicke durch den Spion. Auf der anderen Seite der Tür steht Benjamin. Ich öffne ihm.

»Ich wusste, dass Sie wach sind.« Er schenkt mir ein schiefes Lächeln. »Ich wollte noch einen Blick auf diese Zeitung werfen.«

»Gram schläft. Warten Sie.« Ich hole die Zeitung aus meiner Handtasche, schlüpfe zu ihm auf den Flur hinaus und schließe die Tür hinter mir.

Wir gehen den Flur entlang zu seinem Zimmer. Drinnen sieht es ganz genauso aus wie bei mir und Gram, alles in Brauntönen. Er nimmt die Zeitung, und ich gehe ans Fenster. Sein Zimmer liegt auf der anderen Flurseite. Ich sehe nur das Gebäude hinter unserem, ansonsten ist alles dunkel.

»Er hat recht«, sagt Benjamin.

»Wie bitte?« Ich drehe mich um.

Benjamin sitzt auf der Bettkante. Ich setze mich neben ihn. Unsere Schultern berühren sich, aber keiner bewegt sich vom anderen weg.

»Die Linien sind tatsächlich dieselben. Es sieht nach demselben Künstler aus.«

»Das kann nicht sein«, wende ich ein. »Mein Vater ist Tausende von Kilometern weit weg im *Willows.*«

»Ich weiß. Aber ich glaube nicht, dass Herr Jacobs uns umsonst hergeholt hat. Ich meine, was ist, wenn …« Seine Stimme erstirbt.

»Was ist, wenn was?«

»Was, wenn jemand aus dieser Frauengruppe von der Marke Ihres Vaters gewusst hat? Vielleicht gar eine besitzt oder früher eine geschickt bekommen hat? Und sie dann kopiert hat?«

»Klar. Sie glauben nicht an Zufälle«, sage ich. »Vielleicht ist das Edelweiß kein Zufall. In diesem Teil der Welt ist das eine wichtige Blume. Also, in Deutschland und Österreich.«

»Vielleicht«, entgegnet Benjamin. Er deutet auf den unteren Teil des Bildes, auf die Zahlen, die dort stehen. »Herr Jacobs sagte, das sei eine Ankündigung, wann und wo das nächste Treffen stattfindet. Schauen Sie auf die Zahlen.«

Ich schaue hin: *23109015* steht da. »Also morgen um drei?«

»Wir sollten hingehen«, sagt Benjamin. »Und unsere Marke mitnehmen. Vielleicht hat eine der Frauen schon mal so eine gesehen.«

Eigentlich hatten wir geplant, uns morgen auf die Jagd nach den freigegebenen Akten zu machen und Elena zu suchen. Aber Benjamin scheint völlig von seiner Idee besessen zu sein.

Ich muss zugeben, dass ich auf diese Frauen neugierig bin, Edelweiß hin oder her. Also stimme ich seinem Vorschlag zu.

Am nächsten Nachmittag sind wir kurz vor drei bei der Synagoge. Gram meinte, sie wolle sie sowieso sehen. Als Kind war sie mit ihren Großeltern dort.

»Jemand feierte Bar-Mizwa«, sagt sie. »Ein Cousin.«

Anscheinend fallen ihr die Einzelheiten in diesem Augenblick wieder ein.

Als wir eintreten, bemerken wir, dass das Gebäude gerade restauriert wird. Im Moment wirkt es nicht gerade wie ein Ort des Gebets, eher wie eine Baustelle.

»Ich frage nach dem Rabbi«, sagt Gram und wendet sich in sicherem Deutsch an einen der Arbeiter. Er lacht, schüttelt den Kopf und antwortet ihr.

»Was hat er gesagt?«, frage ich.

Sie verzieht das Gesicht. »Er sagt, die Rabbis sind alle im Westen. Der Westen hat die Rabbis, der Osten bloß Friedhöfe.«

Wir treten wieder auf die Straße. Gram studiert die Tafel, die Benjamin und ich gestern entdeckt haben. »Hier kann das Treffen nicht stattfinden«, sage ich zu Benjamin.

»Nein«, entgegnet er.

»Vielleicht haben wir das Bild falsch verstanden?«

Benjamin dreht sich um und betrachtet die Straße. Ein Mädchen fährt auf einem Fahrrad vorbei. Sie ist jung, noch ein Teenager, vielleicht auf dem Nachhauseweg von der Schule. Zu jung, um Mitglied in einer subversiven Frauengruppe zu sein. Sie fährt an der Synagoge vorbei. Dann hält sie auf der anderen Straßenseite an und betritt ein Café.

»Da drüben«, sagt Benjamin, und im selben Moment wird es auch mir klar. »Ich wette, die treffen sich dort.«

Im Inneren des Cafés herrscht Hochbetrieb. Gram geht unsere Bestellung aufgeben, während Benjamin einen Tisch in einer Ecke für uns besetzt. Ich warte zusammen mit Gram in der Schlange.

Als ich den bestellten Kaffee bekomme, trage ich zwei Tassen für mich und Benjamin zu unserem Tisch, Gram folgt mir mit einer Tasse Tee. Wir setzen uns, nippen an unseren Getränken und schauen uns um.

»Das ist so aufregend«, seufzt Gram, pustet in ihren Tee und nimmt einen kleinen Schluck. »So ein Abenteuer habe ich nicht mehr erlebt seit … Ach, ich weiß auch nicht.«

Sie überlegt, nimmt noch einen Schluck.

»Vielleicht seit den 1960ern, als Gid und ich nach Jerusalem fuhren.«

Ich erinnere mich dunkel daran, wie Gram und Großvater Gid nach Israel reisten. Damals war ich vielleicht zehn oder elf. Sie brachten mir eine Halskette mit einem Davidstern-Anhänger als Andenken mit. Der Anhänger hatte einen wunderschönen blauen Stein in der Mitte und war lange das edelste Schmuckstück, das ich besaß.

»Danke, ihr beiden, dass ihr mich mitgenommen habt«, sagt Gram.

Unter dem Tisch drücke ich ihre Hand.

Benjamin dankt ihr dafür, dass sie mitgekommen ist

und gestern bei Herrn Jacobs für uns übersetzt hat. Dann entschuldigt er sich und geht auf die Toilette.

»Er ist ganz toll«, schwärmt Gram, als er weg ist. »Ich mag ihn wirklich.«

»Ach ja?« Ich lächele und nehme einen Schluck Kaffee.

»Er ist sehr authentisch, sehr ehrlich«, sagt sie. »Er macht einem nichts vor, so wie … du weißt schon.«

Ich nicke. Da hat sie nicht unrecht.

»Außerdem ist er ein sehr netter Mann. Er mag dich richtig, Katie.«

Ich lache unsicher. Aber vielleicht ist da ja etwas dran? Da kommt Benjamin zurück. Gram bemerkt ihn und sagt nichts mehr.

»Sie sind im Hinterzimmer«, berichtet Benjamin atemlos. »Ein ganzer Tisch.«

»Was? Woher wissen Sie, dass sie es sind?«

Benjamin bedeutet mir, ihm zu folgen. Gram hält derweil unseren Tisch besetzt. Sie zwinkert mir zu, als ich aufstehe. Ich tue, als hätte ich es nicht bemerkt, und folge Benjamin zum Hinterzimmer.

Dann sehe ich den Tisch, den Benjamin meint. Eine Gruppe Frauen, die beim Kaffeetrinken die Köpfe zusammenstecken. Ihr Lachen hallt durch das ganze Café. Ich hatte mir diese Frauen als aufrechte Kommunistinnen vorgestellt, die zum Lachen in den Keller gehen und im Braunton unseres Hotelmobiliars gekleidet sind. Aber irgendwie erinnern sie mich an Grams Bridgeklub beim fröhlichen Kaffeeklatsch.

»Ich glaube nicht, dass …«

Benjamin unterbricht mich, indem er meine Hand packt. Seine Finger um meine. Das irritiert mich so, dass ich verstumme.

Er will meine Aufmerksamkeit, das ist alles, aber ich denke daran, was Gram gerade gesagt hat. *Er mag dich.*

»Sie ist es«, krächzt Benjamin aufgeregt. Er räuspert sich. »Die Frau auf dem Gemälde Ihres Vaters.«

»Das kann nicht sein.«

Doch die Frau sitzt tatsächlich am Kopfende des Tisches. Ihre langen, grauen Haare fallen in Wellen auf ihre Schultern. Ihre runzligen Wangen und ihre Stirn weisen den charakteristischen Schwung auf.

Ich trete an den Tisch heran, mit Benjamin im Schlepptau. Er hält meine Hand fest.

»Elena?«, sage ich.

Sämtliche Frauen verstummen, drehen sich zu mir, schauen mich an. Mein Herz klopft wie verrückt. Ich schwitze. Plötzlich kommt es mir furchtbar heiß vor.

Die junge Frau, die vorhin an uns vorbeigeradelt ist, meldet sich zu Wort.

»Sie sind am falschen Tisch«, sagt sie in unsicherem Englisch und macht ein unfreundliches Gesicht.

»Elena Faber?«, frage ich lauter.

»Hier ist niemand, der so heißt.« Das junge Mädchen scheucht mich mit einer Handbewegung fort.

Als wäre ich eine lästige Fliege oder eben eine dumme amerikanische Touristin, die an diesem Tisch nichts zu suchen hat. Vielleicht ist sie doch älter, als ich zuerst glaubte? Zwanzig?

Die Frau, die ich mit Elena angesprochen habe, steht auf. Sie ist offensichtlich die Wortführerin und sagt etwas auf Deutsch zu ihrer Gruppe. Warum ist Gram nicht dabei? Aber selbst ich verstehe die Wörter *amerikanische Touristen*.

»Lass sie doch, Amalia«, ruft eine der anderen Frauen.

»Amalia … Amy?«, flüstere ich Benjamin zu.

Mein Vater hat erzählt, dass ihre neuen Namen eingedeutschte Versionen der Figuren aus *Little Women* waren. Benjamin drückt meine Hand noch fester.

»Amy March?«, sage ich laut, und wieder verstummen alle Gespräche.

Die Frauen sehen mich an, neugierig und irgendwie auch fasziniert. Dann sehen sie wieder zu ihrer Anführerin hin. Inzwischen bin ich mir ganz sicher, dass sie es ist.

Trotzdem kann ich es kaum glauben. Es kann nicht wahr sein. Das soll sie sein? Sie lebt.

»Derselbe Künstler«, hatte Herr Jacobs gesagt. »Dieselben Linien.«

Elena kannte die Briefmarke, das Edelweiß, genau wie mein Vater.

»Kommen Sie, wir reden draußen miteinander«, sagt sie in fast perfektem Englisch. Sie geht in den Hauptraum des Cafés. Benjamin und ich folgen ihr.

»Falls Sie von der CIA sind … Ich habe es schon einmal gesagt. Ich habe nichts zu sagen.«

Flott geht sie die Oranienburger Straße entlang, denselben Weg, den Benjamin und ich gestern Richtung Mauer genommen haben. Hier draußen ist es kühler.

Ich bleibe kurz stehen, um wieder zu Atem zu kommen. Sie geht einfach weiter. Ich muss mich sputen, um mit ihr mitzuhalten.

»Wir sind nicht von der CIA«, erkläre ich. »Wir wollen Sie nicht ausfragen oder verletzen. Wir haben nach Ihnen gesucht.«

Sie hält ihr Tempo weiter durch. Benjamin und ich müssen fast neben ihr herrennen.

»Miriam hat nach Ihnen gesucht«, sage ich.

Sie bleibt stehen, dreht sich um und mustert erst mich und dann Benjamin. »Miriam?« Sie wirkt wie vom Donner gerührt. Ihre harte Schale bricht für einen Moment. »Sie lebt?«

»Ja, sie lebt in Cardiff. In Wales.«

Das schreckliche Altersheim erwähne ich nicht, genauso wenig wie den Oberschenkelhalsbruch. Sie hatte ja gesagt, es sei nur eine zeitweilige Lösung. Ich hoffe, sie ist wieder gesund und zu Hause bei Herbie.

»Ach«, sagt Elena. »Ach, all die Jahre. Meine Miri ...«

Ein Stück weiter die Straße hinunter steht eine Bank. Sie geht darauf zu und hält sich daran fest. Hoffentlich fällt sie nicht hin. Nein, sie hat sich gefangen und setzt sich. Aus der Tasche zieht sie eine Schachtel Zigaretten und bietet mir und Benjamin welche an. Ein Friedensangebot. Wir lehnen beide ab, und sie zündet sich eine an, nimmt einen Zug und stößt den Rauch wieder aus.

»Hat Miri Sie angeheuert, um mich zu suchen?«

»Nein«, erwidere ich. »Wir haben nach Ihnen gesucht und dabei Miriam gefunden. Letztes Jahr.«

Sie zieht an der Zigarette, wirft sie auf den Boden und tritt sie aus. Dann steht sie auf. Sie traut uns nicht. Gleich rennt sie wieder los.

»Den Brief«, sagt Benjamin und zieht an meiner Handtasche. Ich hole ihn hervor.

»Wir haben etwas, das Ihnen gehört«, sage ich. »Wir wollten es Ihnen zurückgeben.«

»Ich bin eine Frau aus Ostdeutschland«, entgegnet sie trocken. »Ich kann Ihnen nichts dafür bezahlen.«

»Aber Sie waren doch einmal ein Mädchen aus Österreich?«, frage ich. »Wir wollen kein Geld von Ihnen.«

Ich strecke ihr den Brief hin, und sie betrachtet ihn. Plötzlich wird sie ganz blass.

»Wo haben Sie das her?«, keucht sie entsetzt.

»Von meinem Vater«, antworte ich. »Von Christoph.«

Österreich, 1939

Ich hielt die Briefe fest in der Hand, vorsichtig darauf bedacht, die Briefmarken nicht zu beschädigen. Es schneite. Durch meine abgelaufenen Schuhsohlen kroch die eisige Nässe an meine Füße. Doch ich stapfte weiter durch den Wald Richtung Dorf, die Briefe unter dem Mantel, um sie vor den Schneeflocken zu schützen. Nur noch ein paar Schritte, sagte ich mir. Das war eine Lüge, aber ich schleppte mich weiter.

Nur noch ein paar Schritte. Nur noch ein paar.

Ich brauchte es nur bis ins Dorf zu schaffen, wo ich die Briefe bei der Post in der Wienallee abgeben würde. Ich brauchte nur diese Briefe abzuschicken, dann würde alles gut werden.

Am Waldrand angekommen, erreichte ich die Lichtung. Durch die tanzenden Schneeflocken hindurch erblickte ich die verbliebenen Häuser mit ihren roten Dächern in der rötlich blauen Morgendämmerung.

Wienallee. Ich war beinahe am Ziel.

Der kalte Pistolenlauf an meiner Schläfe kam überraschend. Ich schrie nicht einmal, als der Mann mich am Arm packte. Die Briefe fielen zu Boden, in den unberührten Schnee.

Er würde mich umbringen. Plötzlich wusste ich, dass ich nicht sterben wollte. Ich wollte am Leben bleiben. Ich wollte diese Erde, Österreich, meine Mutter und Christoph nicht verlassen. Jedenfalls nicht so.

Ich wehrte mich, und aus dem Augenwinkel sah ich den Mann, der mir die Pistole an die Schläfe hielt. »Josef?«

Er ließ die Pistole sinken, trat einen Schritt zurück und machte sich daran, die Briefe aufzuheben.

»Josef, du hast mich zu Tode erschreckt. Was soll das?«

»Ich musste deine Aufmerksamkeit erregen. Dich davon abhalten, ins Dorf zu gehen. Die deutschen Soldaten sind überall. Sogar in eurem Haus«, sagte er.

»Na und? Sie sind wahrscheinlich gekommen, um Christophs neueste Gravurplatte abzuholen.«

Bei meinem Aufbruch hatte Christoph friedlich geschlafen. Ich gab ihm einen Kuss auf die Wange und flüsterte ihm zu, dass ich ihn sehr liebte. Er zuckte ein bisschen, also hatte er meine Liebe gespürt, selbst im Schlaf.

Am Abend zuvor hatte ich ihm versprochen, dass wir bald nach Bremen aufbrechen würden. Ich versprach ihm, dass ich keine Dummheiten machen würde. Aber ich hatte nicht die Absicht, mit ihm nach Amerika zu gehen. Mit unserer Arbeit bewegten wir so viel, und außerdem hatten wir gerade erfahren, wo sich meine Mutter befand.

Seit Monaten versuchte Josef mich davon zu überzeugen, Christoph außer Landes zu bringen. Ich war inzwischen so weit, dass ich die Papiere allein gravieren konnte. Uns beiden war klar, dass Christoph für diese Art von

Arbeit nicht gemacht war. Josef beschwor mich ständig, dass ich Christoph nur retten könne, wenn ich ihn gehen ließe. Er hatte recht, das wusste ich. Trotzdem ... Ich konnte mich einfach nicht durchringen.

An jenem Tag hatte ich vor, die Briefe aufzugeben, dann wieder nach Hause zu gehen und mit Christoph nach Bremen zu fahren. Ich wollte ihn persönlich dort hinbringen, damit ich die Gewissheit hatte, dass er in Sicherheit war. Genau wie Miriam.

»Nein«, zischte Josef. »Sie sind dahintergekommen.«

Ich schüttelte den Kopf. Das konnte ich nicht glauben. Es war unmöglich.

»Ich weiß, was du gemacht hast«, sagte er. »Und sie wissen es auch.«

»Niemand wird ein Mädchen mit ein paar Briefen bemerken, selbst wenn sie Jüdin ist. Außerdem ist Christoph ein Nervenbündel. Er hat zu viel Angst davor, zur Post zu gehen.«

»Nein«, sagte Josef. »Nicht mit diesen Briefen. Nicht mit dieser Marke. Du hast deiner Mutter eine geschickt, nicht wahr?«

Josef hatte recht. Vor ein paar Wochen hatte ich meiner Mutter einen Brief mit einer unserer Marken geschickt. Josef hob die Pistole. Eine Sekunde lang dachte ich, er würde mich erschießen.

»Nein ... nein, habe ich nicht«, widersprach ich lahm.

»Elena, lüg mich nicht an. Eine fehlt, ich habe sie gestern Abend gezählt. Ich dachte, wo kann die nur hingekommen sein? Was könnte Christoph damit angefangen haben? Dann wurde mir klar, dass Christoph nichts damit zu tun hat. Du warst es.«

Er hatte recht. Es hatte keinen Sinn weiterzulügen.

»Es war nur ein Brief, nur eine Marke«, räumte ich ein. »Ich habe nichts geschrieben, was den Deutschen irgendwelche Hinweise gibt. Ich habe bloß eine Stelle aus dem Lieblingsbuch meines Vaters zitiert, über das Edelweiß. Das war alles. Sie weiß, was das bedeutet. Sie wird die Marke betrachten, meine Worte lesen und wissen, dass wir alle in Sicherheit sind.«

»Wir sind erledigt. Die deutschen Zensoren haben den Brief gelesen und die Marke untersucht. Sie wissen Bescheid. Sie haben versucht, Christoph abzuholen, und jetzt sind sie hinter uns her.«

Josef bemühte sich sehr, weiterhin ruhig zu bleiben, doch sein Gesicht hatte einen beunruhigenden Farbton angenommen.

»Nein.« Ich schüttelte den Kopf. »Es war nur ein Brief. Nur eine Marke«, wiederholte ich kleinlaut.

»Gib dir einen Ruck«, sagte Josef. »Schwann ist bei mir zu Hause. Er kann uns fahren. Die Deutschen wissen vielleicht nicht, dass ich mit drinhänge. Also schaffen wir es eventuell. Aber wir müssen weg. Sofort.« Josef packte mich am Arm und zog mich nicht gerade sanft zu sich.

»Ich kann Christoph nicht zurücklassen.« Ich riss mich los und rannte fort. Ich konnte ihn wirklich nicht zurücklassen, konnte nicht zulassen, dass die Deutschen ihn abholten und ihm wehtaten. Ich musste ihn retten.

»Elena, bleib stehen oder ich schieße«, drohte Josef. Ich

blieb stehen und drehte mich um. Er hatte die Pistole auf mich gerichtet.

»Das traust du dich nicht.« Trotzig verschränkte ich die Arme vor der Brust.

Josef kannte mich mein ganzes Leben lang. Wir waren praktisch zusammen aufgewachsen. Wenn jemand den Mut hatte, auf mich zu schießen, dann er.

»Wenn ich dich in den Arm schießen muss, um dir das Leben zu retten, dann werde ich das tun, so wahr mir Gott helfe.«

Es war sein voller Ernst.

Würde ich schnell genug laufen können, um es bis ins Haus zu schaffen? Zu Christoph? Ich müsste schneller laufen als Josef und seine Pistole …

»Elena«, rief Josef. »Mach keine Dummheiten. Die Deutschen werden Christoph nicht töten, aber dich, wenn du dorthin zurückgehst.«

Ich war mir sicher, dass das nicht stimmte. Sie würden Christoph auf jeden Fall töten.

Plötzlich sah ich ihn vor mir, Christoph, meinen wunderbaren Christoph. Seinen groß gewachsenen, schlanken Körper, zerrissen von einer Pistolenkugel, blutüberströmt. Er war ganz allein. Er würde ganz allein sterben. Alles war meine Schuld. Ich wollte sie aufhalten, ihn retten. Aber wenn die Deutschen schon im Haus waren, war es zu spät. Für mich wäre es das Todesurteil gewesen zurückzugehen. Ich stieß einen Schrei aus, den ich mit dem Ärmel meines Mantels dämpfte.

»Na los«, lockte Josef ein wenig freundlicher. Er ließ die

Pistole sinken und legte mir eine Hand auf die Schulter. »Was würde sich Christoph von dir wünschen? Er würde sich wünschen, dass du dich rettest.«

Josef hatte recht. Das wusste ich. Diese kalte Gewissheit legte sich über mich, fraß sich in meinen Körper hinein und sollte mich sehr lange nicht wieder loslassen.

Josef steckte die Pistole zurück in seinen Hosenbund und nahm meinen Arm. So brachte er mich durch den Wald und zu seinem Hof. Ich stieg in das Auto, und wir fuhren los.

Josef, Schwann und ich.

Wir ließen unsere Heimat zurück.

Deutschland, 1990

»Das war das letzte Mal, dass ich Christoph sah«, sagt Elena. »Ein paar Wochen später kehrte ich mit Josef nach Großenburg zurück, auf mein Drängen hin. Es war alles fort. Das Haus meiner Familie, der Hof seiner Eltern … Alles niedergebrannt.«

Sie zieht eine neue Zigarette aus ihrer Tasche und zündet sie mit zitternden Händen an.

»Das verstehe ich nicht«, erwidere ich. »Mein Vater hat nichts davon erzählt, dass die Deutschen an jenem Morgen kamen, um ihn mitzunehmen. Er sagte, er hätte am Waldrand einen Brief gefunden, den Sie wahrscheinlich verloren hätten. Er dachte, Sie wären von den Deutschen mitgenommen worden.«

Sie zieht an ihrer Zigarette und blickt in die andere Richtung, zur Mauer hin.

»Hat Josef an jenem Morgen gelogen, als er sagte, dass die Deutschen bei Ihnen zu Hause gewesen wären?«, fragt Benjamin.

»Ja«, sagt Elena nach einer kurzen Pause und nimmt noch einen Zug. »Wenn Christoph am Leben ist, so wie Sie sagen, dann muss er wohl gelogen haben.«

Ich hätte eine stärkere Reaktion von ihr erwartet, von

dieser Frau, die mein Vater als furchtlos beschrieben hat. Von dieser Frau, die noch immer für den Frieden kämpft, nach so vielen Jahren. Aber sie scheint sich bereits damit abgefunden zu haben, dass Josef sie angelogen hat.

Warum ist sie nicht wütend?

»Was ist mit dem Rest Ihrer Briefe passiert? Mit den Marken?«, fragt Benjamin.

»Josef und ich haben sie in Wien abgeschickt. Alle, außer dem einen, den wir versehentlich in Großenburg im Schnee verloren haben. Wir haben es geschafft, alle Papiere den richtigen Empfängern zuzuspielen. Kurz darauf kam der britische SOE auf uns zu. Josef und ich arbeiteten einige Jahre lang für sie. Wir halfen ihnen mit ihren Briefmarken und verbreiteten Propaganda in Deutschland.«

Ich denke an die Marken, die Dr. Grimes uns in seinem Buch gezeigt hat. Hat sie daran mitgearbeitet?

»Dann war der Krieg vorbei«, sagt sie. »Josef und ich ließen uns in Berlin nieder.«

»Zusammen?«, frage ich.

»Ja. Zuerst haben wir nur zusammengearbeitet. Aber die Jahre vergingen, und ich hielt Christoph für tot. Irgendwann begann ich, Josef anders wahrzunehmen.«

Deswegen also hat sie vor ein paar Minuten nicht so heftig reagiert. Sie hatte sich in Josef verliebt. Sie war über die Vergangenheit hinweggekommen. Genau wie mein Vater, der sich in meine Mutter verliebte.

Ich bin wütend auf Josef, weil er sie angelogen und meinen Vater zurückgelassen hat. Aber wahrscheinlich hat er ihm dadurch das Leben gerettet, und Elenas dazu. Wenn mein Vater Elena nicht für tot gehalten hätte, wäre er nie aus Österreich fortgegangen und nach Amerika gefahren. Er hätte nie nach Friedrich gesucht oder meine Mutter geheiratet. Und ich würde nicht hier sitzen.

Die Wucht dieser Erkenntnis trifft mich wie ein Schlag. Diese vor so langer Zeit getroffenen Entscheidungen haben mein ganzes Leben beeinflusst. Ich setze mich auf die Bank neben Elena.

»Uns ging es gut, wir waren glücklich«, erzählt Elena. »Bis eines Tages plötzlich die Mauer stand, einfach so. Wir waren im Westen bei einem Fest eingeladen. Am nächsten Tag konnten wir nicht mehr zurück.«

Sie tritt die zweite Zigarette aus, dann weiß sie nicht, was sie mit den Händen machen soll. Sie verschränkt die Finger ineinander.

»Josef und ich haben getan, was wir konnten, um die Mauer einzureißen. In den 1970ern wurde er wegen *Verbreitung subversiver Propaganda* festgenommen. Die Stasi nahm ihn mit, und ein paar Jahre später starb er in Hohenschönhausen. Das war ein furchtbares Gefängnis. Die DDR hat nie zugegeben, dass es existiert. Sie werden es auf keiner Landkarte finden. Dort haben sie ihn hingebracht, da bin ich mir ganz sicher. Dort ist er gestorben.«

Wir alle schweigen betreten.

»Es tut mir so leid«, sagt Benjamin schließlich.

»Mir auch«, sagt Elena nüchtern. Nach einer Pause bittet sie: »Erzählen Sie mir von Christoph.«

Ich sage ihr, was ich weiß. Wie er nach Kalifornien kam,

um nach Friedrich zu suchen und vielleicht auch nach ihr. Wie er meine Großeltern kennenlernte und sich in meine Mutter verliebte.

»Gideon Leser war Ihr Großvater?« Elena lächelt zum ersten Mal. »Er hat das Leben meines Vaters gerettet.«

»Und das meines Vaters«, sage ich.

Wenn Großvater Gid doch nur bei uns sein und diesen Moment miterleben könnte. Er würde nichts davon als sein Verdienst beanspruchen, aber das ist es. Wie schade, dass Gram nicht dabei ist und Elenas Worte hört.

»Ich habe meinem Vater nach dem Krieg geschrieben«, sagt Elena. »Eine Antwort habe ich nie bekommen.«

Ich erzähle ihr, was Gram mir über Friedrich – oder eher Charlie – berichtet hat. Dass er nur ein Jahr überlebte, nachdem er sich in San Diego niedergelassen hatte.

»Nun«, sagt sie. »Wenigstens ist er nicht gestorben wie ein Hund, während er dem Untergang seines Landes zusehen musste. Dafür bin ich unendlich dankbar. Meine Mutter hatte nicht so viel Glück. Sie starb in Mauthausen. Ich habe einen schrecklichen Fehler gemacht, als ich ihr den Brief mit der Marke geschickt habe. Das habe ich mir nie verziehen.«

»Es war nicht Ihre Schuld«, wende ich ein.

Auf den Mikrofilmlisten des Roten Kreuzes, die ich studiert habe, standen Tausende von Namen. So viele unschuldige Menschen mussten sterben.

»Es sind so viele Leute in den Lagern umgekommen.«

Doch sie schüttelt traurig den Kopf. Sie glaubt mir nicht.

»Nach dem Krieg habe ich nach Miriam gesucht, jedenfalls, bis die Mauer stand. Wir hatten nie genügend Geld, um nach England zu fahren und dort nachzuforschen. Dann kam die DDR, und meine Briefe gelangten wahrscheinlich nicht mehr aus dem Land hinaus.«

Sie sieht mich an.

»Sie haben tatsächlich mit ihr gesprochen? Sie haben sie getroffen?«

Ich nicke, da lächelt sie wieder. Sie ist schön, wenn sie lächelt. Ihr ganzes Gesicht erwacht zum Leben. Die vielen Jahre Krieg und Entbehrung haben ihr nicht die Schönheit genommen.

»Ich habe ihre Adresse in meiner Handtasche.«

Ich ziehe sie heraus und überreiche sie ihr. Ich habe sie zu Hause in mein Adressbuch übertragen, darum brauche ich diesen Zettel nicht mehr, den ich seit Wales mit mir herumtrage.

Sie nimmt ihn, bedankt sich und steht auf. »Ich muss zurück. Sonst machen sich die anderen Frauen noch unnötig Sorgen.«

Dann geht sie Richtung Café.

»Warten Sie«, rufe ich ihr hinterher. »Ihr Brief.«

Ich hebe ihn von der Bank auf, wo sie ihn hat liegen lassen.

Sie schüttelt den Kopf.

»Ich bin seit so vielen Jahren nicht mehr Elena Faber. Vielleicht möchte Ihr Vater ihn gerne behalten?«

»Nein.« Ich strecke ihn ihr entgegen. »Er möchte, dass Sie ihn bekommen. Und er würde Sie gerne treffen«, füge ich hinzu. Ich will mein Versprechen halten. Wenn ich sie finde, bringe ich sie zu meinem Vater.

»Er lebt in einem Altersheim in Kalifornien. In Los Angeles. Er kann leider nicht mehr reisen. Aber vielleicht möchten Sie ja zu ihm fahren?«

»Ach.« Es sieht beinahe aus, als würde sie in sich zusammenfallen. »Er ist in einem Heim? Ist er krank?«

»Körperlich geht es ihm gut. Aber sein Gedächtnis … Vieles entgleitet ihm. Er hat Alzheimer und kann nicht mehr allein leben. Aber das Heim, in dem er wohnt, ist wirklich sehr schön.«

Elena blickt zu Boden, nimmt den Brief und steckt ihn in die Tasche. »Ich bin ihm entglitten. Wir haben uns vor so langer Zeit verloren«, sagt sie. »Vielleicht ist es besser, die Vergangenheit ruhen zu lassen.«

Da wir sie gefunden haben, will ich sie nicht einfach wieder gehen lassen. Ich will sie nach Kalifornien schleifen und meinem Vater präsentieren. Wie einen Preis, den ich auf dem Jahrmarkt gewonnen habe.

»Hier ist dein Schatz«, möchte ich zu ihm sagen.

Doch sie geht weiter. Mir wird klar, dass ich sie nicht aufhalten kann. Hastig ziehe ich eine Visitenkarte aus meiner Tasche und dränge sie ihr auf.

»Hier, bitte. Lassen Sie uns wenigstens in Verbindung bleiben.«

Sie lächelt matt, nimmt die Karte aber entgegen. »Katie, Sie sind ein wunderbares Mädchen«, sagt sie. »Er kann von Glück reden, dass er Sie hat. Dass er ein schönes, freies Leben in Amerika führt. Er braucht mich nicht.«

»Aber … doch, er braucht Sie«, stammele ich.

Ich will ihr erzählen, dass er sie malt, dass er an früher denkt. Dass er sie geliebt hat.

»Nein«, widerspricht sie, bevor ich weitersprechen kann. »Ich bin nichts als ein altes Gespenst. Außerdem hat er Sie.«

Los Angeles, 1990

Den Vormittag des Thanksgiving-Feiertags verbringe ich bei meinem Dad im *Willows.* Zu Mittag wird im Atrium ein Essen für die Bewohner und ihre Angehörigen serviert. Erstaunlich guter Truthahn mit Kartoffelbrei von einem Cateringservice.

Dad und ich essen an einem Tisch für zwei und reden über vergangene Thanksgiving-Feste. Wir sprechen über meine Mom. Wie sie versehentlich einen Truthahn bei dem Versuch in Brand setzte, ein ausgefallenes Rezept nachzukochen. Das ist eine Geschichte, an die ich keine zuverlässigen Erinnerungen habe, aber inzwischen habe ich sie so oft erzählt, dass es sich anfühlt, als hätte ich sie erfunden.

Meine Mom lachte herzlich darüber, noch Jahre später, und das ist für uns irgendwie das Schönste daran.

Ich habe meinem Vater nicht von der Reise nach Deutschland erzählt und weiß auch nicht, ob ich das je machen werde. Irgendwie will ich ihm aber unbedingt sagen, dass Elena lebt.

Doch mir ist klar, dass ich ihm auch den Rest erzählen muss. Wie sie dorthin gekommen ist und was Josef getan hat. Dass sie weiß, dass er am Leben ist, ihn aber nicht besuchen will. Sie ist ein anderer Mensch. Er natürlich auch. Aber ihr Gedächtnis ist intakt.

Sie lebt ihr Leben in der Zukunft, in einem Deutschland, das nach so vielen Jahren endlich frei ist. Mein Vater dagegen lebt in einer Vergangenheit, die langsam im Dunst verschwindet.

»Wo ist dein Ehemann?«, fragt mich mein Vater. Er erinnert sich weder an Daniels Namen noch an die Tatsache, dass wir geschieden sind. Er blickt sich im Zimmer um, als wäre Daniel hier, aber an den falschen Tisch geraten.

»Nein, er ist nicht da«, sage ich. »Wir sind geschieden, weißt du?«

»Ach ja, natürlich.« Er lächelt immer, wenn ich ihm das sage. Vielleicht erinnert er sich, dass er von Anfang an nicht an Daniel und mich geglaubt hat.

»Heute Abend fahre ich zu Gram zum Essen«, sage ich.

Ich werde losfahren, sobald ich meinen Dad verlasse. Aus einem Impuls heraus habe ich Benjamin angerufen und eingeladen. Ich habe ihm eine Nachricht auf dem Anrufbeantworter hinterlassen, aber er hat nicht zurückgerufen.

Nach unserer Rückkehr aus Deutschland haben wir ein paar Mal miteinander telefoniert. Einmal habe ich ihm für seine Hilfe im vergangenen Jahr gedankt und ihn gefragt, was ich mit dem Rest der Sammlung machen soll. Sie nimmt einen ganzen Schrank in meiner winzigen Wohnung ein. Letzte Woche rief er mich an, um mir zu sagen, dass einer seiner Kunden einen echten Faber in seiner Sammlung hat. Ob ich die Marke sehen wolle, bevor sie versteigert wird? »Na klar«, sagte ich, aber einen Termin haben wir nicht ausgemacht. Und gestern Abend dann die Einladung zum Essen bei Gram.

Das fühlte sich ein bisschen zu persönlich an, wenn man bedenkt, dass wir in den letzten Monaten nur recht oberflächlichen Kontakt hatten. Aber letztes Jahr um diese Zeit war er so traurig. Ich wollte nicht, dass er allein ist.

»Grüß sie bitte herzlich von mir«, bittet er mich. »Ich fürchte, ich kann nicht mitkommen. Ich werde hier gebraucht.«

»Natürlich«, murmele ich.

Wer spricht da gerade? Ted oder Christoph? In welcher Welt ist er gerade gefangen? Ich beuge mich über ihn und küsse ihn auf das lichte Haar.

»Wir sehen uns nächste Woche«, sage ich.

Als ich zu Hause ankomme, sehe ich Benjamin, der neben der Haustür sitzt und ein Buch liest. Er bemerkt mich und springt auf. Ich lächele.

»Sie haben mir aufs Band gesprochen, dass Sie um eins losfahren, aber als ich hier ankam, waren Sie nicht da. Da dachte ich, ich hätte Sie vielleicht verpasst.«

»Nein.« Ich schließe die Tür auf, und wir treten ein. Lucky sieht mich an, dann springt sie an ihm hoch. Er streichelt sie, bis sie sich beruhigt.

»Ich war bei meinem Vater. Wir haben zusammen gegessen. Dann fahren Sie also mit nach Coronado?«

»Ich weiß nicht. Eigentlich hatte ich es vor. Aber dann stand ich vor der Tür und dachte, ich bin wahrscheinlich nicht der prickelndste Gesprächspartner.«

»Wann sind Sie denn schon ein prickelnder Gesprächspartner?«, witzele ich.

Er lacht schüchtern.

»Sie kommen mit«, sage ich.

Das ist keine Frage, sondern ein Befehl.

»Was wollen Sie denn sonst machen außer sich dem Selbstmitleid hingeben? Das hätte Sara nicht gewollt. Sie liebte Thanksgiving, nicht wahr? Außerdem hat Gram Sie gern. Sie wird sehr enttäuscht sein, wenn Sie nicht dabei sind.«

»Tatsächlich?«

Seine Miene hellt sich etwas auf. Er mag Gram.

Das habe ich daran gemerkt, wie aufmerksam er sich um sie gekümmert hat auf der Rückreise. Er hat ihr die Koffer getragen, sie zu ihrem Platz begleitet und ihr seine Kopfhörer angeboten.

»Ja«, sage ich, obwohl ich Gram gar nicht verraten habe, dass er mitkommt. Doch ich weiß genau, dass sie sich sehr freuen wird.

Zwei Stunden später begrüßt Gram uns beide mit einer Umarmung und bittet uns herein. Im Esszimmer warten bereits ihre Bridgefreundinnen. Ich setze Lucky in den Garten.

Als ich wieder reinkomme, ist Gram dabei, die Fotos, die Benjamin in Deutschland gemacht und ihr anscheinend ohne mein Wissen zugeschickt hat, aus der Schublade zu holen. Beim Essen sollen sie herumgezeigt werden.

Die Damen, die mich vor einem halben Jahr am liebsten

mit ihren Söhnen verkuppelt hätten, nicken mir anerkennend zu und lassen mich ansonsten weitgehend in Ruhe. Ich mache mir nicht die Mühe, ihnen zu erklären, dass Benjamin und ich nur Freunde sind.

Alle essen und trinken zu viel, auch ich und Benjamin. Gram bietet uns ihr Gästezimmer an, damit wir nicht mehr zurückfahren müssen. Dort steht aber nur ein Bett, also verkündet Benjamin, dass er auf der Couch nächtigen wird.

Gram sagt bloß: »Schlaft, wo ihr wollt. Mir ist das ganz egal.« Dann gibt sie uns beiden einen Gutenachtkuss und zieht sich zurück.

»Wenn sie beschwipst ist, sagt sie manchmal lustige Sachen«, bemerke ich, aber eigentlich weiß ich gar nicht, wie viel sie getrunken hat. Gram hätte das auch in nüchternem Zustand gesagt, da bin ich mir sicher. Benjamin lacht und macht sich daran, die schmutzigen Teller abzuwaschen.

Ich stelle mich neben ihn und helfe ihm. Er spült, ich trockne ab. Bis alles sauber und verstaut ist.

»Gehen Sie jetzt zu Bett?«, fragt er mich. Er trocknet die Hände an einem Geschirrtuch ab und sieht mich an.

»Wahrscheinlich nicht.« Auf der Küchenuhr ist es nach zehn, aber ich bin ein bisschen angeheitert und überhaupt nicht müde.

»Führen Sie Ihren Hund aus? Ich bin so voll vom Essen, ich würde gerne einen kleinen Spaziergang machen.«

»Na klar, wir können über die Straße Richtung Strand gehen. Nehmen Sie sich eine Jacke mit. Es ist kühl zu dieser Jahreszeit.«

Ich hole Lucky, und wir gehen los, vorbei am hell erleuchteten Hotel Coronado, diesem historischen Wahrzeichen direkt am Wasser. Benjamin hat es noch nicht aus der Nähe gesehen und bleibt stehen, um es gebührend zu bewundern. Wir gehen einen Block weiter, Richtung Strand. Ich zittere ein bisschen, weil eine kühle Brise vom Wasser zu uns herüberzieht.

»Das ist wirklich komisch«, sagt Benjamin, als wir den Strand entlangschlendern. »Damit hätte ich nie gerechnet.«

»Was meinen Sie?«

Ich ziehe die Schuhe aus und lasse meine Füße in den Sand einsinken. Wir spazieren hinunter zum Wasser, wo der Boden härter und kälter, aber besser zu begehen ist.

»Ihre Großmutter. Dieses Abendessen. Sie. Also, als Sie vor einem Jahr in mein Büro kamen, mit der Sammlung Ihres Vaters, habe ich Sie gar nicht richtig wahrgenommen.«

»Na, vielen Dank.« Ich muss lachen. »Wahrscheinlich bin ich Ihnen bei all den Briefmarken nicht aufgefallen.«

»Nein, so meine ich das nicht«, erwidert er.

Ich kann im Dunkeln sein Gesicht nicht richtig erkennen, vermute aber, dass es rot angelaufen ist.

»Ich weiß, was Sie meinen«, sage ich. »Beinahe wäre ich an jenem Tag gar nicht aus dem Auto gestiegen und in ihr Büro gekommen.«

»Ich bin froh, dass Sie's getan haben«, murmelt Benjamin.

»Ich auch.«

»Während der letzten Monate habe ich viel über Elena und Christoph nachgedacht. Über ihr Schicksal und darüber, was die Marke für sie bedeutet hat. Heute Morgen, als ich Ihre Nachricht abgehört habe, wurde mir klar, was die Marke mir bedeutet.«

Jetzt redet er ganz schnell, macht bloß eine kurze Pause, um Atem zu schöpfen.

»Wäre die Marke nicht gewesen, hätte ich Sie nie kennengelernt. Ich hätte Sie nie richtig angesehen.«

Er bleibt stehen. Ich auch. Jetzt blickt er mich an. Der Vollmond spiegelt sich glitzernd im Wasser. Ich betrachte sein Gesicht, seine herabgezogenen Mundwinkel, seine ernste Miene.

»Wie sehe ich denn aus?«, frage ich.

Er legt seine Hand auf meine Wange, ganz langsam, als rechne er damit, dass ich zurückzucken würde. Dann streicht er mit dem Daumen über meine Haut.

»Du bist echt schön«, sagt er. »Und klug. Und nett. Du liebst deine Familie sehr. Du kümmerst dich so gut um deinen Vater und um Gram …«

Ich weiß nicht genau, wieso, aber ich bin kurz davor, in Tränen auszubrechen. »Du hast zu viel getrunken.«

»Ich bin nicht betrunken«, widerspricht er. »Na ja, vielleicht ein bisschen.«

Ich lache. Auch ich bin ein bisschen betrunken.

»Weißt du«, sage ich. Der Wein und Benjamins freundliche Worte haben mir Mut gemacht. »Wir könnten zusammen essen gehen in L. A. Und uns über andere Sachen als Briefmarken unterhalten.«

»Ja, das wäre schön«, sagt er.

Er beugt sich ein Stückchen zu mir hin, als wolle er mich küssen, aber dann berührt er meine Stirn nur kurz mit den Lippen und tritt einen Schritt zurück.

Ich ziehe ihn wieder zu mir heran, stelle mich auf die Zehenspitzen und küsse ihn auf den Mund.

Es ist eine Weile her, dass ich jemanden geküsst habe, aber so hat es sich noch nie angefühlt. Warm und perfekt und neu. Mein ganzer Körper seufzt vor Erleichterung. Endlich.

Mir war bis zu diesem Moment nicht klar, wie lange ich darauf gewartet habe.

»So wollte ich es eigentlich auch machen«, sagt er, als wir uns wieder voneinander lösen.

»Ich weiß«, entgegne ich.

»Und nicht, weil ich betrunken bin.«

Ich lache auf. »Ich weiß«, wiederhole ich.

Vielleicht hatte mein Vater recht. Es gibt nicht nur einen einzig möglichen Verlauf, eine einzige Antwort, einen einzigen Menschen, der uns glücklich machen kann. Vielleicht können wir alle von vorne anfangen, ein anderer Mensch werden.

Benjamin nimmt meine Hand, und zusammen mit Lucky gehen wir zurück zu Grams Haus.

Los Angeles, 1991

Eines Morgens Ende Januar werde ich vom Klingeln des Telefons geweckt. Es ist sieben Uhr. *Benjamin.*

Ich öffne die Augen. Da ist er. Er liegt neben mir im Bett. Unwillkürlich lächele ich.

Plötzlich steigt die Angst in mir auf. Ist was mit Gram? Oder mit meinem Vater? Ich springe aus dem Bett und renne in die Küche, um den Hörer abzunehmen.

»Guten Morgen, Miss Lawrence«, sagt die Frau am anderen Ende der Leitung. »Hier ist Gretchen vom *Willows.*«

»Geht es meinem Vater gut?«, keuche ich.

Sally hat geheiratet und ist weggezogen. Letzten Monat hat sie im *Willows* aufgehört. Ich kann nicht einschätzen, wie schnell Gretchen damit bei der Hand ist, mich zu alarmieren, wenn mein Vater wieder außer sich ist.

»Ja, ja, ihrem Vater geht es gut. Tut mir leid, ich wollte Sie nicht beunruhigen.«

Ich werfe einen Blick auf die Uhr. Habe ich mich vertan, was die Uhrzeit angeht? Nein, es ist tatsächlich sieben Uhr.

»Es ist nur so … Vor mir steht eine Besucherin, die unbedingt Ihren Vater sprechen will und nicht auf der Liste steht. Sie wissen ja, dass die Besuchszeit erst um acht beginnt. Die Dame hat sich furchtbar aufgeregt und mich in einer Fremdsprache angebrüllt. Ich wollte die Polizei holen, aber sie bat mich, erst bei Ihnen anzurufen …«

Gretchen klingt unsicher, als hätte sie gerade erkannt, dass sie einen Fehler gemacht hat und gleich die Polizei hätte rufen sollen.

Mein Mund steht offen vor Erstaunen. Ich bringe kein Wort raus. Elena?

»Also, soll ich die Polizei rufen?«, fragt Gretchen.

»Nein, nein. Ich komme, so schnell ich kann.«

Fünfzehn Minuten später hetzen Benjamin und ich in die Eingangshalle des Heims. Benjamin ist letzten Monat mit mir da gewesen, als im Heim die Chanukkia angezündet wurde. Damals habe ich ihn meinem Vater vorgestellt. Die beiden redeten über Briefmarken. Mein Vater wirkte richtig glücklich, obwohl er sicher nicht mitbekommen hatte, dass Benjamin und ich zusammen sind.

Ich bezweifele, dass er Benjamin heute wiedererkennen wird. Trotzdem bin ich froh, dass er dabei ist.

Habe ich vielleicht zu viel in Gretchens Anruf hineininterpretiert?

»Vielleicht ist sie es gar nicht«, meine ich zu Benjamin.

»Ach, du meinst, es gibt eine zweite Frau, die auf Deutsch schreit, dass sie deinen Vater sehen will?«

»Gretchen hat nicht gesagt, dass sie Deutsch gesprochen hat. Sie meinte, eine Fremdsprache. Ich habe nur meine Schlüsse gezogen.«

»Sie ist es«, entgegnet Benjamin, und natürlich hat er, der coole rationale Denker, wieder einmal recht.

Als wir um die Ecke biegen, erkenne ich sie sofort. Sie sitzt auf einem Stuhl und trägt ein langes, geblümtes Kleid, dessen Farben ein bisschen grell wirken. Ihr Haar fällt ihr in langen, grauen Wellen auf die Schulter und umrahmt ihr Gesicht. Mit den Händen hält sie eine schwarze Tasche fest umklammert. Vielleicht hat sie Angst, Gretchen oder eine der anderen Schwestern könnten sie ihr wegnehmen.

Ich winke ihr zu.

Sie steht auf und sieht Gretchen rechthaberisch an. »Sehen Sie, ich bin doch richtig hier.«

Da wird mir klar, dass ich Gretchen bereits kennengelernt habe, und zwar letzte Woche. Ich kannte nur ihren Namen nicht. Sie ist ein zierliches kleines Persönchen, fast zu jung für eine ausgebildete Krankenschwester. Ich hätte sie für höchstens sechzehn gehalten. Sie macht jedenfalls den Eindruck, richtiggehend Angst vor Elena zu haben.

»Alles in Ordnung«, sage ich. »Ms. Faber … nein, March, kennt meinen Vater. Ich wusste nur nicht, dass sie kommen würde, sonst hätte ich sie auf die Liste gesetzt.«

»Ich hab's Ihnen doch gesagt«, zischt Elena dem armen Gretchen zu.

»So sind die Regeln, meine Dame«, erklärt Gretchen. »Ich muss mich daran halten.«

»Regeln«, brummt Elena. Sie hält sich nicht an die Regeln.

»Die Besuchszeit fängt erst in einer halben Stunde an.« Gretchen tippt auf ihre Armbanduhr und sieht mich nachdrücklich an.

»Kommen Sie.« Ich nehme Elena am Arm. »Wir können gegenüber einen Kaffee trinken. Um acht sind wir wieder hier.«

Sie schaut mich skeptisch an. Ich kann nicht glauben, dass sie wirklich da ist.

»Ich verspreche es Ihnen«, füge ich hinzu.

Wir setzen uns in den Raucherbereich bei *Pete's*, damit Elena sich eine Zigarette anstecken kann. Das macht sie, sobald wir uns an unserem Tisch niederlassen. Dann stößt sie den Rauch langsam aus.

»Ich hätte nicht geglaubt, Sie je hier zu sehen«, sage ich. »Sie hätten mich anrufen und mir Bescheid sagen sollen.«

»Ja. Aber ich wollte keine große Sache daraus machen.« Sie nimmt einen hastigen Zug und drückt die Zigarette dann aus.

»Ich höre auf damit«, sagt sie. »Das heißt, ich habe schon aufgehört.«

»Das sehe ich«, versetzt Benjamin.

Sie wirft ihm einen missbilligenden Blick zu.

»Begleiten Sie sie eigentlich überallhin?«, fragt sie, schaut von ihm zu mir und wieder zurück zu ihm. Es klingt, als würde sie ihn ausschimpfen.

»Nein.« Benjamin läuft dezent rot an. In letzter Zeit ist er immer an meiner Seite gewesen.

»Das sollten Sie aber«, sagt sie. »Sie beide sind ein sehr hübsches Paar.«

Sie reibt die Finger aneinander. Sie möchte eine Zigarette, greift aber nicht mehr nach der Schachtel. Sie hat aufgehört.

»Letzten Monat habe ich meine Schwester gesehen«, erzählt sie und wendet sich wieder mir zu.

»Sie sind nach Cardiff gefahren?«

Ich denke an die unsicheren Schritte, die ich dort gegangen bin. Die ersten Schritte, die mich aus meinem alten Leben herausführten.

»Ja«, sagt Elena. »Ich bin nach Cardiff gefahren. Miri lässt Sie beide grüßen.«

»Wie geht es ihr?«, frage ich behutsam.

»Ihre Hüfte wird langsam besser. Sie ist wieder zu Hause bei ihrem Mann.«

»Ach, wie schön.« Ich bin froh, dass Miriam das traurige *Raintree*-Heim verlassen hat.

»Es war so wunderbar, mit ihr zusammen zu sein. Zu wissen, dass es ihr gut geht und dass sie in Sicherheit ist. Nach all dieser Zeit. Das habe ich Ihnen zu verdanken.«

Sie sieht mich an, dann wieder Benjamin.

»Sie haben sie gefunden. Sie haben mich gefunden.«

Sie räuspert sich, versucht die Tränen zu unterdrücken, blinzelt und wendet sich kurz ab. Dann fängt sie sich wieder und schaut mich an.

»Miri hat nach Ihnen gefragt. Nach dem Brief, den Sie mir gegeben haben. Sie wollte wissen, was drinsteht. Ich hatte ihn bis dahin nicht geöffnet. Das wollte ich nicht. Aber sie hat nicht lockergelassen. Sie meinte, ich wäre verrückt, wenn ich den Brief nicht lesen würde. Wenn ich nicht hierherfahren würde. Jetzt, wo ich es kann.«

»Dann haben Sie ihn also gelesen?«, fragt Benjamin.

Sie nickt und zieht den Brief aus der Handtasche. Dann kramt sie ihre Lesebrille hervor, setzt sie auf, öffnet den Umschlag und faltet den Briefbogen auseinander.

Österreich, 1939

Am Morgen nach Elenas Verschwinden fror Christoph erbärmlich. Er zitterte stundenlang und klapperte mit den Zähnen, selbst nachdem er ein Feuer angezündet, sich wärmer angezogen und in eine Decke gehüllt hatte. Direkt am Waldrand hatte er einen Brief im Schnee gefunden. Immer noch hielt er ihn fest in den Händen, denn das war das Letzte, was Elena berührt hatte.

Er klammerte sich an den Umschlag, bis die Feuchtigkeit das Papier völlig durchweicht hatte. Jetzt konnte man den Brief nicht mehr abschicken. Eine wertvolle Briefmarke war verschwendet.

Doch das war ihm egal. Österreich war ihm egal. Die Nazis. Ihre Briefmarken. Die Empfängerin des Briefes, eine Frau, für die sie Papiere gefälscht hatten. Alles war ihm egal, bis auf Elena. Schließlich warf er den Brief ins Feuer, wo er verbrannte, samt der Marke.

Danach suchte er unermüdlich nach ihr. Stundenlang streifte er durch den Wald, so lange, bis er seine Zehen vor lauter Kälte nicht mehr spürte. Jedes Mal, wenn er zum Haus zurückkehrte, hoffte er darauf, dass alles nur ein Missverständnis war. Dass er sie lachend in der Küche antreffen würde, wo sie ganz selbstverständlich den Brotteig knetete. »Aber Christoph«, würde sie sagen. »Ich war doch die ganze Zeit über hier!« Doch jedes Mal, wenn er zurückkehrte, war das Haus leer. Sie war fort.

Er ging zum Hof der Bauers, um Josef um Hilfe zu bitten. Auch dort war alles verlassen. Im Haus brannten alle Lichter, die Haustür stand offen, aber keiner war da. Josef war weg. Christoph befürchtete, dass er ebenfalls von den Deutschen abgeholt worden war.

Ihm war klar, dass es nur eine Frage der Zeit sein würde, bis die Deutschen merkten, was er getan hatte, und auch ihn verhaften würden. Doch das kümmerte ihn nicht. Ohne Elena fühlte er sich innerlich wie abgestorben.

Zwei Tage und zwei einsame Nächte vergingen. Christoph träumte von Elena. Wenn er aufwachte, war ihm, als wäre sie bei ihm, irgendwo in seiner Nähe. Er begann zu glauben, dass sie noch lebte. Es ist ja Elena, dachte er. Sie war so zäh. Wenn man sie nur in ein Arbeitslager gesteckt hatte, würde sie vielleicht fliehen und zu ihm zurückkommen. Er würde das Haus nicht verlassen.

Er würde auf sie warten. Ganz sicher.

Mitten in der Nacht klopfte es an der Tür. Herr Bergmann stand draußen und brüllte wütend, Christoph solle ihm öffnen. Christoph war klar, dass er sofort verschwinden musste. Sonst würde er sterben. Er dachte daran, was Josef ihm gesagt hatte. Er solle nicht dumm sein. Und daran, dass er nicht sterben wollte.

Er rannte zur Hintertür hinaus und in die Werkstatt, wo er die Luke zum Kriechkeller öffnete und sich dort versteckte. Ein paar Minuten später hörte er gedämpfte Geräusche von oben.

Elena musste jedes Mal Todesangst ausgestanden haben, wenn sie hier Zuflucht gesucht hatte, dachte er. Ihm gegenüber hatte sie das nie zugegeben. Der Gedanke an Elena, ganz allein, verängstigt … Am liebsten hätte er laut aufgeheult. Aber er durfte keinen Laut von sich geben.

Über sich hörte er Herrn Bergmanns Stiefelschritte und sein Rufen nach ihm.

Eine andere Stimme sagte: »Er ist weg.«

Christoph kauerte sich unter dem Fußboden zusammen, reglos, flach atmend. Dann wurde es still. Hatten sie aufgegeben, waren sie gegangen? Er traute sich nicht, die Luke zu öffnen, doch plötzlich roch er Rauch. Als er aus dem Versteck kroch, sah er Flammen aus dem Dach des Wohnhauses züngeln.

Er schnappte sich nur seine Briefmarken, seine falschen Papiere und den Umschlag mit den Reichsmark-Scheinen. Dann rannte er in den Wald hinein. Ins Haus hineinzugehen, um Kleider, etwas Brot und seinen Skizzenblock zu holen, traute er sich nicht mehr.

Christoph hatte Elena versprochen, nach Amerika zu fahren und Friedrich zu suchen, notfalls auch ohne sie. Sie würden sich dort treffen. So viel war sicher. Das sagte er sich dauernd, bis die Worte in seinem Kopf bei jedem Schritt widerhallten.

Schwann konnte ihn nicht fahren, also ging er zu Fuß.

Es gelang ihm, ein Stück des Wegs als Anhalter in einem Auto zurückzulegen. Danach nahm er den Zug.

Er war kein Jude. Niemand wusste, dass er sich an einer Verschwörung gegen die Nazis beteiligt hatte. Trotzdem brauchte er beinahe zwei Wochen, um es bis nach Bremen zu schaffen. Dort angelangt, musste er fast sein ganzes Geld für das nächste Schiff nach Amerika ausgeben. Den Rest brauchte er, um ein Zimmer am Hafen zu mieten, denn das Schiff lief erst in zwei Wochen aus.

Er schlief unruhig und träumte von Elena. Im Traum war sie bei ihm, und wenn er erwachte, wurde ihm jedes Mal aufs Neue schmerzlich bewusst, dass sie eben nicht mehr da war.

Schließlich beschloss er, Elena einen Brief zu schreiben. Er würde eine seiner Briefmarken auf den Umschlag kleben und ihn kurz vor der Abreise absenden. Für den Fall, dass sie zurückkäme und das Haus in Trümmern vorfand, sollte sein Brief bei der Post auf sie warten.

Meine innig Geliebte,
ich schreibe diese Zeilen in Bremen, wo ich Deinem Wunsch gemäß nächste Woche ein Schiff nach Amerika besteigen werde. Wenn ich dort bin, werde ich Gideon Leser und Deinen Vater suchen. Ich hoffe, Du kannst es mir bald nachtun. Dann werden wir uns in Amerika wiedertreffen und dort vereint sein. Wir werden in einem kleinen Haus am Wasser wohnen. Ich will den Rest meiner Tage mit Dir verbringen, den Rest meiner Stunden und Minuten.

Dass ich Dich während der vergangenen Wochen nicht sehen durfte, war schlimmer als jede Folter. Ich halte mich nur aufrecht, indem ich die Augen schließe und mir vorstelle, Du seist bei mir. Du wirst immer bei mir sein.

Ich hoffe, Du bist in Sicherheit und kannst bald diesen Brief lesen. Ich gehe sehr ungern ohne Dich, konnte aber nicht bleiben. Sie sind uns auf der Spur. Sie wollten mich holen und brannten das Haus nieder. Für mich wurde es zu gefährlich. Wir hätten schon vor Wochen aufbrechen sollen. Ich fühle mich, als würde ich Dich verraten, indem ich ohne Dich gehe. Doch ich weiß nicht, was ich sonst tun soll. Ich weiß nur, dass ich so handele, wie Du es Dir wünschen würdest.

Leider hast Du mich an jenem Morgen nicht aufgeweckt, als Du gegangen bist. Ich hätte mich so gerne von Dir verabschiedet. Dich ein letztes Mal geküsst.

Aber ich weiß ja, dass Du Abschiede nicht magst. Ich werde niemals Adieu zu Dir sagen. Nur Bis bald. Ich weiß, dass ich Dich bald wiedersehen werde.

In Liebe
Christoph

Christoph ging zur Post, um seinen Brief abzuschicken, bevor er das Schiff nach Amerika bestieg. Doch als er vor dem Gebäude stand, brachte er es nicht über sich, es zu betreten.

Er stellte sich vor, wie sein Brief von den Deutschen gelesen und vernichtet wurde. Wenn sie Elena hatten, wenn sie am Leben war, dann würde der Brief ihre Lage sicher verschlimmern.

Also steckte er ihn in seine Jackentasche und schwor sich, ihn nach Kriegsende von Amerika aus abzusenden.

Los Angeles, 1991

Als Elena das letzte Wort des Briefes vorgelesen hat, den sie uns ins Englische übersetzte, haben wir alle Tränen in den Augen. Ich stelle mir meinen Vater vor, ganz verliebt in sie.

Damals war ich ein anderer Mensch.

Er war Elenas Mensch, und er hatte sie geliebt.

»Er konnte nicht Adieu sagen. Nur Bis bald«, wiederholt sie.

»Deswegen sind Sie hergekommen?«, fragt Benjamin.

Sie nickt.

»Als Sie erzählten, dass sein Gedächtnis nachlässt, war das für mich kein Anlass. Aber dann nannte Miriam mich verrückt, und ich las den Brief. Hier ist Christoph nun also. Am Leben, nach so vielen Jahren. Die Mauer ist gefallen. Ich habe ein paar Möbel verkauft, mir einen Pass besorgt und ein Flugticket gebucht. Einfach so. Nun bin ich endlich in Amerika.«

Sie nimmt einen Schluck von dem Kaffee, den die Kellnerin gerade auf unseren Tisch geknallt hat.

»Er erinnert sich vielleicht nicht mehr an mich. Aber ich erinnere mich an ihn«, sagt sie. »Miriam hatte recht. Sie hatten recht. Ich muss ihn wiedersehen.«

Um acht gehen wir über die Straße und betreten das *Willows*. Gretchen lässt uns zu ihm. Ich gehe voran, hinter mir folgt Elena, Benjamin bildet das Schlusslicht.

Vom Flur aus sehe ich, dass mein Vater gerade aufgestanden ist. Er rasiert sich mit seinem elektrischen Rasierapparat und summt ein Lied aus einem alten Musical.

Ich warte einen Moment, bevor ich sein Zimmer betrete. Wird ihn das, was kommt, von Grund auf erschüttern? Oder ihn nicht berühren? Letzteres erscheint mir schlimmer.

Ich atme tief durch.

»Dad«, rufe ich ins Zimmer hinein und klopfe sanft auf die geöffnete Tür. »Ich bin's, Katie.«

Er setzt den Rasierer ab, legt ihn ins Waschbecken und steckt den Kopf aus dem Badezimmer.

»Kate die Große«, sagt er. »Womit verdiene ich diese Überraschung? So früh am Morgen?«

Nervös betrete ich sein Zimmer.

»Dad«, beginne ich. »Ich weiß nicht, ob du dich erinnerst, aber du hast in der Kunsttherapie jemanden gemalt.«

Er runzelt die Stirn und sieht auf seine Füße hinab. Noch trägt er keine Schuhe. Bloß weiße Socken.

»Jemanden aus deiner Vergangenheit. Von damals, als du ein anderer Mensch warst. Du hast mir von ihr erzählt. Wir haben darüber geredet, weißt du noch?«

Er antwortet nicht, öffnet wortlos seine Nachttischschublade. Dort bewahrt er anscheinend eine Zeichnung auf, die er hervorholt und auseinanderrollt. Er starrt auf das Porträt, fährt die Konturen des Gesichtes mit dem Finger nach. Elena beobachtet das alles vom Flur aus. Ich höre sie seufzen. Dann betritt sie das Zimmer.

Er blickt auf, sieht sie, tritt hastig einen Schritt zurück und lässt das Bild fallen, als sei sie ein Gespenst.

Ich hebe das Bild vom Boden auf und rolle es wieder zusammen.

»Ich habe sie gefunden«, sage ich. »Benjamin hat mir dabei geholfen.«

Benjamin kommt herein, als er seinen Namen hört, und nimmt meine Hand.

Elena tritt vor. Sie und mein Vater starren einander an, als hätten sie sich tausend Jahre lang angeblickt. Gleichzeitig sieht es aus, als sähen sie sich zum allerersten Mal.

»Hallo, Christoph«, sagt Elena.

Ich halte den Atem an. Wird er sie erkennen? Weiß er, wer sie ist? Zuerst sagt er nichts. Dann hebt er die Hand, berührt ihr Kinn, ihre Wange, ganz so, als ziehe er die Linien nach, die er gezeichnet hat. Oder erwacht da gerade etwas in seinem Muskelgedächtnis? Etwas, das fünfzig Jahre lang brachgelegen und trotz seiner heimtückischen Krankheit überlebt hat?

»Perfekte Linien«, murmelt er.

»Du weißt, wer ich bin?« Sie stellt ihm eine Frage, doch die klingt, als wisse sie die Antwort bereits.

Er überlegt kurz.

»Die Tochter des Briefmarkengraveurs«, sagt er.

Typisch für seine Krankheit. Er erinnert sich nicht an Friedrichs Namen, vielleicht nicht einmal an Elenas, aber ich sehe in seinem Gesicht, dass er vieles durchlebt. Das

Glück, diese Frau zu lieben. Den Schmerz, sie zu verlieren.

»Ich habe dich sehr lange geliebt«, sagt er.

Seine Stimme klingt irgendwie entrückt. Er erinnert sich an sie, in einer anderen Zeit, an einem anderen Ort. Dann scheint er zu begreifen, was für ein Wunder es ist, sie vor sich zu sehen.

»Ja«, erwidert Elena. »Wir haben uns vor langer Zeit verloren. Aber deine Tochter hat mich wiedergefunden.«

Er schluchzt auf und umarmt sie fest. Seine Wange ruht auf ihrem Haar, und dann flüstert er: »Aprikosen.«

»Vielleicht sollten wir lieber gehen«, sagt Benjamin zu mir. »Ihnen ein bisschen Zeit allein geben.«

»Wir warten in der Lobby«, verkünde ich, aber keiner von beiden scheint uns wahrzunehmen.

»Du wirst mich nicht noch einmal verlassen«, höre ich meinen Vater sagen, als Benjamin und ich uns entfernen.

Elena antwortet: »Ich werde nie mehr Adieu zu dir sagen. Nur noch Bis bald.«

Nachbemerkung der Autorin

In meiner obersten Schreibtischschublade bewahre ich einen Brief auf, den ich meinen Großeltern als Kind geschrieben habe. Auf dem Umschlag prangt eine Zwanzig-Cent-Briefmarke, abgestempelt 1983, und der Briefbogen ist mit meiner Kinderhandschrift beschrieben. Ich teilte meinen Großeltern mit, wie sehr ich sie vermisste, nachdem ihr Besuch bei uns beendet war und sie wieder nach Hause abgereist waren.

Meine Großmutter muss den Brief aufgehoben haben. Fünfundzwanzig Jahre später zog sie in ein Altersheim, das auf Demenzpatienten spezialisiert war – so ähnlich wie jenes, in das Katies Vater zog. Damals fand meine Mutter den Brief in einer Schublade und schickte ihn an mich. Seitdem liegt er in meiner Schublade. Jedes Mal, wenn ich ihn sehe, denke ich daran, dass Briefe früher stärker mit Bedeutung aufgeladen waren und dass das heute im digitalen Zeitalter ein bisschen verloren gegangen ist.

Meine Großmutter ist vor ein paar Jahren gestorben, aber ihr Gedächtnis ist vor ihr gegangen. Wie Katie bei ihrem Vater hatte ich häufig das Gefühl, meine Großmutter wäre in der Vergangenheit gefangen, wenn ich mit ihr sprach.

Wenn wir telefonierten, sagte sie oft zu mir, sie könne sich mein Gesicht vorstellen. Dann dachte ich immer, sie sehe mein Kindergesicht vor sich. Jenes fünfjährige Kind, das ihr den Brief geschrieben hatte.

Sie konnte mir nie sagen, was sie zum Frühstück gegessen oder am Vormittag gemacht hatte, erzählte mir aber oft Geschichten aus ihrer Jugend, und zwar in allen farbenprächtigen Einzelheiten. Sie erzählte mir von dem Hotel, in dem sie gerade wohnte, und fragte sich, wann sie wohl aus den Ferien nach Hause fahren würde und wo sich ihre Flugtickets befanden. Die Vorbilder für Ted und das fiktive Pflegeheim *The Willows* habe ich aus den Erfahrungen mit ihr bezogen.

Alle Figuren dieses Romans, Ted eingeschlossen, sind ausgedacht, aber viele Ideen in diesem Buch beziehen sich nicht nur auf meine persönlichen Erfahrungen mit meiner Großmutter, sondern auf historische Ereignisse.

Obwohl alle Briefmarken und Graveure in diesem Buch erfunden sind, gab es tatsächlich Graveure, die sich im Widerstand engagiert haben. Czesław Słania war ein solcher Graveur, der falsche Papiere für den polnischen Widerstand angefertigt hat.

Briefmarken und ihre Geheimnisse spielten auch in der Realität eine Rolle beim Widerstand. Die Marken, die der fiktive Dr. Grimes in meinem Buch zeigt, gibt es alle tatsächlich. Ich habe außerdem gelesen, dass die Deutschen nach dem Anschluss Österreichs Briefmarken mit österreichischen Motiven herstellen ließen. Doch die, die Christoph in meinem Roman erschaffen hat, habe ich mir ausgedacht.

Auch Elena ist meine Erfindung. Bei ihr habe ich mich aber an realen Frauenfiguren orientiert, die ihr Leben riskierten, indem sie für den Widerstand arbeiteten.

In erster Linie möchte ich Sophie Scholl nennen, von der ich erstmals durch die eindrucksvolle Widerstandsausstellung im *U.S. Holocaust Memorial Museum* in Washington D. C. erfuhr.

Wahr ist auch, dass die Gefangenen in den Konzentrationslagern Post versenden und empfangen durften, auf vorgedruckten Briefkarten und gemäß bestimmter Regeln und Beschränkungen. Das fand ich bemerkenswert. Ich las auch, dass die eingehende Post zensiert wurde und Briefmarken häufig entfernt wurden, um nach versteckten Botschaften darunter zu suchen.

Der Kindertransport, der Miriam das Leben rettet, hat tatsächlich stattgefunden. Er begann kurz nach der Pogromnacht. Zwischen 1938 und 1940 wurden Tausende von Kindern mit Zügen und Fähren nach England gebracht. Viele der Kinder blieben, wie Miriam, für den Rest ihres Lebens in Großbritannien und sahen ihre Familien nie wieder.

Die Ereignisse um den Fall der Berliner Mauer im Jahr 1989 sind ebenfalls Teil der Geschichte.

Elenas Leben in Ostdeutschland und Katies Besuch im wiedervereinigten Deutschland im Jahr 1990 habe ich dagegen anhand meiner Recherchen so angelegt. Ich las beispielsweise, dass das Palasthotel angeblich ein komplett braun-beiges Interieur aufwies. Die Gruppe, der Elena angehört, basiert auf einer echten Gruppe, der *Frauen für den*

Frieden, in der Frauen aus Ost und West gegen den Rüstungswettlauf protestierten.

Bevor ich dieses Buch schrieb, wusste ich fast nichts über Briefmarken oder Philatelie. Ich dachte nie an die Menschen, die unsere Briefmarken entwarfen, anfertigten oder sammelten.

Eines Tages kreuzte ich in der Bibliothek der *Postal History Foundation* in Tucson auf, nur einen sehr vagen Entwurf meines Buches im Gepäck. Ich erzählte den Bibliothekarinnen, ich würde einen Roman über Briefmarken schreiben.

Sie waren sehr freundlich und trugen Bücher, Artikel, Bilder und Kataloge für mich zusammen und verschafften mir einen ersten Eindruck von der Wichtigkeit und Bedeutung der Briefmarken.

Wie Katie sah ich Briefmarken zuvor nur als bedruckte Papierquadrate an, die meine Post von A nach B beförderten. Doch als ich mit meinem Roman fertig war, konnte ich mehr darin erkennen … wahre Schätze.

Danksagung

Ich danke dem wunderbaren Team von *Riverhead Books*, meiner Verlagsfamilie: Geoff Kloske, Kate Stark, Jynne Dilling Martin und besonders Laura Persciasepe, deren gutes Auge und Sorgfältigkeit sie zu einer hervorragenden Lektorin machen. Danke auch an die ausgezeichneten Vertriebs-, Marketing- und PR-Teams von *Penguin Random House* und *Riverhead*. Besonders hervorheben möchte ich Lydia Hirt, Mary Stone, Michelle Guiseffi sowie Alexandra Guillen.

Zu tiefem Dank verpflichtet bin ich meiner Agentin Jessica Regel für ihre Unterstützung, ihre großartige Arbeit und ihre Freundlichkeit. Während einer Unterhaltung mit ihr hatte ich zum ersten Mal die Idee für die Geschichte von Christoph und Elena. Nach einem zweiten Gespräch war ich dann davon überzeugt, die Sache auch durchziehen zu können. Jess, danke für alles! Danke auch an das tolle Team bei *Foundry Literary and Media*.

Dankbar erwähnen muss ich meine Schriftstellerfreunde, die mir Ideen geschenkt, Entwürfe gelesen und tägliche Unterstützung gewährt haben. Maureen Leurck, Tammy Greenwood und Laura Fitzgerald, danke für eure Freundschaft.

Meine Familie in nah und fern, ihr seid meine größten Fans und meine besten Motivatoren. Besonders Gregg, der so viel Verständnis für mich hat und mir jede Menge Arbeit abnimmt, wenn ich mal wieder in meiner Romanwelt schwebe.

Danke an alle meine Leserinnen und Leser für die E-Mails sowie für die Einladungen in Buchklubs, Bibliotheken, Privathäuser und Heimatstädte.

Noch dankbarer bin ich euch aber dafür, dass ihr meine Bücher lest und mir ermöglicht, das zu tun, was ich liebe: Romane zu schreiben und darüber zu sprechen.

Paullina Simons

»Diese Liebesgeschichte lässt einem den Atem stocken.«
Daily Mail über die *Tatiana und Alexander-Saga*

978-3-453-42232-2

Die Tatiana und Alexander-Saga
in 3 Bänden

Die Liebenden von Leningrad
978-3-453-42232-2

Tatiana und Alexander
978-3-453-47011-8

Land der Lupinen
978-3-453-81173-7

Außerdem bei Heyne erschienen:

Land der Freiheit
978-3-453-41378-8

Leseprobe unter **www.heyne.de**

HEYNE